岩 波 文 庫

33-135-3

工　　場

―― 小説・女工哀史 2 ――

細井和喜蔵作

目次

第一篇

一

堺《さかい》署を出た三好江治《みよしこうじ》は、懐中《ふところ》にたった四銭しかお銭《あし》を持っていなかった。彼は街頭にたたずんで、(さて、これからどうしたらいいだろう?)と考える。すると空腹が襲ってきて家も何も見えない遠くの方から、飯屋《めしや》の味噌汁《みそしる》の匂《にお》いが急に活気づいた胃袋の中へ流れ込んで残酷《ざんこく》に食欲をそそるのであった。けれども四銭の持ちあわせではその芳香《ほうこう》を辿《たど》って[1]縄暖簾《なわのれん》のある方角へ行くことができない。彼はその反対の方向を取って、朝の市街をどしどし海岸の方へ進んで行った。

恋と発明の抱負に破れ、堺の廃港へ[2]投身して厭世《えんせい》自殺を遂《と》げたが、意識を失うとすぐに[3]潮湯《しおゆ》の火夫《かふ》に引き揚げられて蘇生《そせい》した江治は、一週間の冥想《めいそう》によって初めて自己を発見した。吹く風のまにまに、環境に支配されては動いていた奴隷の彼は、今や一個の自覚した労働者として高遠《こうえん》な理想を抱《いだ》き、[4]主義を持って第二の自分が新しい旅を行く目標をしっかりと定《さだ》めた。人類の到達すべき真理を、巨大なフラスコの中へ自己を投じて試した思い切った実験によって確実に把握《はあく》したのである。しかし彼は、徹頭徹尾《てっとうてつび》金のために支配を受け、一刻も貨幣を無視しては立つことのできぬ現実に直面して、はたと行き迷わねばならなかった。

（ちぇッ！　癪《しゃく》だ、四銭では第一飯《めし》を食うことすらも不可能だ）彼は差し当たっての問題をまだ考えていなかった。けれどもまず何かを食わねばならぬ。

——爽《さわ》やかな初夏の朝を、江治は場末《ばすえ》の方へ出てどこか焼芋屋《やきいもや》がないかと捜《さが》し回った。そうして二軒それらしい家の前を立ち覗《のぞ》いたが、まだ時間が早すぎるので品物は店へ出ていなかった。それに、ふとこの季節外《はず》れ、焼芋なんか捜して歩くことは無効だと気づいて彼は失望を感じた。いろんな想念に頭を奪われて季節のことも考えなかったのであるが、六月といえばもう旧芋《きゅういも》[5]が切れて、焼芋屋は新芋《しんいも》の出る晩秋まで釜《かま》の蓋《ふた》を閉じている時である。芋屋の店頭には小指みたいに小《ち》[6]っちゃげな赤芋《あかいも》[7]の蒸《む》したやつが、笊《ざる》へ入《い》れられて申し訳ほどに出されて眼の球《たま》が飛び出すくらい高い。（こいつぁいかん、何か四銭でたらふく食える嵩高《かさだか》いものはないかしらん）彼はこう思った。けれどもそれはとてもありそうにない無理な注文に属した。

江治は大浜[8]の海岸にタオル工場のあったことを思い浮かべて、もしや雇ってはくれないか志願してみようと考えて再び大浜へやって来た。と、海は穏《おだ》やかな波を打って憎らしいほど平和に、浜の砂地を洗ってい、墨絵《すみえ》のような淡路島《あわじしま》の影が呼べば応《こた》えそうに近く見えた。そして涯《はて》しもなく続いた[9]碧水《へきすい》が溢《あふ》れるように丸く盛りあがった上にさまざまな船が浮かんでいる。彼は壮大な海の景色に呑《の》まれてしばし空腹を打ち忘れたものの如く、かつての日[10]投水台《とうすいだい》の役をつとめてくれた潮湯の桟橋《さんばし》から七、[11]八丁距《へだ》たった地点にあるタオル工場へ赴《おもむ》いた。

工場はどこへ行っても誂《あつら》えたように決まった建築様式をなしている。一本の煙突を中心にタンクと塵突《じんとつ》が聳《そび》え立ち、[12]鋸歯状《きょしじょう》の屋根が幾棟《いくむね》か追いかぶさるように並んでそれに日本家屋の寄宿舎を副《そ》えたものである。門衛所には、鶴を三羽描いた[13]金モールの帽章をつけた門番が二人詰めていた。煉瓦壁《れんがへき》を洩《も》れてザァ……という瀑布《ばくふ》の落水《らくすい》を聞くような力織機《りきしょっき》の音が伝わってくる。

「おはようございます。あのちょっとお尋ねいたしますが、[14]職工係のお方はまだお見えになりませんでしょうか？」

江治は丁寧に頭を下げて門番に訊《き》いた。

「何や？　君。」

「志願です。こちらに男工《だんこう》はご入り用になりゃせんか、ちょっとお尋ねしてみたいと思って。」

「男工は要《い》らん、いま余り返っとる。女工やったらなんぼでも入《はい》れるけんどな。君は何がいけるんや?」

「織布《しょくふ》の機械直しでも、保全でも、どっちでもできますが……。」

「要らんなあ、今のところは。」

門番はこう言って職工係に取り次ぎもせず、手もなく彼をはねつけてしまう。横柄《おうへい》な奴だとは思ったが、食ってかかってみても始まらぬので彼はすごすごタオル工場の門を去った。が、怖ろしい不安に襲われて工場の敷地をやや出離《ではな》れると、砂浜の上へのめるように立ち竦《すく》んだ。堺にはその工場のほかに三つも紡績があることを彼は識《し》っていた。けれど、いずれも紡績専業の工場のみで織布部のあるところはタオル工場一軒しかなかった。それで、そこが駄目《だめ》となれば差し当たりその市《まち》では職業《しごと》を得られない訳である。

(大阪へ帰ろう、歩いて帰ろう)しばらくしてから、江治は決心した。そして浜を引き返して紀州街道へ続く阪堺《はんかい》線[15]の電車通りへ出る。

交差《こうさ》点《てん》の角《かど》にある大きなパン屋の店棚《みせだな》には、まだほけ[16]の立つような食パンや菓子パンが惜しげもなく薪《まき》か何ぞの如く積み重ねられて、その美しい狐色《きつねいろ》の肌で彼を騙《だま》そうとするように引きつけた。しかし二銭不足なため食パン半斤《はんきん》買うことはできなかった。三銭のジャムパンと一銭の餡《あん》パンが、一個ずつ江治の手に渡されたのであった。

＊　＊　＊

[17]大和川七道《やまとがわしちどう》を越えると広漠《こうばく》とした平野を[18]紀州街道がまっすぐに大阪へ向けて走っていた。二つの菓子パンでやっとおぼろげな腹を作った江治は、市《まち》を離れる時通りがかりにあった水道栓《せん》のコックを咥《くわ》えてがぶがぶ水を飲み、脚にまかせてすたこら街道を[19]てくるのであった。両側の田圃《たんぼ》には、菜園の手入れや田植《たう》えの拵《こしら》えなどに働いている農夫たちの姿がのどかそうに見られた。

住吉《すみよし》を過ぎてしばらく行くと一帯の空豆畑に続いて二十坪ほど胡瓜《きゅうり》が作ってあった。そして[20]手の代わりに畦《あぜ》から畦へ渡して敷《し》いた麦藁《むぎわら》の上に、早生《はやな》りのやつがバナナほどの大きさをしていくつもなっていた。

過激な労働ですぐ減ってしまうゆえ、粗食《そしょく》を多量に摂《と》る癖がついて[21]胃拡張に陥っている江治は、真《ま》似《ね》糞《くそ》ほどの菓子パンなどすでにもう[22]とくの昔どこかへ消え去ってしまい、またしてもかなりな空腹を覚えてき、みずみずしい胡瓜の色合いと新鮮な匂《にお》いが誘うように官能を刺戟するのだった。そして付近の田圃にはちょうど幸い人がいない。

（ええい、一本失敬してやれ……）彼は咄嗟《とっさ》にこう思ってつかつかと街道を降りた。しかし胡瓜畑の畦へひと足ふみ入れた次の瞬間、はっとして出した足を後ろへ引いた。

「いけない！」と良心は叱る。「おい、作り主のある物を黙って失敬すれば盗人《ぬすびと》じゃないか。そして同じ盗人のうちでも、真面目《まじめ》な百姓の労働の結晶物を取る野良盗人《のらぬすびと》は、一番その罪が重いということをお前は知っているはずだ。それにまた、人が見ておらないから黙って失敬しようなんて、どだいすることが卑怯《ひきょう》だ、凡庸《ぼんよう》だ。」

彼はてれ隠しに路傍《ろぼう》のたんぽぽを三株ほど引きむしってぽいと畑へ投げ棄てた。そうしてぐいと唾《つば》を呑《の》み込んで、一憩《ひといこ》いするために草の上へ腰をおろす。

巨大な大阪がどす黒い煙に包囲されてもう間近《まぢか》に迫って横たわっていた。[23]木津川《きづがわ》の[24]尻《しり》辺《べ》に当たるらしいところには、造船所の起重機が傲然《ごうぜん》として王者のように立ちはだかり、さまざまな大工場の煙突が皆《みな》一様に濛々《もうもう》たる黒煙を間断《かんだん》なく空へ向けて吐き出していた。そしてその煙はさすがに広大な空間でもはけ場《ば》を失ったものの如くひと塊《かたまり》になって渦巻《うずま》き、市街の上空を一面の暗い傘で蔽《おお》っている。その反対の方にはパリのエッフェル塔を真似た新世界の[25]通天閣《つうてんかく》が、煙に霞《かす》んだ市街の[26]甍《いらか》を抜いて聳《そび》えていた。刻々《こくこく》としてあらゆるものが活動している市の響《ひび》きが、山鳴《やまな》りのように伝わってくる……。

前は南海《なんかい》電車の本線だった。架空線式《スパン・ワイヤー・システム》の電車線路が、平野の間に少し高く盛り上げられた土手を、送電線の電柱と共にまっすぐに走っている。六月の太陽に照らされて[27]四本の軌条《きじょう》がギラギラと光った。

江治は何心《なにごころ》なく前へ眼を馳《は》せていると、大阪へ上って行く大きな[28]ボギー車が地響きを立てて唸《うな》りながら疾走《しっそう》して来た。そして彼の憩《いこ》っているところから半丁《はんちょう》ほど距《へだ》たった真《ま》向《む》こうへ差しかかると、突如として[29]大簀籠《おおあじか》くらいな籠に収穫物を背負った一人の百姓《ひゃくしょう》が、向こうの畑から線路の土手へ登って来た。と、運転手は愕《おどろ》いてけたたましい警笛《けいてき》を鳴らした。江治は（あッ！　危ない）と思って我がことのように固くなった。すると次の[30]一刹那《いっせつな》、ボギー車の車頭《ヘッド》でパッと一条の白煙《はくえん》が閃《ひらめ》いた。ほんの、計ることのできないような短いあいだである。運転手は電気制動装置を応用して[31]二間《けん》ほど行ったところで車を停《と》めた。

彼は無意識に草の上から立ちあがった。そうして畔道《あぜみち》を踏み分けて電車線路へ駈《か》けつけてみると籠を背負ったままで、一人の百姓男が土手の向こう側の溝《みぞ》のようなところへ落っこちて即死を遂《と》げていた。そしてその辺り一帯《いったい》に小石をばら撒《ま》いた如《ごと》く馬鈴薯《ばれいしょ》が散らかっている。男の乗客たちはおおかた皆《みんな》車から飛び降りて線路の上へ出てしまい、女の乗客もまた車窓《しゃそう》から頸《くび》を出してがやがや騒《さわ》いでいた。乗務員は車を棄《す》てて土手の下へ行き、その百姓を起こしてみて蒼《あお》くなっていた。

江治は乗客たちに混《ま》じってしばしのあいだ茫然《ぼうぜん》として即死者を観《み》ていたが、数分後ふとわれにかえって、自分は何のためにここへやって来たのだと考えた。（一刻も早く大阪へ帰って職業を探しあて、パンの道にありつかねばならんのに何を道草食っている）

だが、そのとき不意に彼の頭に浮かんだことがあった。

＊　＊　＊

しばらくすると車掌《しゃしょう》が、

「さあ、皆さん出ますよ、発車します。発車しますから乗ってください。」と言って降りていた乗客たちを車へ追い上げる。江治は何食わぬ顔をして、その電車へ乗っかってしまった。そして今の農夫の死について誰が彼に同情を寄せて眺めたであろう？　わざわざ電車を飛び降りてまで見物していた大勢は、皆人《みんな》の悲惨な奇禍《きか》を面白半分《おもしろはんぶん》に傍観《ぼうかん》していた連中ばかりであろう。現に自分も単なる好奇心でそこまで馳《は》せつけて行った一人じゃないか。またああいう不可抗《ふかこう》な場合に人を轢《ひ》いたことによってすら罪に問われねばならぬ運転手の職業に、理解をもつ者が何人あるだろうか、など考えながら間もなく[32]難《なん》波《ば》駅へ着いてしまった。

彼は大勢の乗客と一緒にどやどやっと[33]着車点へ降りたが、出口へは行かずにすぐ駅長室へ出向いて行った。そしてその車の方向札を見ておいて、

「私は、今の人を轢いた電車に浜寺《はまでら》公園から乗りました者です。ところがちょうど窓から頸《くび》を出して外を覗《のぞ》いていたとき、突然、電車も何も飛びあがってしまうような激《はげ》しい停《と》まり方をしたものですから、そのとき帽子《ぼうし》の鉢巻《はちまき》に挟んでいた切符を、買い立ての

麦稈帽子《むぎわらぼうし》と[34]一緒こたに溝の中へ落としてしまいましたのです。」と弁明した。すると駅長は、

「窓から頸を出されることは、危険ですからなるべくやめてください。」と一応たしなめた。

「はあ、もう懲《こ》り懲《ご》りしましたから注意します。」

「乗客規定としましては、切符を紛失された場合、もう一度お気の毒様でも乗車賃を支払っていただかねばならんことになっていますがねぇ、しかし……。」

「私は、今朝この難波から往復切符を買って浜寺へ行ったものですから、もう銭《ぜに》を持っていないのです。」

「どうぞ、これから切符はなるべく大切にしてください。」

「はあ、畏《かしこ》まりました。」

彼は駅長に向かって、さながら主人のように腰低く頭を下げて出た。

「これを、改札に渡してください。」

すると駅長は、こう言って一枚のメモに何だか符号のようなものを書きつけ、それに判を捺《お》して切符紛失者であることを承認してくれる。

江治は偶然な思いつきが巧《うま》く当たったことを喜びながら電車のただ乗りをして悠々《ゆうゆう》と

構内を出た。そして奇禍に遭《あ》った百姓に感謝し、彼は[35]車寄せのところにたたずんで一瞬間冥想《めいそう》して農夫の霊《れい》に弔意《ちょうい》を捧《ささ》げた。

二

駅を出た突き当たりには新聞店があって、蒲鉾板《かまぼこいた》くらいな紙片《しへん》に「配達人募集」と認《したた》めた札《ふだ》が一本の糸で庇《ひさし》から釣《つ》り垂《さ》げられ、風のためにぐるぐる回《ま》いして揺《ゆ》らいでいた。看板《かんばん》に出したその日の新聞紙が、硝子張《ガラスば》りの額《がく》に嵌《は》めて掲《かか》げられている。江治は織布《しょくふ》の機械工という自分の職業以外の事柄にはあまり興味がなく、また大阪まで帰って勝手のわかった労働下宿へ就《つ》く気《き》ならそう就職に困難を感じないだろうから、ほかのつまらぬ職業など訊《き》いてみる必要はなかったが、冷《ひ》やかし半分その新聞店へ入ってみた。主人は
「なに配達なんか訳のないことや。朝刊と夕刊でせいぜい三時間も働けば、後の時間は勉強でも何でも勝手なこととしてええ。そのまま、長い着物を脱いで、[36]猿股《さるまた》の上へ法被《はっぴ》を着ればいいのやよって今晩の夕刊からやってみぃ。」と勧《すす》める。
「給料はどんな都合でしょう?」
「月十円やなあ、固定給が。」

「はあ……。」江治はなんて廉《やす》いのだろうと思った。

「その代わり勧誘して得意先を増やすと[37]歩合《ぶあい》がつくしな、広告ビラの折り込みがくるとそれは[38]三分《さんぶ》配達人の所得《しょとく》きゃ。この店は場所がええよって、大概《たいがい》毎日二つ三つずつの折り込みがある。それからまた号外が出ると一回十銭、家賃は店の二階に泊まってただやねぇ。」

江治は話しているうちにふとしばらくの間だけやってみてやろうと考えた。空腹のため腹の中で虫の奴がおどり回っているような触覚に攻められて、もう利害を考えてかかる余裕《よゆう》がなかった。(ええ、何でも構わんから一時しのぎにやって、とにかく俺は飯《めし》を食わねばならん)彼はしばらくして、

「やってみましょう。ご厄介《やっかい》になりますからよろしく。」と店主に答えた。そして、

「実は私、今朝《けさ》からまだ一遍もご飯を食べないので腹が空《す》いているのです。夕刊の配達を教えてもらうまでに一膳《いちぜん》よばれたいものですなあ。はなはだ厚かましいですが。」

と遠慮なく請求した。

おかげで、彼はやっと飯にありつくことができた。

――江治が、油垢《あぶらあか》と汗にしっとり湿《しめ》っぽく[40]汚れた上はげちょろけて綻《ほころ》びた大阪毎日新聞の[39]印半纏《しるしばんてん》にきかえ、箱弁当《はこべんとう》を食べていると紙取りに本社へ行った配達人が車を曳《ひ》いて

戻って来た。と、すぐに紙折りが始まる。それから彼は一人の配達人の尻につけられて順路帳を手繰《たぐ》りながら、坑道《こうどう》[41]のようにややこしい街の路地《ろじ》をあちこちへぬけて通って一時間半ほど走った。そして新生《しんせい》の第一日は終わる。

彼は翌日の朝刊にもう一度古参《こさん》の尻にくっついて回り、配達を済ましてから弁当の朝飯を食べていっぷくやりながら新聞を見た。そして何気なく案内欄の上へ眼を注《そそ》ぐと「織布技術者高給採用、ただし上海《シャンハイ》工場に勤め得《う》る者」という募集広告が目にとまる。

「君、今晩の夕刊から独り回ってみるか？　昼間のうち一遍、手繰《たぐ》[42]りもって独りで歩いてみるんや。」

配達頭《はいたつがしら》がこう命令した。江治は、

「承知しました。」と答えて自分が回るべき区域の順路帳とその朝刊を懐《ふところ》にして店を出た。

*　　*　　*

彼は三十分ほど歩く間に二度交番で訊き、やっと募集先の会社へやって来た。東洋織維工業株式会社というのであった。白い化粧煉瓦《けしょうれんが》[43]を施《ほどこ》した三層楼《さんがいだて》の、真っ四角な美しいビルジングだ。同社は公称資本金五千万円の大会社であるが、内地における国民生活の向上につれて労働問題などがだんだんやかましくなって勢《いきお》[44]い工賃の値上げに迫《せま》られ、かつまた女工の募集難は一人当たりの募集費を逐年累進的《ちくねんるいしんてき》に高めてゆきつつあることを見てもはや日本内地の工場経営が不利なることを悟《さと》り、どうせその製品は支那《しな》大陸を相手にするものであるからいっそ工場を彼の地《かち》へ持っていって建てた方が得策だという見地からして、近年支那上海《シャンハイ》、[45]青島《チンタオ》などに数個の工場を建設しつつある会社なのであった。

受付の前にたたずんでしばらく待《ま》っていると、二階から眼の醒《さ》めるような美人が降りて来た。そして彼女はみすぼらしい江治に向かって、

「三好さん、どうぞこちらへ……。」と声をかける。

「はあ、あの、私ですか？」彼は狼狽《ろうばい》して答えた。

「どうぞ、お三階へ。」

江治は[46]リノリウムを敷き詰めて[47]真鍮板《しんちゅうばん》で角《かど》をとった梯子段《はしごだん》のところで、草履《ぞうり》ほどに擦《す》り減った[48]駒下駄《こまげた》を脱《ぬ》ぎ棄《す》てて跣足《はだし》になった。すると二、三段うえからこれを見ていた彼女は慌ててそれを制し、

「あらまあ、どうぞそのままで、お履き物のままでよろしゅうございます。」と言う。

江治はひやりとして彼女の後についた。（こんな綺麗《きれい》なところへ土足のままで皆あがるのかなあ？　何という美しい事務員だろう？）彼は彼女の化粧品の匂いを、貪《むさぼ》るように吸い込んだ。

「どうぞしばらくお待ちください。ただいま重役さんがお見えになります。」

「はあ……。」

彼女は江治を応接室へ導いて去った。

ほどなくでっぷり肥《ふと》った重役が現れる。広い眉間《みけん》に枝豆のような瑕痕《きずあと》のある人相の悪い男だった。

「お初にお目にかかります。」

「君が三好君ですな？」

「はあ、どうぞよろしく。」

ひと通り挨拶《あいさつ》が済むと、重役はすぐに要談《ようだん》へ移っていった。

「君は[49]五十二インチ(五十二インチ幅力織機《りきしょっき》)の据え付けができるかね？」

彼はまずこういう質問を発する。江治はそれによって相手が技術家あがりの重役であることを知った。そして、

「できます。」と即座に答えた。

「君は、これまでどこに何年ほどおったね？」

「浪華紡績に六年勤続しておりましたです。」

「学歴は？」

「[50]関西商工《かんさいしょうこう》の紡織科を卒業しました。」

江治は初等工業格の職工学校しか出ていなかったが、あまりそれでは程度が低くて貧弱だと思ったので山かけてこう中等程度に引きあげて答えた。

「彼《か》の地《ち》へ行くんには余程《よっぽど》勇気がいる。覚悟して行かんならんが行けるかね?」

重役は出しぬけにこんなことを言い出した。

「どんな覚悟でしょうかしらん?」

「まあ、ちっと大袈裟《おおげさ》に言や、生命《いのち》がけだなあ。その代わり収入もええ。月給で内地の倍以上になるねえ。初給七十円出します。社宅は無料で供給したうえ、こちらから行く旅費は家族荷物等いっさい会社持ちで、据え付けが済めば[51]工務係に昇格して、なおそれからの功労次第でしまいには株主になれるのです。うちの会社は、余所《よそ》と大いに趣きが違って、徹頭徹尾もう実力本位で経営しとる。」

「向こうの工場は、大体においてどんなものでございましょう?」

「いや、工場は内地でも[52]租借地《そしゃくち》でも同じだがな、管理が少し違うだけだ。何しろ[53]チャンコロという奴は男工も女工もまるで豚みたいなもんでな、打たなきゃ動きくさらん。それで工場監督は皆《みんな》鞭《むち》を一本ずつ持っておって、ピシャアリピシャアリ叩いてかませたるんやね。ところがそれでもなかなかしぶとい奴になると動かん。機台《だい》の間で所《ところ》嫌《きら》わず、時間も何もなしにいつでもかつでもごろごろ転がって寝てしまうんだ。まったくどうもしょうがないねえ。しかしそれでおって、日本人になかなか反感を持っとる奴がいおってな、時どき社宅を襲撃したりなんぞする。危険だから皆[54]ピス持っているんだ。どんなことがあってもそいつぁ離せん。なぁに君、×××てやるのだ。支那の巡査という奴が、有難いことには日本人に寛大で、ちいっとつかませてさえやりゃ大抵なことは済んでしまう。」

江治は聴いているうちに怖ろしくなってきた。

「当社の支那支店は[55]上海《シャンハイ》のセントラルパートにあって、工場は第三工場まで目下上海の郊外で運転しています。君に行ってもらうのは、それで第四工場になります。しかしまだまだ我が東洋織維会社は発展しますよ。今、青島《チンタオ》の方に第五工場と第六工場を計画中だ。」

「はあ……。」

「紡織業としては当社など見込みのある方に属するね。もう君、今頃内地で増設なんぞやっているような工場は来《きた》るべき不況時代に皆潰《つぶ》れてしまうやろう？　技術家としても、一生紡織業に尻据えるつもりなら、すべからく彼の地へ行くことだなあ。まず大陸の工場は男らしい活動ができて、何によらず愉快だねえ……。一つの工場が竣功《しゅんこう》すると君、何千人となくチャンコロが職工志願に押し寄せて来て、女工募集も糸瓜《へちま》[56]もあったもんじゃない。ところが雇《やと》ってみるとどいつもこいつも怖ろしく働かん。給料やるともうちっとも出て来ないから、ただのような廉《やす》い賃金《ちんぎん》で働かせて、いつも食うや食わずにしといてやるのだ。チャンコロでも朝鮮人でも、あいつらは銭《ぜに》のあるあいだ食って寝ていたい豚なんだから、苦しくしてやるほどよく働くんだ。で、日本人はそこの呼吸をよく呑み込んでおれば訳はない。もっとも日本の職工でも結局はそんなところへ落ち着くのだが……。」

重役は怖ろしい惨虐《さんぎゃく》を淡々として水の流れるように語った。

「私はまだ独身でいるのですが、先だって養っていた母を長い患《わずら》いのあげく亡《な》くしましたものですから、いま非常に貧乏して困っています。ご覧の通り何もかも売り飛ばしてしまって、洋服一着持っていない始末です。もしご採用くださいましていよいよ向こうの地へ渡るとなりますと、支度金《したくきん》というような名目で少し拝借《はいしゃく》願えないものでしょうか？　どんなものでございましょう？」

江治は言った。すると重役は、

「ちゃんと契約さえ済めば、七十円、支度金にあげることになっとる。それから、ないしょで、向こうへ着けばピストル一挺《いっちょう》は貸します。」と答えた。

＊　＊　＊

一時間ほど後、彼は二十円の[57]正金《しょうきん》を握って嬉《うれ》しそうにビルジングを出た。元いた浪華紡の指定下宿沢田を現住所だと言っておいて、[58]仮証《かりしょう》で支度金の内借《うちが》りをしたのだった。しかし江治は人に鞭を加えて使うような圧制な工場の、監督者になろうとは思い付かなかった。

彼は道すがら、考えると新聞配達が馬鹿らしい気になった。何ら頭を使うことのないただそこへ新聞紙を持って行くだけの仕事、それは到底一人前の男子のなすべきわざではなくて少年か鈍感な者のやる事柄だと思う。それでも勉学の余暇とか何とかいう副業ならともあれ、あんな無意味なことを本業として毎日営《いとな》む青年があったら、彼はたしかに軽蔑すべき労働嫌悪《けんお》者だ。江治はこんなふうに観《み》て、一日も早く自分の職に還《もど》りたく思う。経済組織の欠陥によってその目的は完全に達しておらぬにもしろ、原則として人類全般の生活要素を生産する最も実質的な、愛の労働を営みに工場へ帰りたかった。だが支那における日本人の惨虐を想うと戦慄《せんりつ》を禁じ得ない。

「……ああ、どうしてそんな工場へ行けるものか。」

彼は電車道へ出て思わず身慄《みぶる》いして独《ひと》り言《ご》った。そして（二十円ありゃ小一ヶ月木賃《きちん》宿《やど》に泊まってどんないい工場でも探すことができる、有難い）と考えた。

なか一日おいてもう一遍ビルジングへ行き、正式の契約を結んで出発の日取りをうけたまわるはずになっているのだったが、彼は破約してやろうと決心した。そうして電車のただ乗りといい二十円の詐欺《さぎ》といい、近頃生まれ変わったほど大胆になった自分に、江治は我ながら驚きを感じた。

三

六月の中頃、鐘《かね》ヶ崎《さき》紡績の大阪支店工場に三好江治の姿を発見した。

鐘ヶ崎紡績とは神戸に営業部を置いて東京の鐘《かね》ヶ淵《ふち》に本店工場があるほか、全国各地に散在していずれも五千人以上七千人以下の職工を使役《しえき》するところの大工場を二十有余ヶ所に置き、絹糸《けんし》、綿糸《めんし》、毛糸《けいと》、麻糸《あさいと》の全般にわたった紡績および製織《せいしょく》をなすほか、製[59]糸工場を兼営して生糸《きいと》の製造までやっている大繊維工業会社である。[60]まだそればかりではなく、化学工業の領域にまで食い込んで精練、漂白、染色等、[61]織物整理業をも営んでいる。そして同社はその払い込み資本金の大きなことにおいて、[62]積立金の多額に上っている点において、職工数の大勢なることにおいて、工場数の多いことにおいて、製品の善良なることにおいて、経営ぶりの巧《うま》い点において、しかして従業員を優遇しながら株主への配当が多いことによって、すべての点で日本の工業界に第一位を占めている。[63] わけても、これを技術的見地から観るとその工場管理の進んだこと、操業ぶりの科学的なること、機械の完全な点等、これまた日本に一があって二のないほどの隔絶《かくぜつ》した進歩を見せていた。それゆえに、ほかの会社ではスパイを放《はな》って鐘ヶ崎紡の経営ぶりや技術を盗みに遣わした。またたまたま同社の工場にいた職工が余所《よそ》の工場へ転じるようなことがあれば、先の工場では黙って二割方多く給料を出し、鐘ヶ崎の平職工《ひらしょっこう》は他工場へ行けば役付工《やくづきこう》になれた。そうして後には、この工場経営ぶりが「鐘ヶ崎式」という一種のシステムを生み出すに至ったのである。

政府は鐘ヶ崎紡績株式会社の職工待遇法をもって模範的だと言った。そしていつとはなしに「模範工場」という月桂冠《げっけいかん》[64]をくっつけてしまう。[65]工場法における職工扶助規定は、[66]すなわち同社の職工扶助法が基礎として編まれたのであった。

大阪城の東約二[67]マイルの地点にある大阪支店工場は、コンクリートの塀《へい》に囲まれた素敵に広大な敷地を占領していた。そして青桐《あおぎり》や[68]ゴムの木や朝鮮柳などがかなりよく繁っている中に、総鉄筋コンクリートの真っ白い工場がぽつりぽつり各作業部門別に建っており、女工寄宿舎は工場とずっと離れたところへ持っていって兵舎のように配置してある。全部平家《ひらや》建ての社宅は、男工寄宿舎の自治寮と共にその反対の方角に数千軒建ち並んで一つの町をなしていた。

その工場へ入るのは非常に難しかった。男工優遇の一端《いったん》として男工にもまた女工の如く寄宿舎を設け、指定下宿を許可していないところからして、職工の採用は初手《しょて》から直接職工係において選択してなされるゆえ、文《もん》なしの素《す》っ裸《ばだか》で飛び込んで行って下宿から作業服万端《ばんたん》職工の拵《こしら》えを前借《ぜんしゃく》しておく訳にゆかない。体格検査がまた非常に厳重で少し欠点があればすぐはねつけてしまう。そのうえ戸籍謄本《こせきとうほん》と身元証明書が揃わねば志願ができないのであった。しかも原則として経験工を採用しないことになっている。江治は支那へ行く約束で支度金の手付けに取った二十円のおかげで、木賃宿に泊まりながら国の役場から謄本の来るのを悠然《ゆうぜん》と待って、いったん死ぬためにすっかり[69]放棄《ほうき》してなくした作業服を、再び一通り新調することができた。そうしてその間に彼は徴兵検査を受けてしまう。

*　　*　　*

その日、鐘ヶ崎紡績の職工を志願する者が男女あわせて三十人ほどあった。午前八時から採用事務が開始されると志願者は人事係の前へ次々に喚《よ》び出されていろいろな訊問《じんもん》を受け、彼の常識によって選択された者だけが体格検査の受診票を渡されるのだった。

志願書を差し出した順番が来ると、江治は名前を呼ばれて係員の前へ出頭した。一通り謄本の引き合わせが済むと人事係は言う。

「君は、これまでどこで何をしておられましたか？」

さすがに事務員の言葉遣いからして、ほかの工場とは違っていた。

「浪華紡績の織布部に六年ほどおりましたです。」

彼は正直に答えた。

「ああそうでしたか。実はこの鐘ヶ崎ではね、工場の方の規則としては経験工を採用しないことになっているのです。規則としましてはねえ……。」

何だか意味あり気な言い回し。江治はちょっと考えた。そして、

「私はただ、これまでの経歴を正直に申し上げましただけです。経験工には違いございませんが、給料をはじめすべての事柄はご当社のお指図《さしず》通りに従って結構ですから、どうぞご採用の程を、ひとえにお願いいたしますでございます。」と言った。

「それでご異存はないですか？」

「はあ、滅相《めっそう》な、異存どころの騒ぎじゃございませんです。」

「もっとも鐘ヶ崎は本給は廉《やす》く使っても[70]勉強さえしてもらえば[71]余禄《よろく》が多いですからね、結構やってはいけますが、男工寄宿舎があるし、そのほかすべての日用品は会社の売店

で市価《しか》よりずっと廉く購買《こうばい》できますからね。」

「ありがとう存じます。」

「それでは、とりあえずこれを持って給仕《きゅうじ》[72]について行ってください。病院の方で、一応身体検査を行いますから。」

江治は七、八人の志願者と一緒に少女の後について、アスファルトの廊下や植え込みの間をぬけて工場病院へ行った。立派な病院である。

先の者を観ていると、あまり身体検査が難しいので、彼は浪華紡でやられた左の小指のためはねられないかと心配になったが、最劣等の丙種《へいしゅ》でどうにか合格だけはした。三十人ほど検査を受けたなかで、合格した者は十九人だった。病院から再び職工係の事務所へ戻って契約書を入れたりなんかして正式な入社手続きが出来あがると、その十九人の者はあらためて人事係主任の前へ列《なら》べられて一場《いちじょう》の訓諭《くんゆ》を聴かされる。人事係主任は慇懃《いんぎん》な態度で言った。「我が鐘ヶ崎紡績はM社長様[73]を父とした一大家族主義でありまして、雇用者被雇用者の間はごつごつした権利義務を棄《す》てて徹底的な温情主義をもっていくのであります。親切を第一の信条とします。人に親切であらねばならん、仕事に親切であらねばならん、そして機械に親切であらねばならんのであります。M社長を父とし、工場長を母としたこの大阪支店工場にありましては、ここに働いている者みんな兄弟であります。兄であり妹であり、あるいは姉であり弟であるのです。兄や姉は、決して弟や妹に無理を言うようなことがありません。それで、上役《うわやく》のいいつけはよく守ってもらわねばなりませんぞ！　それからですね、たとえこれまで余所《よそ》の会社におられたことのある人があっても、この鐘ヶ崎紡績へ入社せられたからには一切合切《いっさいがっさい》鐘ヶ崎の規則に従ってもらわねばなりません。わが社には標準動作というものがあって一定の期間それを教えますから、すべての事柄はそれに当てはめてやっていただかねばならん。この会社はこうでも、私はこれまでこんなふうに習って、どういう具合にやりつけているからその方が得手《えて》だというような、我流《がりゅう》は断じて鐘ヶ崎の許さぬところであります。その点とくと注意してくださらねばなりません。どんなにその人の技術に特色があっても、本社の制定する標準動作に叶《かな》っていなければ、我が鐘ヶ崎紡績では三文の価値も認めませんぞ！　よろしいか？」

職工係主任は、ここのところを特に力強く叱咤《しった》するように言った。そうしてなお続ける……。

「作業上の機密《きみつ》を他へ洩《も》らさないということは、すでに契約書の条文にもあって明らかな通りですが、男工諸君においてはことのほかこれを厳重に守ってくださらねばなりません。わが社の従業員となられた以上、これは一個の道徳として考えてもらわねばならないのであります。それから最後にお願い申しておくことは男女間の風儀《ふうぎ》[74]ですが、これまた鐘ヶ崎では他所《よそ》と違って正しくしてくださらねばなりません。正式に媒介人《ばいかいにん》を立てて職工係において承認した結婚に対しては、人生の祝典として大いに我が社はお祝いしますが、そうでない場合は事情のいかんにかかわらず、すべてこれを当工場では不義と認めて制裁を加えますぞ。その辺、くれぐれもよくお含みおき願いたいのであります。」

江治はこんなにして男工寄宿舎自治寮の第十七号室へ入舎することを許され、翌日から素人《しろうと》として繊維工業界の重鎮《じゅうちん》鐘ヶ崎紡績の工場で働くことになった。そして一週間ほど養成部に置かれてから、やがて就《つ》けられた部は織布第十九組という力織機《りきしょっき》を二百台区切って六十人の定員によって運転する集団である。

経験工をこういうふうに素人工として廉《やす》く使い、一人前仕事のできる上へ持っていって鐘ヶ崎式の科学的動作を強制して標準づけ、これを各工場全国的に統一するところに、同社の製品が斉一《せいいつ》していて善良な所以《ゆえん》と、大量生産主義の秘訣《ひけつ》が存《そん》していた。実に近世大工業的機械生産は、その労働者をも一個の機械としてしまって、技術上の個性を完全に破壊しなければ成り立たなかった。

三好江治は一個の覚醒《かくせい》した労働者としてこれからはたらくのに、「いい技術を持った職工」という顔と信用を利用するため、鐘ヶ崎の方式を心得ておく必要があったのだ。

四

ある日支店長(工場長)と人事係主任と紡績および織布の工務主任によって協議が開かれた。まず座長格の支店長が口を切って言う。

「……ええ、調査部の報告を見まするとこの六月に入ってからとみに職工の欠勤率が高まったようですが、何かそれについて原因となるようなことがありますか?」

「はぁはぁ。」

「ことに織布室は女工の欠勤が多いようですね? 五月まで四パーセントを出るような日はなかったのに、六月に入ってから七パーセントにのぼったじゃありませんか。甚《はなはだ》しいですなあ、どうも急に。」

「何か一つ、欠勤防止策を講じねばなりませんね。」

紡績室の工務主任が言った。

「自体[75]、職工の分際として欠勤するなんてことは実に不都合ですなあ。第一贅沢じゃございませんか?」

織布室の主任が言った。

「さよう、彼らはどう考えたって、欠勤しなければならないような用事が、あり得ないはずなのですがねえ。月に四回も公休日があてがってあるのに、そのうえまだ休まねば済[76]ませんほど重大な用事が全体彼らの如き生活を営《いとな》んでいてあるでしょうか？」

「無論ありませんよ。彼らの用事といえばせいぜいまあ洗濯くらいなことでしょう？家内に病人が出来るという訳じゃなし、近所の交際がかかる訳じゃなし貴方《あなた》。」

「怠惰《なまけ》ですねえ。」

「そうです。」

「ただ何となく働くことが嫌いで、ごろごろ寝転がっていたいというナマクラ[77]ですよ。横着です、不精《ぶしょう》なのです。」

「そういう一般的な原因は私にも判っているのです。技術的見地から観て、何か欠勤の原因ともなるような特殊な事項がありませんか？」

支店長が言った。

「著《いちじる》しく工場の温度が上騰《じょうとう》するくらいなことで、ほかに別段これと取り立てて言うほどの変わった現象はないようですなあ……。」

「操業日報を見るとだいぶ製[78]額が落ちているようですが、今からこれでは七、八月にもなればもっともっと全体の能率は下がりましょう？　この未曽有《みぞう》な好況時代にあたって、暑いからといって製額を落とすことは何とかして取りとめねばなりませんねえ。」

「ほかの支店はどんなものでしょう？」

「やはり欠勤率はあがっていますなあ。」

「医師において労働差し支えなしと認めた軽微《けいび》な病人以上は、強制的に工場へ出すことにしてはどうでしょう？」

「わが鐘ヶ崎では、強制は禁物ですなあ。そんなことをしてはM社長の主義にそぐわない。働く意思のある者に向かって、作業その他労働方法の強制は内規として許されるが、それがとげとげしく表面へ現れては具合が悪い。」

　四人の工場幹部はやや長いあいだ互いに頸《くび》をかしげて考えた。と、人事係主任ははたと膝《ひざ》を打って三人にはかる。

「ここに妙案が浮かびました。ほかでもないが、これも要するに職工たちの無智を利用するよりほかに道はないですなあ。つまり彼らはわずか[79]一分《いちぶ》や二分《にぶ》の賃金に眼がくれて、過労のため自分の体が日々破壊されていって、寿命の幾パーセントかが縮まりつつあることにも気づかず、規定時間以外に余計働くことを喜ぶでしょう！　残業や徹夜を嫌って避けるのが当たり前だのに、かえって彼らはそれを欲《ほっ》する。そして彼らの心理にはまた、賭博心《とばくしん》がかなり濃厚に動いています。だからですねぇ、その欲の皮の厚いところを[80]捉《とら》まえて、自《みずか》ら進んで欠勤するを得ないようにするのです。」

「むう、そいつぁ妙案たることを失わない。」二人の技術家は感服した。

支店長は、

「その方法は？」と訊《き》いた。

「ただいま申しあげます、要するに[81]富籤《とみくじ》ですなぁ。政府[82]さえもこの方法は公《おおやけ》に行なっているのですからねぇ、各方面を通じて非難のくだるようなことはないでしょう？」

人事係主任は、この道にかけてさすがに専門家であった。

それから具体案の相談が出来る。そして翌日はその起草されたものを持って支店長が神戸の営業部へ走り、審議を経て再び持って帰って来た。営業部では、大阪支店の発案にかかる夏季の職工欠勤防止策がいい方法だというので、直《ただ》ちにこれを社長令として各支店工場へ通達を発した。そうして全国的に統一して、その方法は即時実施されることになったのである。「夏季特別賞与法」と名称された。

工場では間もなく、職工長である主席工や担任者の許《もと》へその旨《むね》[83]回章として回され、一般平男工《ひらだんこう》や女工たちには掲示をもって告知された。

一等二百円一人、二等百円二人、三等五十円三人、四等二十円五人、そのほか箪笥《たんす》、鏡台《きょうだい》、時計、反物《たんもの》、手風呂敷《てぶろしき》——これが六、七、八、九と四ヶ月の皆勤者《かいきんしゃ》に抽籤《ちゅうせん》で与えられるという趣向《しゅこう》だ。交代から交代まで一週間精勤したごとに一枚の切符が発行せられて、それが十四枚たまった者に右の抽籤権があった。それから第二賞というのがあって、一等五十円一人、二等三十円二人、三等十円五人、そのほか机、柱鏡《はしらかがみ》[84]、洋傘、下駄、タオル——これが切符十二枚を得た者に抽籤で与えられる。こんな調子で、一ヶ月精勤者切符四枚の第五賞まであった。

こうして職工五十万人を包容するグレート鐘ヶ崎が創始した欠勤防止策は、またしても他会社の模倣《もほう》するところとなって直ちに全国各会社工場数百万の労働者へほとんど一斉に課せられるに至ったのである。

*　*　*

百姓は[85]泥炭《でいたん》を食《は》んで母の乳房《ちぶさ》を涸渇《こかつ》させ、その幼児を蒼《あお》い顔して痩《や》せこけた栄養不良に陥《おとしい》れているにもかかわらず、米価は天井知らずに騰貴《とうき》していって止《とど》まるところがない。[86]奸商《かんしょう》らはいずれも買い占め売り惜しみをして他人の難儀にかこつけてますます肥《ふと》ろうとする。その他の諸物価もまた素晴らしい[87]破竹《はちく》の勢いであがっていった。ことに綿製品の如きはあらゆる日用品から[88]一頭《いっとう》地を抜いて昂騰《こうとう》し、はや倍を超えて三倍の高値をふもうとする。このとき突如としてほとんど一斉に全国を襲った米騒動[89]は、生長した奴隷の群《むれ》が虐《しいた》げた者への反逆《はんぎゃく》であった。彼らは凄《すさ》まじい勢いで、社会悪を利用して肥ろうとする人間悪へ挑戦してゆく……。ブルジョアの米蔵《こめぐら》を占領した。貴族の邸宅を焼き打ちした。奸商の店を破壊した。そうして力を得た群衆はなだれを打ってどこへか押し寄せようとするのであった。

[90]六甲山《ろっこうさん》の中腹に建った「[91]六甲の山荘」という御殿《ごてん》に住んでいる鐘ヶ崎紡績株式会社社長、日本紡績連合会会頭、東洋綿糸[92]シンジケート団団長、M[93]御大《おんたい》の屋敷は、万一《まんいち》を考慮《おもんばか》って二十人の警官によって守備《まも》られておった。電鉄会社がまだ出来なくて電力を供給していなかった頃、六甲の山荘ではすでに電灯が用いられておった。それでも自家用電灯の電力を起こすため夜分エンジンを運転しては安眠の妨げになるからとて、蓄電池を据えて昼間発電機を運転して充電しておき、夜分それを放電するというすこぶる凝《こ》った備え付けであったのだ。

山荘の社長は昨夜絹《きぬ》の褥《しとね》の上で暴民どもが工場を襲撃した夢を見た。綿製品の昂騰《こうとう》はひとえに東洋綿糸シンジケート団の綿糸価釣《つ》りあげによることを憤《いきどお》って、まず第一に神戸の営業部を襲ったのであった。

「旦那様、旦那様、たいそうおうなされていらっしゃいますこと。お夢でございますか？　お眼醒《めざ》めを、お眼醒めを……。」

彼は[94]緋《ひ》縮緬《ちりめん》の[95]長襦袢《ながじゅばん》を着た夫人に揺り起こされて、初めて夢であったことを知った。そして突然起き出して[96]小間使いを呼び、運転手を叩き起こして夜中《やちゅう》自動車を命じさせた。

「こんな夜中にご出社でございますか?」

「うむ、うっかりしていると工場をやられてしまう。急いでくれ!」

闇のとばりを破って、社長の自動車はいくつかの村里を[97]田楽刺《でんがくざ》しに疾走《しっそう》して行った。

＊　＊　＊

深夜の二時頃、大阪支店へけたたましく長距離電話がかかってきた。

「……そちらは大阪支店ですか? そうでしたら支店長の宅へ継《つな》いでください。」

――平時の起床時間にはまだ早い午前三時、慌ただしく鳴り響く自治寮の鈴《りん》に江治たち男工は一斉に起こされた。そして顔を洗う間もなく、すぐさま工場へ引き出される。社宅に住んでいる妻帯者の男工も、役付工《やくづきこう》も社員も、非番《ひばん》の男子たる者は総動員を命ぜられたのである。五百人の男子が立ちどころに、朝鮮柳を植え込んだ娯楽堂前の[98]アーク灯の下《もと》へ馳《は》せ集《つど》った。

「諸君……。今や神戸の[99]鈴木商店を占領した米騒動の一隊は、我が営業部および兵庫支店を襲わんとする形勢にあるそうだ。しかしてこの大阪支店へも何どき暴徒が押し寄せて来ないとも計《はか》り難《がた》いにより、万一の防禦《ぼうぎょ》に備えるため鉄条網《てつじょうもう》を張って警備隊を編成する。ゆえに、まず第一諸君は、原動室工務係を総指揮長として銘々各部上長《じょうちょう》の指図に従い、鉄条網架設の工作を命ず、……………………。」

支店長は空っぽになって転げていた[100]油樽《あぶらだる》の鏡《かがみ》へ乗っかって、大声に怒鳴りながら命令を発した。すると五百人の労働者はさっと二組に分かれて、正門からと裏門からと一斉に作業に取りかかるのだった。第一号倉庫が開かれると非常用具がいっぱい詰まっていた。そこから電線や[101]碍子《がいし》をありったけ引き出して、周囲約一マイルにのぼる広大な工場敷地に、塀に沿うて数条の裸線《はだかせん》を張り巡らせてしまった。そして発電所から、送電線を引いて、スイッチ一個入れれば何どきたりとも三百ボルトの交流電気が全線を充《み》ちて流れる仕掛けを、朝までにすっかり作りつける。なおまた綿布《めんぷ》の貯蔵してある数十個の倉庫へは、別に厳重なほとんど本物に近い鉄条網を二重に張り、外の線に三百ボルトの低圧線を通じて、中の網には六百ボルトの高圧送電線を架《か》した。

非番の者が六時間ずつ交代で絶えず警備した。

「だがもしや群衆が押し寄せた場合は一応握《にぎ》り飯《めし》を出して[102]鎮撫《ちんぶ》してみる。」支店長はこう言って賄《まかな》い方《かた》に[103]五石《ごこく》の米を磨《と》がせた。そしていざといえば何どきでも十二台据《す》わった蒸気釜《スチームパン》の弁《べん》を開いて、五石の[104]湧《わ》き立《た》て飯《めし》が炊き出せるように準備を調《ととの》えて待った。警察署からは数人の警官が出張している。こんな物々しい警戒のうちにも、機械は一分《いっぷん》も休むことなく永遠の回転を打ち続けていた……。

しかし遂《つい》に米騒動の一隊は大阪支店を襲わなかった。

女工たちは精勤券を貰って抽籤《ちゅうせん》の資格が得たさに、少々くらい体が悪くっても我慢《がまん》して休まずに工場へ出るのであった。

五

江治は棄《す》てられた菊枝《きくえ》のことをやっぱり忘れることができなかった。恋愛なんかにすっかり無関心で強く生きようと思っても、折《おり》にふれ時にふれ彼女のことが思い出されてセンチメンタルになった。ことに偶然編入された十九組には、強く生きようとする彼を捕えて再び甘ったるい空想へ引き戻そうとするような、まるで菊枝の延長みたいな女性がいて絶えず誘惑の矢を放つのであった。風貌《ふうぼう》が菊枝によく似ているところへもってきて、名前までも彼女の名を冠《かぶ》せた貴久代《きくよ》というので、いやがうえにも苦かるべくして甘いまだ生々しい記憶を甦《よみがえ》らせずにはおかない。

彼は貴久代によってともすれば再燃《さいねん》しそうな若き日の感情を抑え潰《つぶ》すべく、理性の団扇《うちわ》をあおることに葛藤《かっとう》の苦しみを覚えた。だが自分にだんだん処女性が薄らいで、異性というものが普遍的になってき、心が浮気《うわき》へ向かいつつあることを感じた。

貴久代は広幅織機《ひろはばしょっき》二台を受け持って、明け暮れ[105]綾木綿《あやもめん》を織っていた。そして[106]経《くり》が揚《あ》がった折彼が仕掛けに行くと、大仰《おおぎょう》に笑窪《えくぼ》を凹《くぼ》ませて笑った。江治は新たな経糸《くりいと》をすっかり仕掛け終わって[107]織り前にたたずんで、その[108]織りつけをする時、やはり狭い機間《はたま》にたたずんで後ろの機《はた》を織《お》っている彼女の尻へぴったり体がくっ付いて、そのうえちょうど人間の腰部と同じ高さに取り付かって出っ張っている[109]触面転子《しょくめんてんし》の運動のために、怖ろしいような性的昂奮を覚えるのだった。

一台の織機が十日に一遍ずつくらい揚がる彼女の台を、今日もまた一台仕掛け終わって織りつけた彼は彼女の美しさに見とれてぼんやりと機間にたたずんでいた。こぢんまりとひきしめて結った[110]束髪《そくはつ》の髷《まげ》を白い[111]寒冷紗《かんれいしゃ》の帽子でおおって白黒の[112]弁慶縞《べんけいじま》の上着を纏《まと》い、紺色《こんいろ》の裾《すそ》短い袴《はかま》に沓下《くつした》を穿《うが》って靴を履《は》いた、和洋巧《たく》みに折衷《せっちゅう》した女工服が、ひとしお工場美を見せて彼の気に入った。彼女が標準動作によって小鳥の如く軽《かろ》やかに向かい合わせになった二台の織機を飛び回るたびに、脛《すね》までの袴がびよびよ揺れ動いて下から美しいスカートの色が見られる。愛らしい器用そうな指がせせこましい織機の付属品の間を、タイプライターかピアノでも打つように早い速度で前後左右へひらひらと交《か》って動いていった。

「貴久代さん……。」

江治は人間のついている織機へ人間が経糸《くりいと》を仕掛けておいてからに、その持ち主と一言も言葉を交わさずに行き過ぎるなんて冷たい話にあまりなあっけなさを感じ、ついに工場の規則を破ってこう彼女の名前を呼ばわった。

「ええ。」

「貴女《あんた》、お国どこ?」

「うち? [113]播州《ばんしゅう》よ、[114]飾磨《しかま》郡《ぐん》。」

貴久代は一語発するたびごとに顔の動きを変えて応える。彼女はすぐれた女優のように豊富な表情を持っていた。江治は、実際あまり話す事柄がなかったけれど、何か話題を拵《こしら》えてでもしばらく彼女と語らねばやまぬ欲望に襲われた。

「播州って、播州名所があっていいところでしょう?」

「ううん、あまりよくなんかないわ。貴方《あんた》の国は? うち言い当ててみようか。」

「言い当ててごらん。」

「貴方《あんた》、浜松より向こうの生まれでしょ?」

彼女は憧《あこが》れたような青い瞳孔《ひとみ》を心持ち細めて、きゅっと[115]杼《ひ》を両方の手で抱《いだ》いた。

「違うよ違うよ、大違いだ。」

「だって貴方《あんた》、言葉遣い[116]が関東の人のようだわ。どこなの？　どこなの？　言《ゆ》うてしまってちょうだい。ささ、言《ゆ》うてちょうだい。」

彼女の言葉も、播州訛《なま》りではなかった。彼は濁水《だくすい》の瀑布《ばくふ》のように劇《はげ》しい騒音の中で、こんな女性らしい言葉を聴くことに限りない歓《よろこ》びを感じるのだった。

「僕ね、すっかり方角違いの丹後《たんご》の国。」

彼はこう言って、彼女の胸から新たな管糸《くだいと》[117]を通した杼《ひ》を抜き取り、緯糸《よこいと》の尽《つ》きかけた一台の織機《しょっき》の杼を換えた。

「明日、婦人見学団が工場を参観に来るのだって。寄宿で昨夜話していたわ。」

彼女はいま江治が経糸《くりいと》の間から抜き取った空《から》の杼に新たな管糸を差すため、再び杼を把《と》って胸に当てながら言った。

「婦人見学団？　どんな婦人が来るのだろう？」

「さあ？　おおかた分限者《ぶげんしゃ》の御婦人方よ。淑女《しゅくじょ》さまのご来臨《らいりん》、そうしてうちたち女工が汗水《あせみず》かいて檻《おり》の中で働くのをご覧に入れるの。うちは貧乏、貴方も貧乏、それで紡績の女工と男工をしているんだわ、アハ、ハ、ハ、ハ……。」

「貴久代さん！」

江治は思わず機械の間に隠して彼女の手を握ってしまう。（おお、何てまあ気に入っ

たことを言う女工だ）

「うちねえ、自家《うち》が苦しかったものだから学校へなんか満足に行かなかったの、[118]尋常《じんじょう》だぁけ。」

「貴女《あんた》のような、美しくって賢《かしこ》い方、女工なんかさせておくのもったいないねぇ。」

「貴方、お上手言うているわ。うち何《なん》にも女工いやなことないけれど、世間の人からまるで人間でないように言われるの、それが一番口惜《くや》しいわ。」

「一遍、折があったら、貴女とゆっくり話し合いたい。僕いつか機会を作って、どこかへ一緒に行きましょうか？」

「ええ、行ってもええわ。貴方、何か本もっていたら貸してちょうだい。」

いつまでも語り合っていたかったが、彼はついに彼女の側《そば》を離れた。

＊　＊　＊

午後三時の休憩に、待遇自慢のその工場では汗をふくため職工全部へ向けて一枚ずつ、あつあつの蒸しタオルを配布した。江治はそれを受け取ったがすぐに冷水をぶっかけて冷やして用いた。（なんぼ蒸気《じょうき》がたくさんあるからって、こんなことまでしなくてもよさそうなものだ。蒸した物がいくら科学上衛生的だからとて、[119]百度にものぼる焦熱地獄《しょうねつじごく》のような中で働いている者に、あつあつの蒸し手拭《てぬぐい》を貸すとはあまりに感情を無視したことだ）と思う。

彼はやがて三時の休憩に出て汗でびしょびしょに濡《ぬ》れたシャツの釦《ぼたん》を外《はず》し、ひと風入《かぜい》れていると給仕がやって来た。

「十九組の三好さん、ちょっと工務室までおいで下さいって。」

「何の用だ？」

「判りません。」

江治はせっかく休んでいるところを邪魔《じゃま》されて癪《しゃく》だったけれど、仕方なく給仕について事務所の工務室へ赴《おもむ》いて行く。すると貴久代も喚《よ》ばれているのだった。

「三好君、君は先刻工場の中で、この女工と精出して談話をしていましたね。いけないじゃないか君。」

工務はいきなりこう言って江治を叱《しか》る。そして次には彼女に向かい、

「貴女《あんた》は、工場の中で男と話してはいけないという工場規定を知っているだろう？」

「ええ、……。」

貴久代は恐縮したように低く答えた。

「知っているというのでしょう？　知っていて話してはいかんじゃないかね。貴女は時々どうもお喋《しゃべ》りしているのを見受ける。」

「すみませんでした。これからうち注意いたしますのでご免《めん》[120]ください。」

「三好君、君は一体この女工に何を話したのですか？　入社する時に工場規定書を渡してあるはずだ。いかなる場合においても、仕事上のことで女工に話しかけねば用を弁《べん》[121]ぜぬというような不完全なことは、当工場はしてないのです。赤白青と三本の信号器によって、作業に関したすべての事柄は信号できる。養成部で一通り師範を受けたはずなのだから、知らなかったでは済まんで君。」

工務係が言った。

「何ですって？　私《わたし》ゃ工場規定は読みました。」

彼はぐっと癪に触って吐き出すように応えた。

「知っていて女工と談話したのですか、故意に？　ともあれ、工場規定を破った者は同じく罰則第十二条によって、一応始末書を提出しなくてはならんです。」

工務の顔が瓢箪《ひょうたん》のように見えた。

「ばかなことをおっしゃい！　私はそんな規定を読むことは読んだが認めませんよ。始末書なんか断じて書かないからそう思ってください。」

「君は、本工務係に食ってかかるのですか？　私はただ規定によって君に言い渡しているのだ。工場規定は工場の法律ですぞ！」

工務はきっとなって言った。すると、

「すみませんでございました。私はすぐに始末書を認《したた》めて差し出します。」揶揄《やゆ》を含めて貴久代が突然わびる。江治は可笑《おか》しくなってきた。(本工務係……)そして言った。

「いや、どうもとんだ心得違いをいたしました。失言をお赦《ゆる》しください。仰《おお》せの通り工場規定によって私も始末書を納めさせていただきます。」

「よろしい。それでは今日中に書いてきてくれ給《たま》え。」

「はあ。」彼は畏《かしこ》まって尺取虫《しゃくとりむし》[122]のように腰を折った。

そしていったん工務係の前を引きさがり、やがて彼女と雑談して相済《あいす》まなかった始末書を認めて提出したのである。

＊　＊　＊

その翌日[123]は大阪毎日新聞社の主催で行われる、京阪神《けいはんしん》の上流婦人たちを会員とした婦人見学団が工場へやって来るのだった。「今日は上流社会の貴婦人方がわざわざ工場を参観に来られるのだから、常《つね》よりもいっそう意を用いて工場を綺麗《きれい》にしておけ。皆行儀《ぎょうぎ》よくしろ、些々《ささ》たる無礼があってもいけない。涙を出していたり、服装を乱していたり、疲れたらしいふうをしておったりなんかしてはいかん。貴婦人の顔をずけずけ眺めるようなことのないよう、おとなしく各自の仕事場についていろ」朝入場すると担任者からそれぞれ職工たちへ向けてこんな心得が言い聴かされた。

鐘ヶ崎紡績がその大きいこと日本一と誇っている娯楽堂《ごらくどう》へは、[124]精紡機《せいぼうき》の紡錘《ぼうすい》の横断面を示す同社の定紋《じょうもん》を染め抜いた幕を張って、来賓《らいひん》の休憩所が拵《こしら》えられた。そして茶菓《さか》を呈する準備ができ、社員たちは案内役と接待役の二班に分かれて腕章を付ける。そして天井《てんじょう》には飛行機の推進器《プロペラ》ほどの扇風機《せんぷうき》が、臨時に取り付けられて回転した。米騒動がやっとまだ鎮《しず》まったばかりの時だった。

午前中に[125]砲兵工廠《ほうへいこうしょう》で兵器や火薬の製造を観終わった婦人見学団の一隊約四百人は、三十分の午休《ひるやす》み後汽笛《きてき》に追い立てられて職工たちが午後の作業に取りかかると、間もなく工場の正門へ到着した。[126]丸髷《まるまげ》や束髪《そくはつ》や洋装の女たちが衣裳較べほど[127]綺羅《きら》を飾っている。非番で寄宿舎に寝ていた女工たちは、この三十分前に叩き起こされて門まで歓迎に出された。案内役の工務係は婦人たちを一応娯楽堂へ導いて歓迎の挨拶《あいさつ》を述べた。そして、

「それでは、いよいよこれから工場の中へご案内申しあげまして、機械の運転しているところを実地ご高覧に供《きょう》しますが、それまでに一応、ご注意の二、三を、お含みおき願いたくあります。ええ、各機械には、歯車《はぐるま》や軸《じく》やローラーがいずれもたくさん回転しておりまして、大変危険でありますから、絶対にいかなる場合にも手をお触れにならないようにお願いいたします。男工や女工の動作を充分注意してご覧になれば、機械の働き

はほぼご納得ができようと存じます。一、二の特別部門を除いたほかは、側《そば》で説明しても機械の騒音のために聞こえないのがはなはだ遺憾《いかん》ですが。それからあらかじめお断りしなければならぬ事柄がございます。なかに立ち働いている女工や男工らは、いずれも皆《みな》無教育な輩《やから》ばかりでして、教養ある来賓諸氏に対して定めし無礼な挙動《きょどう》をいたすだろうと思いますが、何卒《なにとぞ》厚いご憐憫《れんびん》[128]をもってご容赦《ようしゃ》の程を、彼らになり代わってひとえにお願いいたします次第でございます。では、各自お持ち合わせのハンカチでお口と鼻をおおいになって、お静かにご入場ください。まず最初の室《へや》が混棉《こんめん》[129]と申しまして、インド、米国、エジプトなどに出来た、それぞれ性質の異なる棉花《めんか》を開俵機《かいひょうき》[130]という機械にかけて解《ほぐ》し、これを適当に調合する工程でございます。原名をミキシングといいまして、プラット式のホッパー・フィーダー[131]、クライトン・オープナー[132]と称《とな》える二種の機械です。空気と簀子《すのこ》の運動によって、その調合した棉花を次の打棉室《だめんしつ》へ輸送しております。」

やがて各工場の各室へは、花のように美しい淑女たちがぞろぞろぞろぞろ入って来る……。そして彼女たちは巧妙《こうみょう》な運動によって棉《わた》が立ちどころに筵《むしろ》ほどに固められ、丸帯《まるおび》のようになって、腰紐《こしひも》のようになって、うどんのようになって、線香のようになって、そして糸になっていく機械機械を惧《おそ》れをなした者の如く眼を丸くして眺めた。

女工たちはまた芝居の舞台を工場の中へ持って来たような華《はな》やかさに眩惑《げんわく》されながら

も、憎悪《ぞうお》や、嫉妬《しっと》や、憧憬《しょうけい》や、失望やら、複雑な反感の眼瞳《まなこ》を瞠《みは》る。

夏羽織《なつばおり》の下に帯が見え、単衣《ひとえ》の下に大きな長襦袢《ながじゅばん》の模様が透き徹る。こうした絹《きぬ》の薄《うす》物《もの》の下には美食を食《は》んで滑《なめ》らかに脂《あぶら》ぎった、あでやかな肉体《からだ》が包まれているのだ。指輪《ゆびわ》の嵌《は》まった手といい、絹ハンカチで抑えた顔といい、輝かしい光沢に漲《みなぎ》っていた。令嬢《れいじょう》風《ふう》に装《よそお》った娘の肉体が、ふくよかな曲線を表へ現して[133]明石《あかし》の下に跳《おど》っているのだった。そして[134]なりがねの渋柿《しぶがき》みたいな女工に、むごたらしいまでな対照を示す。彼女たちは、ただ男性の性欲を昂奮せしめるためにのみ育てられたもののようであった。そうして女工たちは、永遠に、ただ営々として働くためにのみ生を享《う》けた、まるで彼女たちとは目的の異なった生物であるかの如く考えられた。

＊　　＊　　＊

——彼女たちの一団が梳棉室《そめんしつ》へ差しかかって来た時、二人の男工は突然「並掃除《なみそうじ》」という機械の掃除を始めた。

彼らはビールの四ダース箱を三個積み重ねたくらいな除塵機《じょじんき》の車を押して来、腰に挟んでいた手拭を把《と》って口鼻をおおったと思うと素早《すばや》く一本の調綱《ロープ》を梳棉機の調車《プーリー》から、持って来た除塵機の調車《プーリー》に掛けた。するとブウン……と[135]風箏《ふうそう》を立てて除塵機の[136]風車が回転したので、吹雪《ふぶき》のような綿埃《わたぼこり》が火事のとき火の手が屋根を貫《つらぬ》いたほどの勢いで天井へ吹き揚げられ、屋根裏に突き当たって滅茶苦茶に美しい人の頭へ降りそそいだ。

「何を無礼する！　運転を停《と》めろ。今どき並掃除なんかしなくともよろしい。」

工務が真《ま》っ赧《か》な顔して怒りながら、手を挙げて制した。すると梳棉工《そめんこう》はぽいとその除塵機のロープを調車《プーリー》から外してしまった。

「担任者！　こいつを事務所へ引きつれて行け。」

工務は怒って言った。するとその室の担任者が「はあッ！」と軍隊式に敬礼して答え、直《ただ》ちにその職工二名を拘引《こういん》して監督に渡した。

いつも梯子《はしご》から梯子、梁《はり》から梁を鼠《ねずみ》の如く渡り歩いて天井の幹軸《メイン・シャフト》[137]に油をさして回っている原動部所属の注油方《ちゅうゆかた》は、今日もまた粗紡室《そぼうしつ》[138]の上を汗みどろ汗まみれになって、綿塵《めんじん》を吹き揚げられながら働いていると、美しい女たちが下を通りかかってあたかも動物園で木の上の猿を見る如く自分を見あげたのでぐっと癪《しゃく》に触った。

「ちぇッ！　ど淫売《いんばい》め。人を嘲弄《わらい》さらしてくさるな。これでも浴《あ》びやがれ。」

注油方は誰にも聞こえぬ梁《はり》の空《そら》で独りこう呟《つぶや》いた。そして足許《あしもと》に一分間四百回転している幹軸から床上の粗紡機へ向けて直角に懸《か》かって波打《なみう》ちながら風を筝《あお》って空間を疾走している三インチのベルトへ、薬缶《やかん》のような注油器の口からしばらくのあいだ続けざまに油を注《つ》ぎそそぐ。すると厭《いや》な臭《にお》いのする機械油が雨のようになって彼女たちの頭上へ飛散《ひさん》した。しかしながらこれは、故意にやっているのだということが監督の工務係にも判らなかった。

[139]経糸糊付《くりいとのりづ》け室の男工はまた、一台の機械で経糸に糊を付けて乾燥し、一反《いったん》一反[140]丈尺《じょうしゃく》を測って、墨《すみ》を入れて、そうして織機の[141]男巻《おまき》に巻き取られていく態《さま》を珍しそうにたたずんで観ている婦人たちを、安全弁《セーフティ・バルブ》から出しぬけに蒸気を噴《ふ》かせて、糊付け乾燥機の汽笛が破裂したような激しい音響で驚愕《きょうがく》させたのである。機台の側《そば》に噛《かじ》りついていた三十人ほどの女は、二寸くらい飛びあがって驚いた。

しばらくすると見学団の一行は織布室へ入って来る。と、ここは一番音響が劇《はげ》しいので、なかには耳に手を当てる者もあった。

黒と白と、たった二色《ふたいろ》の彩《いろど》りに限られて眼に倦怠《けんたい》を覚えさせるような単調な工場へ、着飾った婦人たちが押しかけたので塵埃《じんあい》の巷《ちまた》は時ならぬ美しさを見せた。しかし江治は、絶えず求め憧《あこが》れていながら与えられない美の悩みを、いたずらに刺戟《しげき》さすために彼女たちがわざわざ見《まみ》えたように思われた。どんなに気張って食ったところが一日に一升とは食い切れない米、そのわずかな物が騰貴《とうき》したために暴動まで起こさねばならぬほど多数の者が生活に追われている時、綺羅《きら》を着飾って人が汗みどろになって苦しんでいるのを見物に来るって、ずいぶん呑気《のんき》な階級もあればあるものだと考える。

（畜生！　あんな有閑階級の奴らは、杼《ひ》でも飛ばしてひどい傷負わせてやれ）

江治はむらむらっとして、向かっていた機台にわざと故障を拵《こしら》えかけた。すると「よせっ」と誰か止《と》める者があるような気がする。

「幼稚な真似をするな。いたずらな感情に走ってそうした幾十万の男女のうち、彼女たった一人に憎しみの矢を放ってみたところでそれが何になる？　遊んでいて美衣美食するということは、彼女自身の罪ではない。彼女にそうさせる眼に見えぬある制度の勢いなのだ。杼を飛ばせてその[142]野砲《やほう》の弾丸《たま》のような鋒先《ほこさき》で一人の女の顔を射《い》、だらだら紅《あか》い血の流れるのを観たら汝《なんじ》自身は快感を味わうだろうが、それによって全同胞の虐げられた生活が一歩半歩も向上するものではなかろう？　そんなことでは、永久に浮かぶ瀬がないぞ。馬鹿な、愚直《ぐちょく》な考えをよして、もっともっとお前は[143]怜悧《れいり》なれ。」

理智がこう諭《さと》すのであった。

やがて工場を観終わった婦人たちは、鐘ヶ崎自慢の職工福利増進施設を懇切な説明つきで、女工寄宿舎、付属学校、託児所、病院、男工寄宿舎自治寮、日用品引換所（売店）、社宅と順番に案内されて見て回った。非番《ひばん》で寝《ね》ていた女工たちはその三十分ほど前に皆《みんな》世話婦から叩き起こされ、学校や裁縫室へ追い込まれた。また、部屋にいる者は行儀よくつつましやかに女工雑誌を読むことや、生け花をいじくるべく厳命されたのだ。

そうして婦人たちは四時過ぎに大娯楽堂の前へ引きあげた。彼女たちは衣裳に付着した綿埃《わたぼこり》を互いに汚《きたな》らしく払い合う。

「機械って、ずいぶん面白い物でございますわねぇ。」

「ですが、怖いようなところもございますわねぇ。それに、どうも埃がひどくって……。」

「まったく、あれでは中に働く者がたまりませんでしょう？　まるで吹雪《ふぶき》のようですもの貴女《あなた》。」

「エヘン、エヘン、エヘ、エヘ、エヘ……。思わず咳《せ》けてきますわ。」

「あの埃を一週間もわたしたちが続けて吸った日には、たちまち肺を傷めてしまいましょう？」

「してみると奥さん方、職工たちの体は特別丈夫にできているのでございましょうねぇ？」

「そうでもなければ、ああして一年三百六十五日、とても働いていられない訳です。」

「まああきれること、この綿埃はなんぼ払ってもちょっとも落ちまへんどすよ。ちょうど糊でひっつけたようにお召《め》し物《もの》に噛《かじ》りついて……。」

「外出着《よそゆき》がさっぱりおじゃんだすわ貴女、[144]御寮人《ごりょん》さん。」

「そうだす。わたしは油の飛び汁を浴びてこの通りだすわいな。」

「あぁあぁ、お化粧も髪も台なし、茶々母《ちゃちゃも》茶《ちゃ》[145]になってしもた。」

「新聞社の方も、こんな酷《ひど》いところへ伴《つ》れて来《き》やはらいでもよさそうなもんや。」

「ほんまに砲兵工廠《ほうへいこうしょう》といい紡績といい、こんなところなら見学に来なんだ方がよろしおましたわ。」

「本当にそう思います。」

「でも、女工たちの待遇がよくこれだけ行き届いたことでございますねぇ？」

「貧乏な家に生まれておきながら、こうして楽々と相当な教育が受けられるって、彼女たちは何て恵まれた娘でしょう？」

「まったく果《か》報者《ほうもの》です。」

彼女たちには女工生活が言うほど不幸なものには見えなかった。

六

八月の帳〆《ちょうじめ》[146]前から、貴久代は体の具合が悪いと言い出した。江治と彼女は幾度でも工務に発見せられるたびごとに、始末書を出してはいろんなことを話し合って、今は互いに恋を感じるまでに心やすくなっていた。

「ねえ、無理をしないで体が悪かったら休んだ方がいいよ。」

江治は言った。しかし彼女は、

「よもや二百円あたろうとは思わないけれど、でも万一ということがあるからうち抽《ちゅう》籤《せん》の資格が得てみたいの。」と言い、体の悪いのも我慢して工場へ出た。

彼女は何となく呼吸が重苦しくって、胃の内裡《うち》が腫《は》れあがっているような圧迫を腹部から胸部へかけて感じた。そして時々ぐらぐらっと眼の眩《くら》みそうなことがあり、手足が痺《しび》れて糸を持っているのが夢みたいに頼りなかった。

「そんな無理な辛抱してよ、[147]あったら体を傷めてしまってはしょうがないじゃないか？　つまらん[148]意気張《いきは》りはおよしよ、ええ。」

江治は彼女のしんど気《げ》な態《さま》がよく判るのでこう言ってしばらくやめて養生《ようじょう》するように勧めた。

「でも、もうせっかくこれまで[149]詰めたんやから惜しいわ、あと、たった一ヶ月だもの。」

だが貴久代はこう言ってやはり工場へ出る。（女工としては例外に教育のある[150]工《こう》なのだがなあ、それさえも巧妙な資本家の罠《わな》は引き入れてしまう）彼はこう思った。そしてそう言う自分でさえだいぶ危なっかしいのだと気づいて戦慄《せんりつ》した。

と、九月の初めの蒸し暑い日であった。彼女は昨夜から月経がありだして[151]胃脚気《いかっけ》の上に月経熱が加わり、かなり頭が痛かったがもう三枚だけ精勤券を取れば第一賞の抽籤ができるので、病院から貰ってきた[152]瀉利塩《しゃりえん》の多い水薬《みずぐすり》と、別に盛ってくれた[153]粉薬《こなぐすり》を服《の》んで出勤した。どんなに気分の勝《すぐ》れぬ日でも髪を毀《こわ》した姿を男に見せるのは自堕落《じだらく》な恥《はじ》だと思って、彼女はいつも整然とした束髪にあげた。そしてたとえひとたまりもなく、水蒸気を瀬戸物にあてたほど流れ出る汗で洗い落とされるにもしろ、部屋を出る時だけは薄化粧を施《ほどこ》して出るのが常だった。けれどもそれさえ億劫《おっくう》でくるくるっと巻きつけた梳《す》き髪に水白粉《みずおしろい》もつけずに今日は出た。

「三好さん、うち今日はえろうてたまらんわ。木綿一本、切り替えてちょうだいよ。」

貴久代は[154]千巻《ちまき》にいっぱい溜《た》まった綿布《めんぷ》を切り替えるのが苦しかったから江治に頼んだ。

「よっし。」
[155]二十ポンドほど目方のある四インチ直径、長さ四十五インチの布軸《クロース・ローラー》の新しいやつを持って行って、機台《はただい》の前へ掛かってそれに二反まくりついた総量四十ポンドくらいな広幅木綿を、ローラー[156]ぐるめおろすのだ。
「あまり苦しかったら、早引きして帰った方がいいよ。」

「木綿がおろせんほども、しんどいことはないのだけれど、うち貴方《あんた》だから頼むの。」耳朶《みみたぶ》に口づけしてこう言う彼女の言葉が、いつもの日ほど明瞭でないことを彼は感じた。どことなく流暢《りゅうちょう》さを欠いた、だるいような言いぶりだった。

江治は午《ひる》の休憩《やすみ》に出て、今朝紡績室で女工が一人卒倒した話を聞いて入った。

貴久代は午前《ひるまえ》からますます苦しくなったので午後は早引きしようかとも思ったが、四分の三のところまでせっかく勤めあげてきながら、いま一歩の瀬戸際でこれを[157]抛《なげう》ってしまって、その努力を台なしにするのはいかにも残り惜しくて思い切れなかった。（もう少し辛抱しよう）彼女はこう思いつつ劇《はげ》しく動悸《どうき》打つ胸をこらえて一刻一刻曳《ひ》きずられていく……。

と、工場の温度が一日中で最も高く昇る三時、彼女はひと風いれに行こうと思って二、三歩自分の機台から離れたところで突然卒倒してしまった。くるくるっと、頭の中で何か回転したように感じたがその後は意識を喪失した。機台の側面と側面が向かい合ったせせこましいわずか[158]三フィートくらいな狭い機間《はたま》である。一本の軸と二本の梃子《レバー》によって杼投運動《ピッキング・モーション》という複雑な運動装置が働いていた。そこへ彼女は機械の向きと平行して体を横たえたので、自分の台の梃子《レバー》で強《したた》か脚を打ち叩かれ、隣の台の車軸《シャフト》に打ち込まれた[159]楔《くさび》の頭に咥《くわ》えられて髪の毛を巻き込まれたのである。

江治は休憩《やすみ》に出る段取りをして五、六台距《へだ》たったところの機間に屈《かが》んで手の油を拭《ぬぐ》っていると、彼女の織機が不意に変な停《と》まり方をしたのではっと立ちあがった。そしてまっすぐには駈けて行くことのできない狭隘《きょうあい》なせせこましい機間を分けてコの字形に進み、隣の台で茫然とこの態《さま》を傍観している織り工を突き退《の》けてがむしゃらにハンドルを外した。そして素早く彼女を抱き起こして背中に負い、一散に場外へ逃れ出てアスファルトの焼けたトタン屋根の長く続いた廊下を工場病院へ走る……。

「貴久代、貴久代、貴久代……。」

道すがら彼は無意識のうちに物狂わしく彼女の名を呼んだ。

* * *

風が入ると糸がよく切れるとて窓を開くことを禁じられている工場は、いつまでもいつまでも暑く、自然が長い道草くって秋を運んで来ることを忘れているかのようであったが、場外へはでも清らかに澄んだ秋が訪れる。構内の朝鮮柳や青桐《あおぎり》が幽《かす》かに黄ばんできた。そして夜業《やぎょう》に仰ぎ見る月の色が夜な夜な[160]玲瓏《れいろう》さを増していくのであった。屋根へ登って見ると[161]生駒《いこま》の連山《れんざん》を背負った一帯の[162]河内《かわち》平野が、[163]豊穣《ほうじょう》の波をのた打っている。

女工たちは毎年春と秋に一回ずつ行われる運動会を、今年はどこ行きであろうかと待った。と、間もなく十月度の第三[164]交代日に、[165]天王寺《てんのうじ》公園において大競技会を開催する旨の掲示が出た。これまではずっと遠足会であったのがこの秋は趣向がえだ。「産業思想普及のため工場を宣伝しよう」というのであった。

麗《うら》らかな日、九千人の女工と千人の男工が[166]人畷《ひとなわて》を作って市《まち》を行く……。

女工は一人残らず白い鼻緒《はなお》の[167]麻裏草履《あさうらぞうり》を履かせられて上下真っ黒い禁欲の工場服を纏《まと》い、無装飾な白いエプロンに髷《まげ》だけちょこなんと蔽《おお》った帽子を冠《かぶ》り、[168]運転袋を腰に提《さ》げた工場で働くなりの風。男工もまたお揃いの胸掛け洋袴《ズボン》にダブル襟《えり》の上着という鼠色の作業服なりであった。これをまるで小学校の遠足会かなんぞの如く背広を着た社員や紫《し》紺袴《こんばかま》の世話婦たちが列外について始終《しじゅう》世話を焼きながら引率する。先頭には大きな工場旗が掲げられて行った。そして数組の音楽隊がしきりと広告のように囃《はや》し立てて、絶えず工場歌を皆に歌わせつつ市外から大阪へ出て目抜《めぬ》きの場所ばかりを択《よ》って通《うね》って行く……。

沿道の市民たちは交[169]通も何も遮断《しゃだん》されていることに気づかず、この大行列の通過を物珍し気《げ》に立ちどまってしんがりまで見物した。

一行が[170]堺筋《さかいすじ》へ差しかかると折しも争議中だった大阪電機製作所の[171]罷《ひ》工団《こうだん》が示威行列《デモンストレーション》をして来るのに行き合う。組合へ加入しているその争議団は[172]友愛会《ゆうあいかい》の各支部から同志の応援を受け、幾本もの組合旗や数流《すうりゅう》の幟《のぼり》を押し立てて労働歌を高歌《こうか》しながらやって来る。

そして鐘ヶ崎の一行と行き違う時にはいっそう高らかに、挑戦的気勢を示して痛烈に歌った。すると奴隷の群《むれ》も負けずに工場歌を声張りあげて合唱する。中央建柱式《センター・ポール・システム》の電車道をなかに挟んで、この異なった二つの行列は相対峙《あいたいじ》して市民に見《まみ》えたのだった。だが千人足らずのデモンストレーションの方は一万の声と音楽隊のためにたちまち破られてしまわねばならなかった。

その日の夕刊に、市の各新聞は大阪電機の示威運動のことよりも鐘ヶ崎紡績の運動会を、大きな活字の見出しで写真まで入れて長々と書きたてた。

＊　＊　＊

同じく十月の末、天王寺公会堂で第十四回模範工女表彰式というものが開催された。普通席にはざっと二百人ほどの女工が居列《いなら》んで銘々恰好《かっこう》悪く椅子に掛け、来賓席《らいひんせき》には全国各地の紡績工場からその日表彰される女工たちを伴って来た職工係の社員などが、三、四十人着席していた。女工たちはいずれも静物《せいぶつ》[173]のようにじっとうつむき、痒《かゆ》さも我慢して静まり返っている。

彼女たちの中にはこざっぱりした銘仙[174]の袷衣《あわせ》[175]一枚まとっている者はなかった。秋の季節にはふさわしからぬ色や柄合《がらあい》の綿入れを着たり、または宝物にでもしたいような手織《ており》[176]縞《じま》を着たり、季節外れの単衣《ひとえ》ものなど、さながら避難民か何ぞのように雑然としたうえ、ほとんどまだ若い娘ばかりであるにもかかわらずこれは申し合わせたようにお婆さんみたいな地味なもの、二百人も勢揃いした娘のなかで長襦袢《ながじゅばん》に掛けられた美しい[177]半襟《はんえり》一つ、その頸筋《くびすじ》から見出せない。彼女たちは白粉《おしろい》をつけなかった。そしてただ鴉《からす》が羽《はね》をひろげたような不恰好な日本髷《にほんまげ》を、いとも大切げに強烈な臭いのする鬢《びん》つけ油《あぶら》で固めているのだ。しかしながら彼女たちにとっては今日の召《め》し物《もの》が一張羅《いっちょうら》のとっておき衣裳であり、鴉が羽をひろげた如き醜態な日本髷も最も[178]優しい髪の結《ゆ》いで、精一杯のお飾りなのである。

九州や関東辺の工場からは、みな泊まりがけで来ているのだった。

——紡織会社は暴利《ぼろ》い営利事業であることにつけ込んで、いろいろ異なった風変わりの寄生虫が宿ってきた。そのうち男工の技術雑誌だとか女工の教育雑誌だとかいうものを発行してしきりに工場へ売りつけたり広告をせびりに来る[179]手合いがあって、なかに[180]『工手の母』という薄っぺらな女工専門雑誌の主筆だという男があった。彼は元ある工場の人事係にいて工場の内情に通じているところからして、始終《しじゅう》全国各会社の工場を回って講演と紙屑の押し売りをやって歩いていた。と、その[181]雑誌ゴロがあまり執拗でうるさいのでついにこれが[182]紡績連合会の委員会の議にのぼり、彼を何とか利用してやろうではないか、ということになった。こうして生まれたのが[183]「工手教育会」といって紡績連合会所属の全国各工場を会員とし、毎年一回ずつ各工場から人員に応じてごく少数の女工を挙げさせてこれを表彰する。そして資本家より観たる模範女工を第三者が表彰するように見せかけるのであった。

台湾《たいわん》[184]坊主のように頭のつるつるに禿《は》げた工手教育会会長は、もったいぶった口調で時々空《から》っ咳《せき》を交《まじ》えながらおもむろに述べてゆく。

七

ええ、今日は、皆様が、各会社数千人の工女さんのうちからたった一人か二人しかないところの模範工手《もはんこうしゅ》に択《えら》ばれなさって、名誉ある、賞状を受けられるめでたいめでたい実に悦《よろこ》ばしい日であります。

近頃、段々と世の中が変わって参りまして、あっちこっちの労働者は雇《やと》われている主《しゅ》人《じん》であるところの資本家に向かって、やれ働く時間が長いから短縮せよの、やれ賃金を上げて利益の分配を公平にせよの、分け前を出せのと、まるで喧嘩腰で食ってかかっておりますが、しかしそれは傍《はた》から考えてみるとあんまり横着な申し分ではありますまいか？

今日、ここで模範工手に表彰される皆さんのことではありませんが、日本の職工は総じて自堕落《じだらく》で、しまりがなく、仕事のできない、責任を重んじない、向上心に乏しい、道徳のない、無礼な者どもばかりだと申しても過言ではなかろうかと存じます。こんな人たちが臆面《おくめん》もなく資本家に向かって賃金の増加や時間の短縮を要求するのだから呆《あき》れてしまいます。自分に与えられただけの仕事は真面目に、完全に、誰からもとやかく言われぬようにやり遂げておいて、そうした後、こうしてくれとかああして欲しいとかお願いするのならものの道理も立っているというものだが、自分にあてがわれた責任も果たさないで勝手放題な申し分ばかり主人へ対して並べ立てるとは、何と皆さん厚かましい話ではありませんか？

そういうことを言っている労働者も、またそれを導く学者とか論客とかいう人たちも、何ぞといえばすぐに欧米の例を引き出して一も二もなくそれを真似ようとする。外国の労働者がこうだから日本もこうしてもらいたい、外国に労働運動というものがあるよって日本の職工もそれを真似ねば恥だ、欧米の工場がこんな風であるのに日本はそれをしないで不都合だとか、ま、こんなに言って外国のこととさえ言えば何でもかんでも完全無欠なまるで聖人か神様のなされたことのように思い込み、日本の資本家ばかりを独り悪者のように思いつめております。がしかし、彼の地《かち》の職工がそう要求するのは当たり前で、自分の責任を皆よく重んじて義務を完全になし遂げてから権利を主張しているのであります。それなれば誰が聞いたって当たり前の要求でありますが、日本のこのごろ騒いでいる連中のはそれがまるであべこべになってしまっている。責任観念の乏しい日本の労働者と彼の地の労働者とは、銀《ぎん》の大黒さんと鉛《なまり》の大黒さんほどの相違があって、とうていこれを一様に考える訳にはいかないのであります。

しかし私は、それでよいと申すのではありません。[185]欧米の職工はこのように権利義務で行くのかもしらんが、日本はそれではいけない。皇統連綿《こうとうれんめん》として[186]二千五百有余年、[187]百二十三代万世一系《ばんせいいっけい》の天皇を戴《いただ》く我が大日本帝国の道徳は、すべて忠孝の二節が基となって定められている。畏《かしこ》くも明治天皇陛下が我ら臣民《しんみん》に下《くだ》し給《たも》うた[188]教育勅語《きょういくちょくご》に、もったいなくもきちんと「我が臣民よく忠によく孝に」と出ておる。忠義とは天皇陛下に忠であると共に主人に忠であらねばならぬことを言っておられるのであります。

聞くところによれば近頃東京辺りの工場では皆様と同じような女工さん方が、不心得な男工の中へ混じってやれこれと騒ぎ、ストライキなんかをやらかしているそうですが、それはとんでもない了見違《りょうけんちが》いであるのです。以上申しました如く自分の欠点はそっちのけにしておいて、棚から牡丹餅《ぼたもち》を食おうとする無法で承《き》き入れられよう望《のぞ》みのない、男工輩《やから》の口車《くちぐるま》にうっかり乗せられ、おとなしくてしおらしい点に愛すべき値打ちのある女だてらが、事もあろうに主人へ食ってかかってストライキをやるなんて、手にも足にもかからんあばずれ者と言わなければなりません。幸いここへお集まりの皆さんには[189]万《まん》そのような間違いはなかろうとは存じますが、渡り者の男工などがよく女工さんを煽《おだ》てて、浅はかな謀反《むほん》を企《くわだ》てたりなどするものですから前もって用心なさらなければなりません。万一皆様の部屋や組の中で、もしそんな形勢でもありそうな場合があったら、すぐに社員の方へお報《しら》せして会社の利益を図ることが肝要です。

　皆さんがそれぞれ自分に与えられた仕事を励んで、怠《なま》けることなく、後生大事《ごしょうだいじ》と陰日《かげひ》向《なた》なく働いてさえおれば、厭《いや》でも貯金が増えて福運《ふくうん》が向いてくることは間違いないのであります。工場長様や職工係の方をはじめ、それぞれ上役の方にも眼のあることですから、働く者の悪いようになさる気遣いはない。人間の欲というやつは、どこまで行っても止《とど》まることを知らぬきりのないやつですから、ただもう何事にも不平を言わずと、足《た》ることを知って、一生懸命辛抱して働くのが一番堅《かた》い道なのであります。それが第一自分のため、第二には郷里《きょうり》におわす親御《おやご》のため、第三は兵士が戦争に行って弾丸《だんがん》の中で働くのと同じように御国《みくに》のためで天子《てんし》さんへのご奉公《ほうこう》[190]、いっちしまいの第四番目が会社のためなのでありますから、どうぞ皆様は先《せん》申しあげたようなつまらぬ考えは仮初《かりそめ》にも持たんようにし、各々の仕事を天職と心得て最後に神様が授けて下さる幸福のため精々《せいぜい》勉強せられることをこのめでたい日に祈るのであります。

それからお仕舞に一言つけ加えておきたいのは、幸い皆さんはこれまで技術の方も一人前にやれ、年功も皆二《ふた》満期以上にのぼり、しかも皆勤者であって貯金や送金をたくさんせられて、なお品行方正にして上役の命令をよく守られたから、その報《むく》いとして今日の悦びがあったのでありますが、ただ今模範工女として名誉ある表彰を受けられた以上は、よりいっそうの奮励努力《ふんれいどりょく》して、これからさき今日の褒状《ほうじょう》[191]を傷つけるような行為があってはならぬことは申すに及ばず、進んで会社全工手の模範を示す心懸けで、何事によらず十二分の注意をもって進まれなければなりませんのであります。悪友にさそわれたり男工に甘い言葉をかけられたりしても、いやしくも自分は模範工女であるという誇りをもって、常に心を緊張して、自重《じちょう》されんことをくれぐれも祈ってやまない次第であります。

ええ、これをもって今日の祝辞と致します――。

＊　＊　＊

女工たちはいずれも打ち水したような静粛《せいしゅく》さをもって謹聴《きんちょう》した。彼女たちの顔は感激のあまり蒼《あお》ざめている。

それから来賓席にいた各社の社員がかわるがわる登壇《とうだん》して思い思いな詭弁《きべん》[192]を祝辞とい

う名のもとに弄《ろう》し、それが終わると再び工手教育会会長が登壇していよいよ賞状の授与式が始まった。傍《かたわ》らから順番に女工の名前を読みあげる……。

「鐘ヶ崎紡績株式会社大阪支店織布室見回り工、真田《さなだ》トカさん。」

すると発育不良児のような一人の女工が、

「へえ……。」と返事しておどおど前へ進んだ。

「表彰。富山県東砺波《ひがしとなみ》郡南山見《みなみやまみ》村大字院滝見《おおあざいんたきみ》、真田トカ、明治×××年×月×日生。資性温厚にして品行方正、幼《よう》にして父家出して家族四散し、母および妹を省《かえり》みるものなし。ここにおいてか[193]蹶然《けつぜん》として入社し、一意専心勤倹《きんけん》を旨《むね》とし、獲《う》るところの賃金は皆これを家郷《かきょう》に逓送《ていそう》し、もって母妹生計の資に充《あ》て孝養の道を尽くす。在勤十有三年[194]あたかも一日《いちじつ》の如く業務に精励《せいれい》して技術優秀、上長の命を遵守《じゅんしゅ》すること[195]宛然《えんぜん》男子の軍隊におけるが如きものあり、役付工に挙げらるるや部下を[196]優渥善導《ゆうあくぜんどう》すること懇切《こんせつ》を極《きわ》む。まことに女工道の[197]鑑《かがみ》として衆《しゅう》の模範たり。よってここに徽章《きしょう》に反物《たんもの》を副《そ》えその善行を表彰す。大正××年×月××日、工手教育会会長、村井基一。」

会長はこう声高らかに文面を読みあげて一枚の賞状と反物の包みを差し出す。女工は嬉しさのあまりぶるぶる両手を打ち顫《ふる》わせてこれを受けた。栄養不良に眼の落ち窪んだ彼女の顔に、幽《かす》かな幽かな光明《こうみょう》の色が動くのであった。

こうして次々に名前を呼ばれて褒状と反物を一反ずつ貰った女工たちは、全部終わってから余興の浪花節《なにわぶし》を一席聴いてそれぞれ社員に伴われつつ工場へ帰って行った。

――トカ女《じょ》の朋輩《ほうばい》たちは、彼女が表彰されたことを互いに羨《うらや》ましがるのだった。そして、

「トカやん、ええ物《もん》もろて来たんやなあ。ちょっと、見せてんか?」と彼女の部屋へ押しかけて来た。

「皆、気張って働きさえすりゃいつか貰えるよって、精出して勉強しなはれや。」

彼女はこう言って、羨まし気に指を咥《くわ》えている部屋の工たちに反物を解《ほど》いて見せた。

すると皆はそれを取りあげ、

「まあ……。絹やわ、絹や、絹やしぃこれ!」と大仰《おおぎょう》におったまげた。

翌日は早速模範工女に表彰された二名の名前が賞状の写しと共に鐘ヶ崎の大食堂に掲示された。そして程なく彼女たちの半身が大型の写真に撮られ、過去数年間に表彰された者の写真と一緒に、それが永久に寄宿舎の大広間へ額にして掲げられる。

「模範工女に、模範工女に……。」

数多《あまた》の娘たちはこれを目あてに、我が心に鞭打《むちう》っては励《はげ》むのであった。[198]

トカ女はちょうど十九組の段取り見回り工であった。彼女はその月の勘定に売店でミ[199]

ツワ石鹸《せっけん》を買って同組の男工と見回り工だけに配り、お祝いの気持ちとした。

「三好さん、うち先だってあんなところへ行ってきましたんやわ。これ、ほんの土産《みやげ》の真似ですけど……。」

二十六だというのにまるで十五、六の小娘くらいしか身長のない、それで力織機《りきしょっき》の織《お》り前《まえ》へ背が届きかねていつも機械のフレームへ登って織り工の世話をしている彼女のひからびた手で、江治の手にミツワ石鹸の箱が一個握らせられる。彼は白い木綿の上へ、思わず一しずく蒸留水のような涙を落とした。そして卒倒した貴久代のことと彼女のことを思ってしばらく感慨に耽《ふけ》る……。

第八回目の模範女工表彰に挙げられて肺病で死んだ女工の碑が寄宿舎の庭園に建っていた。彼女は二十年間鐘ヶ崎紡績に勤続して、三千円の貯金を拵《こしら》えたのであるが身寄りの者のない孤独女で、誰もその金の受け取り手がなかった。それで彼女は工場病院の冷たいベット[200]の中で、「永々お世話になった鐘ヶ崎のためにお礼としてあの金は寄付さしてもらいます。どうか会社でよろしいように処置してください」と遺言して死んだのである。

これを一般女工のしめしとして女工道の典型に祭《まつ》りあげ、その紀念碑を建立したのであった。

八

いつしかまた冬がやってくる。工場の内は縦横《じゅうおう》に通した蒸気管《スチーム・パイプ》のため春のように暖かかったが、二重扉《にじゅうドア》を開けて場外へ出ると薄着《うすぎ》の体を容赦《ようしゃ》もなく空風《からかぜ》に叩かれて男工も女工も、しょっちゅう風邪をひいた。

一月四日の仕事始め、貴久代は朝起きると頭が重くて鼻の奥の方が乾いたような風邪気味を感じたが新年早々から欠勤するのも縁起が悪いと思い、また世話婦からも「たとえ中途で退場して帰っても、とにかく朝だけは一度出勤せよ」とやかましく言ってきたので我慢して工場へ出た。そして九時の休憩に病院へ行って診《み》てもらうと、医者は「なに大したことはない、ほんのちょっとした感冒《かんぼう》だから頓服一服《とんぷくいっぷく》[201]と二日分散薬《さんやく》[202]をやる」と言って簡単な診立《みた》てをした。

「先生、うち早引きしたいのですわ、証明書かいてくださいな。」

彼女はこう請求したが、

「なぁに、それほど大したことはないよ、まあ辛抱おし。」と医者は言って早退の証明を認《したた》めてくれなかった。

工場で体の具合が悪くて早引きする時には、病院の証明がなければ工務係の承印《しょういん》がおりないのだ。

「だって先生、うちずいぶん頭が痛くって鼻の奥の方が変にこそばゆいのですもの。」

「それは軽微な感冒の容態なのだ。熱なんかありゃしないじゃないか、たった七度五分きり。」

貴久代は仕方なく病院を去って仕事場へ戻るため冬枯れのした木立の間へ出た。すると電線に切られた一陣の生駒颪《いこまおろし》がひゅうと鳴って鋭く彼女の全身に衝《つ》きあたる。綿フランネルの腰巻一枚の上へ203黒天竺一重《くろてんじくひとえ》の袴《はかま》、といっても普通の袴とは大いに違った仕立て方で前が全然割れておって皆目《かいもく》かき合わない、その上をエプロンで包むのである。上着はまた黒天竺の単衣《ひとえ》もの、その下に薄い肌襦袢《はだじゅばん》が一枚重なっているのみ。しかも仕事の妨《さまた》げになるとて袖の長さは肘《ひじ》までしかないのだった。それ以上に余計は一枚でも着ることを禁じられている。こんな薄着した彼女はさっと頭から水を浴びせられたような寒さを覚えた。そして思わず身顫《みぶる》いし、アスファルトの廊下へ入った時にはさながらバイブレーターのように劇《はげ》しく全身が慄《ふる》えてくるのを止《と》めることができなかった。

「おお……。寒い寒い寒い寒い寒い……。」彼女は思わず声を立てる。

病院から工場まではかれこれ五丁も距離があった。

その夜から翌日の朝へかけて、寄宿舎のうちで貴久代をはじめ四十何人の患者が出た。彼女たちはもうとても仕事どころの騒ぎではない、怖ろしく高い熱に襲われてうわ言《ごと》たらたら苦悶《くもん》しているのであった。吐く者がいる。

五日のお午頃《ひるごろ》、院長が出勤して診《み》ると[204]流行性感冒だった。で、慌《あわ》てて患者を病院へ収容する。しかし既に手遅れして彼女たちはインフルエンザから[205]コロップ性肺炎に罹《かか》っていった。常に塵埃《じんあい》に攻められて肺臓を圧迫している女工たちは呼吸器疾患に罹る可能性が非常に多いのだった。

彼方此方《あちらこちら》で催《もよお》される新年宴会の出席に忙しく、まだ屠蘇《とそ》の酔《よ》いの醒《さ》めやらぬ工場長をはじめ各工場幹部は、この報を聞いてびっくりして馳《は》せつけた。そして彼らが協議を重ねたうえ「罹った者は仕方がないからでき得《う》るだけの手当てを施《ほどこ》してみるとし、それよりもまず後の者が大切だから直《ただ》ちに全員の[206]予防注射を執行しよう」ということになる。それで医員は[207]積極的方面に手を取られて繁忙をきわめ、入院患者の方が自《おの》ずと疎《おろそ》かになった。

それ注射液の購入だ、酸素の注文だと言っているうちに、新患者の数は倍増《ばいま》しにふえていく……工場長は人員欠乏のために機械が一台でも停止することを最も恐《おそ》れた。そうして(また、何か臨時出勤奨励策が必要だなあ)と考える。

百人の入院患者を収容することのできる工場病院はたちまち満員になってしまった。一室に三台ベットが据えてあるのを急に蒲団《ふとん》だけ床《ゆか》のうえへじかに置くようにして四人の患者を収容し、五人に増し、倍の六人にしたがそれでもなお足りない。インフルエンザからコロップ性肺炎に移った者は十時間を出ずして多くが死んでいった。

＊　　＊　　＊

病室へ他の二人の患者と共に搬び込まれた貴久代はすべて怖ろしい悪夢の中を辿《たど》っているようで明瞭《めいりょう》な意識を持たなかったが、でも炎上《えんじょう》する焰《ほのお》の上で大鷲《おおわし》に追われながら空を翔《か》けて逃げるが如きとりとめのない苦悶を微かに覚えた。額《ひたい》へ氷嚢《ひょうのう》をあてがってくれる看護婦の手や顔が素敵にでっかい船のようなものに見えたり、白ペンキを塗った病室の天井が涯《はて》しもない積雪の層をなして今にもその一角が自分の上へ崩れかかりそうに思えたり、ベットが自分の体を乗せたまま故里《ふるさと》へ向けて走る汽車であったりした。また、そうかと思うと病室全体が機械や伝動装置の車になってくるくる回《ま》いしたりなどするのだった。

看護婦は食べ物なんか食べられるはずのない患者の許《もと》へ、お粥《かゆ》を運んで来てどすんと置き去る。小豆《あずき》飯の残飯を煮なおした、達者《たっしゃ》な者でも厭《いや》なようなひつこいお粥が御飯蒸《ごはんむし》器《き》みたいな物にどっさり入れられて、二個の梅干《うめぼし》と沢庵《たくあん》二切れと、食堂で用いる工場のマーク入り茶碗が一個つけられているきり、誰も口をつける者はなかった。彼女たちの枕許《まくらもと》には薬が置かれてあった。しかしみな自分独りの手で服《の》むことはできない。

「皆さん、お薬服まなかったら先生に叱られますよ。誰も、なぜちょっとも服まないんです？」

看護婦は手のつけてない散薬の袋を見てこう言った。

「……。」しかし答えのできるほどの者はいなかった。

「あなたたちは癒《なお》りたくないのですか？」

「……。」

「私が、先生に叱られてしまうわ。」

朦朧《もうろう》とした貴久代の口へ、看護婦は二服いっぺんに薬をあけて、[208]吸呑《すいの》みさえもないので茶碗から水を注いだ。すると七分目までは唇《くちびる》からそれて外へ流れ、彼女の頸筋《くびすじ》へ入ってしまう。

「エヘッ、エヘッ……。」

貴久代は粉薬《こなぐすり》を喉《のど》にまぶせて力なく咽《む》せ返《かえ》り、看護婦の顔へしぶきを飛ばせた。

「まあ！　何て横着な患者。もう私しらんしらん、構わないわ。」

看護婦はがちゃんとドアを締めてスリッパの足音荒く病室を出て行った。

[209]周波《しゅうは》を打って襲ってくる病勢が一瞬時くだり坂になると、彼女は怖ろしい渇《かわ》きを覚えて辺りを手探った。

「水、水、水……。」

しかし水の入った薬缶《やかん》はベットの下へ隠されていて彼女の手には摑《つか》まれない。

「あぁあぁあぁあぁあぁ、喉が乾く。水、水、水、水が欲しい……。」

額《ひたい》の氷はいつしか解けてしまって、なま温かい湯になっていた。夜の十一時。医者は夕方の退場時間に帰ってしまい、看護婦は宵《よい》の口に[210]通り一遍各室を看て回ったなりで、看護婦室で寝てしまっていた。そして隣床の患者が同じように呻《うめ》く声しか聞こえない。

「ミズ……。」

貴久代は三度《みたび》声をあげようとしたが、もう続ける力が尽きていた。そしてぐわっと玉みたいな物が込み上げてきて咽喉《のど》を塞《ふさ》ぐ――。と、次の瞬間、病勢の周波は鎌首《かまくび》をもたげてどっと彼女の全身へ迫り寄り、幽《かす》かな意識を引き浪のように奪い去った。

貴久代はぐえッ、ぐえッ、ぐえッ！と三回続けざまに血を吐いた。

この時藻搔《もが》き苦しんでいた隣の工は、ついにどすんと音立ててベットの上から板の間《いたま》の床上《ゆかうえ》へ[211]あずり落ちる。そして彼女もぐわっとその場へ喀血《かっけつ》した。

こうした患者は明くる朝になると大概冷たくなって死んでいるのだった。病院の板の間はどこもかしこも、外科の手術室のように血みどろで物凄《ものすご》い。息の絶えた患者はすぐに引き出して次の新患者を収容せねばならなかった。あとからあとからと患者はつかえてきて、掃除する暇がないのであった。

＊　＊　＊

病院の裏手に四方と屋根をコールターを塗ったトタンの波板《なみいた》で蔽《おお》い、一間《いっけん》の扉《とびら》を付けた窓なしの掘立小屋《ほったてごや》がある。内部は四方の壁をこれまたトタンの延《の》べ板《いた》で張り巡らせ、薄暗い隅《すみ》っこに二本の竹と藁縄《わらなわ》で作った担架《たんか》が一台常に立てかけられている。そしてまた[212]鉄の四分丸で作られた鉤《かぎ》のような物が数本用意してあった。これを工場の者は「死体室」と呼んでいる。

夜のうちに死んだ工たちは、衛生係という常雇《じょうやと》い人夫によって翌朝病室を引き摺《ず》り出され、件《くだん》の竹に縄を結《ゆ》わえつけた担架でここへ運搬されるのだった。

美しい貴久代も胸許《むなもと》から顔《かお》の辺りを血だらけにして息絶えていた。人夫はその苦悶の跡を残した惨《いた》ましい彼女の頸《くび》へ持っていってバンド紐《ひも》に結んだ名前の書かれた札《ふだ》をぎゅっと括《くく》りつけ、さながら材木でも取り扱う如く手荒《てあら》に掛け声してベットの上から引き摺りおろす。

「あ、よいとこりゃ。」

一人の男が、

「[213]あたら女子《おなご》を、こないしてむざむざ殺してしまうの、もったいないもんやなぁ。」と言った。

防火扉の古手《ふるて》を使った土蔵の中戸《なかど》みたいに重い釣り戸を、一人の人夫が両手をかけてごろごろっと開く。と、死人小屋のなかから異様な悪臭が洩れてきた。陰惨《いんさん》なトタン壁の際《きわ》にそれぞれ犬の如《ごと》く頸《くび》っ玉に姓名の札をつけた屍《しかばね》が、乱雑に積み重ねられておった。

数十個の死体である。

「このなかの七、八分通りまでは、男の味も知らずに死んでしまったんやなぁ。」

「あったら×××を灰にしてしまうのんや。」

「ほんまにのう、鐘《かね》ヶ崎《さき》は×××の[214]冥加《みょうが》が尽きるで。あ、よいときた……。」

人夫はこんなに言いつつ担架をおろして、鉄棒の鉤で彼女の寝巻の紐《ひも》を引っかける。

××××××××××××××××××。

「おい、××××××したるなあ?」

「医者め、もうちょっと[215]あんばいげに手当てしたりゃ助かるのになぁ。こんなええ工をて××××××××もったいない、惜《お》しいこった。」

「ちょっと××××××、××××したる。」

「××××いのう……。」

「あ、よいとこさ、か。こぅこで[216]、おぉやの[217]、来るのを、待ちやがれッと！」

彼らは仏の×を鉤の先で叩いてみたりなどしてさんざん弄《もてあそ》んだあげく、こう節《ふし》をつけて折り重なった屍《しかばね》の上へ放り上げた。

江治は休憩《やすみ》のたびに病院へ赴《おもむ》いて貴久代を見舞ったけれど、いつもはっきりした意識が彼女にはなかった。

その日も彼は九時の休憩《やすみ》を待ちかねて、八時半頃そっと便所へ行くような風して組を脱《ぬ》け出し彼女の病室へ駈《か》けつけてみたが、もはや彼女はベットにいなくてほかの患者と入れ替わっているのだった。

「十六号の端にいた山崎貴久代はどうしました？」

彼は看護婦長を尋ね出して気忙《きぜわ》し気《げ》に訊いた。

「あの患者さんは今朝亡くなりました。」

「ええッ！」

江治はたぶん駄目だろうとは思っていたのであるが、看護婦の言葉に昏絶《こんぜつ》しそうな驚きを感じた。そして一散に死人小屋へ駈けて行く……。

しかし重い扉にはがっしりと南京錠《なんきんじょう》がおろされている。

「き、貴久代、貴久代、貴久代さん……。」

彼はすすりなきを交《まじ》えて彼女の名を呼びながら、死人小屋の周囲《まわり》をどうどう巡《めぐ》りした。

九

[218]遠州秋葉山《えんしゅうあきはさん》の山麓《さんろく》にある大森林の中に掘立小屋《ほったてごや》を拵《こしら》え、巨大《きょだい》な竈《かまど》を築いて炭焼きをやっている貴久代の親たちは夫婦連れして伐《き》り倒《たお》した立《た》ち樹《き》の小枝を払い落とし、いいくらいな長さに切ってぎっしりいっぱい竈《かまど》へ詰めたやつに点火して、[219]堅炭《かたずみ》を焼きあげるため今しも頃合《ころあ》いを見極《みきわ》めて竈[220]の口塗りをしていると、村に住んでいる元締《もとじ》めの家《うち》から番頭が電報を取り次いできた。あけてみると「娘死んだすぐ来い。七日待つ。来なければ焼く。」というのであった。で、父は驚いてそのかみさんに竈[221]出しや俵詰めなど後の始末を命じておき、番頭と一緒に早速《さっそく》山を下って村の元締めで旅費を借りた。そして浜松まで十数里の山路《やまみち》をてくってやっと汽車に乗り込み、八日の午後大阪へ着いて勝手の判らぬところを電車や巡航船《じゅんこうせん》に乗って難儀《なんぎ》しながら夕方市外城東[222]の鐘ヶ崎紡績へ辿り着く。

「ごめんくらっせぇ、わっしゃこちらにご厄介《やっかい》んなっとりました山崎貴久代の父親でごぜえます。娘っ子がどうも、一方《ひとかた》ならんい[223]かいお世話さまになりまして……。」

厳然《げんぜん》として関所を守る門衛の前で、彼は丁寧に挨拶して[224]刺《し》を通《つう》じた。すると門番は、

「あ、そうですか。」と言いながら卓上電話の受話器を取りあげた。

「十二番、もしもし、寄宿ですか？　ただいま門へ、山崎貴久代さんのお父さんが見えました。山崎、貴久代さん。」

　そして彼に向かい、

「ただいま、係の者が参りますからどうぞしばらくあちらの面会所へ入って待っておってください。」と筋向かいの小さな職工面会所を指《さ》して言った。

　寄宿舎の方では門衛から電話が掛かると、そら来たっというので死骸引き合わせの段取りをするのだった。

「おい、山崎貴久代いぅ工引っ張り出して来い。」

　舎監《しゃかん》が衛生係人夫にこう命令すると、

「よろしおまァ。」と答えて人足たちは死人小屋へ走り、堆積《たいせき》した死骸の中から彼女を択《え》り出して再び例の担架に乗せながら搬《はこ》び返して来る。そしてひと間に安置してまだ病《びょう》臥《が》している態《てい》の仏《ほとけ》に直した。

　彼女を白いシーツでおおった蒲団《ふとん》にそっと横たえて[225]匕首《ひしゅ》を載せ、枕許に机を置いて塩や味噌を供えて灯明《とうみょう》を献《ささ》げる。そうして喀血《かっけつ》の痕《あと》はアルコールをもって綺麗に拭《ぬぐ》い取っ

てしまった。

——父が三十分ほど待っていると、やがて正門へ現れた舎監はできるだけ丁重《ていちょう》に彼を迎えるのだった。

「私が女工さんの方の係をしている者でございますが、お待たせして申し訳ありません。今ちょっと手の離されん病人があったものですから。」

舎監はこう言いつつみすぼらしい炭焼きの前へきわめて丁寧に頭を垂《た》れた。

「これはお初《はつ》にお目にかかります。今《こん》たびは早《はや》どうも、娘っ子がいけぇお世話さまになりまして。」

「いや、まことに行き届かんことで、とうとう亡くなられて何ともお気の毒な次第であります。さあ、どうぞお通りください。」

「ごめんくらっせぇ。」

「ご遠路のところ急ぎ旅で、ずいぶんお疲れでございましたでしょう？　ゆるゆるご逗留《とうりゅう》なされて、せいぜいねんごろにお弔《とむら》いしてあげてくださいますよう。」

「ありがてぇ仰せでごぜえます。」

＊　　＊　　＊

彼が寄宿舎へ通《とお》ってみると十畳の間に死んだ娘が安置され、花を手向《たむ》けて線香の煙が緩《ゆる》やかに立ちのぼっていた。そして一人の老婆が娘の枕許に坐りこんでしくりしくり泣いている。いかにも手厚《てあつ》い介抱《かいほう》を受けて、娘は満足しながら安らかに息を引き取ったように見られた。

「これが貴殿《あなた》のお娘御《むすめご》の仏様です。四日の朝少し頭が重いと言われたので、無理をせずに仕事を休んだ方がいいと申しあげたのですがね、若元気《わかげんき》で、なぁに大したことはないの、じきに癒《なお》ってしまうわ、と言って、世話婦たちが止めるのもきかずに仕事に出られたのです。ところがその日一日は格別《かくべつ》どうもなかったのらしいですが、四日の晩急に熱が出ましてね、それですぐ当番の医者に診《み》せて入院させたのですが、運悪く近頃流行する悪性感冒だったのです。実に残念なことでした。」

舎監はこう説明を与えた。枕許についていた老婆は思い出したように声をあげてひとしきり泣く……。

「オオイ、オオイ、オオイ、オィオィオィオィオィオィ……。これはこれはようこそまあ来《き》とうくんなはった。あんたはんが貴《き》いちゃんのお父《とっ》つぁんですかい！　このお婆《ば》んがなぁ、貴いちゃんの世話は二日二夜を、さあ一目も寝んと付きに付いて看《み》ましたやけどなぁ、寿命がなかったのかとうとうあきまへなんだや。あぁあぁ可哀想《かわいそう》に可哀想に、南無阿弥陀仏《なむあみだぶつ》、南無阿弥陀仏。お婆んはなぁお父つぁんや、この工が会社へ入って来るとからに、まんでもう我《わが》の娘か孫のようにして面倒看たりましたやわいな。お婆はこの工が可愛《かわゆ》うて可愛うてなぁ、もう眼の中へ擦《こす》り込んでまいたいほど可愛かったので月のもんの着いたお腰まで洗濯したりましたのや。そうするとようしたもんで、この工もまんでわてを本当のお祖母《ばん》かお母《かん》みたように思ってなぁ、わて見るとさや[226]甘えて何でもかでも身のまわりの用を言い付けまんにゃし。お父つぁんやいなぁ、この工はほうして、あんたはんの前では[227]なはなひつれいやけど、ま、炭焼きの子ぉにも似合わんと読み書きが好きで、お婆んに用させといてからに我が身は本ばっかり読み耽《ふけ》っとりました。ところが、それがまたお婆んはなおさら可愛《かわゆ》うてなぁ、大阪へ行った土産《みやげ》[228]にマルキのパン買《こ》うて来てもらうのんを楽しみに、世話婦さんに叱られながらもほかの工の用を放っといてまでこの工の用事ばっかりしてやりましたのや。わてにはたった一人だけあった娘がこの会社の機械《ききゃあ》で死にまして、今じゃ天にも地にも身寄り者のない独り者ですだ。それでこの工は我が娘のように思って面倒看とったのやが、あぁあぁあぁあぁ、今じゃそれも……。」

　泣き婆はよよとばかりに彼女の屍《しかばね》の上へ泣き崩れた。そして、

「まあ、これ見たっとうくれ、焦《こ》げつくような熱でかなりひどう苦しみましたがな、亡《の》うなる三十分まえんなると熱もげっそり綺麗に引いて、お婆ん、うちはもう癒ったわ、

明日起きられるの、と[229]安らこう言うてにっこり笑いましたのや。このお[230]ちょま口で、この涼《すず》しい愛らしい[231]二皮眼《ふたかわめ》の眼《まなこ》でお婆んの顔を見上げてなぁ。」

泣き婆は巧みに身ぶり手真似して、いかにも本当らしく言うのであった。

「そうでごぜえますだけぇ。それはどうも一方《ひとかた》ならんご厄介になりましたのう。入院までさせてもらった上そんな手厚い介抱受けて、それでようならねえような奴《やつ》ぁ、何こいつの寿命がねえんですわぇ。娘っ子になり代わって、わっしが厚《あつ》うお礼申しわぇ。」

父親は彼女に感謝せずにはいられなかった。と、彼はちょっと娘の死に顔を覗いて樒《しきび》の葉で唇を濡《ぬ》らしてやり、再び元の如く[232]蔽衣《へい》を被《かぶ》せて線香を手向《たむ》けながら静かに合掌した。

「南無阿弥陀仏、南無阿弥陀仏、南無阿弥陀仏……。」

「男はんは思い切りがええ。お婆んは何ぼ泣いてみたって死んだ仏は元へ戻らんと判っとりながらも悲しゅて悲しゅて、もうこんなに泣けて泣けてしょうがないのや。これ貴いちゃん、貴いちゃん、貴いちゃんえのう……。」

「山ん中の小屋におって死にゃあ、医者にかかることもできねえだ。手を尽くしてもらって死んだのでねえか、ええ成仏《じょうぶつ》してくんろよ。」父は観念して言った。

灯明《とうみょう》の炎《ほのお》と線香の煙が、白熱灯に照らされた十畳の室《へや》を淡《あわ》く淡く流れた。

程経つと、舎監は彼女の勘定や積立金を持って来て父親に渡す。そして別に黒枠と社名を刷り込んだ開《ひら》き封《ふう》の洋封筒に入れて二十円の香典《こうでん》を出した。彼は感謝して幾度も幾度も礼を言いながらそれを受け取るのだった。

「それでは山崎さん、火葬場の手続きがちゃんとできておりますから、明日《あす》にでも葬《そう》儀《ぎ》をお済《す》ましくださいますか？」

舎監が言った。

「そうさせていただきましゃ結構でごぜえます。」

「費用は一切ご迷惑かけません。出入りの葬式屋を呼んで、すべて会社の方でやることになっておりますから。」

「それでは、こんなにして仏を見せてもらえばもう心残りゃごぜえませんで、今夜のうちにちょっくら[233]湯灌《ゆかん》済まして、棺《かん》へ納《おさ》めさせてもれえますでごぜえます。」

父は言った。彼は娘の死について一点の疑いも差し挟まなかった。

翌朝、鈍《にぶ》い冬の日光が分厚い雲に遮《さえぎ》られてどんより曇《くも》った沈鬱《ちんうつ》な下を、まだ解《と》けやらぬ霜路《しもじ》を踏んで貧しい弔《とむら》いが工場の裏門を出て行った。こういう弔いが近頃毎日五つ六つあって火葬場へ搬《はこ》ばれるのであった。

それから貴久代の父はもう一晩寄宿舎に泊まって明くる日の朝骨拾《こつひろ》いをやり、片掌面《かたてのひら》に握ってしまえるような曲《ま》げ物《もの》[234]の中へ娘を納めて、秋葉《あきは》山麓《さんろく》の炭焼小屋へ帰ったのである。

彼は泣き婆に、貰った香典《こうでん》のうちから三円礼をして去った。

第二篇

[1]近世文明はどこまでも自然を征服し、その麗《うるわ》しさを破壊していくことに限りない快《こころよ》さを持つもののようであった。杜《もり》は伐《き》られ、沼は埋められ、丘陵《おか》は崩されて巨大な煙突が雲をまして聳《そび》え立つ。方々《ほうぼう》の都会では、郊外の花の名所が[2]喧囂《けんごう》たる工場地帯に変わりはてていった。近世工業主義はこうして猫の額《ひたい》ほどの地をも決して都会の一隅《いちぐう》に置き忘れはしなかった。

[3]欧州の大陸では怖ろしい殺戮《さつりく》が始まる。するとあさましい人間たちは生きるための生産をそっちのけにしてひたすら殺すためにのみ働いた。そこで連合軍諸国の生産が杜絶《とぜつ》してしまったので我が日本の腐ったような品物も世界の市場へどしどし捌《は》けるようになった。このとき[4]共同戦線に加わっておりながらも敵国[5]が早く[6]膠州湾《こうしゅう》を棄《す》て去《さ》ってくれたおかげで、みんごと生産力を失わず済んだ日本の資本家らは、機械にも労働者にも盲滅《めくらめっ》法《ぽう》な馬力をかけてできるだけ多くの製品を作り、これを売って儲《もう》けることに急だった。

ことに人間が生きていく上において食物《しょくもつ》の次に必要欠くことのできぬ衣服類が、世界の需要《じゅよう》の大半を満たしている英国から供給《きょうきゅう》されなくなったものだから紡織工業は他のどの工業より最も優勢な地位に立って、その投資者たる者は木に餅《もち》のなる如《ごと》き厖大《ぼうだい》な甘い利潤《じゅん》にあずかり得たのである。既設工場では盛《さか》んに増錘《ぞうすい》[7]増設をし、労働時間の延長をやって生産を上げた。そして新しい会社工場が、あたかも雨後《うご》の筍《たけのこ》か土筆《つくし》のように、ところ嫌わずむくむくと生《は》える。

　こうした好況熱に浮かされ、各資本家連が寄って紡織会社を一夜《いちや》漬《づ》けに計画してその工場を多く都会地に求めたのだった。

　創立委員はすぐに株式会社の定款《ていかん》[8]と工場の設計図を起草した。そして工事請負《うけおい》の入札《にゅうさつ》が済み、機械類の注文が発せられる。

　それからしばらくするとわずかに都会の平原を偲《しの》ぶに足《た》る蘆原《あしはら》へ「何々《なになに》紡織株式会社工場建設用地」という大きな標柱がぶっ立ち、蒼茫《そうぼう》[9]とした蘆の原は翌日から埋め立てられていかねばならなかった。やがて煉瓦《れんが》と木材と瓦《かわら》とセメントが搬《はこ》ばれ、エンジンの地盤工事が施《ほどこ》されて工場は建つ。機械は英国製に代えて不完全ながら和製を据《す》え付《つ》ける運びになった。ここで企業者らはこの好況を逸《いっ》せずに、一日も早く工場を運転して資金を回収したうえ儲《もう》けたいのであった。女工《じょこう》が要《い》る段取り。

機械は分業制度を作って、糸を紡《つむ》ぎ布を織る創造の労働を、昔より幾層倍《いくそうばい》となく簡単にしたのであったが、でもなおその仕事は農業や化学工業などよりはるかに複雑な技術を要し、どんな呑《の》み込《こ》みのいい女でも一日や一週間の見習《みなら》いではとても役に立つところまでいかない。それで新設工場を運転するにあたっては多くの熟練工がなくては叶《かな》わないのである。そこで、機械の据え付けを終わった各工場では女工募集費に多額の金を使ってもすぐにそれが回収できることを見越し、男工《だんこう》や募集人を八方へ放《はな》って既設工場から熟練工を盗むのであった。機械を据え付けた男工たちは「工場が運転し出したら準社員の待遇をやる」というような条件をつけてもらい、募集人に早変わりして旅費万端《ばんたん》会社もちのうえ[10]先方での給料を取り、その上なお本工場からも出勤した格《かく》で日給を受けて、全国各地の古い工場へ女工の駆《か》り集めに入り込んだ。

このとき[11]東京江東《こうとう》の市外に建った亀戸《かめいど》紡績という大工場から、凄腕《すごうで》の募集人がまだ運転を開始してから間もない名古屋のある工場へ入り込んだことを知る者はなかった。

＊　＊　＊

[12]募集人の犬山《いぬやま》は今日もまた何かいい鳥がかかってこないかと思いながら、絹《きぬ》の分厚《ぶあつ》い部屋蒲団《ぶとん》の上に胡坐《あぐら》をかいて玄人《くろうと》あがりの女房の酌《しゃく》で朝酒をひっかけておった。そこへ、

「電報!」と配達夫の慌《あわ》ただしい声がする。

「むう? ちょっと受け取って来てくれ。」

「……さ、開けてごらん。」

「時間は何時だ?」

「もう九時半過ぎだわよ。」

「どこからかな?」

――ヤクソクノ、ジヨコ、ヒヤクニン、ハヤクタノム、[13]ヒトリ二〇、ウメダワタシ、一〇、ニユウシヤ、ナゴヤ――

「よっしきた。」彼は電文を読み終わるとしばし頸をかたむけて何か思案《しあん》したが、やがてこう呟《つぶや》いて独り頷《うなず》いた。そして女房に、

「おい、今日はひとつ久しぶりで会社へ顔出ししてくる。」と袴《はかま》の仕度《したく》を命じた。

「お前さん、しっかりやってくれなきゃ。この頃のように怠《なま》けてばかりいちゃ駄目《だめ》じゃないの。本当にいけすかないねえ。」

女房は亭主の身仕度に手をかしながらずけずけと言った。

「大いにやるけれどさ、先《せん》だってのようにお前が本気になって妬《や》き回ると仕事がしにくいよ。」

「そりゃ当たり前さ、また商売商売ってとんでもないところにまで商売を[14]出《だ》しに使っ

て、あんな小娘にうつつをぬかしているんだからねえ。元はいくら浮気稼業《うわきかぎょう》のあたしだっていい加減妬《や》けっちまうよ。」

「うつつをぬかしとった？　大袈裟《おおげさ》なこと言うない、こいつ。」

「何が大袈裟なのさ？　あたしの言うことにゃちっとも事実より誇張《こちょう》した点はないつもりだよ。そりゃね、女と関係つけるくらいなことは構わないさ。だけど[15]お召《めし》の着物や指輪を買ってやったり、三越《みつこし》へ伴《つ》れて行って髪結《ゆ》わせたりなんかしてさ、[16]須磨《すま》あたりとんでもないところへ募集に行かれては商売そっちのけだからね。」

「うるさいねえ。誰が、あんな小娘なんかに惚《ほ》れてたまるものかい。そんなこと言って手前勝手な憶測《おくそく》を下《くだ》して、いちいちやきもち焼いていた日にゃてんで商売になりゃしないよ。せっかくひっかかってきてくれたいい鳥も、お前のために逃《に》がしてしまうぞ、ばかな！」

犬山は女工募集のため常に各地を旅行して歩き、たいがい月のうち半分くらいしか家にいないのだが、その家にいる半分の日はほとんど日課のように毎日やらかす女房との諍《いさか》いを済ましてから、間もなく和服の上へ袴《はかま》をつけて工場へ出かけて行った。

彼の経歴を簡単に紹介すると、彼はもと関東のさる工場で人事係副長を務めていたのだが、遊里《ゆうり》にいた今の女房の許《もと》へ足繁《あししげ》く通うために会社の公金をごまかして遣《つか》い、さんざん入《い》れ揚《あ》げた末、ついに課長が欠勤してその事務取り扱い中に、募集機密費の伝票を切って会計から金を引き出し、彼女を身受けして妾宅《しょうたく》にかくまった。それが発覚して馘《くび》になったものだから、本妻《ほんさい》を棄《す》てて彼女と上方《かみがた》へ駈《か》け落ちして浪華《なにわ》紡績西成《にしなり》工場へ入社したのであった。そうしてあわよくば職工係主任の椅子《いす》にも据《す》わってくれようという野《や》心《しん》を抱《いだ》きながら、五、六年も忠勤を励《はげ》んで募集人としてはかなり人事方面に敏腕《びんわん》を振るったが、依然《いぜん》として準社員の待遇から一歩も昇格されないので内心不平に思い、いい新設会社があったら始めから相当な地位で転じようと日頃念《おも》いがけていた。それから四、五軒の会社へ就職運動も試みたがいずれも都合よく成功しなかった。ところが先《せん》だって[17]北越《ほくえつ》地方へ募集に出かけたとき、たまたま中央線の[18]二等車で[19]名古屋紡績の設立者という男と知り合いになって、約束というほどでもないが取りあえずいくらかでも女工を送ろうと言っておいた。「一人について二十円の周旋料《しゅうせんりょう》を出すからすぐと間に合う熟練工を世話してほしい。それとも各部門を通じて責任の持てる首脳工《しゅのうこう》を加えて百人まとめてくれるなら、社員待遇で入社してもらってもいい」と、こんなに向こうは言ったのであった。

「二〇ウメダワタシ、一〇ニユウシヤか?」彼は工場事務所への道すがら、名古屋紡績からの電文をもう一遍心のうちで繰り返して、一人二十円の周旋料で二千円儲《もう》けて梅

田駅渡しをするよりも、千円で済まして前途《ぜんと》に見込みのある中京《ちゅうきょう》[20]の新設工場へ入社して
しまった方が得策《とくさく》だと考えた。そして工場へ行き着くまでには、もうすっかり百人の女
工を浪華紡績から誘拐《ゆうかい》[21]し出す腹案《ふくあん》を立ててしまった。
やがて事務所へ到着すると、彼は工場長の前へ恭《うやうや》しく進み寄って一礼し、その卓上《たくじょう》に
載っかっている社員の出勤簿を繰《く》って空白になっていた過去十二日分の判《はん》を、一時《いちどき》にべ
たべたと捺《お》してなに食《く》わぬ顔で退出した。（俺の手腕と功労を認めて相当な地位を与え
なかった復讐《ふくしゅう》に、大切な女工《たま》を百人さらって行ってやる。[22]でも工場長め、今に見ろ泣《な》き
べそかかねばならんぞ！）彼は思いながら、アスファルトの長い廊下《ろうか》を工場の方へ向か
って歩いた。

＊　＊　＊

女工おじょくは今日もまた恋人のような機械に向かって、新入りの女工たちに仕事を
教えておった。彼女は阿波《あわ》[23]の国の出身で浪華紡績創立以来二十年この方《かた》、ただの一日も
休まずに勤続した報酬《ほうしゅう》として工手《こうしゅ》教育会から二度まで表彰された、いわゆる「模《も》範工《はんこう》
女《じょ》」なのである。そして工場においては今や直接自身で働かなくとも、新たに入って来
る素人《しろうと》女工に仕事を教えておれば済む「師《し》範工《はんこう》」という待遇《たいぐう》を受けて楽《らく》をしている。そ
の代わり三十路《みそじ》を越えた老嬢《ろうじょう》でいていまだに異性の愛を知る機会に接しない不遇《ふぐう》さが、

ついに自分を女性としてのある不具者《ふぐしゃ》たらしめていることに気付かないでいる。身長が高くて肥満した、さながら力士《すもうとり》みたいな大柄の女で、髪は薄く、鼻は低く、頬骨《ほおぼね》が出っ張って、口が大きく、おまけに赧《あか》ら顔でいて煉瓦《れんが》を横にしたような長方形の額《ひたい》を持ったとても醜女《ぶおんな》だ。けれども古参《こさん》であるのと工場では師範工、寄宿舎では部屋長という役が彼女に重みを持たせて、女工たちの間にはなかなか勢力がある。ことに彼女と同郡から来ている百人余りの間には絶対的と言っていいほどの信用をおかれ、「おじょく嫂《ねえ》さん、おじょく嫂さん」と立てられている。彼女にはいつ具《そな》わったともなしに権力があった。工場中で誰よりも一等偉いはずの工場長が叱《しか》っても言うことを承《き》かぬようなあばずれ女も、彼女のひと声には顔を立てて黙った。少女工が[24]油を取っているところへ彼女が通り合わせると、少女工たちは雀《すずめ》のように慌《あわ》てて仕事場へ逃げ帰った。工場の一部門だけに起こった女工の小ストライキを、彼女の力で破った例も再度ではない。その代わり工場では彼女の機嫌を損《そこ》なうことを最も恐《おそ》れた。後にも先にもただ一度きり、彼女は三百人の女工に「[25]絶食同盟」をやらせて炊事係を困らせたことがあった。こんな具合で、彼女は女工たちの間に非常な厚い信任がある。専制《せんせい》が利《き》いた。

　犬山は、工場へ入って騒然《そうぜん》たる機械の間を潜《くぐ》って彼女の仕事場へ赴《おもむ》いて行った。そうして軍艦に乗せられた豚のような醜《みにく》い恰好《かっこう》をして、新入り工たちの間で大きな口を引き歪《ゆが》めながら一生懸命に何か怒鳴り散らして立ち働いている彼女の側《そば》へ近づいて、鬢《びん》つけ油と汗と綿の臭《にお》いと腋臭《わきが》が渾然《こんぜん》として悪臭を放って嘔吐《おうと》を催《もよお》しそうな彼女の耳許《みみもと》へ口をつけて声をかけた。

「おじょくさん、こんちは。」

「まあ、誰や思《おも》たら犬山はんかいな。」

彼は、こう言う彼女の引き歪んだ口から、気味悪い唾液《つばき》が五、六滴《てき》も飛びかかってくるのを我慢《がまん》していた。

「昨日《きのう》四国から帰ってなあ、あんたの家から言付《ことづ》かり物して来たよ。今晩自家《うち》へ取りにおいでんか?」

「家《うち》の者《もん》、皆丈夫《みんな》だしたか?」

「はあ、皆まめで精出してデコまわしていたから安心していいよ。」

彼はちょっとじゃれて、皆達者《たっしゃ》で薩摩芋《さつまいも》を食べていたという彼女の国の方言を使って答えた。

「まあ、厭《いや》らしい募集人さんやなあ!」

おじょくは蟹《かに》のような平《ひら》べったい手でぴしゃりと犬山の肩を叩《たた》いた。

「いい言付けがあったよ。」

「早《はよ》う聴《き》かせとうくんなはれ。」

彼女は綿《わた》まみれの体をぴったり犬山に摺《す》りつけて、木《き》海月《くらげ》[26]のような耳朶《みみたぶ》をにゅっと彼の口先へ向けて突きつける。と、彼は再び嘔吐を催しそうな耳だれの臭いを、ぐっと胸に刻み込まれた。だがそれをこらえて言った。

「今晩ね、取りにやら聴《き》きに、自家《うち》まで来てくれるか?」

「おおきに、そんなやったらわて行かしてもらいますわ。そうやけんど、今夜門出《もんで》られへなんだら明日《あす》の晩でもよろしおすやろ?」

「なるべく早い方がいい、長く放っておくと腐《くさ》る物だから。」

「大概なら、今晩出してもらうようにして行きますわ。」

「そんなら、待っているよ。」

犬山は最後に彼女の肩へ両手をかけながら、こう言い残して工場を去った。そして裏門から往来へ出て少し歩き、橋の袂《たもと》にたむろしている辻俥《つじぐるま》[27]に乗って一散《いっさん》に市《まち》へ向かって走った。

駅の脇の踏切《ふみきり》へ差しかかると、彼は俥夫《しゃふ》に向かって、

「おい、ちょっとここで降ろしてくれ。」と言って俥《くるま》を停《と》めさせ、小走《こばし》りに構内へ入って電報取扱口[28]で忙《せわ》しなげに頼信紙《らいしんし》[29]の上へ万年ペンを走らせた。――ジヨコオクル、ニユ[30]

ウシヤ、タノム、イヌヤマ――

十一

程経ってから、彼は「御《お》やど」と書いた行灯風《あんどんふう》にしつらえた看板灯《かんばんとう》のかかった家の前で俥《くるま》を降り、多分に残る釣り銭を取らずに紙幣《しへい》を一枚手際《てぎわ》よく俥夫《しゃふ》にくれてやって、様子を心得たものの如く案内も乞《こ》わずになかへ入って梯子段《はしごだん》を登った。そこは新世界の盛《さか》り場《ば》に近い裏通りの街で、芸人や、行商人や、妾《めかけ》や、家《うち》も持たずに一攫千金《いっかくせんきん》を夢見ながら[31]北浜《きたはま》の株場《かぶば》へ日参《にっさん》しているような非生産的な人種が、大勢どの宿にもどの宿にも泊まり込んでいる下宿街である。犬山はその宿の一室へすたすたと入った。そして、

「いるかね？」と声をかける。

「ええ。」

返事をして彼を迎えた者は、まだ若い娘であった。

「毎日、そんなにしていて退屈《たいくつ》だろう？」

「ええ、でもわたし、貴方《あんた》から買《こ》うてもらった××倶楽部《くらぶ》を一生懸命に読んでいるのですわ。小説がほんまに面白《おもしろ》いの。」

「少し、天王寺公園《てんのうじ》や新世界辺《あた》りを歩いてみりゃいいのに、活動写真[32]へでも入ってみたらいいじゃないか?」

「だってわたし、独りで出て歩くの怖《こわ》いような気がするわ。迷《まよ》い子《ご》になってしまいそうだもの、あんまり大勢の人とややこしい道で。」

「意気地《いくじ》のないこと言っているなあ……。今日はひとつ、三越《みつこし》か大丸《だいまる》へ伴《つ》れて行ってあげようか?」

「ええ。」女は始終うつむきがちにして応《こた》えるのだった。

やがて彼は手を鳴らして女中を呼んだ。

「はあい……。」女中は、こんな風に返事の語尾を長く引っ張りながら、梯子段を踏んで登って来た。そして、

「お呼びは何番さんでございました?」

「十一番だ。」ぴったりしまった障子《しょうじ》の内裡《うち》から犬山は宿の女に声をかけた。

「はあい……。」

「お銚子《ちょうし》つけておくれんか。お肴《さかな》はつくりとお吸物《すいもの》と煮魚《にざかな》。」

「はあい……。」

女中は一言だけ承《き》いて慌てて降りて行こうとする。

「おっと、おっと、おっと、おっと嫂《ねえ》さん、もうお午《ひる》だから[33]お膳《ぜん》とね。」

「はあい……。」

間もなく注文の品が運ばれた。

「嫂さん、これ、少ないけれど……。」彼は女中に心づけを与えた。

生駒《いこま》の連山から限りなく湧《わ》いてくる澄んだ淡水色《うすみずいろ》の空気に塵埃《じんあい》と煤煙《ばいえん》が駆除《くじょ》されてしまって、大阪の上空を変質したような小春日和《こはるびより》が輝いていた。

「もう羽織《はおり》を買わなきゃならんね、[34]素袷《すあわせ》一枚では寒くなる。今日はひとつ、午《ひる》を食べてから買いに行くか？」

彼は始終にこにこして、こんなに言いながら盃《さかずき》を取り上げ、その女の酌《しゃく》で午酒《ひるざけ》を呷《あお》った。そしていいほど飲んでご飯を食べると、すぐに電車で呉服店《ごふくてん》へ行って彼女に[35]錦紗《きんしゃ》の羽織を買ってやり、それの仕立《したて》を頼んでおいて再び宿へ二人で帰った。

犬山は先《せん》だって、募集した女工たちとともに三等車に乗って九州から帰るとき彼女を拾ったのであった。彼女はいい器量《きりょう》した玉《たま》のような体をみすぼらしい木綿《もめん》着物に包んで、彼の乗った列車が下関《しものせき》を発してまだいく駅かを通過したばかしの時に偶然乗り合わせた。そして女を観《み》るのに怖ろしい眼識《がんしき》を持った彼のために、あてどもなく大阪を憧れていく田舎病院の見習看護婦であることを看破《みやぶ》られてしまい、家の事情まで打ち明けてついには真心《まごころ》からの親切と見せかけた彼の手管《てくだ》に乗《の》ってしまったのだ。そして情にほだされて身を委《まか》せた。「妻が死んで自分はいま独りなため姉夫婦の家《うち》に厄介《やっかい》になっているが、一周忌さえ済めば公然《こうぜん》二人式を挙げて、同棲《どうせい》するからそれまで下宿にいてくれ。仕送りをして、時どき遊びに行くからしばらく退屈でも我慢していてくれ」彼はこう言って彼女を下宿へ置き、あくまで信じさせるために着物や指輪を与えたり遊びに伴《ともな》ったりなどした。

犬山は巻煙草《まきたばこ》を一本吸い終わると急に沈鬱《ちんうつ》な表情を装《よそお》って吐息《といき》をついた。そして、「もう駄目《だめ》だ、いよいよ最後の覚悟をしなきゃならん！」と絶望的に呟《つぶや》いて身を悶《もだ》[36]わした。

彼女は急に一変して暗くなった男の顔色を読んで、怖ろしい不安に襲われたが、次の瞬間にはぐっとそれを排《はい》して殉情的《じゅんじょうてき》[37]な気分を自《みずか》ら呼び起こした。

「俺《おれ》は、言ったら貴女《あんた》がさぞ心配するだろうと思って、今日まで黙って隠《かく》していたのだがねえ、隠していてもいつか一度は必ず判ることとなんだから、思い切って打ち明けてしまおう。聴《き》いておくれ、ええ？」

彼は巧妙《こうみょう》に顔色さえ変えていかにも悲痛《ひつう》な面持《おもも》ちになった。彼女もさっと晴れやかしい顔色を失い、驚きに駆《か》られて不安にどきつく胸をじっと抑える。

「まあ、ど、どんなことなのです?」こう言う彼女の声は顫《ふる》えを帯《お》びていた。

「……。」彼はひしと我が額《ひたい》を抑えた。

「わたしに聴かせてちょうだい。どんなことなのです? 早く訳を……。」

「悲しいことなのだよ。」

犬山はいっそう悲痛な顫え声をもって答えた。だが、女の表情に表われる心理状態を仔細《しさい》に観察することを忘れない。彼女はもう、事のよしあしにかかわらず一刻も早くその訳が知りたかった。で、

「なあ貴方《あんた》、そんなに苦しんでおらんと、どうぞわたしに言うて聴かせてちょうだい。」と急《せ》き込《こ》んで訊《き》いた。

しかし彼は思[38]わせぶったように落ち着き払って、ねっちりねっちり言葉を切る。

「俺《おれ》は、場合によっては喧嘩《けんか》の一つもしてやってきたし、何万円の金も握ったことがある。しかし恋には克《か》てない。こんな悲しいことはないよお前……。」

ついに彼はすすりなきを交《まじ》え出す。そしてひしと彼女の手を把《と》った。

「せっかくこんなに許し合って約束したけれどねえ、俺は今お前と別れなきゃならん事情に差し迫っている。」

犬山はこう言いつつ女の背中へ手を回して、胸の中《うち》に彼女の顔を包むようにしてぐい

と固く抱きしめた。このとき彼女には男の涙が三雫四雫《みしずくよしずく》したたって頸筋《くびすじ》を濡《ぬ》らしたように感じられた。

「貴方、どんな心配ごとか言《ゆ》うておくれ。聴かしてちょうだい、聴かしてちょうだい……。」

「俺はね、かねがね話した通り会社の仕事は実のところ内職《ないしょく》で、本業は株をやっているんだが思わぬ暴落から五千円ほど損をしてな、その半分ほどを会社の金で埋め合わせておいたのだ。ところが、すぐにほかで儲《もう》かって返せる当てだったのがすっかり番狂っちゃって儲からんものだから、いつまでも会社へ返せないでいたらとうとう主任に知れてしまったのだ。」

「まあ……。」

「それでね、その金がここ四、五日中に弁償《べんしょう》できなかったら会社を馘《くび》になった上、警察へ突き出されて懲役《ちょうえき》食わなきゃならん。もっとも姉夫婦が同情してくれてすっかり貯金を引き出して一時立て替えてはくれるのだけれど、それだけではまだ半分しかないんだ。結局のところ、もう後が千円ないと俺は監獄《かんごく》へぶち込まれるだろう。なる時には二万や三万の金は一時間で儲かってしまうのだがねえ。女房に死なれたのが落ち目ですっかり行き詰まってしまった。」

彼は抱いていた手を弛《ゆる》めて投げ出すように彼女を離し、腕を拱《こまぬ》[39]いてぎゅっと唇《くちびる》を噛《か》んで頸《くび》をかたむけた。そうして思案に余ったものの如く続けざまに太い溜息《ためいき》をついた。するとそれを見かねたようにはらはらしていた彼女は、つと男の膝の上へ顔を伏せて泣き入《い》った。

「貴方《あんた》、貴方、どうしたらいいのです？　わたしはこんなに可愛《かわい》がってもらって恋《こ》い慕《した》っている貴方が罪に落ちるのをどうして観《み》ておられるんです、どうしてわたしが……。」

彼は女の顫《ふる》えが小刻《こきざ》みに我が体へ伝わってくるのを感じた。

「しかし俺は、結局会社の公金を遣《つか》い込んだ罪を免《まぬが》れない。ただこの上は腕を拱いて、迫ってくる官《かん》の裁《さば》きを待つよりほかに致《いた》し方《かた》がない。俺はもう覚悟を決めているのだから、心配しないで貴女《あんた》は安心していたがいい。」

「そんな、そんな、そんなことができるものですか。わたしがどうして、安心してなんかおられるもんです。貴方は、わたしがそんな薄情者の恩知らずだと思っているのですか？　そんなに思われているのだったら、わたし口惜《くや》しいわ。」

「俺は可愛い貴女と別れたくなんぞありゃしない。けれども何《なん》ぼ約束したからって、まだ若い身空《みそら》[40]でいて、前科者の女房にならねばならぬ法はない。あまりに可哀《かわい》そうだ。

あまりそれではお前が不憫《ふびん》だ。」

「わたしは、いったん心に許した良人《あんた》ただ一人よりほか、死んでも男は持たん覚悟《かくご》。ああぁ、どうしたらいいだろう、どうしよう、どうしようかしらん……。」

彼女は声をあげて泣いた。

「何《なん》ぼ泣いても、万策《ばんさく》尽きた今となっては官の裁きを受けて監獄へ行くよりほかにしょうがない。お前の真心はよぉく俺に判ったから、それでは刑を務めてくるあいだ何《なん》なりとして働いて待っていておくれ、ええ？」

「……。」彼女は黙って深い考えに沈んだ。

「主任が、一週間猶予《ゆうよ》するからその間に金を拵《こしら》えてくれれば上役《うわやく》に報告をせずと内分《ないぶん》[41]に済ますと言ってから、もう三日になる。せっかく厚い姉や姉婿《あねむこ》の好意も、半分の金額では残念ながら役に立たない。ああぁ、もう千円金が欲しい！」

彼はこう叫んで頭を抱えた。と、その刹那《せつな》、絹《きぬ》を裂《さ》くような鋭い彼女の声が起こった。

「貴方！　わたしを売ってちょうだい。わたしの体を売ってその金を弁償してちょうだい！」

そして彼女は男の膝によよと泣き崩れる。

「お、お前は、俺の急場を見て助けてくれる！」彼は狂喜《きょうき》した如く叫んだ。

「ええ!」彼女はきっぱり答える。

「ありがとう。お前の真心は死んでも忘れないぞ。」

犬山はこう言って感謝の念を表わすため女の手を額《ひたい》に押しあててしばしのあいだ戴《いただ》いた。そして、

「なに、株なんかやっていると今日の乞食《こじき》も明日は成金《なりきん》だ。運さえ向けば一万や二万の金は一時間に攫《つか》んでしまえるのだから、俺のために一時[42]苦界《くがい》へ身を沈めてくれたってものの二月《ふたつき》たぁ置きゃせん。きっと儲けて迎えに行くからね。」

「ええ、わたし晴れて貴方《あんた》の奥さんにしてもらって一緒に住まえる日を楽しみにして、辛《つら》い勤めも辛抱《しんぼう》しますから、必ず必ず迎えに来て下さい。」

「いいともいいとも、お前の真心は実に日本婦人の典型だ。ありがとう、感謝するよ。」

「しかしそんな卑《いや》しい勤めした女だからいうて、後で貴方が棄《す》てるようなことがあったら、その時こそはわたし……。」

「そんな馬鹿なことがあるものか。そんな間違ったことは断じてあり得ない。俺を救うために犠牲になってくれるのだもの、そんな馬鹿なことはない。」

「そんなら、心が変わらぬ証拠に、貴方の血をわたしに啜《すす》らせてちょうだい。」

彼女は真剣のあまり血の気の失《う》せた者の如く真《ま》っ蒼《さお》に興奮して男に迫る。

「よっし！　それでお前の気が済むなら安いこった。」

犬山は内懐《うちふところ》に忍《しの》ばせた匕首《あいくち》を出し、[43]鬱金《うこん》の袋を抜いて鞘《さや》を払った。と、彼女は血走《ちばし》った眼《まなこ》を瞬《また》きもせずに瞠《みは》って、男の手許《てもと》をじっと凝視《ぎょうし》しているのだった。

やがて彼は[44]大島の下に重ねた江戸っ子好みの意気な長襦袢《ながじゅばん》の袖《そで》を肩へまくしあげて、左の腕《かいな》をぐいと切った。そうして、

「さ、これが気の変わらない誓いだ！」

こう言って彼女の口先へ白い肉から玉のようになって血のふき出した腕を突きつけた。

彼女はぶるぶるっと慄《ふる》えて、しがみつくように彼の腕を両手に持ちながらその血を啜る。

そして紅《くれない》に染まった唇《くちびる》をわくわく打ち顫《ふる》わせて、「ははは……。」と太い吐息《といき》をつき、打ちのめされた後のような疲労を覚えてその場へ崩れかかった。

しばらく沈黙が時を占める。彼はややあってから帰り仕度《じたく》を調《ととの》えて言った。

「それでは、取りあえずこれから主任の家《うち》へ行ってくるからね。そして明日の朝早くここへ来る。」

「わたし、今日は貴方から買《こ》うてもらった小説読んでいたところだったのです。その小説に、ちょうどこんなことが書いてあったのですわ。」

彼女はこう言って通俗小説の挿絵《さしえ》を彼に示した。

十二

犬山三五七《さごしち》はあらかじめ仕組んだプログラム通りに曲が進行して、まんまと一人の玉《たま》[45]が引っかかってくれたことに満足を覚えながら、再び人力車に乗って家《うち》へ帰った。女房は長火鉢《ながひばち》の前に胡坐《あぐら》をかいて長い煙管《きせる》を使ってせっせと煙草《たばこ》をふかせている。その姿は放埒《ほうらつ》[46]な浮気者の彼にも家を忘れさせぬに足る凄艶《せいえん》[47]さがあった。女房の彼女は淫蕩《いんとう》な男性にとって怖ろしい魅力を持った娼婦型の女である。

「おい、口入《くちい》[48]れ屋の河内屋《かわちや》へ行ってきてくれないか？　二、三日中に玉を一人伴《つ》れて行くから頼むってな。」

「お前さん、巧《うま》くいったのかね？」

「当たり前さ、俺の腕を見ろよ。手数料差し引いたって八百円は欠けっこねえや。ええおい、どうだ！」

「いい鴨《かも》だねえ。」

「だからあまり妬《や》くなってんだよ。細工《さいく》[49]はりゅうりゅう仕上げをごろうじろ。」

彼は初めて遊んだ女に対するように、こう言って女房の背中をぽんと一つ戯《たわむ》れに打った。その拍子《ひょうし》に彼女の金歯がピカリと光る。

「それはそうと、また電報が入ったよ。お前さん、女工は出来るのかよ?」

「浪華紡績なんかよしちゃって、名古屋へ行こう。女工は出来るさ、大丈夫。」

「じゃ、あたしゃちょいと桂庵《けいあん》[50]へ行ってくるよ。」

「うん、そうして九時頃に家へ帰って来てくれ。そっと表口《おもてぐち》から覗《のぞ》いてみてな、女、といっても婆《ばば》あだがな、とにかく女の下駄が脱いであったらいつものような芝居するんだぞ。」

「いいさ。」

「巧《うま》く打ってくれ。」彼は言った。

「あいよ。」女房は万事を呑み込んで答えた。

こうして夫婦の間に何事か黙契《もっけい》が交わされたのである。

「しかし相手はもういいお婆さんだからな、あまり芝居が地味過ぎるのも考えものだ。そこはまあ、その場に臨《のぞ》んでから……。」

「巧く調子を合わせるさ、心配しなくっても。」

女房は全身の映《うつ》る姿見《すがたみ》[51]へ向かって身づくろいを直し、そそくさ家《うち》を出て行った。

*　　*　　*

夜の八時、約束通り師範工のおじょくがやって来る。

「こんばんは、ごめんなしてつかぁさい。犬山はんいてやはりますか?」

彼女はこう、お国言葉と大阪弁を交《まじ》えて言った。

犬山は待ち兼ねた如く彼女を上へあげて長火鉢の側《わき》に坐らせ、お茶や菓子を出してもてなした。工場にあってはとても口うるさいほど喋《しゃべ》り散らして女性か男性か判別のつかないような荒々しい彼女が、余所《よそ》へやって来ると性に目覚めかけた少女が異性の前で羞恥《はにか》むような恰好《かっこう》つきをした。始終《しじゅう》うつむきがちにいて相手の顔をまともによう凝視《みつ》めて得ない。彼女は出された座蒲団《ざぶとん》へは半分ほどしか尻をかけず、何《なん》ぼすすめても容易に菓子を取らなかった。

「そんなに遠慮しなくてもいいじゃないか。」

「はあ。」

「お摘《つま》みよ。」

「はあ。」

「さあ。」

彼はお菓子を取って押し売るようにおじょくの手へ載せてやった。するとかなり大きい[52]生菓子を大きな引き歪《ゆが》んだ口へまるっぽで放り込んだと思うと、むにゃむにゃっと二、三回頬《ほお》を動かして彼女は一呑《ひとの》みに食べてしまった。

「あのぉ、奥さんはどこへ行かはりましたんです？」

彼女は、ややあってから工場で使う言葉の三分の一くらいな低い声で言った。

「二、三日前、国へ帰った。」

「そうだっか。」

「阿波からね、これを言付《ことづ》かってきたよ。」

犬山はこう言いつつ簞笥《たんす》の上から田舎《いなか》らしい風呂《ふろ》敷包《しきづつ》みを一個取り出して彼女に手渡した。

「こんな重たい物、わざわざ持って戻ってもらって済みませんでした。それで、自家《うち》の母《かか》さんどないな言付けしましたかしらん？」

「別段たいして変わった話はなかったがな、実は今度私が余所《よそ》の会社へ職工係主任で行くのについて、あんたをその方の会社へ貸してもらえんか言ったらね、金儲《かねもう》けさえ多ければどこの会社へでも行け言《ゆ》うてくれということだった。」

「犬山はん、ほうしてあんた浪華紡績やめやはるんですか？」

「うん、近いうちによそうと思う。」

「ここやめてまた、どこの会社へ行きやはりまんのだぁ？」

「名古屋の方の新工場。私が主任で行くと、あんたもいいところで入社させるから、ひとつ一緒に行ってくれんかい？」犬山は軽く言って彼女に勧《すす》めた。

「そやけんどわて、この会社へはあんたより古《ふる》うからいて役付工《やくづきこう》にしてもろうておまんのやよってなあ。それに舎監《しゃかん》さんや世話婦さんが、どんなことがあったかてお前は浪華紡績よりほかの工場へ行く気になったらあかんいうて、つねづね言うてやはりますしい。」

「向こうの工場はよく儲かるで……。」

「名古屋いうたら、大阪からまんだずいぶん遠《とお》おまっしゃろ？」

「なに、近いよ、[53]梅田から五、六時間で行ってしまう。」

「あんたの郡《とこ》から来ている工《こう》、勧めて伴《つ》れて行ってくれんか？」犬山は勝利を信じながらあまりせかなかった。

「百人も百五十人も、何でいっぺんに退社させるもんですか。わてがそんなことしたら、職工係主任さんに叱《しか》られます。工場長はんに申し訳おまへん。工場長はんと職工係主任さんと、舎監さんのスイセンでわては模範工女のヒョーショーを受けましたのやよってな、そんなことしたら三人の恩を仇《あだ》で返すいうもんだんがな、犬山はん。」彼女は真剣に言った。

「しかしねえおじょくさん、浪華紡績は遠からず潰《つぶ》れてしまう会社だよ。私にはちゃんとそれが判ってるから、今のうちに見込みのある新工場へ転じておくのだ。」

おじょくは、彼の言葉にびっくりした。しかし彼女は人を疑うということを知らなかった。

「会社が潰れたら、わて国へ帰るだけだ。そやけど、この会社ほんなに危《あぶ》のおまんのか？」

「破産して余所《よそ》へ買収されてしまう訳があるんや。」

「へぇ……。しかし、わてやわての郡《とこ》の工が今のうちに余所へ行ってしまうのんは考えもんだぁ。第一あんた、そないに大勢退社でけしまへんし、少々くらい余計に儲かったかて工場かわるとその違いえろおますよってなあ。」

彼女は彼の勧めを執拗《しつよう》に拒《こば》む。だが、犬山はあくまで望みを失わなかった。彼は多年の経験によって、石のように54物堅《ものがた》いことを言っている女も八十パーセントまでは靡《なび》かせる手段を心得ている。そして職業《しごと》ゆえなら、どんな醜女《ぶおんな》も厭《いと》わなかった。

「あんたはほんに、お酒が好きなのだったねえ？」

しばらくしてから、彼は彼女にこう言った。と、おじょくは酒という声に眼を細くして答える。

「はぁ。」

「うっかりしとった。菓子なんかおいて始めから酒にすりゃよかったのに。」

「わて、いつも世話婦さんから叱られまんにゃけんど、お酒いうたらもうとてもたまりまへんわ。時どき出門《しゅつもん》すると徳利《とっくり》提《さ》げて戻って来て、部屋の戸棚に匿《かく》しといてからにこっそり独りで楽しみまんのや。」

「女房がおらんから肴《さかな》のいいのがないけれど、有り合わせで一杯やろうかい？　気の毒ながひとつ燗《かん》つけてんか、おじょくさん。」

「すみまへんなぁ犬山はん。そうやけんどわてご馳走《ちそう》になったりなんぞしぃて。」

「なあに……。」

彼は台所へ行って毎日酒屋から配達させてある一升徳利を取って来、道具の入っている茶箪笥《ちゃだんす》を開けて見せて馴れ馴れしく彼女に酒の燗方《かんかた》を委《まか》せた。するとおじょくは蟹《かに》のような不恰好《ぶかっこう》な手を不器用に動かせつつ、おどおどして少々こぼしながら液体を銚子《ちょうし》へ移して[55]銅壺《どうこ》の中へ漬けた。

「何《なん》にもないから、これ一つ焼いておくれ。」

犬山は女に委せて動かなかった。

「そのご馳走なんでおまぁ？」

「魚の味噌漬。」

「まぁ……。わて、もうそないにたんとお副食《かず》のうても、その奈良漬《ならづけ》[56]ひと切れ戴《いただ》かせてもろたら結構ですわ。」

美食に飢えたおじょくは燗の出来る間も待てないように、ずんずん口の中へ唾液《つばき》の湧きあがるのを感じた。やがて燗がつく。彼は盃《さかずき》を取って彼女に差した。そして酌《しゃく》をしてやると彼女は眼を細くして舌鼓《したつづみ》を打ちながら続けざまにいく杯も呷《あお》った。

「あぁ……。こたえられまへんわ犬山はん。」

彼女は盃から溢《あふ》れた酒を掌面《てのひら》に受けてちゅっと啜《すす》り、餉台《ちゃぶだい》の上へこぼれたやつはもったいなさそうにげとげと[57]舐《ねぶ》った。

「犬山はん、わてに一つあんたのお流れ[58]を戴かせたっとうくんなはれ。」

彼は二、三杯ほして彼女に錦手《にしきで》[59]の盃をやった。そしてさらにすすめる。

「犬山はん、わてのんも一つ受けたっとうくんなはれ。」

おじょくは少し回りかけた手つきで口泡《くちあわ》のついた盃を男に差した。

犬山はちびちびやりながらも、因循《いんじゅん》[60]な彼女がアルコールの力で漸次《ぜんじ》快活になっていく態《さま》を、あたかも催眠術の施術者《せじゅつしゃ》のような冷静な頭で観察した。しかしうわべはあくまでも他愛《たあい》ない風を見せてかなり酔ったように装《よそお》っている。

――おじょくは酔いが回るにつれて安らかな夢を見ているような恍惚《うっとり》とした世界へ引き入れられていった。

犬山は頃合《ころあ》いを見計らってふと女の側《そば》へ寄り添う。そして、

「うらッえぇェ、酔った酔った……。」と熟柿《じゅくし》臭い息を吐きかけてのめるように醜女《ぶおんな》の膝へ倒れかかり、フウ……と女の顔へ向けて熱気をかけた。

彼女はやや驚きを感じる。しかしものおぼえてから初めて遭遇《そうぐう》した場面に、汲《く》まれずして涸《か》れかけていた情欲の泉が急に湧きあがってきた。

彼は女の手頸《てくび》を把《と》って、二、三度かたく握《にぎ》りしめたり離したりして気を引いてみた。しかし彼女は脚を横へ歪《ゆが》めてい[61]ずまったたまま身動きもせずに固くなっている。(ははぁ、××××××××××××いるわい)犬山はすぐとそんな生ぬるい所作《しょさ》では駄目なことに気づいて、×××××××××××××体に触れた。そしてしばらく戯《たわむ》れてから、

「奥へ行くか?」と彼女を誘った。

「へへへへ……。」おじょくは差し当たり適当な言葉が口へ出ぬまま薄気味《うすきみ》悪い笑いをもって頷《うなず》く。彼女は犬山の美しさにすっかり心を捕えられてしまってただ茫然《ぼうぜん》と逞《たくま》しい彼の腕に縋《すが》りついた。と、彼はよろめきながらおじょくの手を引いて別の居間へ伴《つ》れて

行った。

犬山は、飲んだ酒の強烈な香りで幾分かは打ち消されるものの、でも何とも譬《たと》えようのないほど×××××××××××××××××××××××しかしじっとそれをこらえて、彼は相手の魂を×××彼は嘔吐《おうと》を催《もよお》しそうな醜女おじょくの悪臭に堪《た》えられなくなってついに言った。

「[62]仁丹《じんたん》のむかい？　お酒のあとにいいよ。」

「……。」彼女は黙って頷《うなず》く。

「香水ふるか？　佳《い》い匂《にお》いがするよ。」

「はぁ。」おじょくは低く答えた。

彼女は自分の体から発散する悪臭を、相手が嫌って言ったことに気づかなかった。

しばらくして、彼は化け物のような女の体を香水の匂いに包んで××××××ふと女房がどんな気持ちでおじょくを男に直したような醜男《ぶおとこ》に××××あろうと思った。

おじょくはあたかも猫が喜ぶ時の如くごろごろと喉《のど》を鳴らし、想像で作りあげた額《ひたい》が煉瓦のブ[63]ルドックみたいにすっかり顔の[64]相好《そうごう》を崩して、巨大に肥満した体を××××××××××××××××。

「……。」

「……。」彼は醜悪《しゅうあく》な彼女のために感情を圧倒されてしまって、×××××××××××おじょくは二十年間の永《なが》いあいだ抑圧《よくあつ》していた感情が一時に爆発したものの如く見られた。そして彼には蒟蒻《こんにゃく》ほどもあるように思われる大きな舌を出して、熱い息を吹きかけながら××××××××××××××。

彼はびくっとして怯《おび》えた。夢で化け物の垢《あか》[65]なめに遭《あ》って舐《ねぶ》られているような不気味な感触だ。彼は微《かす》かな身顫《みぶる》いを禁じ得なかった。彼は性の遊びに放恣《ほうし》[66]なる技巧《ぎこう》を好んで、玄人《くろうと》女と存分《ぞんぶん》な狂態《きょうたい》を演じては快楽を貪《むさぼ》ったが、心に美を対象としない狂乱は物凄《ものすご》いばかりで到底《とうてい》堪え難《がた》いものであった。で、彼は小さくなっておじょくの玩弄《もてあそび》を受けた。

(女房が、早く帰って来てくれればいい)犬山は一刻も速《すみや》かに醜女《ぶおんな》の玩具《おもちゃ》から救われたかった。

しかし豚のような真似《まね》をする彼女も、酒の酔いが醒《さ》めるにつれておもむろに興奮を鎮《しず》めて、女工寄宿舎の門の締まる時間を気にしだす。そしてしきりに床《とこ》の間《ま》の置時《おきど》計《けい》を眺《なが》めた。

十三

女房は亭主がどんな女を引っ張り込んでいるであろうと思いながら、用を済まして桂《けい》庵《あん》から帰って来た。そして好奇心にそそられながら家の内を覗《のぞ》いてみると、玄関の踏石《ふみいし》に脱《ぬ》いである下駄《げた》は自分の[67]流《なが》し履《ば》きよりも悪い[68]中歯《ちゅうば》。(奴《やっこ》さんやっているな? だがあの履物《はきもの》の様子じゃ大した代物《しろもの》ではなさそうだ)彼女はこう思いながらガラガラッと表戸《おもてど》を開けて内裡《うち》へ入った。それから食器類の散らばった長火鉢を見やってにっとほくそえみつつ急ぎ足に奥の間の方へ近寄って行き、襖《ふすま》の手前でごく自然な声をあげた。

「おや? 怪《あや》しいぞ。」

こう言いつつ襖を開き、彼女は慌てて床《とこ》を起き出すおじょくと亭主の寝込みを襲ったのである。そして、

「まあ、呆《あき》れっちまうねえお前さん!」とさも驚いたものの如くその場へ立ち竦《すく》む。

「出しぬけに入って来る奴があるかい!」

犬山は[69]兵児帯《へこおび》を巻きつけながら女房を怒鳴りつける。おじょくは頭が混乱してしまって何が何やらしばし判別《はんべつ》もできなかった。

「何が出しぬけだね、いつ入って来ようとあたしの勝手じゃないのお前さん。ここはあたしの家《うち》だものさ。」

「それでも手前《てめぇ》、締まっている襖を出しぬけに開ける奴があるかい、この馬鹿野郎！」

「なあに、あたしが馬鹿野郎だってね、こりゃ面白い言い草だ！」

女房の言葉はだんだん口荒《くちあら》くなる。おじょくは着物をはおったなりで帯もよう締め得ず、まごついてしまって部屋の隅《すみ》っこへ顔を伏せて顫《ふる》えていた。

「どうも家の様子が怪しいと思ったら、あたしの留守に色女《いろおんな》なんぞ引っ張り込んで、お前さん一体どうしてくれるつもりなんだえ！」

「どうなりと、手前の好《す》いたようにしやがれ、こん畜生《ちくしょう》！」

女房の彼女は相手の女があまりに醜《みにく》いので張り合いぬけがしたようだったが、取りあえずその小さくなって驚愕《きょうがく》に打ち顫えている女の側《そば》へ寄って挑戦した。

「これ！　お前さんは誰か知らないがあたしの亭主を横取ったね？」

「……。」彼女の毒婦《どくふ》のようなきつい声に、おじょくは驚きと脅威《きょうい》のあまり早速《さっそく》かえす言葉が口へ出ない。

「お前さんたらよくもまああい[70]けずうずうしく、あたしの留守の間に家へなんぞ入《はい》れたものだねえ。さあ、どういう考えでいるのか言ってごらん？」彼女は怖ろしい剣幕《けんまく》でおじょくに迫った。

「……。」

「よう、黙っていちゃ判らんじゃないのさ。お前さんは人の留守の間に余所《よそ》の家へ入り込んでさ、こんな真似をして済むと思っているのかね？　これ！」

「……。」おじょくは返す言葉を知らなかった。

「お前さんあくまで黙っているね。あたしを馬鹿にしているんだ。何とか挨拶《あいさつ》がありそうなもんじゃないか？　あまりふざけた真似して人の顔に泥を塗るとあたしゃ承知しないよ！」

彼女はおじょくの髪を掴《つか》んでぐっと後ろへ引いた。

「あたしがこんなに言っているのに、ひと言も応《こた》えないってことがあるかね！」

女房は叫びながらおじょくの横《よこ》っ面《つら》を続けざまに三つ四つ張った。そうしてもう一
71度髻《たぶさ》を引《ひ》っ掴《つか》んで仰向《あおむ》けに引き倒し、嫉妬《しっと》に燃え狂ったものの如くおじょくの太股《ふともも》の肉をやたらに抓《つね》る。

「奥さん、奥さん、痛《いと》おまんがな……。」

「何が奥さんだい、この女《あま》！　あたしゃお前さんを生かしちゃおかないよ。その豚のような面《つら》して人の亭主を横取るなんて、いけずうずうしいにも程がある。なんて太い女

だろう。ああ憎《にく》たらしい。あたしゃ口惜《くや》しい……。」

女房は、罪を自覚して彼女の裁きを観念したように抵抗一つしないおじょくを、引き摺り倒して、蹴《け》って、踏みつけて、抓《つね》って、力いっぱい殴った。そして床《とこ》の置き物を取って座敷じゅうへ投げ散らばし、声をはりあげて口惜《くや》し気《げ》に泣いた。犬山は彼女が荒れ狂う間ただ口だけでこれを制し、手出しをせずにつくねんとたたずんで傍観しているのだったが、暴威《ぼうい》のやや衰《おとろ》えたように見えたときやにわに跳《おど》り出《い》で女房を後手《うしろで》に捕《とら》えてしまった。

「馬鹿野郎、気違い女《あま》！」

そしてこう怒鳴りざまぴしゃりと妻の頭を殴りつける。

「ああ、口惜しい口惜しい、あたしゃお前さんたちに踏みつけにされた……。」彼女は泣[72]き揺《ゆ》すりをして鎮《しず》まった。

「手前《てめえ》のようなこん畜生《ちくしょう》は家《うち》を出て行きやがれ！　今夜限り離縁してやる。」と彼は言い放った。

「黙って手出ししねぇでいる者《もん》に向かって、そんな気違い沙汰《ざた》をするような女は俺の女房じゃない。出て行け！」

こう言って後手に捕えた彼女を、彼は突き離した。と、女房はよろよろっとつまずいて襖と共に次の間へのめり倒れる。

「何をするんだねお前さんは！　こんな化け物のような女《あま》っちょを引っ張り込んでさ、それでこのあたしを邪魔者扱いにして放り出す考えだね？」

「人間は面《つら》ばっかり美しくってもな、手前のように性根《しょうね》が腐っていちゃ駄目なんだ。この[73]すべた女《め》郎《ろう》めが、さっさと出て行きやがらんか！」

「よう言ったねお前さん。思うにあたしを国へやっておいて、その間にこの女と狂言《きょうげん》仕組んであたしを放り出す[74]勘考《かんこう》したのだろう。それなら[75]大きに出て行こうじゃないかね。その代わりあたしゃただじゃ出ないよ。」

「おお、手前の品物は残らずくれてやらあ。皆《みんな》車になっと積んで持って行きやがれ。」

「あたしゃね、お前さんなんぞに始めから惚《ほ》れちゃいなかったんだよ。三五《さご》ちゃん、お気の毒さまだねぇどうも。」彼女の語調はあばずれそのものであった。

「この女《あま》！」

犬山はぐわっと怒って行李《こうり》や簞笥《たんす》の中から、絹《きぬ》ずくめの美しい彼女の衣裳《いしょう》をしゃにむに掴み出して座敷じゅうへ投げ散らかした。

「よう三五ちゃん、誰がお前さん、着物なんか荷《に》厄介《やっかい》な物を持って行くと言ったえ？　貯金のありたけ、手切《てぎ》れ金《きん》に持って行こうじゃないかね。」

「畜生！　欲しけりゃくれてやらあ。」

「貰うよ。」彼女は冷然として言い放った。

彼は女房と犬が咬みつくように争いながら、簞笥の小《こ》抽斗《ひきだし》へ鍵を差し込んでチリンと音をさせた。そして中から貯金通帳と印鑑《いんかん》を出してぱしりと畳《たたみ》の上へ投げつけた。そして、

「さ、持って行きやがれ！」と吐き出すように言い放った。

「へん、これさえあればね、東京へでも満州[76]へでも行けるんだから。誰が、一枚の着物だって持って行きゃしないよ。皆《みんな》お前さんのお祝いにくれてやろうじゃないか、ええこれ紡績の豚さん。」

女房はたけりながら散乱した四、五枚の衣裳を取っておじょくの前へ叩きつける。

「待て、まだ手前《てめえ》にやるものがある。」と犬山は言った。

「三行半[77]《みくだりはん》だろう！」

「持って行け。」

「大いに貰って行こうよ。」

「犬山はん、犬山はん、わてが悪うおましたのんやよって、どうぞどうぞ……。」

逃げ出しもならず、口も出せない破目《はめ》に陥《おちい》って困憊[78]《こんぱい》の極《きわ》みにあったおじょくは、既に時機を逸《いっ》してからとんちんかんにやっとこれだけの言葉をかけ得た。

「奥さん、奥さん。わてが心得違いしていましたよってどうぞこらえたっとうくんなはれ、どうぞ奥さん。」

しかしながら犬山はおじょくの言葉を遮《さえぎ》って、

「放っておいてくれ、こん畜生はどうあっても家《うち》に置けない女なんだ。」と言う。

「わては、申し訳のために死んでしまいますよってどうぞ奥さん。」

「うるさいねぇ本当に。あとで謝るくらいな者が人の亭主横取るってことがあるかね！」

犬山は床の間の隅から硯箱《すずりばこ》を引き寄せ、巻紙《まきがみ》へ持っていってすらすらと三行半の離縁状を認《したた》めた。そうして、

「さあ、これでもう俺には用がないだろう。」と女房の前へ展《ひろ》げて出した。

「言わなくっても、お前さんのような意気地《いくじ》なしに用なんぞありゃしないよ。」

彼女は三行半を小さく折り畳んで帯の間へ挟んだ。そして、

「では三五ちゃん、あばよ。豚さんと仲よくお暮らしってば。」と痛烈《つうれつ》な皮肉を残してどこへか出て行ってしまう。

[79]そしてしばらく時が経った。

おじょくは今になってから泣き出しつつ彼に言った。

「犬山はん、わてどうなるんや判りまへんわ、怖《おそ》ろしゅうなりました。」

「あいつほかに男拵《こしら》えおってな、浮気者のふて腐れでしょうがないから、折があったら放り出してしまってやろうと思っていたところだ。」

「まあ……。そやけんどわて、奥さんにすみまへんわ。奥さんに申し訳おまへん。わて、わて、わて……。」

「おじょく、お前俺の女房になるか？」

「わて、わて、わて、そうやけんどこんな不器量《ぶきりょう》な恰好《かっこう》して、もったいのおますわ。もったいのうてばちがあたりますわあんた、犬山はん……。」

醜女《ぶおんな》おじょくは巨大な体を波打たせながら、号泣《ごうきゅう》をもって彼に答えた。そうして理性を失った者の如くいつまでも立とうとしなかったが、犬山に促されてやっと気づいたように慌ててその夜は寄宿舎へ帰った。犬山は玄関まで彼女を送り出してほっとした気持ちになる。が、腋臭《わきが》と耳だれと汗と鬢付油《びんつけあぶら》をごっちゃにしたような、何とも形容のし難《がた》い彼女の悪臭が執拗《しつよう》に鼻の先へこびりついて去らないので、それを洗い落とすためにタオルと石鹸箱《せっけんばこ》を持ってすぐさま銭湯へ駈《か》けつけた。

おじょくは寄宿舎へ帰る道すがら(犬山はんは、わてのために奥さんを離縁までしてしまわはったのやなあ)と考えた。しかし門へ辿《たど》り着いてみると十一時半に近く、規定の出門《しゅつもん》時間に遅れること一時間余を過ぎていて、一も二もなく門衛から怒鳴りつけられねばならなかった。模範女工で、部屋長で、そのうえ師範工という彼女は一般女工たちよりも一段ひどくその非《ひ》を責《せ》められた。そして翌日は竹の二十二号という彼女の部屋全体へ向けて、二十人ほどの工《こう》に向こう三ヶ月間の門止《もんど》めが、舎監の口から言い渡されたのである。こうして、女工おじょくが二十年の勤労は一夜の遅刻で制度の鬼から破壊されてしまい、彼女の信望はまったく地に落ちた。

十四

機業地《きぎょうち》の女工時代、その雇われて働いていた機家《はたや》の旦那に孕《はら》まされて国の親許《おやもと》へ帰っていたとき、たまたま犬山の甘言《かんげん》に乗って紡績工場へやって来、そこで、また工場監督なる工務係から嬲《なぶ》られて彼の子を受胎《じゅたい》し、その始末に困って一人の青年工を誘惑に陥《おとしい》れて結婚したが、今度はそれに逃げられたので再び寄宿舎へ入って、世話婦の暴虐《ぼうぎゃく》に反抗を抱き、小さな工具[80]ヒッカケをもって世話婦の眼球《めだま》を引《ひ》っ掻《か》きむしった廉《かど》によって法の裁きを受けて[81]堀川《ほりかわ》の監獄《かんごく》へ送られた小牧《こまき》お孝《こう》は、三月《みつき》の刑期を従順につとめあげて夏のある日放免《ほうめん》された。それから父に伴《つ》れられて故里《ふるさと》の[82]但馬《たじま》へ帰り、しばらくのあいだ家《うち》の仕事を手伝って静養していたが、前科者《ぜんかもの》になったことを村の誰彼《だれかれ》に指差されて肩身《かたみ》の狭い目をしなければならなかった。父母は「出来たことはどうもしょうがないから女子《おなご》だてらがこれから先そんな大それた了見《りょうけん》を起《お》こさんようにして、もう死ぬまで旅へなんぞ出ないで家におれ。そして炭焼《すみや》きなりとして、一生尼《あま》になったつもりで暮らせ」と、諦《あきら》めた者の如く言って娘の彼女を引き止めようとした。しかしお孝は、自分だけならまだしも罪咎《つみとが》のない親たちにまで村の者らが後ろ指差して交際《つきあい》を避けるようにさえする態《さま》を到底見てはいられなかったので、四囲《あたり》の山々に紅葉《もみじ》濃い晩秋のある日、懐《なつ》かしい故郷の地や親たちと永久の別れを告げて、一通の[83]遺書を残したまま再び大阪へやって来たのであった。だが、彼女の頭にはこれから先なにをやって生活してゆこうという、しっかりした目算《もくさん》は立っていなかった。

　免囚者《めんしゅうしゃ》お孝は十人並み以上な器量を持って生まれながら、工場の塵《ちり》と獄中生活と、いろんな苦労のためにげっそり面《おも》やつれして痩《や》せた体をみすぼらしい木綿《もめん》の袷衣《あわせ》に包んで、[84]松島遊廓《ゆうかく》を中心にした西大阪の盛り場[85]九条《くじょう》を、あてどもなくぶらぶらとさまよっていた。

　[86]築港《ちっこう》からまっすぐに来ている電車通りの両側、[87]茨住吉《いばらすみよし》の傍《かたわ》らには数多《あまた》の桂庵《けいあん》が軒《のき》を列《つら》ねて建ち並んでいる。多く国の名を冠《かぶ》せた屋号を白く染め抜いた上部《うえ》へ持っていって、「男入口」「女入口」と別々に書いた紺暖簾《こんのれん》を吊《つ》るした入口の二ヶ所ずつある小さな家《うち》に、

でっかい屋根看板が掲げられて「口入所《くちいれしょ》」とか「雇人周旋処《やといにんしゅうせんしょ》」とか「職業紹介」など出ており、表の掲示板にはまたあらゆる種類の職業を記して、みな人が入《い》り用《よう》なように書かれておった。お孝はその口入れ屋のいずれかへ入ろうと思って方々の店の表にたたずんだが、何となくきまりの悪いような変な思いがして容易に暖簾が潜《くぐ》れない。こっち側はいけないと思い、あっち側は入りにくいと思いして、彼女は幾度ともなく電車道を横断したがしかし、二、三度そこの街を往復してから「河内屋《かわちや》」という暖簾を潜ってやっとある一軒へ入ることができた。店には四十恰好《かっこう》の狐《きつね》のような眼つきをした男と、その女将《おかみ》らしい三十そこそこの鼬《いたち》のような女が帳場《ちょうば》に坐っていて、五、六人の男女が上がり框《かまち》に腰をかけて何か思案しているようであった。一人の[88]厚司《あつし》を着たあまり振るわぬ風《ふう》采《さい》の男が、帳場へ向かって腰低く自分の姓名《せいめい》を言っていた。すると狐のような主人はそれに対して「うん、うん」と[89]鷹揚《おうよう》に答えては大きな帳面へ記入する。その客だか雇い人だか見分けのつかぬような侮辱《ぶじょく》した態《さま》が、労働下宿の帳場とよく似通っていた。

お孝は手持ち無沙汰《ぶさた》にしばらくたたずんで、向こうから言葉をかけてくれるのを待ったが、いつまで経っても店の者は何とも問うてくれないのでついに自分から口を切った。

「あのぉ、何《なん》ぞうちにできるような仕事おまへんですやろか?」

すると新来《しんらい》の客に一瞥《いちべつ》もくれずにいた不愛想な女将《おかみ》が、無言のままでずっと一通りお

孝の風貌《ふうぼう》を観察して、

「そこへかけなはれ。何でもありまぁ。」とぶっきら棒に答えた。

「お前《ま》はんの名前は？」

主人が訊《き》いて帳面につけた。

「あんた、どんなことする気がおますのや？」

女将はなおしげしげと彼女の顔を盗《ぬす》み見ながらこう言って訊く。

「うちにできそうなことやったら、何でもするつもりです。」お孝は答えた。

「何でもありますよってな！」

「何でもやりまぁ。」

上がり框に腰をおろしていた一人の男が、くつくつッと笑う。お孝は脇の下から冷汗《ひやあせ》が出た。

「おまはんは、一体これまで何をしていたんやね？」

主人が言った。すると求職者らしい一人の年増女《としまおんな》が横合いから口を添《そ》える。

「姉ちゃん、あんたどないなことしぃたいのか、此家《これ》の大将に言わはらなあけしまへんがな。」

「うち、元は紡績にいましたんですけど、もうなるたけ会社は厭《いや》や思《おも》てます。」

お孝は、こう答えつつも「紡績」という言葉に自《みずか》ら恥《は》じらわれて卑下《ひげ》し、怯《おび》えたように思わず身を竦《すく》めた。彼女の耳へは「なあんや、あれ紡績女工か」と、求職者たちが侮蔑《ぶべつ》の声を浴びせているように錯覚《さっかく》して聞こえたのである。求職者らは黙っていた。しかしお孝の上へ向けて一様に灰色の視線が投げられていた。

「おまはん、××売る気ぃないかね？」

主人は、尻あがりの眉毛《まゆげ》をのめのめッと動かしてお孝に言った。

「……。」しかし、お孝は何のことか呑み込めなかったから黙っていた。

「××売る気はないか？　おまはん。ええ金になって、紡績女工なんぞよりずっと体が楽だ。」

「……？」

「悟《さと》りの悪い人やなあ、この人。×××を男に売るんやがね。」

女将の註解《ちゅうかい》で、彼女には初めてそういう社会の術語《じゅつご》が呑み込めた。

「あんた身なりこそ飾っとらんけど、ええ器量やなあ。年恰好《としかっこう》もかなり若《わこ》う見えるし。そんなええ器量持っていて綿臭い紡績の女工はんなんかさせとくのはもったいないわ。今日日《きょうび》の世の中では真面目《まじめ》に働いたかって、それでええ報《むく》いが来るいうもんやあれへんよってな、あんた、えらい働きせんと楽《らく》して旨《うま》い物食うて、ええもん着て、それで銭儲《ぜにもう》けせにゃ損《そん》や。会社がよかったら何《なん》ぼでも会社へやったげますけどな、それよりかひとつ思い切って水商売で稼《かせ》いでみた方があんたのためや。まあ水商売三日してみなはれ。もう一生ようてやめられんわ。」

桂庵《けいあん》の女将《おかみ》は一羽の鴨《かも》を射落とそうと思って、精出してお孝を口説《くど》くのだった。と、彼女は自分の踏んできた報《むく》いられない半生《はんせい》の歩みに照らしてみると、女将の言葉があるいは真実のように思われて、だいぶその方へ気を引かれた。けれどもいつとはなしに頭へ入っている女郎《じょろう》や私娼《いんばい》が卑《いや》しい者であるという先入観が邪魔して、すぐと決断することはできなかった。(どうせ汚《けが》れた体なんだけど……)お孝は胸に手を置いて考えた。

＊　　＊　　＊

彼女が思案に耽《ふけ》っていると、つかつかつかと河内屋《かわちや》の店へ入って来た男がぽんと背中を叩いた。

「おお！　孝ちゃんじゃないか、久しぶりだったねえ。」

お孝はびっくりしてこう言う男の顔を見あげるとそれは募集人の犬山であった。

「まあ……。出しぬけにうちの背中なんぞ叩いて、びっくりするやないか、犬山はん。」

「お前いつ……？」

犬山はふと彼女が監獄からいつ出て来たのか問いかけたが、口まで出た言葉をぐっと嚙《か》み殺《ころ》してしまって吐かなかった。

「貴方《あんた》のお知り合いの方ですか?」

女将が訝《いぶか》って尋ねた。

「さよう、これは私の懇意《こんい》な婦人ですよ。」

そしてお孝に向かい、

「お孝ちゃん、名古屋の会社へ行かんかね? 台長《トップ》で入社ができるが……。」と勧める。

「そうやけどもう、うち貴方の口にはこりごりしましたわ。甘いこと木に餅《もち》のなったようなこと言うて、来てみりゃ半分もほんまのことがあれへんのやもの。」

「そりゃお前なんぼ俺でも[90]伊達《だて》や酔狂《すいきょう》で募集人しているのじゃない。それによって飯《めし》食っているのだからね、多少の駆け引きはあるよ。ここでの言葉だけれど、孝ちゃん、募集人や周旋屋《しゅうせんや》の言うことをみな信用する奴が間違っているんだ。ところでね、今度は本当に行くと、始めから台長《トップ》の役付きで入れるよ。名古屋の新工場だから待遇はいい。俺が人事係主任で行くのだから悪いようにはしやせん。一緒に行くか?」

「役付工《やくづきこう》なら日給ですやろが、何《なん》ぼくらいくれます?」

「初給一円。」

「あんたの言葉やよって、割引《わりび》きしても八十銭だんなあ。」

「いや、割引きなしの一円だ。新工場で経験工を欲しがっているところだから、後で少々さがっても始めは間違いなく一円くれる。あんたもいつまでも会社の内情を知らぬ田舎《いなか》っ平《ぺい》でなかろうし、もうそうそう騙《だま》せたものではないよ、いくらこの犬山でもなあ。」

お孝はしばらく考えたあとで、

「うち、ほんなら行きますわ。」と答えた。

彼女は先刻からいろいろに思案をめぐらせてみたのであるが、楽《らく》でお金のたくさん儲《もう》かることは好《この》ましく、だいぶ心を動かされていながら今一歩のところが何となく躊躇《ちゅうちょ》されて、どうも「××」を売ることは厭《いや》な気がした。その代わり工場へ入っても決して気張って働かないで、日給を取りながら思い切りずぼら[91]をこいてかませてやろうと思う。

犬山は思わぬところで女工を一人拾って喜んだ。そして取りあえず詳《くわ》しい話は後でして委細《いさい》取り決めるから、自分の家まで行って待つよう、所を言い含めて彼女を口入れ屋から帰らせた。それから両切煙草《りょうぎりたばこ》[92]に火を点《つ》けてぼうっと鼻の孔《あな》から白い煙《けむり》を吹き出させて、

「今日は玉《たま》を伴《つ》れて来たんだがな、目見得《めみえ》[93]の都合はどんなものかしらん？」と始終つ

き合っている者の如く心易《こころやす》い言葉で河内屋の主人に言いかけた。

「今、番頭が丁稚《でっち》と仲居《なかい》の[94]証文巻きに行きよった。もうすぐに戻って来るよって、帰り次第伴《つ》れて行かせるわ。」主人がこう答えた。そして、

「どんな玉やね?」と興味をもって訊く。

「ちょっとしゃれた玉や、すぐそこに待たせてあるから引っ張って来る。」

犬山はいったん戸外へ出てじき近くにある茨住吉の境内《けいだい》へ引き返し、腕まで切って空《から》っ誓《ちか》いを立てた[95]中国から誘拐《ゆうかい》して来た娘を伴《ともな》った。すると桂庵の番頭は彼女を連れて遊廓の[96]新妓《しんこ》の要る家《うち》へ目見得に赴《おもむ》く。その筋から鑑札《かんさつ》を受けるために入り用な親権者の承諾書や、保証人などは、既に桂庵との黙契《もっけい》によって作られてあるのだった。市《まち》にはまた、そういう得体《えたい》の知れぬ者の戸籍を拵《こしら》えたり、保証人になったりすることを専門の業《ぎょう》とする怪《あや》し気《げ》な家《うち》があった。

「証文が早く巻いてほしいな。」

女が出て行くと、犬山はこう言って抱《かか》え主《ぬし》の方から早く金を取ってくれるように請求する。

「[97]一週間で巻く。」

河内屋は、こう答えてぴりぴりッと眉毛《まゆげ》を動かした。

「頼む。」

犬山は吸いさしの両切《りょうぎり》をぺっと土間《どま》へ投げつけ、ソフト[98]帽《ぼう》を取って回[99]しの裏を衣摺《きぬず》れの音に鳴らしながら悠々《ゆうゆう》として桂庵を立ち去った。

十五

数多《あまた》の機械は不断の響きを立てて永《とこし》えの呪咀《のろい》を、無限に進展《しんてん》する空間へ向けて刻《きざ》んでいた。象《ぞう》のようなベット[100]がある、虎《とら》のような歯車《はぐるま》がある、大蛇《おろち》のような調革《ベルト》、大魚《たいぎょ》のようなシャフト、彼らはいつも、怒《いか》りの最高潮《さいこうちょう》に達した時のような怖ろしい瞬間であった。獰猛《どうもう》な暴君《ぼうくん》であった。人類はついに、彼のために征服されてしまったのである。

黝《くろず》んだ血の色の如くどんよりと赭《あか》い、煉瓦《れんが》の防火壁《ぼうかへき》が高く周囲《ぐるり》を取り巻いていた。そのなかに真っ黒な煙突《えんとつ》が一本大入道《おおにゅうどう》の如くにゅっとぬけ出て辺りを威嚇《いかく》するように聳《そび》え立ってい、鋸歯状《きょしじょう》の屋根が十重《とえ》、二十重《はたえ》、三十重《みそえ》とのさばるように蔽《おお》いかぶさって甍《いらか》と硝子《ガラス》が大きな鱗《うろこ》みたいに光る。そこでは数千人の奴隷《どれい》が営々《えいえい》として夜から朝まで朝から夜まで休む間もなく働いて、人類のために糸を紡《つむ》ぎ布を織って衣服の生産をしておった。数多の彼らは社会が愛に報《むく》ゆるに侮蔑《ぶべつ》と奪取《だっしゅ》をもって応《こた》えても、ただ黙々《もくもく》として仕事にいそしむよりほかに知らないもののようであった。女工たちの寄宿舎はその脇を流れて大阪湾へ注《そそ》ぐ正蓮寺《しょうれんじ》川のただなかにある島へ持っていって建てられ、[101]往還《おうかん》一つ距《へだ》てた工場から長い駅の橋のような三方を囲った架橋《かきょう》によって連絡せられている。そこは[102]尼院《にいん》よりも陰惨《いんさん》な禁欲の殿堂《でんどう》だ。牢獄《ろうごく》だ。五千人の女奴隷は上から下まで真っ黒な禁欲の法衣《ほうえ》に身をくるみ、昼夜回転する機械の守《もり》をするため二組《ふたくみ》に分かれて夕《ゆう》な朝《あさ》なその隧道《トンネル》のような橋を渡った。（工場では縞《しま》や絣《かすり》や[103]元禄《げんろく》や角袖《つつそで》や、袂《たもと》に襷《たすき》がけなど各人《おのおの》まちまちの風《ふう》をして仕事をすることが不都合だとて、いつしか女工の服装を真っ黒ずくめな上着と袴に定《き》めてしまった）

――沖は荒れているようであった。冬枯れの蘆原《あしはら》を一マイルなめた鋭い空風《からかぜ》がトタン塀《べい》に衝《つ》きあたって物凄《ものすご》い風箏《ふうそう》を巻き起こし、さらに満潮《まんちょう》した水の面《おも》を打ってジャブンチャップンとかなり高く波立たせておった。分厚い煉瓦《れんが》壁《べい》を洩《も》れてくる夜業《やぎょう》の機械の響きが発作的に荒れ狂っては吹きつける風の音に混《こん》がらがって、切れぎれな猛獣《もうじゅう》の呻《うめ》き声のように縺《もつ》れ合って聞こえる。鉄格子《てつごうし》を嵌《は》めて金網《かなあみ》を張った工場の窓から幽《かす》かに漏洩《ろうえい》する電灯の光と、寄宿舎の塀の内にところどころ点《とも》された夜警灯《やけいとう》の[104]カーボン電球が眠そうに瞬《またた》いているが、各棟の部屋部屋《へやべや》の灯火《ともしび》はすっかり消されているので広漠《こうばく》とした辺りは暗い。空は黒幕《くろまく》を張ったような真の闇《やみ》で、奴隷の島は黙々として眠っているように見えた。

もう、十一時半から十二時半までの間に三十分ずつ二組の者が交代してなす夜食時《どき》も過ぎて、夜中の汽笛《きてき》が凍《こお》りつくように鳴ってしまった深更《よふけ》に、三艘《さんそう》の船が舳《へさき》にぶち当たる波を切って静かに棹《さお》さしながら正蓮寺川をくだって奴隷の島へ近づいた。船を操《あやつ》っている三人はいずれも[105]印半纏《しるしばんてん》を逆様《さかさま》に着て頬冠《ほおかむ》りし、先頭を行く一艘の船には船頭《せんどう》のほかに身に[106]オーバー・セーターを纏《まと》って毛糸の[107]飛行頭巾《ひこうずきん》に顔を隠した男が乗っているのだった。そしてその男は真《ま》っ暗《くら》な水面へ向けて時どき懐中電灯《かいちゅうでんとう》を照らしてみては船の進路を指図《さしず》する。後ろに続く二艘の船へは、方向を過《あやま》らぬためにその[108]艫《とも》から一本の綱《つな》が引っ張られていた。三艘の小船は風に吹きまくられ、船《ふな》べりへ打ちつける魔のような黝《くろず》んだ波を淡白《うすしろ》い泡に砕《くだ》きつつ静かに河を下って行く……。

飛行頭巾の男は腕に巻くりつけた夜光時計を眺めて、

「もう、時間だ！」と頬冠りの船頭に促した。

＊　＊　＊

やがて船は島の石崖《いしがけ》へ持って行って三艘の[109]舷《げん》を揃えて平行に着けられた。すぐ上はトタン塀になっていて、四寸《よんすん》ほど塀裾《へいすそ》が隙《あ》いている。セーターを着た男は懐中電灯をつきさして塀の裾から島の内裡《なか》を窺《うかが》った。するとコツコツ、コツコツ、コツコツッと二度ずつ三度に切って塀を打つ者がある。と、彼も同じようにトタンを叩いて合図《あいず》を返した。

それから、セーターの男は腰に提《さ》げていた[110]切嘴《きりばし》を外して一人の覆面《ふくめん》を踏み台にし、塀の[111]海鼠板《なまこいた》を切断した。そして見るうちに二人が通れるほどの孔《あな》をあけてしまう。すると、それを待っていたらしい大勢の女工が、いずれも逃げ仕度《じたく》してどやどやと石崖の際《きわ》へ押し寄せた。

「慌《あわ》てな慌てな、そんなに急がなくても大丈夫、捕《つか》まるような心配はない。」

彼は慌《あわ》ただしい女たちを制して三人の覆面に手伝わせながら、塀を出て来る一人一人を順番に抱いて石崖の上から船の中へ移す。

「おお怖《こわ》っと！」怯《おび》えた女の声。

「あまり大きな声出してはいかん。なるたけ静かに……。」

「荷物残さんように頼みますで。」

「よっしゃ。」船の男は低語《こごえ》に答えた。

[112]三番の竹行李《たけごうり》や、[113]信玄袋《しんげんぶくろ》が主なる彼女たちの荷物であった。

「よう、次や。」

「俺《おれ》のん肩へしっかり摑《つか》まった。」

覆面の男たちは、こう言っては次々に塀の孔を潜《くぐ》ってくる女工を肩に引っ懸けて船から船へ移し、しばらくのあいだに百人ほどの人間を三艘の小船へ巧《うま》く割り当て分乗させてしまった。

「もう、これで全部しまいだっさ。」

最後に、一人の巨大な図体《ずうたい》をした女がこう言ってのそっと現れた。

「荷物は残ったれへんか?」

「残ったれしめへん。」

「そうか、ご苦労。」

彼女の体は重いから、始終びよびよ揺れる船のことゆえもしやし損《そん》じてはいけないと用心し、飛行頭巾の男は半纏《はんてん》の手助けを借りて船へ移す。そのあいだ絶えず烈《はげ》しい風が吹きまくってトタン板や電線を鳴らしておった。そしてまた近頃新たに据え付けられた三百馬力の吸入《サクション》ガス機関《エンジン》に故障が起こったのか、その[114]十二インチ砲のような巨大な排気管《エクゾースト・パイプ》から青い火が出て、野砲《やほう》を放《はな》つに寸分違《すんぶんたが》わぬ爆音が凍《こお》るような寒い空気を震《ふる》わせてヴォン、ヴォン……と十秒おきくらいに辺りへ響いた。

やがてオーバー・セーターを着た男の合図によって艫綱《ともづな》を解かれた船は、元の如く艫《とも》と舳《へさき》とを一本の綱で結ばれ、巧《たく》みに棹《さお》さして市《まち》の方へ闇の中を[115]遡《さかのぼ》って行く……。

「犬山はん、わて怖かったいうたらほんまに。」

船が橋の下を潜《くぐ》ってカーヴを曲がり、正蓮寺川を出離《ではな》れてまず安全地帯まで漕《こ》ぎつけ

ると肥《ふと》っちょの女はセーターの男に言った。すると彼は、

「弱虫やなあ。」と答えた。

これが女工おじょくと犬山であることは言うまでもない。彼女はついに巧妙《こうみょう》な犬山の狂言《きょうげん》を真《ま》に受け可愛《かわい》い男への忠義立てとして妹分《いもうとぶん》のようにして幅きかせている同郡の朋《ほう》輩《ばい》を、「嫂《ねえ》さん」の権勢《けんせい》によって否応《いやおう》なしに納得させてしまい、彼が難なく誘拐し出す道をつけてやったのである。恋に狂える醜女おじょくは、怖いと思いながらも一念のあまりとうとうここまで決心してしまった。彼女は、己《おのれ》の妻を「人間は器量ばっかりよくっても心が腐っていたら……」と自分を前にして叱りつけ、眼の前で離縁状まで書いて、手切れ金をやって追い出した犬山の態度を疑うにしては、あまりに善良であった。少女の頃から工場へ伴《つ》れて来られて寄宿舎へぶち込まれ、そこで奴隷の教育を受けて世の中と一切交渉を断って[116]煉獄《れんごく》の中で育《はぐく》まれた彼女は、こうも辛辣《しんらつ》な社会の芝居があろうことを知るよしもなかったのである。

犬山は艫《とも》に腰かけてズボンの[117]隠《かく》しから煙草《たばこ》と燐寸《マッチ》を取り出し、人垣《ひとがき》を求めて風を除《よ》けながらこれに火を点《つ》けて悠々と吸った。

程行って河が深くなると、三艘の船は連絡していた綱を解いて艪《ろ》をつけた。そこはもう両岸に人家《じんか》が並んでいて河面《かわも》はほの明るい。半纏を裏返して纏《まと》った男たちは、いつし

か頬冠《ほおかむ》りを取って顔を表わしている。それはいずれも伝勇《でんゆう》[118]の乾児《こぶん》で、工場付近を荒し回っている無頼者《ならずもの》であった。

やがて一行は大阪駅より少し手前の出入橋《でいりばし》[119]付近の河岸《かし》へ船を着けて上がった。犬山は再び腕の夜光時計を眺めた。蛍《ほたる》の尻のように青い針がぴこぴこ蠢《うごめ》いてちょうど三時半を指している。彼は三人に向かって「兄弟、ご苦労だったのう。」と言った。

「邪魔者が飛び出しくさらなんだよって、ええ按排《あんばい》やったのう。」

一人が答えた。

「もしやと思って、ちゃんと段取りはして来たんや。こう……。」

一人が背中へ手を回して法被《はっぴ》の下から匕首《あいくち》を出して見せた。すると犬山も、

「俺も、実はそのつもりして来たんだ。しかしまあよかった。」

こう言ってセーターの下にむっくりとF字形にふくらんだ固い物の上を叩いてみせる。それは彼が募集人をやり出してからこの方ずっと離さずに持っている「護身用」のピストルであった。

「守衛の奴、居眠りでもしてくさったんかなあ……。」伝勇の乾分《こぶん》が、あまりに無難だったことを訝《いぶか》るように言う。

「なあに、俺が摑ませておいたから……。」

「道理で。」

「これ、少ないけれど[120]酒手《さかて》にしてんか。」

犬山は十円紙幣《さつ》を五枚、紙屑《かみくず》か何ぞのように無造作に摘《つま》み出して無頼漢《ぶらいかん》の一人に渡した。すると三人は、

「おおけに、ありがとおまぁ。」と言い残して再び小船へ乗り移り、棹《さお》を把《と》ってぐるりと舳《へさき》をやって来た方へ向けた。

「親分によろしく。」犬山は丘から最後の声をかけて大声に礼を言う。

「さいなら……。」

無頼者《ならずもの》の声は早《はや》十間《けん》も離れた河面《かわも》で、艪《ろ》の音にまじってこだま返しのように薄闇《うすやみ》の中から聞こえた。

それから、犬山は女工たちにそれぞれ自分の荷物を背負わせて、すぐに梅田駅へ赴《おもむ》いた。すると上り三等の待合室で、寒そうにして炉《ろ》に齧《かじ》りつきながらお孝が一行の来るのを待ち受けていた。一番列車までに三十分、百人の者を乗り込ませる準備にはちょうど頃合いな待ち時間である。

彼は切符《きっぷ》を買って皆《みな》の女工に渡してしまうと、その間に名古屋紡績へ向けて出発の電報を打った。

その日のお午《ひる》すぎ一行が中京《ちゅうきょう》[121]の熱田《あつた》へ到着すると、先方からは人事係主任らが数名の監督を従えて迎えに出ていた。そしてすぐに女工たちを導いて工場へ伴《つ》れて行き、そのまま一同を寄宿舎へ放り込んでしまった。

犬山は、一応工場長をはじめ各課の社員たちに紹介されて入社の挨拶《あいさつ》だけして回り、すぐと事務所を退出して俥《くるま》に乗って新開地《しんかいち》のとある家《うち》へ落ち着いた。おじょくの前でもって離縁された女房は、ちゃんと一足先へ来て家を借り、亭主の乗り込みを待っているのだった。

＊　＊　＊

十六

募集人の犬山がお孝に言ったことは、今度に限って狐《きつね》につままれたほどの嘘《うそ》でもなかった。彼女は役付工の台長《トップ》になることができて、大阪の工場にいた時ほど体を使わなくとも済むようになった上、約束通り一円の日給を貰うことが叶《かな》った。それでしばらくの間にひと通り冬着《ふゆぎ》を作ってしまう。そして何の目的も楽しみもないままできるだけ太く短く、この世を面白く暮らして通った方が得だという享楽主義[122]になり済まし、交代日を待っては名古屋の市《まち》を遊び歩いた。

名古屋紡績では女工の募集政策として、前借《ぜんしゃく》のない限り交代日の外出は別段制限を加えずに許しておった。また親許《おやもと》への送金や本人の貯金などのことでも、なるべく女工の自由意思に委《まか》せて会社は不干渉主義を採《と》り、「気楽な寄宿舎だ」という口実をたてに宣伝して回った。それで割合経験工が多く集まったのである。

入ってからまだ幾日《いくにち》にもならぬある日のことであった。お孝は舎監から呼ばれたから何心《なにごころ》なく事務所へ出頭すると、舎監は出しぬけに思いもかけない言い渡しをした。

「小牧、お前今日から四十号室の部屋長になるよう会社から辞令がさがったでなも、按排《あんばい》ようみんなの面倒《めんどう》見て頂戴《ちょうだい》んか。」

「まあ……。」

お孝は呆《あき》れ顔《がお》にこう答えた。彼女の前には半紙判ほどの西洋紙に書かれた辞令が舎監の手によって突きつけられている。——辞令、小牧コウ、[123]自今《じこん》寄宿舎において四十号室室長を命ず。大正××年×月××日、名古屋紡績株式会社——と書いてあった。彼女はそれを読む間ほど黙って舎監の机を凝視《みつ》めていたが、

「うち、せっかくの思《おぼ》し召《め》しですけどお断りさせてもらいます。」と次の瞬間に答えた。

すると相手は怪訝《けげん》な顔して、

「何《なん》で！　お前妙《みょう》な女工だなあ。」と反問する。

「うちには、とても部屋長なんぞ大役《たいやく》は務《つと》まりまへんわ。」

「会社から辞令さげてやるのに対して、不服《ふふく》となえるちゅう女工は話に聞いたことがない。」舎監は眼を丸くして怒《おこ》ったように驚いた。

「それでも、うちにはできまへんです、舎監さん。」

彼女は工場での役付《やくづき》の如く体の楽《らく》なりとできるのならまだしも、一文《いちもん》の金にもならぬくせして事ごとに責任がましいことを言われる部屋長なんか真《ま》っ平《ぴら》だと考えた。そうして部屋長や役付工になるのを一廉《ひとかど》の出世ででもあるように思い、彼女たちを羨《うらやま》しがった頃も自分にあったのだと不意に憶《おも》い出してにっとほくそえめた。

「失礼します。」

やがてお孝は軽い会釈を残して辞令をそこへ置いたまま舎監の前を下がろうとした。

しかしながら舎監は、

「なあも小牧、持って行かなあかんちゅうに。会社はいったん出したものを、その人がおる以上再び引っ込める訳にはいかん。」と言いつつ、席を立って彼女に無理矢理と辞令を押しつけた。

「そんならうち、ただ貰うだけ貰っときまひょう。その代わり、ほんの預かるだけのことで部屋の責任なんぞよう持ちまへんで。」

お孝は念を押して事務所を出た。（所かわれば品《しな》かわるものだなあ）彼女には、犬山をはじめおじょくやその妹分たちが、たしかに知らなかったはずがないのに自分の前科を人に喋《しゃべ》らぬのが不思議に堪《た》えなかった。

（犬山はんは男やよってそんなことわざわざ人に吹聴《ふいちょう》せんとしても、おじょくさんたちが……？）彼女はこう訝《いぶか》った。しかしおじょくたちは知っていたらとてもそんなことを人に[124]喋らないで済ませるほど理智《りち》に富《と》んだ女ではなかったが、同じ一つの工場であったとは言い条《じょう》、第一号工場と第三号工場と分かれており寄宿舎ではまた棟《むね》の異《こと》なり合った別寮同士にいたゆえ、彼女たちおじょくのグループはお孝の顔を知らなかった。世話婦と喧嘩《けんか》して懲役《ちょうえき》に行った女工があるということを彼女たちは噂《うわさ》に聞いたのではあったが、その女工の顔を見る機会も名前を知る機会もなかったまま、つい鈍感《どんかん》で[125]倦怠性《けんたいしょう》な女工たちはいつとはなしにそんな事件のあったことも記憶の中から消し去ってしまったのであった。

＊　＊　＊

夏のある夜《よ》、お孝はその夜もまた工場監督の工務係が事務所で居眠りでもしているのか宵《よい》の口《くち》に一遍工場を見回ったきりもう朝までやって来そうにないので、しめたと喜びつつ場外へ逃れ出た。そしてアスファルトに固めた長い工場の廊下《ろうか》を通って機関室の脇へ出、打棉部《だめんぶ》と混棉部《こんめんぶ》の塵《ちり》を強烈《きょうれつ》な風車《ふうしゃ》でもって空中へ放散しているタンクの横の塵突《じんとつ》から梯子《タラップ》を登って屋根へ出た。

いい月夜だ。七月の夜空にはダイヤの砂を播《ま》き散《ち》らしたような燦然《さんぜん》たる星が無数に瞬《また》いて、人類の呻《うめ》きには一向無関心に涼《すず》し気な笑いを地上へ向けて投げかけている。その中をすうっと夢のような銀河《ぎんが》が走っていた。

頂《いただき》の幅が二フィートほどある煉瓦《れんが》の防火壁はしっとりと夜露《よつゆ》を受けて心地よく冷たかった。そうして障碍物《しょうがいぶつ》がないので築港《ちっこう》の方から吹いて来る風が寒いように衝《つ》きあたるのだった。お孝はそこで、五時が鳴って[126]玉揚《たまあ》げ工《こう》や[127]台持《だいも》ち工《こう》たちの勤怠表《きんたいひょう》を取りに行って帰り仕度《じたく》する頃までぐっすり寝込《ねこ》もうと思い、履いていた麻裏《あさうら》を脱《ぬ》いでそれを枕《まくら》にころりと仰向《あおむ》いて横になった。けれどもあまり美しい空に魅せられたのか、今にも体の上へ星が降って来るような気がしてなかなか眼が瞑《つむ》れなかった。独りで眺めるには本当に惜しいような夜である。

彼女はふと、近頃入った不熟練工の運搬方《うんぱんかた》のことを心に浮かべた。彼は[128]玉揚げ工の雀《すずめ》が機械から揚げた管糸《くだいと》を大きな[129]ズックの袋へ入れて妙《みょう》な恰好のトロッコに積み、一日じゅう同じ軌条《きじょう》の上を走っている。[130]輪具《リング》から[131]カンカン場《ば》へ持って行って秤量方《ひょうりょうかた》に目方《めかた》をかけてもらい、これを織布部《しょくふぶ》の管糸貯蔵場と[132]水気場《みずけば》へ搬《はこ》ぶだけの少しも技術と頭を使うことのないほとんど馬鹿みたいな仕事をしていた。そしてその馬か動力のような仕事に甘んじているかのように傍《はた》からは見られた。けれどもお孝は何となく彼が好きであった。第一印象にぱっと映《うつ》った時から、彼女は彼を忘れることができなかった。名前も何も知らないのである。彼らはただ「台長さん」「運搬屋はん」と、職業の名を互いに代名詞として呼び合いながら仕事上の用を弁《べん》じた。

巨大な煙突から濛々《もうもう》として吐《は》き出される黒煙《こくえん》も、涯《はて》しない空へ向けてはわずかに一本の線香《せんこう》を焚《た》くほどの細い煙であった。煙突の口を出て五つ六つの星を掠《かす》めたと思うと、竜《りゅう》のような姿の煙はのめのめと空間へ立ち消えてしまう。

お孝はじっと[133]蒼空《そうくう》を眺めていた。するとまたしても運搬方の姿が眼の先に彷彿《ほうふつ》して、彼女は劇《はげ》しい肉欲を感じた。薄いステテコに[134]クレープの半シャツ一枚でいる彼の逞《たくま》し気《げ》な男性美が、むくむくとして彼女の胸を打って迫った。

——彼女が茫然《ぼうぜん》と彼のことを考えつつ空を仰いでいると、まるで約束でも交わしてあったものの如く、運搬方の太田は同じくタラップを登って屋根へやって来た。そして幾《いく》筋《すじ》もに分かれた防火壁をやっぱり彼女が寝ているところと同じ筋へ現れ、二、三間《げん》手前から声をかけた。

「台長さん。」

「はあい……。」お孝は返事しながらも偶然な空想が立ちどころにあたったことに恥ずかしいような驚きを覚え、狼狽《ろうばい》して起きあがった。

「屋根は何《なん》て涼《すず》しいんだろう、寒いくらいだね、嫂《ねえ》さん。」不熟練工の太田は馴れ馴れしく彼女に話しかける。

「美しい月夜でひょう?」

「綺麗《きれい》だなあ……。あまり気張《きば》ってもつまらんから、少しここで油を取ってやろう。」運搬方は、こう言って偶然彼女と行き会ったように傍《かたわ》らへ腰をおろす。しかし彼は偶然にこの屋根へ登ったものではなかった。

熱田《あつた》から東の方へ続いた東海道の松並木《まつなみき》が、地上の銀河のように霞《かす》んで広い田圃《たんぼ》の中へ浮き出て見えた。その両側にある幾軒《いくけん》かの大工場から洩《も》れる淡《あわ》い夜業《やぎょう》の灯火《ともしび》が松を縫《ぬ》って灯り、反対の方には名古屋の市街が不夜城《ふやじょう》のように明るかった。築港に碇泊《ていはく》した船の檣《ほばしら》の灯火は、時どき緩《ゆる》やかに左右へ揺《ゆ》らぐ。流れ星が一つあった。

「お孝さん。」

彼はいつの間にか彼女の名前を憶えていて呼んだ。

「はい……。」お孝は軽い嬉《うれ》しさを感じた。

しばらくすると、彼女と運搬方はぴったり体を引っ付けて防火壁の上へ腰かけ、脚を垂《た》れて互いにいたずらし合ってふざけた。そうして三時間余りも涼んで遊び、油を取り飽《あ》いて再びタラップを降《くだ》る折には「次の交代日に伴《つ》れ立って市《まち》へ遊びに出よう」と、二人は約束を交わしておった。

十七

勤《つと》めするお孝はさながら子供のように時間の経つのが待たれるのであった。彼女はまだ家《うち》にいた少女時代のこと、

「お母《かあ》、もう何《なん》ぼ寝たら正月来《く》るいな？」

「お父《とっ》つぁん、もうどんだけしたら節句《せっく》だいなあ？」と訊《たず》ね、午《ひる》だ、晩景《ばんげ》になった、朝間《あさま》だわ……と時間の過ぎることばかり言って待った。すると父母たちはそれに答えて、

「そにゃあに時間の待たれるのも二十《はたち》までだわい。せいぜい二十二、三までのこった」

と教えたのだったが、彼女は幾歳《いくつ》になってもその頃とたいした変わりなく時の経過を待つのだ。で、いつも工場にたった一、二ヶ所しか懸けられておらぬ時計を、見にばかり行っているのだった。しかし、休みの日は時計が歪《くる》ったのかと思えるほど早く暮れてい

った。そしてただもう交代日と、役付工になってからとることのできる休憩時間と、仕事の仕舞いが無性《むしょう》に待たれてその時刻が来ると気がそわそわして到底仕事も何も手につかぬくらい嬉しかった。

――その一週間は約束があるのでわけても長いような気持ちがして彼女は常の二倍にも三倍にも感じられた。しかしようやく交代日がやってきたので、お孝は朝早くから洗濯物を済ましてしまって髪を結《ゆ》い、お化粧《けしょう》をした。大阪の工場にいる頃は気張って真面《まじ》目《め》に働いたけれどいかにしても瓦斯縞《ガスじま》[135]以上のいい物は買えなかったのだが、名古屋の工場へ変わったゆえ前に比較すればいい給料を貰い、楽《らく》して不真面目《ふまじめ》に働くおかげで拵《こしら》えることのできた皮肉な銘仙縞《めいせんじま》を着て、彼女は繻子《しゅす》[136]の帯を締めた。そしてその日はちょうど部屋長会議があって出席せねばならんのだったが、黙って放りっぱなしして外出してしまう。

お孝は工場から程近い熱田《あつた》へ出る松畷《まつなわて》[137]で男を待った。宮堂《みやどう》[138]と別れてからずいぶん久しいあいだ性的生活から遠ざかり、異性と親しい交際をしなかったものだから荒《すさ》んだ情操《じょうそう》がだいぶつつましやかな処女性へ還元《かんげん》され、彼女は恋らしい心地になってくすぐったいような憧《あこが》れを感じた。

しばらく待っているとやがて運搬方がやって来た。と、お孝は、数間距《すうけんへだ》たったところに彼の姿を発見してあまりの美しさに瞠《みは》った瞳孔《ひとみ》を細くした。そして少女のように慌ただしくそっちへ馳《は》せて行く……。

「まあ。」と彼女は言った。

「待ったでしょう？」男が問うた。

「いいえ。」

「さあ、一緒に歩こう。」

太田は彼女を促《うなが》して先へそろそろ歩いた。

「どこへ行くかねえ？」

「さあ……。」

工場では馬の如く低能な運搬方をやっている彼が、今日の姿はとても素晴しいものであった。ほっそりした[139]巴里型《パリがた》の縞《しま》ズボンに真っ白な靴を穿《うが》って、絹《きぬ》のワイシャツを着た胸へ涼しそうなネクタイを垂《た》らし、ピンや時計や、ネクタイ止めなど体の方々《ほうぼう》に貴金属が光っている。微風《そよかぜ》に揺《ゆ》れる光沢《こうたく》の多い黒の上衣《うわぎ》が、白いズボンや帽子の色にくっきりとした対照を示して、見る者に涼しさと清潔な好感を与える。香水の匂《にお》いが柔らかに迫って彼女の嗅覚《きゅうかく》[140]を麻《ま》した。(何《なん》ちゅう男前やろう)お孝はつくづく彼に惚《ほ》れてしまわずにはいられなかった。

「お孝さん、貴女《あんた》に何か買ってあげたいのだがねえ、何がいいかしらん?」

彼は電車道の少し手前でこう言った。

「うち、何でもよろしいわ。」

「貴女のお国はどちら?」

「但馬《たじま》。」

「ずいぶん遠方《えんぽう》だねえ、東京へ行きたくない?」

お孝は「東京」という言葉にどきっと胸を打たれたような強い心の衝撃《しょうげき》を感じた。彼女はどうせ故郷《こきょう》の地や親たちを棄《す》てて旅へ出たからには、なるべく変わったところをたくさん見物して、面白《おもしろ》い目をして死んだ方がましであると、この頃痛切《つうせつ》にそう考えるようになった。そして汽車の音を聞いては未知の都を想像し、淡《あわ》い憧《あこが》れを抱《いだ》いていたのだった。

やがて二人は[141]栄町《さかえまち》で電車を降りた。そして松阪屋《まつざかや》へ入る。ずっと陳列《ちんれつ》を見て歩いて、男は彼女に[142]帯揚《おびあ》げ一本と下駄《げた》一足、都合四円ほどの品《しな》を買い与えた。

お孝はその頃流行《はや》り出した携帯用の化粧箱がふと眼について欲しかったから、

「なあ貴方《あんた》、あれ買《こ》うてちょうだいよ、買うてちょうだいよ……。」とねだった。

すると彼は女に気前を見せ、

「よっし。」と二つ返事でそれも買ってやった。

お孝は、彼が店員に金を支払う時、その銭《ぜに》入《いれ》のなかに折り畳んだ紙幣《さつ》がぎっしり詰まっているのを見た。

「[143]絽《ろ》の、淡色《うすいろ》の半襟《はんえり》が一本欲しいわ。」

彼女はもう一つ請願《せが》んだ。

「よっし、お買い。」

「うち、それから本が欲しいのやけど……。小説か何か、雑誌でもええわ。」

「何でもお買い、しかし今からあまり買ってしまっては荷《に》厄介《やっかい》だよ。帰りしなに買った方がよかろうじゃないか?」

「そう。」彼女は素直に答えて彼に従った。

* * *

やがて二人は百貨店を出《い》で、再び電車に乗って程なく[144]大須《おおす》の盛《さか》り場《ば》へやって来た。と、お孝はしばらく娯楽《ごらく》に接しなかったので、芝居も活動も浪花節《なにわぶし》も、一時《いちどき》に観《み》聴《き》きしたいように焦躁《せか》せられた。

「どこへ入ろう?」

「さあ? うち、皆片《かた》っ端《ぱし》から観て回りたいわ。」

「冗談じゃない、アハ、ハ、ハ、ハ……。」

彼は笑った。そして二人は芝居へ入る。太田は「一等席へ入ろう」と言ったが売り切れてしまって場がなかったので止《や》むを得《え》ず二等席で辛抱《しんぼう》した。しかしお孝はそんな上等の席に坐って、ゆっくり好きな芝居を観覧するのは初めてであった。彼女は[145]追い込み席でしか観たことがない。新作《しんさく》ものの[146]旧劇で「栗浜《くりはま》物語」という侍《さむらい》と漁師の娘の恋物語だった。

彼女は、互いに惚《ほ》れて愛し合っておりながら侍と漁師とは階級が違うために周囲《まわり》から受け入れられず、ついに破綻《はたん》に陥《おちい》ってしまう劇中の女主人公に同情のあまり、男の膝《ひざ》へ泣き崩れて悲しんだ。が、幕が閉《と》じられて滲《にじ》み出た涙をハンカチで拭《ぬぐ》い去《さ》りつつ息を入れると、[147]陶然《とうぜん》とした快感が湧《わ》くように泣いたあとへ襲いきて限りない心地よさを覚えた。

――一狂言終わった中《なか》あいに、ふと彼女は正面の一等席で三、四人の女たちと一つの枠《わく》に嵌《は》まって納《おさ》まり返った犬山を発見した。側《そば》についてる女は意気な[148]潰《つぶ》し島田《しまだ》の[149]それ者《しゃ》らしい者と、可愛《かわい》い桃割《ももわ》れの舞妓《まいこ》だった。犬山はこうした美妓《びぎ》たちを相手に得意顔を振り回している。

「まあ！　あそこに犬山はんが見えるわ。」

お孝はふと太田の脇をつついてこう声をかけた。すると彼は怯《おび》えたようにそっちを見

やって、

「畜生、犬山の野郎こっちを見やがったかな？」と呟《つぶや》いた。

「どうかしたの？　太田はん。」

「なに、どうもしやしないよ。」

お孝の追及を何気なく彼は打ち消した。しかしながら軽い狼狽《ろうばい》と当惑《とうわく》の色が、その面《おも》を微《かす》かに過ぎて通った。

性の感情は芸術の力に圧倒されてしまって、お孝は劇場へ入ってからすっかりそのことを忘れていた。そして[150]打出《うちだ》しまでいて残らず芝居を観てしまう考えになっていたが、男は場外に灯火《ともしび》の入る頃からしきりに出ようと言い出した。

「もう一幕《ひとまく》だけ観せておくれよ。」

「出よう。」

「そんなこと言わんと、せっかく来たんやもの……。」

「そんなに芝居が好きなのなら、また今度の交代に来よう。が、今日は……。」

お孝は残り惜しいと思いながら、彼に促《うなが》されて詮方《せんかた》なく中途で出る。

「お孝さん、貴女《あんた》俺の行くところへどこへでもついて行くかね？」

彼は人込みへ出てから言った。

「はい、どこへなりとついて行くわ。」

お孝はてっきり[151]待合《まちあい》行きであろうと直覚して彼の後に続いた。ところが太田は意外なところへ彼女を導く。レストランであった。店口《みせぐち》を造花の朝顔と植木で飾った毒々《どくどく》しい家《うち》。

「うち、厭《いや》やわこんなところ。」

お孝は入口の手前で低声《こごえ》に拒《こば》んだ。しかし彼は聞こえなかったのかしらんが、さっさと先へ入ってしまう。で、彼女は仕方なく続いた。けれどももちろん西洋料理などへ入ったことは生まれてからただの一度もあろうはずがないので、あたかも外国へ伴《つ》れて行かれたような[152]変な勝手がし、彼女は[153]曲がり木の椅子《いす》へ固くなってかけねばならなかった。

「貴女《あんた》は、何を食べる?」

太田は恥《は》ずかし気にうつむいているお孝に、女給の前で[154]通し物を訊く。彼女は待合へ行った方がはるかにいいと思った。

「[155]コール・ビーフと、まずビールを二、三本貰うかね。」

「はあい、コール・ビーフ二丁……。」

女給の[156]割合もない声に、お孝はびくりと驚いた。

程なく[157]ナフキン代わりの紙に包んだフォークとナイフが運ばれて、彼女の前へガチャりとそれが置かれる。そしてコップにはビールが盛られた。お孝はひと口それを飲んでみたが、とても薬より不味《まず》くて二口《ふたくち》とは飲む気になれない。すると彼はそれを見て彼女のために葡萄酒《ぶどうしゅ》を注文してすすめた。と、甘い酒ならお孝の口にも美味《おい》しいのであった。お孝は彼が食べる所作《しょさ》をじっとしばらく見ていてナイフを使うことを習い、恐る恐る危なっかしい手許《てもと》でコール・ビーフの皿に手をつけた。（ははあ、これが西洋の箸《はし》か。織《しょっ》機《き》についている緯糸停止器《ウェフト・フォーク》[158]みたいなものやなあ）彼女はこんなに思いつつ名称を識《し》らぬ「西洋の箸」で、一片の肉を頬張ってみると実にどうもたまらぬほど旨《うま》い。彼女にとっては、まったく新しい味覚の経験であった。

（まあ……。何《なん》ちゅう旨い物が世の中にはあるこったろう。銭《ぜに》さえあればこんな美味しい物が毎日でも食べられる？）

太田は次々に変わった料理を注文して取り、盛《さか》んにビールを呷《あお》って悦《えつ》に入《い》った。そしていろんな珍しい東京の話を彼女にして聴かせるのだった。

「……関西地方の工場は管理が進んでいるということだったから、実は僕が、新米に化けて工場の視察に来ているのだよ。」

彼はひと通り東京の説明を終えてから、頃合《ころあ》いを見計らって彼女にこう言った。そうして、

「それでね、近いうちに向こうへ帰るのだが一緒に行かないか？　いい給料出すよ。」

太田はコップを置いて料理の皿を傍《かたわ》らへ押しやり、にゅっとお孝の前へ亀のように頸《くび》を出して彼女の顔色《かおいろ》を窺《うかが》った。

「[159]亀戸《かめいど》紡織株式会社ってね、資本金八百万円の大会社だ。工場は東京の南に当たる亀戸という町にあって、鉄筋コンクリートと煉瓦《れんが》半々の素晴しい建物だ。名古屋の地で言うと、やっぱりあの名古屋紡績のある辺りに相当するかねえ。電車の終点まで二十分で行けて、それから浅草《あさくさ》へ十五分電車に乗れば行ってしまう。遊びに行くには持って来いの便利なところだよ。東京の浅草って言ったら大須《おおす》なんかてんで較《くら》べものにならんくらい賑《にぎ》やかで、[160]活動小屋《かつどうごや》だけでも三十軒くらい並んでいるかねえ。とても大したものだ。まあ行ってごらんお孝さん。」

「まあ、ずいぶん賑やかなところですなあ。うち名古屋へ来るまで大阪の会社にいたんですよって、道頓堀《どうとんぼり》や千日前《せんにちまえ》へ二、三度伴《つ》れて行ってもらいましたけど、ずいぶん美しい賑やかな街でしたわ。」

「俺も大阪はよく知っている、しかしあれよりもまだまだ浅草は賑《にぎ》わうよ。なにぶん日本一の娯楽街だものさ、とてもそりゃ大したものだよお孝ちゃん。俺んところの工場はまだやっと近ごろ竣成《しゅんせい》したばかりの工場だからすべて最新式でね、衛生設備や工場設備なんかは日本一だ。まあ俺んところへやって来てみ。第一、おい、天井にシャフトがないよ、シャフトが……。」

彼はこう言って片手を高く翳《かざ》し、幹軸《メイン・シャフト》が天井で回転する態《さま》をしてみせた。そして今度は電動機《モーター》の恰好《かっこう》を両の腕で拵《こしら》えながら、

「モーターで回るんだ。電気モーターで一台一台機械が運転される仕掛けになってお るからね。第一、工場が余所《よそ》のように危険でない。ベルトに巻かれて死ぬるなんてばかばかしい過《あやま》ちは、まず俺んところにゃないと見ていい。それから風車《ふうしゃ》を回して絶えず新しい空気と、工場ん中の古い空気とを入れ換える仕掛けがある。夏はその空気を氷で冷やして送るから、工場の内は素敵に涼しいよ。仕事していて汗が出るなんて苦しいことは、普通の場合ではないねえ。寄宿舎は新築の三階建てで、一室二十畳敷きの部屋にたった十人しか入れない規定になっている。すっかり硝子窓《ガラスまど》の嵌《は》まった綺麗《きれい》な部屋だ。それでいて食べ物は名古屋紡績の社員の賄《まかな》いと釣り合うくらい上等の物をあてがい、一日十銭だけれど入社して一年経つと五銭になり、二年経つと三銭になり、三年目にはただになってしまうという特典がある。こんな会社はおそらく日本じゅう[161]金《かね》の草鞋《わらじ》で捜《さが》し回ってもありっこないや、どんなものだ、嫂《ねえ》さん？」

「日給はどのくらい出ますかしらん？」お孝はまず何よりも日給を訊《たず》ねた。

「今、あなたいかほど貰っているね？」

「一円。」

「そんなら、来てさえくれれば二十銭昇給しよう。初給一円二十銭出すよ。」

「[162]機械は？」[163]熟練工の彼女は機械のシステムが気になった。

「同じこと、プラット式の長台だ。」

「[164]番手《ばんて》は？」

「二十番から四十番までを[165]引こうっていう予定だよ。」

「時間や休みはどんな都合かしらん？　うちもう、時間のあんまり長い会社と休みの少ないところは閉口《へいこう》やし本当に。」

「そんなことは、どこの会社でも大した違いなんぞありゃしない。十二時間の二交代制でさ、月に四回の交代日が休みだよ。休憩時間はこっちより少しゆっくりしている。九時に十五分、午《ひる》がね、昼業《ひるぎょう》の時は三十分だが夜業《やぎょう》の時にはまけて一時間だ。三時は[166]どこしも同じことで十五分、まずざっとこんなものだね。夜勤手当が五銭ずつ付くよ。上《かみ》半期《はんき》と下半期《しもはんき》には成績によって賞与出すしね。どうだひとつやって来てみないか？　なあに、来てみた上で厭《いや》ならまた帰って来《く》りゃいいじゃないか、旅費は会社もちだから損《そん》はゆきゃしない。アハ、ハ、ハ、ハ……。」

「寄宿舎の規則がまた、何《なん》とか彼《か》とか言って厳しいのでひょう?」

「いやいや、至極《しごく》亀戸紡は気楽だ。前借《ぜんしゃく》のある女工でも、月に一回だけは外出を許すことになっている。どうだお孝さん、ひとつ東京の亀戸へ行ってみないか? 亀戸もあれでなかなかいい町だよ、東京名所の[167]亀戸天神《かめいどてんじん》はじき工場の側《そば》だ。藤《ふじ》の名所で毎年五月にはずいぶん賑《にぎ》わう。今の募集期に入社すると工場服一通りあげた上、五円の土産料《みやげりょう》も出ることになっているからねえ。」

彼はしょっちゅう身振りしながら待遇《たいぐう》の優《すぐ》れたことを述べ立てて、お孝に懇々《こんこん》と入社を勧めるのであった。あまり勧誘に熱中して、彼は手を振る刹那《せつな》とうとうコップを一個土間《どま》へ落として割《わ》ってしまった。お孝は工場そのものはいくら変わって歩いたとてどこもたいてい同じようなものゆえ、それを変わることに別段興味を感じなかったが、東京という未知な都会には彼の説明を待つまでもなく既に誘惑せられておった。

「うち伴《つ》れて行ってもらいたいけどなあ、犬山はんが退社させてくれるかしらん? 名古屋紡いま人が足らんいうことやよって、なかなか出る訳に行こまい思うわ。」

お孝は言った。

「脱《ぬ》けて行《い》ったらいい。給料くらいは亀戸紡で弁償さすよ。」

「もっともうち、荷物は嵩張《かさば》るほどの品《しな》なんにも持っていまへんけどなあ。」

「それならお前、給料の取れんやつを168まどってさえやりゃ承知だろう？」

「一緒に行くの、うち一人ですか？」

「いいや、ほかにも三、四人行く工《こう》がある。貴女《あんた》の友達を誘って納得させてくれたら、一人につき十円のお礼するが少し働いてくれないかね？　亀戸紡のために十人以上紹介してくれた人は雇員《こいん》待遇にして、本人の望みなら世話婦で寄宿舎にいてもらっても構わない。どうだね、その方がよくないか？　ちょっと危ない橋さえ渡れば百円とまとまった正金《しょうきん》が手に入った上さ、工場で綿まみれになって働かなくとも女工の監督がしていられる。」

お孝は（嘘《うそ》か真《まこと》か知らないが、それが本当とすれば甘い話だ）と考えた。そして、

「できるかできんか判りまへんが、とにかく少し勧めてみますわ。」と答えた。

彼女は近頃、なるべく骨の折れない仕事がしたいと思うようになったのである。

――二人は十時頃レストランを出て終点まで一緒に帰った。お孝は予期した行楽をすっかり裏切られたので、すこぶる物足りなさを感じないではいられなかった。

十八

数万マイルの空間を一瞬の速度で走ってきた太陽の光線が鋸歯状《きょしじょう》屋根の窓硝子《まどガラス》を衝《つ》き破って怒《いか》るように迫り、無限に等しい機械機械の摩擦面《まさつめん》[169]から発散する熱とで、工場は焦《しょう》熱地獄《ねつじごく》という形容詞よりも実際において暑く、毎日百度をくだることのない八月であった。第二交代日の朝、名古屋紡へ入社以来募集係長を任命されて十数人の募集人や督促《とくそく》[170]の取り締まりをなし、人事課において一般募集事務を管掌《かんしょう》している犬山三五七は今朝《けさ》もまた自宅で女房を相手に一杯朝酒をやっていると、当番にあたって工場の門へ詰めていた一人の督促が慌ただしく伝令をもたらした。

「おはよう。今、台長《トップ》の小牧お孝をはじめなも、四十号、三十八号、二十九号、十二号等の各部屋から十二、三人の女工が出門《しゅつもん》[171]しましたでちょっとお報《しら》せします。」

「よっし来た！　至急、督促と在名《ざいめい》[172]の募集人一同を召集しておいてくれ。」

「よろしい、さようなら。」

伝令子《でんれいし》[173]の督促は募集係長の命令を承《き》いて、踵《きびす》を返して一散に工場へ駈け帰った。

「おい、半纏《はんてん》出してくれ。」

彼は投げつけるように盃《さかずき》を置いて女房に命じた。そして急いで身仕度《みじたく》を整え、半ズボンに赤靴という身軽《みがる》な姿に鳥打帽《とりうちぼう》を冠《かぶ》ってぷいと家《うち》を飛び出す。

広漠《こうばく》とした稲田《いなだ》の中を一筋の松畷《まつなわて》と鉄道線路が走っている。場末《ばすえ》の工場を出た十人余り一団の女工たちは、既に高く昇《のぼ》った太陽の下を色褪《いろあ》せたパラソルに頭をかくしつつ熱《あつ》田《た》駅の方へ、その松並木を行くのであった。と、その前後を護衛《ごえい》しながら見え隠れに彼女たちについて行く数人の男がある。洋服を着た者、法被《はっぴ》をひっかけた者、和服姿の者、行商人《ぎょうしょうにん》らしい者などとりどりの風采《ふうさい》をしていた。

やがて一行が駅の五、六丁手前へ差しかかると突然伏兵《ふくへい》のように田圃《たんぼ》の中から跳《おど》り出て先頭を行くお孝の前を遮《さえぎ》った者があった。

「小牧、お前どこへ行くんやなも?」

それは名古屋紡績の督促の一人である。

「ちょっと大須へ活動観《み》に。」お孝ははっと驚いたが白《しら》をきってこう答《こた》えた。

「嘘つくもんでない、どこへ行くんかちゃんと知っとるぞ。」

こう言いながら、また一人の男が松の五、六本かたまった生《は》え込《こ》みから現れる。続いてどやどやっと四、五人の者が道の両側から飛び出して脱走する女工たちを挟《はさ》んだ。そして彼らは、

「寄宿へ帰れ、寄宿へ帰れ……。」

「甘い口車《くちぐるま》に乗って脱けて行ったらあかんであかんで。早《はよ》う会社へ帰りんか。」と叱《しか》りながら手を拡《ひろ》げて一団の女工たちを来た方の道へ追い立てた。すると見え隠《かく》れに彼女た

ちを警護《けいご》していた中の一人が左手を挙げて口笛《くちぶえ》吹いたのを合図に、変装していた数人の男らはどっと一度に彼女たちの進路を邪魔《じゃま》する者どもへ攫《つか》みかかって行く……。それは運搬方の太田と、中京の各工場へ入り込んでいる亀戸紡織のスパイらであった。

「熱田駅へ行っておれ！　熱田駅へ早く。」

太田は着ていた上着をパッと道端《みちばた》へ脱《ぬ》ぎ棄《す》ててワイシャツ一枚になり、お孝を叱咤《しった》して一方へ逃《に》がそうと焦《あせ》る。

「こん畜生、やっぱり手前《てめえ》[174]間諜《かんちょう》だったな！」

名古屋紡績の奴が言った。

「野郎、嗅《か》ぎ出しやがったな！」

東京の方の一人が言った。

「昼日《ひるひ》中《なか》、他所《よそ》の女工を盗《ぬす》むとはひどい奴だ。」

「ふざけるねぇ野郎！　手前んとこの女工だって、やっぱりほかから盗んで来やがったんでねえか？　お互いずくで諦《あきら》めて渡しっちまえ。」

「生意気なこと言うな！」

「何だと、この名古屋っぺい！」

「名古屋っぺいがどうした、手前らにまんまと玉《たま》を盗まれて商売になるかい。」

「商売んならなきゃよしちまえ。手前《てめえ》、江戸っ子の意気を知らねえな？」こう言ったのは太田の乾分《こぶん》であった。

「へん、江戸っ子が何だい、はばかりながら名紡《めいぼう》の募集長は江戸っ子だぞ！」すると犬山の部下もこう言って応じた。

「面倒臭《めんどうくせ》え、やっちまえ！」

「俺らの前で、見事に玉がかっぱらえるなら連れて行ってみやがれ！」

「おお！　腕ずくで獲《と》ってみせてやらぁ。」

「生意気な……。」

彼らはしばらく罵《ののし》りあっていたが、次の瞬間には数十人の無頼漢《ぶらいかん》が入《い》り乱《みだ》れて、東海道の松並木を舞台に大格闘《だいかくとう》をおっ始《ぱじ》める――。女工たちは驚愕《きょうがく》のあまり程離れた地点で皆《みな》ひとかたまりに寄り添って逃げもようし得《え》ないで打ち慄《ふる》えながらたたずんでいた。

「熱田へ、熱田へ、熱田へ……。」

太田は犬山と取っ組んで真っ白に乾《かわ》いた街道を土埃《つちぼこり》立てて転《ころ》びながらも女工たちの方へこう叫んだ。

「工場へ帰れ！　工場へ帰っていろ……。」

犬山も懸命になって彼女らを制した。二、三人の奴は早《は》や[175]ドスや匕首《あいくち》を抜いて渡り合っている。

「チェッ！　手前は、どうも、様子が怪しいと思った。」

「なにッ！　手前の方から喧嘩《けんか》ふっかけやがって。」

「貴様《きさま》、東京の募集でいながら元富士紡《ふじぼう》[176]の犬山三五七を知らんな？」

「手前こそ俺の面《かお》を忘れやがったな、野郎！」

「手前のような青二才《あおにさい》を誰がいちいち憶《おぼ》えとるけえ！」

「間抜け野郎！　もと毛斯綸《モスリン》[177]の太田勘十《かんじゅう》の顔を知らねえ奴もねえもんだ。手前が小名木川《おなぎがわ》[178]に人事係の次長野郎を務めていやがった頃、織部《おりぶ》の男工に化け込んで五十人からの玉を[179]かっぱらってくれたぁおい、奴《やっこ》さん！　小名木川と亀戸の工場でいてさ、それを気付かずにいるような人事係じゃあ会社も立ちっこねえや。」

「うぬッ！」犬山は相手の言葉に思わず二、三歩たじろいだ。

「まだそればっかりじゃねえや、洲崎《すさき》[180]の銀波楼《ぎんぱろう》じゃたびたび手前の嬶《かかあ》と遊んだからなあ。太田の勘ちゃんは、女工募集人じゃあ手前より一段うわ手だよ。たった十三人の玉だからおとなしく渡しな。」

「畜生！　返《かえ》す返《がえ》すも手前は太《ふて》え野郎だ。犬山三五七を舐《な》めてかかっとるな、これでも食らえ！」

犬山はこう怒鳴るなり半ズボンの[181]帯革《おびかわ》に提《さ》げていたピストルを外《はず》して一発放った。が、人にはあたらなかった。弾《たま》はヒュー……と風をあおって青田《あおた》の中へ落ちる。女工たちは喚叫《かんきょう》しながら目当てもなく一散に逃げた。

「ウン!」犬山は続いて一発放った。

「野郎、しゃれた物を出したな!」

太田はピカッと光るやつを抜いて斬《き》りつけていった。そして犬山が三発目の引《ひ》き金《がね》を引こうとする刹那《せつな》、むずッと横合いから組みついて行って胸の辺りを一つき刺した。と、ほとんどそれと同時に、またしてもすか[182]撃った犬山はニッケルに光る六連発のピストルを[183]十手《じって》のように打ちふるって相手の鼻っ柱を力まかせに殴りつける。そして次の瞬間には双方とも尻餅《しりもち》ついてその場にぶっ倒れ、唇《くちびる》をわなわな顫《ふる》わせて肩を波打たせながら呻《うめ》いた。

[184]争闘本能に燃えた無頼漢らは何のために争っているのかその目的も何も打ち忘れてしまい、こんなにしてただ闘いのためにのみ闘犬《とうけん》の如くいがみ合って争闘した。そしてギラギラ光る太陽の下に互いに血を流すのであった。

――犬山は運搬方の太田をどうも怪《あや》し気《げ》な男であると睨《にら》んでいたところ、計らずも彼がお孝を芝居へ伴《つ》れ出しているのを見て、いよいよこれはどこか他工場から入り込んでいる間諜《かんちょう》だと目星《めぼし》をつけた。で、黙って彼に芝居を運ばせておき、現行《げんこう》を見届けてから最後の瀬戸際《せとぎわ》であげてくれようと思って部下と共に準備していたのであった。けれども相手がこんなに大勢連絡を結んでいようとは考えなかった。太田は亀戸紡織のスパイとして全国各地の工場へ五十人から入《はい》り込んでいる同類のうち、兼ねてこんなこともあろうと見越しをつけた名古屋にいる者だけ今日の応援に昨夜から召集しておいたのである。犬山の方は初めから敵の人数を頭に置いてそのつもりな陣容《じんよう》を立て、男子の総動員を行えば絶対に勝利を期することができたのだが、彼は人数にぬかっていた。せいぜい太田のほかに一人や二人の応援者が飛び出すくらいなものだろうから、六、七人も行けば難《なん》なく敵を引《ひ》っ捕《とら》えることができるであろうと高《たか》を括《くく》っていたのが落ち目。皆《みな》へとへとに疲れたり手傷《てきず》を負ったりしているところへしばらくすると大勢の弥次馬《やじうま》がやって来て、とうとう真剣な喧嘩も勝負がつかずにしまった。

「おい、巡査《ポリ》がやって来るとうるせえから引き揚げっちめえ。」

太田は言った。そして犬山に向かい、

「おい犬山、あとで手前《てめえ》の家《うち》へ話しに行くぞ！　待っておれ。」

「おお！　何どきでもやって来やがれ、犬山三五七はどこへも行きゃしねえからな。」

犬山は答えた。無頼漢どもはばらばらっと散って弥次馬の中へ紛《まぎ》れ込《こ》む。そうして銘《めい》々《めい》どこへか姿を消してしまった。八月の太陽は何事もなかった後のように、盲滅法《めくらめっぽう》あたりを照らしておる……。土の[185]いきれがゆらゆらと淡《あわ》い水蒸気のように立ちのぼって、南風に送られてくる田圃《たんぼ》の稲の青臭い香りが汚れた街道を祓《はら》うように潔《きよ》めた。

「また、紡績の女工戦争やなも。」

見物していた群衆の一人が呟《つぶや》いた。

「[186]ふんまのことになも、どっちもお前様《みゃあさま》雇《やと》われとる身で、たぎゃあに肚《はら》の痛《いた》まん人《ひと》のことにあんな生命《いのち》がけの喧嘩せんでも、よかりそうなものでごじゃあませんかなも?」

十九

その日の夕景《ゆうけい》から[187]鶴舞《つるま》公園のほとりにある中京一流の日本料理へ、手脚へ繃帯《ほうたい》を巻きつけたり、顔面《がんめん》へ絆創膏《ばんそうこう》を貼ったりなどした男たちが、方々《ほうぼう》からぼつりぼつりと馳《は》せ集《つど》った。それはいずれも昼間松並木で渡り合った無頼漢らをはじめ、名古屋における各大工場の女工募集人たちであった。犬山三五七と太田勘十の発起《ほっき》によって喧嘩の仲直りかたがた募集人の懇親会《こんしんかい》が催《もよお》されたのだ。

名古屋紡績と亀戸紡織の者十数人は、親分株《おやぶんかぶ》の両人があらかじめ下相談を交わしていたので酒が出るとすぐに仲直りの手を打ってしまった。

「パン、パン、パン、アハ、ハ、ハ、ハ……。」一同は三つ手[188]を打ってどっと笑ってしまう。これで両者の感情のわだかまりは綺麗《きれい》に拭《ぬぐ》い去《さ》られた。そして直《ただ》ちに一般の懇親会に入るのであった。

犬山は五十人余りの会席者にずっと一通り盃《さかずき》を差して回ると自分の席へ着いておもむろに立ちあがった。そして降るような拍手《はくしゅ》の鎮《しず》まるのを待って言葉を考えながらねちねちと口を切った。

「ええぇ今日は、突然な思いつきで、突然にご招待申しあげましたにもかかわらず、かく多数のご来会を得ましたことは、不肖《ふしょう》発起人の一人として光栄を浴する犬山三五七の最も欣《よろこ》びとするところであります。がしかし、あまり思いつきが即急《そっきゅう》すぎまして、出しぬけに会場をきめたものですから、準備万端《ばんたん》実に不行届《ふゆきとど》きでありまして、お口に合うような物とて何品《なんしな》もございませんが、酒だけなりとたくさん召《め》しあがって十分ご懇談下さるよう伏《ふ》してお願いする次第であります。」

「満足です、結構です。」と大勢の声。

「ええぇ、発起人たる私から先に喋《しゃべ》ってしまっては実に恐れ入る次第と存じますが、今晩、実は私、ご列席《れっせき》の募集人各位に折り入ってご相談申しあげたい儀[189]がございます。

近年わが日本にも、全国各地にずいぶん工場が増えて参りまして、われわれと同職業の募集人がかなりにたくさん働いていることは皆さん周知《しゅうち》の事実であります。そもそも紡績会社の仕事は機械を運転して作ったその品物を売り、これによって利益を得ていくのであるから機械が主要な条件とは言《い》い条《じょう》、これを回すものは大部分女工であります。女工がいなかった日にゃ、ここにどんな立派な機械が据《す》え付《つ》けられていようと一綛《ひとかせ》[190]の糸も一寸《いっすん》の布も作れません。してみればこれ女工は紡績会社の経営にあたって機械以上に重要な原動力たることを失いません。その大切な女工を一体誰が産み出すのであるかと申せば、言うまでもなく諸君およびわれわれ募集人である以外の、何ものでもないのでござります。」

「ヒヤヒヤ[191]……。」

「してみれば、われわれ女工募集人こそは会社に最も貢献《こうけん》するところが多いのであって、他の社員よりも一等優遇されるべきが、これ至当《しとう》[192]であるように考えるのであります。しかるに、諸君、われわれ募集人なる者は世の中はともあれ、会社においてすらも人間の屑《くず》のように思われ、容易に社員の格にも列《れっ》せられないような始末《しまつ》で、実に冷遇《れいぐう》されているのは、はなはだもって憤懣《ふんまん》に堪《た》えない次第ではありませんか？　心外《しんがい》の至《いた》りです！」

「巧《うま》い巧い、その通りだ！」

「名紡《めいぼう》の兄貴《あにき》、しっかり頼むでなも。」

皆《みな》の者はすっかり盃《さかずき》を下に置いてしまって、犬山の演説に聴《き》き入《い》った。

「そこで、皆さん、私は考えるのであります。これまで、私をはじめ各会社の募集人は、このような重要な地位についている者を会社が相応《そうおう》に待遇《たいぐう》していないにもかかわらず、あたかも名君《めいくん》に仕《つか》える忠臣《ちゅうしん》の如く、身を賭《と》してまでも働いてきたのであります。さりながらよく考えてみれば実にこれはばかばかしいことではありませんか？　今日も私は、名古屋紡を代表して東京の亀戸紡《かめいどぼう》の面々とあわや血の雨を降らそうとしました。諸君のうちにも私の工場へ間諜《かんちょう》に入り込んで女工を連れ出された方があるように、また私の方も諸君の工場へ化《ば》け込《こ》んで盗みに行きました。こんなにして少数の女工を得るため互いに同業のわれわれが争い合っているということは、実に、冷静に考えてみればみるほど詰まらない話です。募集地へ行ってはお互いに余所《よそ》の工場の悪口を言い合って、苦《く》心惨憺《しんさんたん》して連れて来なければならない。あからさまに言ってしまえば、われわれは資本家に騙《だま》されて、その犬[193]になっているようなものでございます。他人のために、いつも大切な我が体に傷つけているのであります。資本家は陰で、赤い舌をペロリと出して笑っている。馬鹿を見ているのは募集人ですよ。あまりわれわれは馬鹿っ正直すぎやしませんでしょうか？　諸君、そこで私は、皆さんにとくとご相談がしたいのです。どうせこんなせ[194]ちっがらい世の中では、一文《いちもん》なりともたくさん金を儲《もう》け、しかして楽をしなければ割が合わないから、募集人の組合とでもいうようなものを作って、お互いに便宜《べんぎ》を計り合おうではありませんか？」

「大きに賛成だ。」大部分の者は異口同音《いくどうおん》に賛意を示す。

「ここに私が募集して来た一人の女工があります。その玉が三年一つの工場に勤続するということはわれわれ募集人にとって何ですか、たかが十円か二十円の周旋料《しゅうせんりょう》が取れる以上の何ものでもないのでございます。それよりも諸君、その玉をたびたび各工場へ転々させて、その度《たび》ごとに会社から周旋料をぶったくる方法を執《と》れば、不肖《ふしょう》犬山も女工成金《なりきん》になることができる訳ではありませんか。私は今朝、太田が引き出しにかかった十一人の女工を黙って見逃します。すると太田は亀戸紡から百五十円の周旋料を取ることができます。その代わりしばらくしてからまた、奴《やつ》が私の工場へ玉を送るのであります。そうするとこっちで百五十円ぶったくれる。交換するのですな。ところがこれが、私と太田とばかり、二つの工場でいつまでも同じことを繰り返していたのでは、ついに発覚してしまうだろうが、もしもわれわれ募集人が全国的に固い約束を結び合って、甲《こう》から乙《おつ》へ、乙から甲へ、丙《へい》から丁《てい》へ、丁から丙へ、さらに丁から甲へ、甲から丁へというような具合に巧《うま》く融通《ゆうずう》し合いさえすれば、募集人はじっとしていて甘い汁が吸えるというものです。こういう寸法《すんぽう》[195]は、どうですな皆さん？」

犬山は一座の顔色をずらりと窺《うかが》って坐った。「賛成だ、大賛成だ。」という声がほとんど全員の口から洩《も》れて出る。異議を差し挟む者は一人も現れなかった。

*　*　*

やがて具体的な方法がいろいろ相談して決められた。そして取りあえずその夜集まった者を第一期の会員ということにして犬山を世話役に推《お》し、資本主義の裏をかく募集人の秘密結社が成立したのであった。こうしておいおいと全国各地に散在する数多《あまた》の工場の女工募集人にその加盟を説《と》き、大々的に女工を移動させようと企《くわだ》てたのだ。

(愛の生産をいとなむ本質的には正しい工場も、管理法をあやまっているためにこうした寄生虫《きせいちゅう》に巣《す》くわれねばならなかった)

やがて話が終わってしまうと会の席へは箱[196]が入った。人形のように綺麗な中京の美妓《びぎ》たちは、絽縮緬《ろちりめん》の振袖《ふりそで》を引《ひ》き摺《ず》って放恣《ほうし》な長襦袢《ながじゅばん》の前を蹴出《けだ》し、いつまでもいつまでも彼らのために踊《おど》る……。

太田は膳《ぜん》の脇に置かれてあった盃洗《はいせん》[197]の水を吸物椀《すいものわん》の殻《から》へ空けて、

「犬山、これ受けてくれ。」と差した。すると彼は、

「おお、何でも来い。」と言って大きな盃洗を片手に受け、二人の舞妓《まいこ》になみなみと注《つ》がせてぐうっとひと息に飲み乾《ほ》した。

「返盃《へんぱい》！」

「よっしきた。」

太田も負けずに、同じくひと息に盃洗の酒を呷《あお》ってしまい、フゥ……と長い毒気《どくけ》のような息を吐いた。

「何か所望《しょもう》[198]する。」

太田は犬山に言った。すると彼はふるいつきたいようないい声を出して追分《おいわけ》[199]を謡《うた》う。

「西は追分東は関所、せめて関所の茶屋までも……。」

しっとりと露《つゆ》に潤《うるお》った夏の夜《よ》の空気へ、彼の唇から洩《も》れる唄《うた》の音《ね》が微妙な声楽の律《りつ》を刻《きざ》んでいった。

募集人たちは、こうして夜の明けることも知らないもののようであった。

――それから四、五日経ったある日の夕《ゆう》、お孝をはじめ十数人の女工を伴った太田は、熱田の駅頭に立って東京行の列車を待っていた。

小牧お孝はこうして三度《みたび》工場を変わって歩き、憧憬《あこがれ》の東京へやって来た。そして市外亀戸の新設工場で、相《あい》も変わらぬ労働を営んでいる。

第三篇

二十

一年半はつかの間に過ぎていった。

経営にだいぶ行き詰まりを生じておった浪華《なにわ》紡績西成《にしなり》工場では今度大革新があって、各部の工場幹部は工場長一人をおいたほかあらかた変わってしまった。そうして作業方法やその他一切の工場管理に「鐘《かね》ヶ崎《さき》式」科学的管理法を応用して工場組織の改革を図るため、鐘ヶ崎の工場へ募集人をスパイに入り込ませ男女工を誘拐《ゆうかい》し、経験工の駆《か》り集《あつ》めにかかったので、江治《こうじ》はこの機会を利用して元の工場へ帰還することが叶《かな》った。今や彼は組長という役付工《やくづきこう》の地位を得て五十人余りの女工と数人の男工《だんこう》を使役《しえき》し、一部内《ぶない》の責任を受け持つことになったのである。

職工係や工務係は新任であったので彼を知らなかったが、役付工以上の入社の時だけその裁可《さいか》を受けねばならぬ工場長のところで江治の再入社はちょっと考えられた。しかし彼が織布の機械工として鐘ヶ崎の標準動作を摑《つか》んで来た上、なお余技《よぎ》にわたって経糸《くりいと》糊付《のりづ》けの秘術を盗んで来たことによって許されたのだった。

江治は辞令を受けたその日から、すべての事柄に臨《のぞ》んで他の組長より逆様《さかさま》ばかりやっていった。

まず役付の辞令がさがると組長たる者は終業後に一応、部の男女工を集めて就任の挨拶《あいさつ》かたがた思う筋《すじ》を述べるのであるが、彼は何らそのようなことをしないで一人一人台に就《つ》いている女工の前へ行って頭を下げ、

「今日から私が三部を受け持たせてもらうことになりましたから、どうぞよろしくお願い申します。」と言って回った。

「それから、変なことを言いますが慣例のお祝いなんかはどうぞ助けると思ってやめて下さい。私もまた、お祝いを絶対にせんつもりでいますから。」

彼は見回り工や男工たちに向かって、特にこう頼む。その工場では新たに役付工になった者の許《もと》へ、部の見回りや男工たちが寄ってお祝い物を贈る習慣になっていた。そうしてもらった組長はまた、皮むき饅頭《まんじゅう》[2]を一箱ずつお祝い返しに贈り返すことになっていた。それからまた、辞令を受けた者は早速なにか手土産《てみやげ》を持って、工務係の宅と工場長の宅へそのお礼に罷《まか》り出《で》るのが一般の習《なら》わしであったが、彼はちっともそんなことをせぬ。

職工たちは役付工の辞令でも下ろうものならまるで鬼の首でも獲《と》ったように思い、その辞令を額《がく》に嵌《は》めて自宅の部屋へ掲《かか》げる。しかし彼は破らぬまでもそれに露《つゆ》ほどの有難《ありがた》味《み》も感じなかった。

女工を督励《とくれい》して怠《なま》けさせないのが組長の本旨《ほんし》であるのに彼は少しも部下の女工を督励せず、かえって場合によっては怠けることを賞揚《しょうよう》[3]した。たとえどんな場合にも女工を叱るというようなことをしなかった。

ほかの組長たちはみな部下の男女工を呼び捨てにするのだが、彼は断じてそんなことをしない。部下の男工に用事をいいつける時でも「××君、すまないがそれやってくれ給《たま》え」と、一般の役付工よりも三言葉《みことば》余計に口を動かした。

体の塩梅《あんばい》が悪かったりなどして中途退場を申し出る女工があっても、なるべくすすめてこれを終業時間まで辛抱《しんぼう》させるのが組長たる者の役目である。だが彼はそんな場合ひとことも止《と》めてみることなく、直《ただ》ちに早退の伝票を認《したた》めて[4]部長や工務係の判《はん》を自分手《じぶんて》[5]に取って来てやった。そしてまた少しでも気分の勝《すぐ》れぬらしい女工を発見すると、

「貴女《あんた》、どこか悪くはないか?」と優しく訊《き》いてみ、つまらぬ辛抱せずと早く帰って休むようすすめる。

男工や見回り工たち日給者の勤めぶりを絶えず監視して、休憩を定められた時間より

長くやったりなどすれば直ちにこれを上役《うわやく》の部長へ報告せねばならんのだが、彼は逆にいつも、

「おい、[6]鬼のおらん間《ま》にうんと豆煎《い》った方がいいよ。」と[7]日給者たちへ言った。

生産能率その他の成績を、ほかの部と競争しなければならないのだが、彼はちっとも余所《よそ》の部に勝とうとはしない。黙々《もくもく》として最劣等《さいれっとう》に甘んじた。すると女工たちは深い意味は判らぬながら、小言《こごと》を言われぬものだから大層《たいそう》よろこび、「三好《みよし》さん、三好さん……」となつく。

「今度の組長はん、ええ主任さんやなあ？」

「ほんまやなあ、うち大好きやわ。」

「あんな主任さんに使うてもろたら、のんびりして寿命《じゅみょう》が延《の》びるし。」

「そうやけど、いつもかつも劣等ばかり獲《と》ったるのん、あんまりみっともようないわ。」

「三好さん、あないに、技術なかったのかしらん？」

「そうやけど、よう機械直るやないかいな。主任さんに見てもらったらどんなひどい歪《ゆが》みようでもすぐ直ってしまって、[8]一交代ぐらいはとんとん織れるし。」

「おかしいなあ？　機械がよう直るのに成績が悪いって。菊枝《きくえ》はんに棄《す》てられてから

に、三好さんあほになったのかしれへんわ。アハ、ハ、ハ、ハ……。」

女工たちはいろんな噂《うわさ》をし合った。

二月の半ばだった。ある朝江治はいつものように女工の出勤人員を調べて一等見回り工と共に配台《はいだい》の段取りをしていると、

「三好！」と言って部長が彼の背中を叩《たた》いた。

「今日の午《ひる》からな、本社の社長はんや重役さんたちが工場を検分《けんぶん》に来《き》やはるよって落ち度のないようにしてんか。男工に、工場を掃除させて綺麗《きれい》にして、糸屑《いとくず》や木管《きくだ》が床《ゆか》の上へ落ちとらんように、機台が停《と》まっとらんようにな。」

煙草《たばこ》に中毒している部長は、脂臭《やにくさ》い口を江治の耳許《みみもと》へぴたりとくっつけてしちくどく言う。彼はいろんな馬鹿らしい命令をされても皆目《かいもく》それを守ったことはないが、ただ聴《き》くだけはいつもはあはあと言って聴いた。しかしその日は虫のいどころが悪かったのか、部長の言葉がひどく癪《しゃく》に触ったので即座に怒鳴り返した。

「そんな暇《ひま》はありませんよ！」

「ええ？」

「そんなねえ、悠長《ゆうちょう》な暇はありませんよ。」

彼はもう一度言い返す。部長は江治の口答《くちごた》えがぐっと癪に触った。

「本社からわざわざ社長はんが見えるって、工場長の命令やで三好！」

「誰の命令でも、忙しくてできんものはしょうがありませんよ。」

「それじゃお前、困るやないかね……。」

すると部長は呟《つぶや》きながらほかの部へ去ったが、しばらくすると工務係がまた同じ命令をもたらしてきた。

「三好、今日は社長の検分があるから工場整理をよくしておいてくれ。」

江治は「はあ」と口まで出かけたけれど、さっき部長に背《がえん》じなかったことを思い出して、一段上の工務だから承認するということは階級に負けるのだと考え、

「できません。」と答えた。

「できません？」すると相手は鸚鵡《おうむ》返《がえ》しをして、ぴりぴりっと口髭《くちひげ》を痙攣《けいれん》させた。

「ちょっと君、場外へ出給え。」工務は言う。

「出ますよ。」彼はいつまでも監督を恐れなかった。

二人は喧噪《けんそう》を避けるためすぐに工場の外へ出た。と、工務係は強《し》いて興奮を抑えながら言う。

「君、[10]上長《じょうちょう》が命令しとるのにできませんて、それは一体どういう訳だね？」

「別段深い訳はないのです、ただできないからできませんと、正直にお答えしたまで

です。」

「そ、そのできないというのは、なぜできないのだね?」

「忙しいからです。」

「しかし三好、三部には今日一人も欠勤者はなかろう? それに大きな故障台がある訳ではなし、何《なん》にもそんなに忙しいはずはないだないか。余所《よそ》の部は皆《みんな》二人くらい男工が休んでいても、そんなこと言う組はない。」

「余所は知りませんがねぇ、私の部では日に二回の定期掃除が手いっぱいですから、社長が来られようと誰が来られようと特別綺麗になんかできないのです。いや、してできないことはありませんがね、する必要を私が認めないのです。」

「君は会社の従業員でありながら、しかも役付工でだ、そんなことで済むと考えているのかね?」

工務係は、これまでそんな不敵なことを言う職工に出くわした経験がなかった。彼は工場監督としてのプライドを傷つけられて、あたかも鼻《はな》っ柱《ぱしら》をへし折られたような侮辱《ぶじょく》を感じる。そして江治を限りなく憎《にく》んだ。

「君は会社に雇われておるのだろう? 工場の職工じゃないか。してみればだねえ、職工は工場規定によって上役の命令によって働くものと定められておる。その規定を守らぬというなら、当工場の職工たる資格はない訳だから罷《や》めたらいいだろう。」

「大きなお世話です。」

「君はあくまでも上長に食ってかかるね？」工務の眼が劇《はげ》しい憤怒《ふんぬ》に燃える。

「しかし私は何も工務係たる貴方《あなた》に雇われているのではありませんぞ！　三好江治の進退に一工務係が口嘴《くちばし》を入《い》れる権利がありますか？　たとえ私はこの工場に賃金労働者として雇われておろうと、私の体まで売る契約は結んでいません。働く働かぬは私の自由にあるのです。」

「君は、労働組合員だな？」

「さよう、[11]大日本労働総同盟友愛会《ゆうあいかい》会員です。それがどうしました。」

「危険分子だ！」

「こっちから見れば、君たちこそ人道の危険分子だ！」

「君たち？」

工務は相手の無礼《ぶれい》な呼び方に思わずきっとなって拳《こぶし》を固《かた》める。そして、

「生意気《なまいき》なことばかり言う！」と身を震《ふる》わせながら極度《きょくど》に激昂《げきこう》していきなり江治を殴《なぐ》った。と、彼は持っていた[12]スッパナで相手の頭を打ちくだいてやろうと思ってうんと振りあげたが、冷たい理智に制御《せいぎょ》されて翳《かざ》した手をおろした。工務係は、

「よっしきた、工場長に報告してすぐさま[13]退場を命じてやる。」といいきまきながら事務所の方へ去って行く……。

　彼が場内へ入ってみると八時半だった。隣《となり》の部では中休みせずとその合間合間に命じられた掃除《そうじ》をするため、男工や見回り工たちが手拭《てぬぐい》をかぶって箒《ほうき》や塵払《ちりはら》いの用意をしているのだった。江治はこの態《さま》を傍観《ぼうかん》しながら別に皮肉ったつもりもなく、まだ十五分も早いうちから先に立って部内《ぶない》中へ九時の休憩をふれまわった。

「おおい、休憩だ休憩だ。九時だよ九時だ……。」と大声で叫びつつ、[14]煙草《たばこ》を吸《す》う手真《てま》似《ね》を彼はする。

「余所《よそ》の部では掃除しておますが、うちの部はよろしおますのか？」

[15]経掛《くりかけ》け工《こう》が不審《ふしん》そうに訊《き》いた。

「いいよ、ゆっくり休んできたまえ。」

　織り工たち台持ち工はみな[16]受負《うけおい》であるため、なかなか休憩に出なかった。

「おおい、諸君はなぜそう精出しばかりして休むことを知らないのだ！　少しは体を愛せよ。自分の体を愛することを知らないなんて、怖ろしい罪悪だよ。」

　けれども彼女たちは、一インチでもよけい布を織って一文《いちもん》でも多く儲《もう》けたさに、自分の体が日々時々《ひびじじ》傷《いた》められてゆくことを知らぬもののようであった。

二十一

社員の更迭《こうてつ》[17]がひとわたり終わると、今度はぼつぼつ雇員階級や古い職工階級の方へお[18]鉢《はち》が回った。一時《いちどき》に多数馘首《かくしゅ》すると万一《まんいち》騒がれるおそれがあるので、会社は目立たぬようにぼつりぼつり間引いてゆく狡猾《こうかつ》[19]な方法を執《と》った。しかし何となく工場の空気が不安に満ちているのだった。で、江治はこの際を利用してそうした連中を組合へ加入せしめようと思って勧誘して回ったけれど、彼らはいくら説《と》いても組合運動の効果を信じなかった。

社長が検分にやって来た翌々日、原動部の車軸《シャフト》と織布部の幹軸《メイン・シャフト》を連結するロープ筋《すじ》の大《だい》連動子《クラッチ》[20]が損《そん》じてしばらく運転が停《と》まったので、江治は女工たちと一緒に場外へ出てガス機関の消音器《サイレンサー》[21]へ温まりに行った。彼がしばらく鐘ヶ崎紡績へ行っていた間にだいぶ工場の模様が変わり、新たに三百馬力の吸入《サクション》ガス機関を据え付けてそれで紡績部の一部を回すことになっていた。時間中に運転が停まった場合は本来なら場外へ出ることはできず、男工は機械の手入れ、女工は機械の掃除をしなければならないのだが、彼は規定を無視して余所《よそ》の組の女工まで誘う。

「俺たちは皆《みんな》、機械のために引き摺《ず》られているのじゃないか。たまに運転の停まった時くらいは、お互いに自分の意思で自由に動こうよ。けちくさい機械掃除なんか放っといて、芋《いも》でも焼いて食べよう。」

江治はほかの組長が忠義顔にせっせと機械手入れしているのに、あてつけてこう言った。そして経掛《くりか》け工《こう》や注油方《ちゅうゆかた》に、

「君、すまないけれどバンドル[22]十本ほど継《つな》いで、それから赤バケツの水を棄《す》てて三つほど持って来てくれ給えね。」と加勢を頼んでタンクの脇の冷たい鉄梯子《てつばしご》を攀《よ》じ登《のぼ》り、防火壁の上からバンド紐《ひも》の先端《せんたん》へ非常バケツを結《ゆ》わえつけたやつを釣《つ》りおろして裏通りの八百屋《やおや》から薩摩芋《さつまいも》を買い込んだ。

そして彼は大勢の女工たちと共に、それを工具のナイフで輪切りにしては、消音器《サイレンサー》の上へ載《の》っけながら焼いて食べる。燃焼ガスの排気《はいき》で釜《かま》のように焼かれた巨大な円筒《えんとう》は、一インチもあるような分厚い芋を見る間に旨《うま》そうな狐色《きつねいろ》に焦《こ》がしてほっこりと芯《しん》まで柔《やわ》らげた。

「三好さん、三部はあんまれいつも劣等《れっとう》ばっかり獲《と》っとってみっともないよって、一遍みんな気張《きば》って一等獲ってみまひょうか?」

一人の女工が彼に言った。すると数人の女工はこれに合槌《あいづち》打つ。

「ほんまにそうやわ、うちの部かて一遍ほかの部に勝ってみまひょうや主任さん。」

しかし江治は、

「あほなこと言うものでないよ、皆さん。」と言った。そして、

「それほど一等が獲りたけりゃ、何《なん》どきでも僕は三部が勝つように段取りしてみせるがね、しかし貴女《あんた》たちはよぉく考えてごらん。こうして同じような仕事をするものが幾《いく》組《くみ》か集まって競争しておれば、どれかが一等を得てどれかが劣等に落ちることは決まった話だ。実に初めから判りきったことだ。劣等になったからってちょっとも不名誉なことはないし、一等を獲ったからとて何《なん》にもそんなことは名誉じゃない。[23]名誉も蜂《はち》の頭もあるもんか。ちっともみっともないことも口惜《くや》しいこともありゃしない。それでもねえ、その競争が体のためになるとかいうのだったら、またそれは別問題だけれど、遊技の競争と大いに違って仕事上の競争は大変体のために悪い。ましてやか弱い体を持った女性が、たとえ力仕事ではないにしろあんな眼の暈《ま》うような忙しい労働を、しかも長い長い時間続けねばならんのに、そのうえ競争なんかしてはとてもたまらない。貴女たちは皆《みんな》国へ帰ってお嫁入《よめい》りして、お母《かあ》さんになるつもりでいるのだろう？　そういうねえ、酷《ひど》い労働をして体を傷めた母のお腹《なか》から生まれる子は、大変弱虫の馬鹿な子供が多いんだよ。日本の第二国民、第三国民は、こうして代々悪くなってゆく……。」

「三好さんいうたらいつもいつも難しい[24]講釈《こうしゃく》ばっかり言うて、うちらに判《わか》れへんわあ、そんなこと。」

一人の女工が茶化《ちゃか》すようにこう言った。

「こんな易《やす》いことが判らんはずあるものか。頼むからもっと真剣に聴いておくれよ。」

彼は伝道でもするつもりで、女工たちを捕《とら》えては機会あるごとに真理を説いた。

エンジンの気筒《シリンダー》内で不爆発した圧縮ガスが排気管へ出てから爆発したので、突然野砲を放つようなブワン！という音がして消音器《サイレンサー》の円筒がびりびりっと震《ふる》えた。女工たちは驚いて二、三歩後ずさりする。

「部長はんが馘《くび》になるんやって、三好さん。」

一人の女工が言った。

「ええ、部長が馘になる？　そいつぁ初耳《はつみみ》だ。」

江治は別段取り得もない犬のような部長が解雇されたって、さほどまで変に思わなかったが、わざとびっくり顔にこう言った。女工はしかし、

「うちら、今の部長はんにはずいぶん世話になったのやがなあ……。」と彼の馘首《かくしゅ》を惜しむ。

「どんな世話に？」

「一緒の国やもの。」

「ふうん……。」

彼は素《そ》っ気《け》ない返事をしながら焼き芋を齧《かじ》っていた。すると一人の女工が、

「うちらの力で、部長はん引き止めることできんやろかなあ？」と漠然《ばくぜん》たる考えで言う。

だが、江治は彼女の言葉にぎくっと胸を打たれた。そして「うちらの力で、部長はん引き止めることできんやろかなあ。」と女工を真似《まね》て呟《つぶや》いたのだった。

「貴女《あんた》たちの力で、部長の首を繋《つな》ぐことができるよ、充分できるとも。織布の女工がみな肚《はら》を合わせて会社に対抗さえすればそんなことくらい訳ないこった。」

江治は言った。

＊　＊　＊

一人の女工の口からただ漫然《まんぜん》と洩《も》れて出た言葉が、[25]停転《ていてん》のため工場が静かで暇があって、互いに話し合う機会のあったおかげでたちまちのうちに織布一帯にひろがり、一時間のちには動かすことのできぬ世論《よろん》になってしまう。機械掃除を済ましてしまった女工たちは、あっちへ一団こっちへ一団、同国の者が寄り集まって部長の馘首されることを惜しみ合うようになった。

その工場では創立時代の習慣として何ら本人に工場監督としての技能がなくとも、女工を多数引きつれて入社した者に地位を与えているのだったが、今度そのようなことでは能率があがらないというのでそんな悪弊《あくへい》[26]を打破《だは》することになったのである。

件《くだん》の部長は四国の者で、直接自分が伴《ともな》って来た女工を二百人以上も持ち、そのほか織布部における全女工の六割までが彼の同郷人だった。また、江治を除いた他の組長も大概五十人ぐらいずつの同郷人を女工に持っている者が多い。そしてそれらの役付工に、それぞれ私情で左右されながら部内を管理させておくの非《ひ》を悟《さと》った新任の四代《よしろ》工務係は、遅かれ早かれ馘首の鉈《なた》を回すらしい。江治はこの機会を利用して自分が乗り出すことの是非《ぜひ》についてしばらく考えた末、いよいよ初陣《ういじん》へ踏み出してみようと決心した。

（あくまで虐《しいた》げられた我らの生存権を主張し、公正な要求を提出しているのにそれを容《い》れないところの頑迷《がんめい》な資本家を啓蒙《けいもう》[27]するために、一時、愛の生産を中止する神聖な、最後にただ一つきり与えられた我らの武器を、わずか一個人の好き嫌いによる部長の引き止め運動などに使うことはストライキへの冒瀆《ぼうとく》[28]だが、自分自身の力を知らぬ奴隷たちに向かって、団結の力を示す活《い》きた教材として仕方がない）彼は思った。

江治は機台《はただい》の上へひらりと飛びあがる。そして織り前へ立ちはだかって両手をひろげ、「おおぃ！」と喚《わめ》いて各部の男女工を近くへ招いた。

「諸君！　会社はこの度《たび》従業員更迭《こうてつ》の名をもって、創立以来二十数年も勤続してひたすら工場のために働き、我らをいつくしんでくれた敬慕《けいぼ》する山田部長を解雇しようとするのである。そうしてまた聞くところによると、各部の組長や古参《こさん》の見回り諸君たちをも、だんだん罷《や》めさせてゆくそうだ。今日山田部長の姿の見えないのは、既に工場長から引退の言い渡しがくだったのだという。諸君たち、われわれ男女工はこのことについてとくと相談しようではないか？」

彼が素敵によく響き渡る声で、演説に場馴《ばな》れたものの如くこう怒鳴ると、数百人の男女工たちは期せずして彼の周囲《まわり》を取り巻いて狭隘《きょうあい》な機間《はたま》を見る間に埋《う》めた。と、彼は一段調子を変えて皆《みんな》に話しかける……。

「僕らが親愛な女工諸君、われわれ一人の力は実に弱いもので敬慕する部長がいま会社から馘《くび》になるのをどうすることもできません。しかしながら織布部の女工が皆一緒こたになって力を合わせさえすりゃ、部長を復職させることはたやすいわざです。一本の糸は皆さんの小指一つでぷちんと切ることができるが、五百本撚《よ》って合わせると実に一筋の幹軸《メイン・シャフト》を回すことができます。(頭の上を通っている幹軸《メイン・シャフト》を指差す)皆さん！皆さんが互いに力を合わせてやる気なら、僕は進んで諸君の総代《そうだい》となって、会社へ向けて部長の復職を交渉しますが、敬慕する山田部長を引き止めるため諸君はこの際一致団結して運動してみる気はありませんか？　それから、各部の組長諸君へも、うかうかしていると遅かれ早かれお鉢が回るのですぞ！　その時になってから泣《な》きべそかくよりも、今のうち男工も女工も役付工《やくづきこう》も平男工《ひらだんこう》も、肚《はら》を一つにして会社へ当たるのが賢いやり方です。」

「大きにその通りや、しっかりやってくれ。」

「賛成賛成大賛成、皆《みんな》賛成だ。」

「会社がどうあっても部長はん解雇にするのやったら、うちらはもう仕事も何も罷《や》めてしまうわ。」

「ストライキやストライキや。」

男女工たちは口々に叫んで江治の提唱に賛成の意を示す。

「そこだ！」と彼は言った。そして、

「もしも会社が、あくまで強情張って部長やその他古参の者を解雇しようと言ったら、諸君はストライキを断行する覚悟が必要ですがよろしいか？　僕が総代となって工場長にかけあった末、会社がわれわれ職工の要求を拒絶したら、織布部の全女工は一斉に機械の運転を停《と》めることができますか？」江治の声は凛然《りんぜん》として響いた。

「停めるわ、停めるわ、停めるわ……。」

「寄宿へいんでまう、いんでまう、いんでまう……。」[29]

「男工諸君にもその覚悟がありますか？」

彼はもう一度だめを押す。すると、

「覚悟ある。やってくれ！」

「しっかり頼む。総代頼む！」と言う多数の声。

異議を差《さ》し挾《はさ》む者は一人もなかった。で、彼はさらに演説的口調をもって続ける……。

二十二

「しかしながら諸君、われわれは、ここにもう少し自覚した職工でありたいのである。いま僕たち職工が山田部長の復職を会社へ向けて嘆願しようとしていることは、一労働者として、実にちっぽけな問題である。ちょうど井戸の中の蛙《かわず》が大海《たいかい》を知らないのと同じで、まことに狭い了見《りょうけん》だ、愚《おろ》かな事柄だ、けち臭い運動なのである。皆さん、怒ってはいけないよ、しばらく僕の話を聴き給え。

そもそも俺たち労働者は、大きな問題を背負っていることに気づかねばならん。世界中の労働者に共通した、大問題の重荷を俺たちは皆へたばるほど背負っているのだ。織り工も仕上げ工も、ワインダー[30]も荒巻《あらまき》[31]も、糊付け工も紡績も、一台持ちも四台持ちも、男工も女工も皆《みんな》共通した利害関係に立っている。いや独り我が西成工場だけではない日本中のあらゆる紡績工場のほか、製糸も、鉄工も、壜《びん》会社の職工も、すなわち全世界の労働者はみな一様にその雇い主から虐《しいた》げられているのである。それで俺たちは部長の復職運動を起こす前に、まず会社の同じ雇い人として、部長も組長も見回りも台長も、この共通した利害を持っている労働問題について考えなければならないのである。

　俺たち労働者は言うまでもなく会社の雇い人だ。そして会社は俺たちの雇い主であるが、今やこの雇われている者と雇い主との関係は昔の主従関係ではないのであることを、諸君はとくと識《し》る必要があるのである。浪華紡績株式会社は俺たちの主人ではなく、俺たちはまた浪華紡の下僕《しもべ》では断じてない。従ってだ、浪華紡績株式会社の社長も、西成工場の工場長も、この三好江治も、八歳[32]になるワインダーの君枝《きみえ》ちゃんも、同等の一個の人間としてすべての権利を持っているのであります。それに、その当然持つべきはずの権利、おおまかに言えば生きる権利を、横暴なる資本家のために壟断《ろうだん》[33]されている、奪われている、横取られているのであります。

　それでは何ゆえ俺たち雇われ者が雇い主の下僕でないかと申すなれば、それは昔とはいろんなことが変わってきたからである。それを短い時間でいちいち説明することはできないがまず俺たちの場合だけに当てはめて考えると、昔なら少し資本《もとで》さえありゃ自分の家《うち》で糸も紡《つむ》げたし機《はた》も織れて、主人に雇われている者もいつかは自分手《じぶんて》に主人となって人を雇うことができた。しかし今日《こんにち》の紡績工場は、とても住友[34]、岩崎[35]のような金満家《きんまんか》でなけりゃ個人で建てることはできない。何事をするにも資本が先に立って資本がたくさんなければさっぱり身動きが取れんでしょう？　これを資本主義といって、世界中の国が皆こういう風に変わったのである。ゆえに、俺たちは、手っ取り早く言えばその資本に雇われているようなもので、いつまで経っても永久に雇われ者で終わらねばならん。俺たちの子や孫の時代になればなるほど、この有様《ありさま》が著《いちじる》しくなってゆく。働く者は働く者、資本家は遊んでいて資本だけ出していればいい、とこういう具合に、世の中がすっかり二通りの階級に色わけされてしまうのである。昔なればその家の主人が直接雇い人の面倒もみることができたであろうが、今のような株式会社に何千人という大勢の者がかたまって雇われていたのでは、雇い主は職工の名前も知りゃしない。現にこの中で社長と話したことのある人が一人だっていますか？　いないでしょう。これすなわちもう雇い主は昔の主人でない何よりの証拠なのである。だから俺たちは、みな社長と対等の権利を、人間として持っているのだ。社長が牛肉食えば俺も食いたい。社長が洋服着れば俺も着るだけの権利がある。社長の娘が白粉《おしろい》つけて絹の着物きていれば諸君もそうする必要がある。社長の奴が[36]浪花座《なにわざ》へ行けば庭掃《にわは》きのお爺《じい》さんも行かなければならん。すべての事柄《ことがら》においてわれわれ労働者も社長と同じ生存権を天から授《さず》けられている。平等だ！

諸君がお母さんのお腹《なか》から生まれた時に、お前は女工の卵《たまご》だとどこに書いてあった！諸君、社長や株主の家《うち》を教えてやろうか、[37]天王寺《てんのうじ》の高台に素晴しく広大な屋敷があってなかの様子はさっぱり判らないよ。俺たちはどうだ、一人に畳《たたみ》一枚ないだろう。それで[38]南京米《なんきんまい》の麦飯《むぎめし》食って年中汗みどろになって働いて、小ざっぱりした時どきの着物一枚着ることができないんだ。おい女工さん、社長の娘は腰巻《こしまき》から足袋《たび》まで絹物《きぬもの》を着《つ》けて、ダイヤモンドの指輪挿《さ》して、お供《とも》の三人も引き伴《つ》れながら今日は三越《みつこし》、明日は[39]宝塚《たからづか》と遊び回っとるぜ。それに君たちは九条《くじょう》の活動一つ観《み》に行く自由がないではないか。社長の娘だって観音様《かんのんさま》の[40]申し子でなんぞありゃしない、やっぱり人間の子なんだ、妙齢《みょうれい》の娘なんだ。諸君はまあ可哀《かわ》いそうに、髪ひとつ結《ゆ》うことができないじゃないか。長い長い労働で肺病に罹《かか》らなかったら幸い、でも体は自分で気づかぬながらずいぶん傷《いた》められているよ。それで女工の産む赤ん坊は、一般婦人のそれより五割も余計に死んでしまうそうだ。女工の子供は早く死んでいいと、そんなことを決めた神さまを僕は聞いたことがないねぇ。

このように俺たち労働者の生活は惨《みじ》めである。俺たちの汗はすっかり資本家の奴に搾《しぼ》り取られているのだ。彼らは俺たちの××××××肥《ふと》りつつある×××なのだ。俺たちの生存は実にこのでぶでぶ肥満《ひまん》した×××のために呪《のろ》われている。俺たち労働者はこんな怖《おそ》ろしい不幸を皆一様《いちよう》に享《う》けているのである。資本主義という社会は、どうしてもこうならざるを得ないように仕組まれている。まことに戦慄《せんりつ》すべき×××なのだ。

諸君よ、われわれに降りかかっているこんな大きな制度のもとで、ただ単に部長一人の復職運動をしてみたところでそれが何の役に立つ。部長はやっぱり俺たちと共に、一生不幸を営《な》める以上の何物も得ることはできない。

俺たちは部長のことを心配すると同時に、俺たち自身のこともとくと考え、もののついでにひとまとめにして会社へ要求を提出しようではないか？

俺たちがおのおのその生活欲を満たすためには、どうしてももっと金持ちにならねばならん。そうして働く時間をうんと短くしてもらわなければならん。現在のところで、俺たちが少しでも、人間らしい幸福を味わうには賃金増加と労働時間の短縮よりほかに道がないのである。俺は、部長の復職と共に、それも併《あわ》せて要求するのだ。

労働者を一人一人ばらばらに離したら実にその力は貧弱なものであるが、一人よりも二人、二人よりも三人、十人、百人、千人、万人と団結さえすればどんな大きな仕事でもできるのである。マルクス[41]という労働者の神さまが「万国[42]の労働者団結せよ」と言った。俺たち世界の兄弟が一致団結さえすれば、このわれわれを虐《しいた》げるところの怖ろしい××××××××××××××××××××××に築きあげることができるのである。で、まず俺たちは労働組合というものへ加入して団結しなければならん。山田部長が、何の咎《とが》もないのに永年勤続して尽くした功労を無視してこの度《たび》会社を放り出されるというのは、ほかでもない部長一人と、株式会社という大資本の集中したものとが雇用契約を結んでいるからである。一人と大勢の相撲《すもう》だから、部長が引[43]けを取るのだ。労働組合の目的は、この大きな強いものに向かって小さな弱い個人が雇われる契約をせずと、各人力を合わせた組合によって団体的な契約を結ぼうというのである。そうすればこっちの力が強いから、雇い主の会社は労働者に対して勝手気ままな真似《まね》をよう振る舞わない。賃金を会社に定《き》めさせずに、こっちから「何《なん》ぼ何ぼでなければ働かない」と公《おおやけ》に定めてしまうのである。

　俺たちの賃金が、人類生活に欠くことのできぬ重大な生産を営みながら何ゆえこう生活していけないほど廉《やす》いかと申せば、それは賃金そのものの定め方が根本的に間違っていて、おかど違いな買い手に決められているからだ。

　俺たちの労働と俺たちの肉体とは切り離して考えることができないゆえ、無論労働は普通の商品でないが、とにかくわれわれは資本家に向かって労働を売っているのである。諸君、試みにあらゆる商品を見給え。ことごとく売る方から価格を決めてかかって、買い手は売り手の言いなり次第欲しい品物に対して金銭《かね》を支払って求めるのであるから、その売り手は自分の生活が立たないような無理をしない。しかるにだねぇ、わが労働に限って全然これが逆にゆき、買う方にその価格を頭から決めてかかられるのだから、相手はこちらの生活も何もそんなことは考慮に入れないで、ただ一文《いちもん》でも廉《やす》く買おうとするのは当然のなりゆきだ。ここに俺たち賃金労働の弱味が存しているのだ諸君。

こんな大きな大間違いを、俺たち労働者は何ゆえ黙っているのだ！

諸君、僕は今、こんな大きな間違いに気づいた。しかしながら今、俺一人「私は二円五十銭の日給でなければ働きません」と言ってみたところで資本家はせせら笑いしてたちまち俺を気違いにしてしまうだろうが、少なくともこの織布部全体の者がそう言って一人も動かなかったら、会社は営業してゆく意思のある以上、俺たちの要求を容《い》れるよりほかにしょうがない。労働組合とはこういうことによって、全世界の労働者が生活の安定を得ると同時に、一個の人間として人格的に生きようとする大きな運動なのだ。

だが俺たちはあくまで穏健着実な道を踏んで、一歩一歩向上してゆかなければ到底一《いっ》足飛《そくと》びにそこまで達することは難しく、今の場合あまり大きなことを望み過ぎても単なる駄々《だだ》っ子《こ》に終わって得《う》るところがないから、まず僕はみな現給より二割増しくらいを要求した方が適当だと考える。そうして強制的にさせられる二時間の残業を全然廃止してしまい、正規に十二時間労働ということにしてもらいたいのだ。つまり、今より二時間だけ働く時間が短くなって、賃金は今と同じだけ取れる勘定《かんじょう》だ。まず俺は、部長の復職と共に、こいつを要求したいと思うが諸君はいかに？　この際もののついでだから、何でも不平に思っていることのある者はどしどし述べてみたらいいと思う。同じやるからには、もっと大々的に労働運動がやりたいものだ。都合によっては友愛会伝法《でんぽう》支部の応援を受けることもできるから、部長の引き止めと一緒に労働条件に触れた要求を堂々と提出しようではないか？　どうだ、親愛なる兄妹たちよ！　俺の言ったことに賛成するか？」

——彼が44一瀉千里《いっしゃせんり》に労働組合論を講じてこう結ぶと、解ったのか解らないのか知らんが二分の一ほどの者は一斉に拍手《はくしゅ》をした。

「異存のある人は、どしどしここへあがって述べてもらいたい。」

「……。」

「異議ある者でも賛成者でもいいから、人の言うことを聴くだけでなしに、ちっと何でも構わん喋《しゃべ》り給え！」

しかし誰も奇態《きたい》な演壇《えんだん》へ立って意見を述べる者がないのだった。で、江治は、

「それでは、異議ないものと認めて僕が総代表になります。」と言って機台の上から飛び降りた。

二十三

ずるいところのある一面においてひどく潔癖《けっぺき》な江治は、会社から日給を取りつつ運動することを原則上矛盾《むじゅん》だと考えて、部内を助手の機械直し工に頼んでおいてすぐ[45]早引きしてしまう。そして指定下宿の沢田へ戻って忙しげに工場服を脱いで和服に着替えすると、ない訳ではあるがマントも着ずに寒い中をそそくさとまた出て行くのであった。

と、江治は程なくその辺の職工街には珍しい立派な構えの家《うち》の前にたたずんだ。そして、

「ごめんなさい。」と格子《こうし》戸《ど》をあけて、内裡《うち》へ入った。そこは伝勇《でんゆう》の親分の家だった。

すると女中みたいな女が現れる。

「こんにちは。親分はおいでござんしょうか？」

「へえ、いてですがあんたはん何《なん》ですか？」

「わっしは三好江治っていう野郎で、浪華紡績の職工ですがな。ちょっと親分にお目にかかりたいんです。」

「しばらく待っていとうくんなはれ。」

女中はいったん奥へ入ってから再び玄関の間《ま》へ現れて江治を導き、二階の一室へ通して去った。河端《かわばた》に面していて、[46]伝法の閘門《こうもん》と楠《くすのき》の巨木の眺《なが》められる明るい八畳の座敷、つるつる光る欅《けやき》の[47]本床《ほんどこ》に、二連発の猟銃《りょうじゅう》が一挺《いっちょう》立てかけられている。(どうか伝勇の親分が俺たちの味方《みかた》になってくれりゃいいが)と彼は思った。

石炭を積んだ船が、[48]カンテキから煙を出しながら、工場の方へ閘門を出て遡《さかのぼ》って行く……。三時の汽笛《きてき》が冬の空気を震《ふる》わせて鳴った。

やがて伝勇はみしみし梯子《はしご》段《だん》を踏みながら二階へ登って来た。そして、

「よう若いの、待たせたなあ。」と言って江治の前へ胡坐《あぐら》する。

「これは親分、時どき町でお顔は拝見しておりながら、ついどうも折がのうて挨拶《あいさつ》もせずにしまって失礼でござんした。わっしは三好江治と申しまして、浪華紡績の職工でござんす。どうぞ以後お見知りおき下さい。」

江治はつとめて講談《こうだん》などに出てくる関東[49]侠客《きょうかく》の言葉つきを真似《まね》ながら、一座さがって座蒲団《ざぶとん》の上へ額《ひたい》をすりつけるようにお辞儀《じぎ》した。すると西郷隆盛の顔に似通った点のあ

る伝勇は、

「まあまあ、若いの。」と座蒲団をすすめる。そして、

「どんな用やね？」と訊《き》いた。

「実はわっし、親分の[50]義侠心《ぎきょうしん》を頼ってお願いにやって来たんでござんすが、弱いわれわれ職工を親分[51]一味の力で助けてもらう訳にはゆかないものでございましょうか？」

「どういう訳やね。」

「ただいま申しあげますでござんす。実は今度、会社が古い者をだんだん馘《くび》ってゆきますので、わっしら職工一同、みな不安に襲われております。そしてまた、あまり働く時間の長い割に給料が廉《やす》いので、ご覧の通りわれわれ労働者はいつも貧乏ばっかりしていなければなりません。それでも会社が儲《もう》けていないのなら仕方がないというものですが、儲けるも儲けるもなかなか[52]ちょろこい儲けようで利《き》かん。毎半期に何《なん》とか彼《か》とか名目《めいもく》つけて多額の積立金《つみたてきん》をしたほか、まだ[53]五割の八割のとぼろい配当《はいとう》をしているのでござんしょう？　それでわっしらはこの度《たび》、賃金二割増給と二時間の強制残業廃止を会社へ向けて要求し、もし会社が承知しなけりゃストライキをしようと思うのです。」

「ふうん……。」

「ところが親分、町の人がご覧の通り、渡り者の職工や他国から来ている女工らは実

際皆弱虫《みんな》ばかりでござんして、いつもいつも会社から虐待《ぎゃくたい》されておりながら腹も立てずに、打たれても叩かれても手出しをようしない豚なんです。工場の督促《とくそく》を皆《みんな》恐れていましてな、びくびく慄《ふる》えてばかりおるのですよ。それに、督促の野郎はまた弱い者いじめでござんす。会社を笠《かさ》に着てすぐもう、何《なん》ぞといえば弱い女工や、意気地《いくじ》なしの職工らを腕で抑えようとします。で、今度もきっとわっしらのストライキを破るに相違《そうい》ないのです。親分、どうぞ弱い職工たちに味方して横暴《おうぼう》な会社を一遍とっちめてやるために、もしものことがあったら加勢しておくんなさい。」

彼は、大阪でも有名な侠客として知られておる鴻池《こうのいけ》大親分の、一の乾分《こぶん》なる伝勇を信用してこう率直《そっちょく》に頼み込んだ。目的の貫徹《かんてつ》を図《はか》るため、これは唯一無二《ゆいいつむに》の下準備のようであった。督促らは暴力を用いてストライキ破りをすることが目に見えていたから——。

「呑《の》み込《こ》んだ。」

伝勇は言った。

「ありがとうござんす親分。それではわっし、親分一味の加勢を頼りにしていいよいよやりましょう!」

江治は決心の色を見せた。

「俺の乾分は、今のところ五人ほどしか会社へ入っとらんがなあ、そいつらには言いきかせとく。なおまた、そのうえ喧嘩《けんか》が大きくなるようやったら、外の奴にも繰り出させる。」

「恐縮でござんす。」

伝勇の乾分たちは紡績部の丸場《まるば》[54]へ入り込んでいるのだったが、工場では常にその背景を惧《おそ》れて彼らにだけ一般職工規定を適用せず、雇用契約や労働条件に除外例を設けて取り扱っていた。

「若いの、お前《めえ》、齢何《としなん》ぼやね？」

伝勇はふとこんなことを問うた。

「二十三です。」

「ふうん……。感心やなあ、一杯飲んでいき。」

そして、こう言いながら伝勇親分は階下へ向けて手をたたく。

「わっしゃ、いけませんよ親分……。」

江治は面食《めんく》らって断ったけれど相手は承《き》かない。すぐに焼《や》き烏賊《いか》の裂《さ》いたやつを副《そ》えて酒が運ばれた。

「親分、まったくわっしはいけないんですよ。」

「そんなことがあるもんか、遠慮するなよ、のう若いの。」

彼はとうとう注《つ》がれてしまった。で、詮方《せんかた》なく少しご馳走《ちそう》になって一時間ほど後に伝勇の家《うち》を去った。

近世文明に故郷を追われて渡り鳥の職工となり、この地へ流れて来た者のうちには己《おのれ》の無力をかこってそれを擁護《ようご》するため、伝勇など土地の顔役《かおやく》の許《もと》へ盃《さかずき》を貰いに行く奴がある。すると中親分《ちゅうおやぶん》の彼らは何か事のあった場合にただで労力を奉仕させるため、職工に親分乾分《こぶん》の契盃《ちぎり》を結んでやって印半纏《しるしばんてん》を一枚与えるのである。伝勇のそれには四角の中へ北の字を画《えが》いた鴻池大親分の紋が入っていて、襟《えり》に「伝勇」と染め抜いてある。その法被《はっぴ》さえ着ておれば決して会社が馬鹿にするようなことがないのだった。そしてまた、大阪では鴻池の印半纏を着た者が非常に幅[55]が利いた。

工場では職工規定によって文身《いれずみ》を施《ほどこ》した者を採用しないことになっているのだが、伝勇の若い者だけは黙認して入場[56]を許した。実のところは採用したくないのだが、原則として一人も採用せぬことにするとうるさいのでなるべく数で制限し、常に最少限度だけ伝勇の乾分を綛場《かせば》[57]の丸仕《まるし》に入れたが、彼らはまったく文字通りな治外法権[58]で六時から六時まで十二時間と定《き》められた規定を少しも守ったことがない。七時に出勤して好きなほど仕事をやってしまえば、いつでも構わずにさっさと門を出て家へ帰ってしまうのであった。そのほか休憩でも何でもちっとも工場の掟《おきて》を守らずにことごとく自分の意思で思う存分勝手気ままにやっている。それでいて賃金といえばほかのもっともっと複雑《むずか》しい技術を要する職工の倍額になるよう、常に工務係を恐喝《きょうかつ》してその受負賃率《うけおいちんりつ》[59]を決めさせているのだった。

江治は「力の勝利」という言葉を痛切に感じて、秩序《ちつじょ》だとか文明だとかいうことは畢《ひっ》[60]竟《きょう》するに奴隷の道徳ではないのかしらんと疑われた。

＊　＊　＊

それから友愛会の支部へも立ち寄って応援してくれるように頼んで下宿へ帰った彼は、いよいよ明日をもって工場長の手許《てもと》へ提出するところの要求を、どんな形式にして出そうかと思案に耽《ふけ》った。そして古道具屋から一円五十銭で買って来た机に向かって要求の箇条《かじょう》を認《したた》めにかかる。

嘆願書《たんがんしょ》——と彼は書いたが(嘆《なげ》いて願《ねが》うって何《なん》という情けない文字だ)と考え、ぐしゃぐしゃっと半紙を揉《も》んで反古《ほご》[61]にした。それから「要求書」と改めて細々《こまごま》と文章にして書いたが、それもどうも面白くない。で、彼は結局その要旨《ようし》だけを簡単な箇条書きにして、あとは口頭《こうとう》で説明することに決める。そして左の如く半紙一枚へ持っていって認《したた》めた。

「要求書。一、各部受負者日給者を通じて現給より二割増給の事。二、各部共二時間の強制残業を撤廃《てっぱい》し正規通り十二時間労働に短縮する事。三、山田部長を無条件にて復職さす事。四、工場整理その他いかなる名目においても職工規定による定年限以内に各職工を解雇せざる事。右要求候《ようきゅうしそうろう》につき、即時承認の上実施相成度候也《あいなりたくそうろうなり》。大正×年×月××日、右織布部男女工一同。」

しかしながら「男女工一同」ではいささか頼りないと思い、別に白紙を付けて第一部から二十部までと、仕上部《しあげぶ》、ワインダー、整経部《せいけいぶ》、[62]引通部《ひきとおしぶ》、糊付部《のりづけぶ》、[63]筬場《おさば》、管糸場《くだいとば》など各部分けにして署名捺印欄《なついんらん》を拵《こしら》えた。それから自分の欠勤届を一通したためて、彼は交渉委員としての準備を遺憾《いかん》なく整えたのである。

――明くる日、江治は欠勤届を門衛所へ放り出しておいて、工場へは皆《みんな》と一緒に早くから入った。と、昨日一日とうとう連動子《クラッチ》が直らぬじまいだったのを、鉄工部が昨夜総徹夜で作業してやっと今朝《けさ》がた修繕《しゅうぜん》し、数十本の幹軸《メイン・シャフト》は無数の調革《ベルト》を雨のように機《はた》間《ま》へ向けて注《そそ》いでいる。その中で始業汽笛の三番はおろか、まだ五時五十分の二番も鳴らぬ先から、数多《あまた》の女工たちは昨日の仕事の[64]すっこみを取り戻そうと焦《あせ》って、早《は》や汗みどろになりながら眩惑《げんわく》そのもののように機械を回しているのだった。

(ああ、こんな中でおれ独り時間の短縮を叫んでみたって、それが一体何になるのだろう?)

江治はちょっと失望を感じた。

ところがまず自分の部の見回り工たちから判を取って回りかかると、女工のうちには新しい希望を述べる者がある。彼女たちは昨夜の間にそれぞれ考えてきたらしかった。

「三好さん、願いごととしてくれるんやったらなあ、ついでに寄宿の賄《まかな》いを、もっと旨《うま》いもん食わせてくりゃはるよう頼んでんか。」

「三好さん、わてがそう言《ゆ》うたいうこと書かんと、誰が言い出したのか判らんようにして、寄宿の門《もん》もう少し厳《きび》しゅうないようにしてくれるよう願ってよ。」

「ものもついでやよって、すみまへんけど貯金のこと一つ書いたっとうくんなはれ。毎月毎月あんまれよけい天引《てんび》きしられて小遣《こづかい》も何も残れしまへんよってな、[65]大〆《おおじめ》の一割以上は引かんように頼みますわ。それからもう一つ、国へ送る金かってなあ三好さん、本人に相談もかけんと舎監《しゃかん》さんが頭[66]から差し引いてしまわはりまんにゃ。そやよって、いつもわいらの[67]懐《ふところ》はかつかつだす。それでなあ、それもあまり余計に送らんよう言うとうくんなはれ。」

「手紙、会社で封切らんと、国から来たままで渡してくれやはるようお願いしとう、三好さん。」

「うちことなあ、お金も欲しいけれど、それよりか差し当たってお部屋に火鉢《ひばち》が入れてほしいわ。寄宿では火なんか持たせると危ないからって、自分のお金で火鉢買って来ることも許してくれないけれど、何《なん》ぼ女工だって寒くてやり切れないの。」

「仕上げ場の、今度の検査は人によってえらいえこひいきするよって、あれ検査方《けんさかた》やめさせるように言うてんか。」

「うちの棟《むね》の世話婦は、あまれ偉《えら》そうにするさかい皆《みんな》気に食わん言うているわ。そんでなあ、あんな世話婦は早《はよ》う罷《や》めさせてもろとうくんなはるよう頼みまっさ。」

「国からせっかく食べ物送って来てくれますとな三好さん、事務所でそんな物は腐ったるかもしれんよって危険で渡されへん言うて本人にくれしまへんにゃがな。何ぼ女工が豚かって腐った物なんぞ食べしまへん。ただ、腐っておりゃおるなりで、せっかくの親の志《こころざし》は一遍目を通しとうおますよってな、そんな無茶《むちゃ》せんように工場長はんへ願っとうくんなはれ。」

「一つの床《とこ》に二人ずつ寝るのは冬は温《ぬく》うてええけど、夏は暑うてとてもかなわんよって、今年の夏から一人ずつ寝かせてもらえんか訊《き》いてみておくんなはれ。」

「病気のとき何ぼ頼んでも工場から帰してもらえんのほんまに辛《つら》いよってなあ、病気の折だけは主任さんに願い出たらすぐ早引きさせてもらえるようにならんかしらん?ほうやけど、ほんなことわたしが言うたと言うとうくんなはるな。」

「体が悪うて工場休ませてもらおうと思っても、世話婦さんが来てすぐ蒲団《ふとん》めくってしまいますの、あれあまり酷《ひど》いよってやめてもらいたい思います。」

「うちの部屋の女工みなそう言うていますのやがな、休憩時間中に用事のある者《もん》は我が部屋へいんで入っても、工場の時間に差し支えさえせにゃ構わんいうことに改めてほしいんです。それから欠勤すると休養室へ行って我が部屋におることができんの、あれ誰が考えたかって面白うない話やよって、休養室は廃止してほしいんです。面倒なお願いですけれどついでにお頼み申します。」

「この頃ねえ三好さん、寄宿で修養のためやいうてお経《きょう》教えますのですが、習《なら》わん言う女工があると無理に引っ張り出して酷《ひど》い目に遭《あ》わせるんです。それからまた、学校へも小さい女工は無理にやらされて泣いてます。若い女子《おなご》にお経[68]やかし教えてもろたってちょっとも有難《ありがた》ないから、あんなあほみたいなことよしてもらうよう書いて出して下さいな。」

「患《わずら》ったとき病院で出るお粥《かゆ》、あんなご飯の残り物で炊《た》いたひつこいお粥はたまらんよって、せめて病気の折なっと米から炊いたあっさりしたのをあてがってくれるよう、事のついでに請願《せいがん》しておくんなさい。」

「毎年盆正月に皆勤者へ向けて出る賞与の反物《たんもの》だすがなあ主任さん、あれええ加減な見当で下さるよって皆目縞柄《かいもくしまがら》が齢《とし》に合いまへんにゃ。それがまた同じような木綿縞《もめんじま》ばっかり何枚も何枚も溜《た》まってもしょうがおまへんよってな、同《おんな》し下さる物ならよう縞柄を吟味《ぎんみ》して、齢に合わせてくりゃはるか、また[69]欲言《よくい》やお銭《あし》で下さるか、もう一つ欲言や、三年分ほど溜《た》めといてどんな悪いのでもお[70]蚕《かいこ》はんの入ったやつを下さりゃ結構やって、一つ無理な注文やとは思うけど、いちかばちか頼んでみとう。」

「運動会の行く先をねえ三好さん、寄宿の女工全体に投票させて、一番大勢の者が行きたい言うた所へ伴《つ》れて行ってもらう訳にいかんもんかお願いします。」

「うちの頼みはほかでもありまへんが、[71]夜《よ》さり寝る時に電灯《でんき》を消さんと点《つ》けといてほしいんです。それから、うちたち女工は弱い女子《おなご》やよって、男の人がどついたりなんかせんように、口で按排《あんばい》よう言って納得させて使ってほしいんですわ。面倒なことやろうけど、これも一つ書き添えとうくれやすいな。」

女工たちはこんなに言って、めいめい思い思いな要求を申し出るのだった。で、彼はそのうちから適宜《てきぎ》に取捨選択《しゅしゃせんたく》して主だったものを加え、結局十箇条の要求書に作り直す。

二十四

午前九時を少し回ったところ、やっと今しがた出勤したばかりの工場長は、机の上に積まれている昨日中における各種事務の報告書類や、寄宿日誌、宿直日誌、守衛日誌、または本社へ送る操業日報などに一通り目を通して捺印《なついん》していると、女工から引きあげたお気に入りの女給仕が紅茶を運んで来た。

「おはようございます。」

女工より一段上の雇員待遇を受けて三十円の月給を取り、世話婦や教員や給仕たち普[72]通雇員でも女工の十倍もボーナスを貰《もら》うところへ持ってきて特に工場長の手加減が行われる彼女は、銘仙《めいせん》の長袖《ながそで》に毛織《けおり》の袴《はかま》を穿《は》いて厚化粧《あつげしょう》をしている。それは江治に血の出るような片恋《かたこい》の悲痛を味わわせた林菊枝の姿であった。

「あの、織布部の三好江治が、ちょっと工場長にじかじかご面会申したいと言っております。」

彼女は盆《ぼん》の上から紅茶茶碗《ちゃわん》をおろしながらしとやかに言った。すると工場長はやや不《ふ》審《しん》の眉《まゆ》を曇《くも》らせて、

「何、職工の三好江治が私に用がある?」と反問《はんもん》する。そして不快そうに吐き出した。

「忙《いそが》しゅうて会えないから、用事があったら工務係を通じて上申するように言うておくれ。」

「でも、わたし一応そう申しましたのですけれど、重大な用件があるよってぜひとも

工場長にお目にかかりたい言うて、うちの言うこと承《き》かないんでございます。」

「無礼《ぶれい》な、しょうのない奴だ!」彼は再び吐き出すように言った。

「どういたしましょう?」

「しょうがない、通しておくれ。」

工場長は、三度《みたび》投げ付けるように言う。そうして彼女が出て行くとぐっと紅茶をひと口啜《すす》って呟《つぶや》いた。

「順序も踏まずに、一体あいつは何を言ってくるのだろう?」

やがて千数百人の意思を代表した三好江治は、事務所の廊下《ろうか》を踏《ふ》んで揚々《ようよう》と工場長室へ入って行った。

「ご多忙中お邪魔《じゃま》して恐れ入ります。」

彼は腰をおろそうと思ったけれど椅子《いす》がないので、詮方《せんかた》なくたたずんだままで交渉に移らねばならなかった。江治が口を噤《つぐ》んだなりしばらく相手の胸許《むなもと》を睨《にら》んでいると、

「どんな用件かね? なるたけ簡単に聴きましょう。」と工場長は素《そ》っ気《け》なく問うて促《うなが》した。そうして大事件が目前に迫りつつあることを彼は知らない。

江治は、やがて大暴風雨を巻き起こす低気圧が襲っていることも知らずに、いつまでも太平を夢見て安閑《あんかん》たる彼をあわれみながらも、変な依怙地《いこじ》からわざとじれさせてやり

たいように思った。と、程経《ほどた》ってから江治は落ち着いた態度でぼつりぼつり切り出す……。

「今日《きょう》、私は織布各部の代表委員として、全男女工の意思を伝えにあがったのです。」

江治は語尾《ごび》に力を入れてこう言った。しかし相手の工場長は鈍感《どんかん》でまだよう悟《さと》り得ないのか、事もなげに軽く受け流すのであった。

「どんな意思ですか?」

「各部、各階級にわたった、全男女工の意思として申しあげます。」

「なるたけ簡単に聴きましょう、どんな事柄《ことがら》だね?」工場長の応対は依然として軽い。

江治は、ひょっと相手が嘲弄《ちょうろう》しているのではないかと思った。で、懐《ふところ》に忍《しの》ばせていた要求書をやにわに取り出して、ぐっと相手の顔を睨《にら》みつけつつ無言で工場長の前へ突き出したのである。

次の瞬間工場長の顔色は急に蒼《あお》ざめた如く変わっていった。そしてやや面《おもて》を伏《ふ》せて、江治の差し出した要求書を読んでいる彼の額《ひたい》が極度な緊張味を帯びてき、一くだり一くだりに新たな驚きを感じて顔面の筋肉を動かす態《さま》が、机一つを距《へだ》てた彼に反応してくる。江治は微《かす》かな快《こころよ》さを覚えながら、彼が一通り読み終わる時間を待った。

しばらく時が経つとやがて工場長は要求書の本文を読み終わったらしく、半紙を机の上に置いたのですかさず江治は言い放つ。

「われわれは、その通り十箇条の労働条件改正と、待遇の改善を要求します！」

「……。」工場長は意外の沙汰《さた》[73]と相手の剣幕《けんまく》に少なからず心を呑《の》まれる。

「即時《そくじ》で承認の上、速《すみや》かに実施《じっし》願いたいです。」江治の鋒先《ほこさき》は強い。

工場長の上半身は、当惑《とうわく》と驚愕《きょうがく》と憤慨《ふんがい》のために打《う》ち顫《ふる》えた。助平《すけべ》眉毛《まゆげ》があがって眼の色は鋭《するど》く光る。そして彼は適切な返し言葉がすぐ出てこぬので焦躁《しょうそう》した。

「我らは、この際断乎《だんこ》として十箇条の要求を提出します！　貴方《あなた》の責任あるご回答を得たいのです。」

江治は自《みずか》らの言葉に威嚇《いかく》を感じながら、まだ一度も返事を与えぬ工場長へ向かって三《み》度《たび》こう言い放った。

「これが、全女工および男工の要求ですかな？　これが……。」工場長はしどろもどろに答える。

「申すまでもないことです。連名状をご覧下さい。」

工場長は思いもかけぬ奴隷《どれい》の反逆《はんぎゃく》に、ただ呆然《ぼうぜん》としてしばらく言うべき言葉をもたなかった。が、余程経ってからさも思案に余った如く、

「しばらく、ここで待ってくれ給え。」

こう吐息《といき》をつくように言って彼は呼《よ》び鈴《りん》のボタンを押した。すると、

「はぁい……。」と甘ったるい返事で女給仕の菊枝が現れる。

「椅子《いす》一つ持って来ておくれ。」

「はぁい。」

「それから、各工務係と、舎監と、職工係主任さんを今すぐに呼んで、会議室へ伴《つ》れて来て。」

「かしこまりました。」

工場長は女給仕にこういいつけると、つと立ってその要求書を上衣《うわぎ》のポケットへ捩《ね》じ込み、彼女と共にぷいとそこを出て行った。江治は遊戯《ゆうぎ》のためにやっておる運動でないということを充分意識していながら、それでいてだんだん面白くなっていくことを感ぜずにはいられなかった。

菊枝は、程経つと曲《ま》がり木細工《きざいく》の椅子を一脚搬《はこ》んで来てストーヴの前に置く。

「おかけなさい。」

そして彼女は紅《あか》い指輪の二個嵌《は》まった手に[74]デレッキを把《と》ってストーヴの蓋《ふた》を開き、がらがらっと音をさせながら石炭を二杯放り込んだ。かつての幸福な日、人類愛に根ざした高遠な発明の理想と結びつけて考え、その掌面《てのひら》にできた[75]筬框《リイド・キャップ》の胼胝《たこ》に熱い接吻《せっぷん》を

施《ほどこ》した彼女の手を、彼は二年越しの久しぶりで眺めたのである。常に栄養素の不足した粗食《そしょく》を摂《と》って、薬品を含んだ落ち糊埃《のりぼこり》と綿塵《めんじん》と[76]油墨《あぶらずみ》にまみれながら刺々《とげとげ》しい機械の付属品をいじくって、過度に手を使うためであろう、さながら梅干《うめぼし》のようにどす黒くひからびて節《ふし》くれ立った指々、激しい[77]衝程《ストローク》運動を続けている筬框《リイド・キャップ》を運転中に絶えず摑《つか》むためその筬框《リイド・キャップ》の当たりに胼胝《たこ》の出来あがった固《かた》い掌面《てのひら》、鉄の赤錆《あかさび》と油墨の間へ手を突っ込んで機械掃除するため肌理《きめ》へそれが入って黝《くろず》んでいる皮膚《ひふ》、そうした労働のために荒らされていたみすぼらしい彼女の手は、今や遊んでいることと特別に拵《こしら》えた社員の賄《まかな》いで美食を摂《と》ることによって見違えるほど柔軟《しな》やかになっている。頰《ほお》から頸筋《くびすじ》へかけて脂肪《あぶら》をたっぷり含んで若々しく筋肉が頃合《ころあ》いに巻いて、動くたびに何ともいえぬ[78]なよやかな曲線を夢のように空間へ描いていく……。江治は棄《す》てられた彼女の美しさに、ずきずき胸の疼《うず》く刺戟《しげき》を再び感じないではいられなかった。そうして（彼女が自分の許《もと》へ還《かえ》ったら、俺はどんなに喜ぶだろう？）と思って、一瞬間とりとめもない空想を描く……。」

（もし彼女が子を孕《はら》んで工場長に棄てられたら、俺は彼女の前にもう一遍ひざまずいて、どうか還ってくれと哀訴《あいそ》してみよう。たとえ三日でもいいから俺の妻になってくれ？　否々《いないな》、そんな月並《つきな》みなことを言う江治ではない。一生兄妹として聖愛《せいあい》を捧《ささ》げるから、安心して僕と同棲《どうせい》するためにおいで――)過ぎし日、初恋の清い心を彼に捧げた菊枝は、必然にして偶然な邂逅《かいこう》[79]にまず胸をおどらせた。しかし彼女はもともと処女性を失って、彼が全然いやになったから棄《す》てて工場長とくっついたのではなかった。彼女は江治を充分愛してはいたけれど、たまたま工場長の誘惑に乗ってみるとつい忘れるともなく想《おも》いが薄らいでしまい、望《のぞ》むがままに与えられる豊富な物質の魅力に眩惑《まどわ》されたのである。それは、物質に欠乏《けつぼう》した者の大部分が一度は落ち行かねばならぬ弱味であった。

　彼女は二年あまりの間に見違えるほど強そうになった江治に、気を引かれないでいられなかった。蛮勇《ばんゆう》的な強さではない怜悧《れいり》的な強さ、彼の眼は澄《す》んでその額《ひたい》は美しく輝いている。子供子供したところがぬけて、彼はすっかり大人らしく成長していた。しかし何とも言えぬ若々しさが全身にみなぎっている。

　彼女は初めの程ずいぶんちやほや言っておきながら、近頃だんだん冷淡《れいたん》になっていく工場長の態度があきたらなかった。それが江治をいっそう美しく見せる。

「紅茶一杯あげましょうか?」

　菊枝の言葉に彼はぽかっと空想を破られた。と、蠱惑《こわく》[80]的な彼女の体から怖れたように慌《あわ》ただしく眼《まなこ》を外《そ》らして、彼は赧《あか》らかに燃《も》ゆるストーヴの火をきっと睨《にら》みつけ、「馬鹿ッ!」と自分に嘲笑《ちょうしょう》を浴《あ》びせた。

「紅茶一杯あげましょうか?」

菊枝はもう一遍言った。

「……。」しかし江治は無言でいる。

「要《い》らないのですか?」

彼はちょっと考えたが、まさか紅茶一杯で買収されるほど自分の意思は薄弱《はくじゃく》でなかろうと思って、

「下さい、大いに貰いましょう。」ときっぱり言った。

菊枝は、流行《はや》り立てのフェルト草履《ぞうり》をべたつかせて工場長室を出て行く。彼はセンチメンタルになって再び片恋地獄へ落ちそうな思いがしたので、強《し》いて二千人の労働代表を気取って(俺はいやしくも解放運動の闘士だぞ!)と自負《じふ》せねばならなかった。

*　　　*　　　*

最高幹部は時を移さず会議室へ馳《は》せ集《つど》って協議を開いた。正面に社長の肖像画を掲《かか》げ、その横に五つ六つ、工場の製品の博覧会賞《はくらんかいしょう》を掲げた工場じゅうにおいて最も神聖とせられている室《へや》。

「ただいま、織布部の職工が三好江治という奴を委員にしてこんな法外なことを申し

込みました。取りあえず一応回読を願った上、善後策についてとくと相談がしたいのです。」

差しずめ議長席とでもいう、社長の肖像の下に坐った工場長がまずこう口を切った。すると職工係主任が、

「回読よりも、誰か一人朗読した方がよろしかろう？　私が読みましょう。」と言って十箇条の要求書を読みあげるのだった。

「……要求書。一、各部受負者《うけおいしゃ》日給者を通じて現給より二割増給の事。二、各部共二時間の強制残業を撤廃《てっぱい》し正規十二時間労働に短縮する事。三、山田部長を無条件にて復職さす事。四、工場整理その他いかなる名目においても職工規定による定年限以内に各職工を解雇せざる事。五、寄宿舎における門を解放する事。六、賄《まかな》い方《かた》を徹底的に改革して少なくとも現在社員に供給しつつある物と同量同程度の食事を摂《と》らしめる事。七、工場および寄宿舎における生理衛生的諸制度ならびに施設の改善を図り発病者に仕事や出勤を強要するが如き行為の賞揚《しょうよう》さるべきことなきはもちろん、医療機関を徹底せしめて仮初《かりそめ》にも病院へ残飯《ざんぱん》の粥《かゆ》を出すが如き患者を侮辱《ぶじょく》した振る舞いをせぬ事。一つの床《とこ》に一人以上就寝《しゅうしん》せしめざる事。冬季は各部屋へ火鉢《ひばち》を配置する事。八、信書およびその他の荷物等に干渉《かんしょう》せざる事。九、強制貯金ならびに送金制度を撤廃《てっぱい》し本人の自由意思に任《まか》

する事。指定下宿の勘定《かんじょう》取り立てを認めぬ事。十、寄宿舎において休養室を撤廃し欠勤日休憩時間の別なく自由に各自の部屋へ入《い》らしむる事。各室の電灯を消灯せぬ事。世話婦は親切誠意をもって女工に接し、就学および稽古《けいこ》ごとを強いざる事。右のほか男工女工たると工場にあると寄宿舎にあると通勤または寄宿工を問うことなく、すべての事柄において国家の法制に矛盾するが如き取り扱いを職工たる者が会社より受けることなきはもちろん、進んで雇用者被雇用者、監督者《かんとくしゃ》被《ひ》監督者《かんとくしゃ》共に対等の地位に立って相互に人格を尊重し合い、我らは一個の人としての権利を侵害されざる事。右要求候《ようきゅうしそうろう》につき、即時承認の上実施相成度候也《あいなりたくそうろうなり》。大正×年×月××日、右織布部男女工一同。浪華紡績株式会社西成工場御中。怖るべき大胆な要求ですねえ……。」

　こう言って職工係主任は要求書の綴《つづ》りを下に置く。

「重大問題です。」舎監と工務たちは一斉に言った。

「しかしながら皆さん、これがはたして織布部全男女工の申し出でしょうか？　私は断じてそうでないと考える。」

　工場長が言った。

「そうです、私も到底そんな大それた要求が、あの子羊《こひつじ》のように柔順な、そして社会の進歩など知りそうなはずのない寄宿女工の間から出ようとは夢にも考えません。まず

寄宿女工の要求といえばせいぜい食物《くいもの》の事か、それでなきゃ芝居でも観《み》せてほしい、や81
ま気に入らぬ世話婦の排斥《はいせき》くらいが大出来《おおでき》でしょう、こりゃきっと煽動《せんどう》がありますね
え。」

新舎監が言った。

「要求書とはどうも、何という無礼な書き方です。これまで、私が工場長に就任してから、ほんのちょっとした事柄を言ってくる時でも、職工らはみな嘆願書という形式で申し出ましたがなあ。こんな無法《むほう》なことは、いまだかつて西成工場はじまって以来例《ためし》がないです。」

「代表委員という奴は、一体どんな男工です？」と紡績部の工務係が問う。

「三好江治という、友愛会の会員ですよ。彼は危険思想を抱いているようです。社会主義者ですねえ。」織布部の工務が答えた。

すると職工係主任は、

「困った者を採用してしまいましたなあ、こいつぁ私の手落ちでした。」と頭を掻《か》いた。

「諸君において、何か名案はありませんか？　こんなことはお互いに工場当事者の不名誉であるし、ひいては責任問題ですから本社へ報告せぬ先に何とか揉《も》み消《け》したいものだ。」工場長は沈痛らしく皆《みな》にはかる。

「ストライキをやるような形勢は？」

「なかなか三好という奴は強硬《きょうこう》ですよ。それに社会主義者や労働組合の連中と彼は盛んに行き来しておるらしいから、あるいは想像以上の策戦《さくせん》計画を巡《めぐ》らせているかもしれませんよ。」と織布部の工務。

「何《なん》にしてもこりゃ、最高幹部の責任問題です。困ったことですねぇ……。」

「奴を、工場へ出すことは危険だと思って、私の室《へや》に待たせてあるのです。」

「三好を、いっそのこと馘《くび》ってしまいましょうか？」舎監が口をはさむ。

「いずれ、会社には置いておけぬ代物《しろもの》ですがな、いま、この事で突然に馘《くび》るのは下手《へた》なやり方です。それよりか、何とかして奴をまるめ込む方法を執《と》った方が利口です。反動が、あるいはすぐにストライキを導かないとも限りませんからね。」と職工係。

「罷工《ひこう》をやったところで、別段怖ろしくはありませんが。」紡績部の工務。

「ただ、公《おおやけ》になると[82]新聞ゴロなんかがうるさくて、畢竟《ひっきょう》本社へないしょでは済まされませんぞ。」と工場長。

「警察もその通りですねえ。前の署長の時代は大変そこが都合よくいったのですが、今度署長が変わってからまことに融通《ゆうずう》が利《き》かんです。しかしあくまでもこんな不祥事《ふしょうじ》は隠蔽《いんぺい》したい。機密費一万円くらい使ってもいいです。」

重苦しい沈黙の間《ま》がしばらく会議室を占める。とややあって、

「工場長、この際伝勇《でんゆう》を利用する工夫はお考えになりませんか？　会社との関係はまだ私よく存じませんが、ああいう種類の無頼漢は使いようによってかなり使えぬこともないと思います。」

こう、突然就任後いまだ日の浅い職工係主任が提案した。すると皆の心は期せずしてその方へ動いた。

二十五

第一回の交渉は遂に不調に終わって決裂する。午後三時ちょっと前であった。

江治は急いで工場へ入って行く……。

彼はとっさの場合赤旗の代用になるべき物が欲しかった。そうして、[83]各部屋長を取り込んで彼女たちに通帳を渡させているため、買い物する自由さえも奪われている数多《あまた》の女工に市価の三、四割も高い月賦《げっぷ》で安呉服《やすごふく》を売りつけている町の奸商《かんしょう》にある緋《ひ》モスリンの反物《たんもの》や、沖の荒れているとき出入りの船に警報を発するため伝法《でんぼう》の閘門《こうもん》へ掲げられる三角の赤旗などいろんなものを思い浮かべる。（千人の女工のうちせめて一人でも近代

思想の洗礼を受けた女性がいて、とっさの思いつきに締めている赤い腰巻《こしまき》を取って投げ与えてくれたら、俺は早速喜んで織機の[84]綾竹《リース・ロッド》を旗棹《はたざお》に、これを結《ゆ》わえつけて打ち振るが……)彼は自分を主人公として行われる一大争闘に好みのタイプを持った女主人公がいて、貴《とうと》くも[85]いみじき彼女の腰の物が解かれる劇的シーンを瞬間の空想に描いた。しかし、そんなことは到底現実にあり得べきはずのものではない。

織布部へ入りかけた江治は、踵《きびす》を返して紡績部へ飛んで行った。そして輪具《リング》精紡機の紡錘に差した木管《きくだ》に糸が満ちたことを玉揚げの少女工たちに報《しら》せる、一尺《いっしゃく》くらいな信号旗を一本徴発してくる。と、彼は急いで我が部内へ入ってばたばたっと四、五台の機械の運転を停《と》めたと思うと、和服のなりひらりと身を跳《おど》らせて織り前《おまえ》から織機の[86]トップ・レールの上へ飛びあがっていた。

「おぉい!」

次に、彼は血反吐《ちへど》の出るほど大きな声で喚叫《かんきょう》しつつ赤旗を翳《かざ》して打ち振るった。すると喧囂《けんごう》たる機械の響きで声は一部内じゅうへも行き渡らぬ先に打ち消されてしまったが、でも周囲の女工たち数人が慌ただしくハンドルを外したのですぐと全部内へ伝わってゆき、数多《あまた》の女工たちは次から次へとそれを見倣《みなら》って素早く各受持ち台の運転を停めにかかる……。

「おぉい、諸君よ？　いよいよ談判は破裂した。運転を停め、[87]停転《ていてん》せ、ハンドルを外すんだ。[88]スターティング・スプリング・ハンドルを衝《つ》くのだ！」

江治は幅三インチ足らずのレールと、それから突出《とっしゅつ》した懐中手帳ぐらいな腕金《ブラケット》の上へ両足を踏ん張って、危なっかしいところで芸当[89]みたいにぐるぐる回りながら、さらに大声で怒鳴った。すると断崖《だんがい》に懸かった数条の瀑布《ばくふ》の水が怒り狂って滝壺《たきつぼ》の岩石《がんせき》に落ちかかるような怖ろしい音響を立てて回転する三千台の力織機《りきしょっき》が、見る間にあたかも鳥が羽ばたく時の如くバタバタバタバタバタと停止されていった。

「交渉の顚末《てんまつ》を報告しますから、[90]仕拵部《しこしらえぶ》や仕上部《しあげぶ》の諸君も誰か行って呼んで来てくれ給え。交渉の顚末を報告するから、諸君みな集まってくれ給え……。」

彼が呼ばわると男女工たちは、幹軸《メイン・シャフト》と調革《ベルト》と[91]遊動調車《ゆうどうちょうしゃ》だけが緩《ゆる》やかな音を立てて空回《からま》いするなかへ江治の登っている機台のぐるりを取り巻いて馳せ集まった。

「諸君、冷血なる資本家の手先どもは、十箇条の要求のうちただの一箇条たりとも容《い》れることができないと言う。断じて承《き》き容《い》れることはできぬと声明したのである。われわれは、一個の人間として当然生きる権利を持っており、いやしくも憲法によって我が大日本帝国臣民としての行動の自由が与えられている。しかるに会社はその憲法を冒瀆《ぼうとく》して、われらが生きる権利を侵害しているのだ。俺たちが出した十箇条の要求にはちっとも無理がない。極めて穏健な、誰が聞いても正当と思われる事柄なのだ。それを俺たちは代表委員まで挙げて連名書を提出し、相当な礼儀をもって願い出ているにもかかわらずむげに斥《しりぞ》けるとは何たる無礼な致《いた》し方《かた》だ！　一撃《いちげき》のもとに拒絶するとは何という横暴だ！　工場長がしばらく待っていてくれというから、俺は二時間以上も待ったのだ。ところがその間に最高幹部のやつらが相談したらしい。そして、職工はすべて各自入社の際に工場規定を承認し、会社の都合によって働きますという証文を差し入れているではないか、その契約を無視して今さらとやかくと不服を申し出ても無効である、そんな無法な要求は断じて、一箇条たりとも承《き》くことができない、そんなことで騒ぎたくば騒いでみろ、[92]治安警察法は[93]伊達《だて》にゃないのだから……。諸君二千人の意思を代表して立った俺を、資本家の犬めがこう侮辱《ぶじょく》した。会社はわれわれを見くびり、いつまでも子羊《こひつじ》のように従順で無智な奴隷だとあなどって、治安警察法で威嚇《いかく》するのだ。

しかし兄妹、××万一《まんいち》の場合、罪は三好江治が引き受けた。織

り工は一寸《いっすん》の布を織ってもいかん。経掛《くりか》け工《こう》は空《から》ビーム一本搬《はこ》ぶな。注油方《ちゅうゆかた》は[94]エンジン・ラッパを投げ出してしまえ。機械直し工はスッパナを工具袋に納め、仕上げ場の受け入れは台帳を混乱させてしまえ。検査方《けんさかた》は疵物《きずもの》でもよごれ物でも構わない、みな一等品に通してしまって検査台を片づけ。[95]ヤール掛けは畳《たた》んだ反物《たんもの》をぶち投げろ。[96]カレンダーも[97]シャーリングもすっかりローラーから布を取り外してしまえ。仕拵部《しこしらえぶ》のワインダーは構わんから残らずボビン(工字型木管)を切ってしまえ。[98]荒巻《あらまき》ビームも中途で切断せ。[99]糊付《のりづ》け工《こう》は[100]糊箱《ソー・ボックス》の幹弁《メイン・バルブ》を開いたまま[101]円錐型調車《コーン・プーリー》のベルトをいっぱい寄せ、高速度《ハイスピード》に運転かけたままで機械を放っておくのだ。糊拵《のりこしら》え工《こう》はあらゆる糊煮沸釜《ボイル・ボックス》へ水と蒸気を入れっ放して攪拌器《アジテーター》を掛けたままで遠くへ逃げ。えぇい糞！　織機も構わない、[102]緯糸停止器《ウェフト・フォーク》と[103]経糸停止棒《ストップ・ロッド》を取り外して空運転《からうんてん》かけてやれ！　噴霧器《ふんむき》よ、ポンプが堪《た》える限りの高圧をもって雨の如く降りそそげ！　すべての機械は盲滅法《めくらめっぽう》に回転せ！　高速度で回《ま》え！　[104]回転《レボリューション》、レボリューション、レボリューション！　高速度回転《ハイスピード・レボリューション》、ハイスピード・レボリューション、ハイスピード・レボリューション！　おお！　ロープよ唸《うな》れ！　シャフトよのた打て！　プーリーよ狂乱せ！　杼《ひ》よ、お前はなぜ今日に限って飛ばざるか？　諸君あくまでやろう！　俺たちがここで閉口《へこ》たれては永久に立つことができない。俺たちは、意思の貫徹《かんてつ》するまで仕事すまい。弱い妹たちよ、決して世話婦や督促にびくびくする必要はないぞ。やがて労働組合からも応援に来てくれるし、伝勇の親分はいざとなったら私たち職工の味方をしてやると言った。僕があくまでも信頼する姉たちや妹たち、だから大船《おおぶね》に乗ったような心で安心して寄宿舎に籠城《ろうじょう》しておくれ。なあにいくら仕事をしなくっても、会社は食堂を閉鎖《へいさ》するようなことはないだろう？米櫃《こめびつ》向こう持ちのストライキだから滅多《めった》に飢《う》える気遣いはない。寄宿ではなるべく大勢ひとところにかたまっていて、決して散り散りばらばらにならんこと、そして皆《みんな》で、小《こ》唄《うた》を歌っているといい。舎監や職工係が一人一人皆さんを喚《よ》んで仕事するように[105]たらしても、決して一人で答えてはいかんよ。もしも世話婦なんかが一人ずつ喚びに来たら、はいと返事だけしておいて行く時には大勢づれで押しかけて行っておやり。どんなことがあっても、社員の問いに個人で答えてはならない。明日の朝、汽笛《きてき》が鳴っても皆さんが起きないと世話婦や督促が総がかりで叩《たた》き起こすに違いないが、でも皆さんは決して起きてはいけない。もしも仲間の誓いを裏切って仕事に出るような不心得者が一人でもあったら、男工たちはすぐにその女工を引《ひ》っ捉《とら》えて恩貴島橋《おきじまばし》の上から正蓮寺川《しょうれんじがわ》の中へ投げ込みます。ストライキ破りは、姦通《かんつう》よりも罪が重いとしたものなんだ。われわれが屈《くっ》せずに一週間もストライキをすれば、会社は閉口《へいこう》してきっと十箇条のうち少なくとも五箇条くらいは承知するに決まっているから、乗りかけた船なら俺たちはとことんまでやらねばならん。俺は諸君のために何どきでも監獄《かんごく》へ行くことを辞《じ》さない。真理の探求に躊躇《ちゅうちょ》するな！　正義の前に逡巡《しゅんじゅん》するな！　俺たちはまっしぐらに進もう。虐《しいた》げられし者に魂あれ、弱き者に力あれ、力だ、力だ、力だ！　われらに勝利あれ、籠《かご》の鳥に自由の日あれ。××××××。二割増給せよ。労働時間を二時間短縮せ。山田部長を復職させよ。寄宿舎の門を解放せ。賄《まかな》いを改革して人間らしい食物《しょくもつ》を与えよ。病人を愛せ。医師や世話婦、その他監督階級の横暴を詰責《きっせき》する。通信の自由を与え。強制貯金を撤廃《てっぱい》せ。送金の干渉《かんしょう》をするな。指定下宿の勘定取立権《かんじょうとりたてけん》を否認《ひにん》する。休養室を撤廃せよ。われらは、不合理なる工場組織の改造を要求するのだ。自由を恋う！　平等を叫ぶ！　われらに賦《ふ》与《よ》された生きる権利を何者が奪った！　万国の労働者団結せよ！　そして俺たちは今、××××××××××××××おおぉ、たのもしい兄妹たちいざ立て！　奮《ふる》え！　進め！　勇敢に行動せよ！」

彼は己《おのれ》への鼓舞《こぶ》と同胞への発奮《はっぷん》のため、あるいは報告するように、また叱責《しっせき》するように、たらすように、命令するように、そしてまた祈りを捧《ささ》げるように言った。

二十六

翌朝、寄宿舎ではいつもの如く五時の起床汽笛三十分前に鈴を振って回ったが、織布部の女工たちは誰一人として起きる者がなかった。すると、世話婦どもは急に狼狽《ろうばい》し出して、各受持ちの部屋部屋を起こし回るのだった。

「おはなさん、おはなさん。もう時間だのに何です？　いつまでも部屋の女工を寝かせといて……。」

世話婦は、こう言ってまず部屋長の名を呼ぶ。しかし部屋長が応えないので、彼女は入口に掲《かか》げた名札《なふだ》を見ながら、片《かた》っ端《ぱし》から部屋の女工の名を挙げて一棟《ひとむね》じゅう呼び回った。

「おきんさん、おとめはん、おかっつぁん、おゆりさん、おかよはん、おとりさん、おさくさん、みさおはん、となせさん、とくえさん、おこまはん、たきさん、はやさん、まっつぁん、梶原《かじはら》、八木、中島、大内、神野、瀧川。もう時間が迫っとるのに何をしとるんです？　さっさと起きなはれ！」

「……皆《みんな》起きなさい。今日は交代日でも何でもないのに、なぜ規定の時間に起きないのですか？」

「……お前さんたちはどうしても起きないつもりだね？　女工の分際で、あたしたち世話婦に反抗するたぁこりゃ面白い。しかし、後になって泣きべそかかないがいいよ。」

小牧《こまき》お孝《こう》の反逆に遭《あ》って片眼《かため》を落とした梅の寮の鬼木《おにき》をはじめ、松、竹、牡丹《ぼたん》、桜等の各寮を受け持つ数人の世話婦は、いずれもののしるように叫びながら長い廊下をあわてて回った。けれども女工たちの多くは樫《かし》の木の枕の上で狸寝入《たぬきねい》りしている。

時は刻々と経って機関室の標準時計が正《しょう》五時を指すと、原動部の組長はおもむろに汽笛の紐《ひも》を引いた。するとタンクに近い屋根の上では界隈《かいわい》で自慢の女男笛《みょうとぶえ》[106]が、けたたましい声をあげて水蒸気の渦《うず》を巻きながら闇《やみ》を裂《さ》いて一分間おきに一分ずつ、三回に切って鳴る……。この一番汽笛を合図に昼業者の活動が始まらねばならんのであった。

女工たちが起きないので、世話婦は驚いて宿直の社員に構内電話で報告した。するとたちまちのうちに守衛と督促の総動員が行われて、彼女たちが寝ている各寮の棟々《むねむね》へ十数人の男が一斉に踏み込んだ。

「みな起きや。気に入らんことがあるのんやったら、ちゃっちゃと働きながらそう言うたらええ。」

「……。」女工たちは答えなかった。

「さあさあ、早《はよ》う起きて工場へ出《で》。女子《おなご》だてらにストライキするということあるもんかいな、ほんまに。すねるもんやあれへん。」

督促《とくそく》らは二言三言たらしてみたが、女工たちはさらに応えないのでだんだん声を荒めて威嚇《いかく》した。

「こら！　起き言《ゆ》うたら起きんか？　わいらの言うこと、承《き》かんつもりやね。お前らは。」

「部長はん戻せ。」

一人の女工が蒲団《ふとん》ひっかぶった中で小さく言った。

「なに？」

「部長はん戻せ、そうしたら仕事に出たるわ。」

「貴様ら、ストライキさらすな？」督促は言う。

「おぉ、わいら[107]ストライッキや。」

部長を一番信認している彼と同国の年増《としま》女工が、むくむくっと半身を起こし、初めて応戦的にきっとなって言い返した。すると相手はいよいよむきになって無頼漢《ぶらいかん》の本性《ほんしょう》を現したものの如く、言葉を限りに[108]罵詈《ばり》を浴《あ》びせてそれが尽きると[109]十八番《おはこ》の腕力にうったえるのだった。

「[110]なんかしてけつかる豚め！　さっさと起きくさらんか、こん畜生。ぐずぐずさらすとどやされるどわれ。」督促の声は獣《けだもの》のよう。

「わいらが豚なら、われはまた蜂《はち》の頭かごかいやがな。われかて同じ会社の雇い人や、ぽんぽんぬかすなこら督促め！」彼女も負けずに怒鳴る。

姉さんがひとたび口を切ると、ほかの女工たちはもう黙っていなかった。そうして女工と督促はまるで理屈《りくつ》にも何も成り立たない、形容を突破した悪たれ言葉を使って極端な罵詈を吐きかけながらしばしの間いがみ合った。

しかし蜂の巣をつついて火を放《はな》ったような、数多《あまた》の女工たちの罵詈《ばり》雑言《ぞうごん》に少数の男たちはとうていかなわない。で、言いまくられて理性を失ってしまった彼らは、半纏《はんてん》を脱《ぬ》ぎ棄《す》てたり腕まくりしたりしながら、蛮勇《ばんゆう》を振るって女工たちの群へ攫《つか》みかかって行った。督促らは起きている女工を殴り倒し、起きかけている者は張り飛ばし、寝ている女工は蹴散《けち》らかし、蒲団をひんめくって引《ひ》き摺《ず》り起こすなど、力に委《まか》せて無茶苦茶な狂暴を演じる。少女工たちは悲鳴をあげて逃げまどった。この混乱に乗じて、世話婦は炊事夫や看護婦や教員などの加勢を得て、しゃにむに女工を工場へ追い出そうとする……。そこでもここでも、生産者と非生産者の激しいせり合いが起こった。

このとき、世話婦鬼木はまたしても部屋の外の棚に備えられている[111]破壜式《はびんしき》消火器に手をかけて、それを廊下の上へ逆様《さかさま》に叩き落とした。すると円筒《えんとう》の中に装置された強《きょう》硫酸《りゅうさん》はたちまち水に作用して圧力を起こし、素晴しい勢力をもって消火器の筒先《つつさき》から噴出する……。チュ、チュ、チュ……と劇《はげ》しい音を立てつつ希硫酸《きりゅうさん》に近い熱い水が、白くなって寝巻一枚の女工たちを追う。どっと彼女たちは悲鳴をあげて、長い廊下を工場の方へ一筋に走るよりほか逃げ道がなかった。

＊　＊　＊

江治は女工たちが迫害に堪えて首尾《しゅび》よく籠城《ろうじょう》してくれようとは思わなかったから、昨夜ほとんど徹夜して各指定下宿や職工社宅を[112]誘説《ゆうせつ》して回り、かなり苦心の結果男工半分ほどに集まってもらって善後《ぜんご》策《さく》を協議したのだった。そして男工は出勤して[113]怠業《たいぎょう》しながら運動を続けて、女工たちに仕事をやらせぬよう監督することに申し合わせたのである。で、彼らは取りあえず門へ勤怠表《きんたいひょう》を放り込んで出勤だけはしたが、[114]二番が鳴っても三番の始業汽笛が鳴っても工場へ入らず、休憩室へうんと石炭を搬《はこ》び込んでストーヴを酸漿《ほおずき》のように赫《あか》らめ、ぐるりを取り囲んで雑談しておった。役付工《やくづきこう》の休憩所と平職工《ひらしょっこう》の休憩所とは別になっているのだが、彼はもちろん平生《へいぜい》からあまり組長室へ行かなかったし、こんな場合わかれていることはそれだけ団体の勢力を弱めて行動上不利だし、感情としてもまた面白くないと言ってほかの組長たちにも組長室へ入らぬことをすすめ、みな大きい方の平職工休憩所に固まっていた。ちょうど、陣営を整えて屯《たむろ》しているようなかたちだ。そこへ、督促や世話婦たちに追いまくられた女工たちはなだれを打って陸橋の階段を、アスファルトの廊下へ落ちかかる如く現れた。

執拗《しつよう》な女工たちが消火器の水に驚いて動き出したのを見て、一人の督促はもっと大仕掛けに[115]ハイドラントのホースを引き出したのである。女工たちの逃げまどう喚叫《かんきょう》と、ホースの筒先《つつさき》で水の[116]弾《はじ》る音と、的《まと》が外れて怖ろしい圧水が橋を囲った羽目板《はめいた》にあたる音が、[117]紡績工場の紡錘《ぼうすい》の音に交じってさながら火事場のような響きを立てる……。

「おい！　女工たちを助け！」

江治は叫んだ。そして男工たち一同は[118]鬨《とき》の声をあげて陸橋の降り口へ向かったが、ぎっしり人の詰まった狭い隧道《トンネル》みたいなところで彼女たちの背後に敵がいるので、何《なん》とも彼《か》とも戦いようがない。

(ええ！　パイプを破ってやれ)

江治は素早く屋根を伝《つた》って行って敵の集まっている頭の上の方で、飯《めし》を炊《た》くため寄宿舎の炊事場へ引き込んである[119]アスベストを蔽《おお》った蒸気管《スチーム・パイプ》の腹を破ってやろうと思った。しかし[120]鏨《たがね》一本、ハンマー一挺《いっちょう》持ち合わせてはいなかったので、白蛇《はくじゃ》のように壁を這《は》った蒸気管の腹から紫色の生蒸気《きじょうき》がピュウ……と汽笛のように鳴って噴き出し、暴虐《ぼうぎゃく》なる者を瞬間に追い払ってしまって彼らが当分立つことのできないように大火傷《おおやけど》を負わせる快《こころよ》い態《さま》を刹那《せつな》の空想に描いたきりで、実際問題に直面しては何の役にも立たなかった。で、詮方《せんかた》なくそこを引き揚げて女工と共にいったん工場へ入ってしまう。

着物を纏《まと》う間《ま》もなく寄宿を追い出された女工たちは、皆滅茶苦茶《みんなめちゃくちゃ》な風をしていた。そのうえホースで水をかけられたので半分程の女工は濡《ぬ》れ鼠《ねずみ》、[121]散婆羅髪《ざんばらがみ》に細紐《ほそひも》一本締めたきりで[122]だらしも体《たい》もなく、履く間がなかったので素跣《すはだし》でいる者さえもあった。

(これで、機《はた》を織らせようというのかえ?)

彼は目的を忘却した世話婦や督促たち工場側の血迷《ちまよ》い加減を滑稽《こっけい》に思い、自分の行動にそんな軽はずみがあってはならぬとたしなめた。

* * *

寒い日であったが内径六インチもあるような太い蒸気管《スチーム・パイプ》が縦横に通っているので工場は麗《うら》らかな陽春《ようしゅん》のように暖かかった。で、女工たちは緯糸《よこいと》の箱をおろしてめいめい座席を拵《こしら》え、その上に坐ったり腰かけたりして遊ぶ。[123]荷物をかけられた時には波打ちながら喘《あえ》ぐように運動するベルトが、穏《おだ》やかに円滑《えんかつ》に微《かす》かな音を立てて流れるきりで織布工場は滅多《めった》になく物静かだ。しかし防火壁を二重《ふたえ》隔《へだ》てた紡績部ではなに食わぬ顔ですべての機械が回転しておった。

江治は今にも工場長や工務係等が平和を夢見つつ高《たか》を括《くく》って出勤して来、予想以上に手剛《てごわ》い奴隷の反逆《はんぎゃく》をまのあたり見せつけられて狼狽《ろうばい》するのであろう態《さま》を、快く想像しながら落ち着いて時間を待った。と、力織機の響きよりもやや低いけれどより機械らしい各種紡績機の音が、どろどろどろどろ伝わってくる……。同じ一つの工場でありながら、何をするにも連絡のとりがたい事情、日本人の非[124]ソリダリティを彼は嘆《たん》じた。

三好の助手である三部の機械直し工は、何か掲示板の基《もと》で手を動かしていたと思ったら、かつて江治が作ってメモに書きつけたことのある紡織工の歌を、チョークを把《と》って大きな字で書き写す。

「われらは世界に誇る、紡織工なるぞ
人類生活のため、衣《ぬの》をつくり出す。
何ぞ貴《たっと》きわざ、われらの労働は
[125]あで人よくぞ知れ、大切な生産ぞ。
われらが紡《つむ》ぎし糸の、たとえ一筋《ひとすじ》も
力と生命の、こもらぬものぞなし。
われらが織り出す綾《あや》、錦《にしき》の織物は
万人平等に、頒《わ》けるためなるぞ。

立て！　奮《ふる》え！　起きよ！　男女の労働者
自由に生きんため、進め勇ましく。
鉄の鎖《くさり》を解《と》きて、開《あ》けよ黒門《こくもん》を
きずけ新社会、われらのすみかなる。
正義人道のため、われらは尽くすなり
くれないこの血潮《ちしお》、そそぐも惜《お》しからん。
見よや久遠《くおん》の理《ことわり》、労働の神聖を
まことに謳歌《おうか》して、歩む日の楽しさよ。」

そしてこう書き終わると、助手の彼は綾竹《あやたけ》を鞭《むち》の代わりに打ち振るって高らかにその一、二節を歌った。すると昔はやった[126]元寇《げんこう》の歌の譜《ふ》によく似ていたので、数多《あまた》の男女工[127]罷業団《ひぎょうだん》はたちまち勢いづいて彼について歌い出す……。

思わぬところから俄《にわか》づくりの労働歌が出来あがったので、勇ましく気勢があがった。

江治は同情罷業を敢行《かんこう》してくれるよう紡績部へ行って演説をやり、労働者の同類意識にうったえてみようかと考えたが、すぐとそれは望《のぞ》みのないことに属していると気づいた。何ゆえなれば紡績部の工場は織布部にもまして広い上およそ各部門ごとに工場は防火壁で区切《くぎ》られており、そのうえ機械が運転しているのであるからとても人間わざでは皆《みんな》に聞こえるような演説はできない。よしまた各部の組長くらいを誘説《ゆうせつ》し回って数時間ののち辛《かろ》うじて自分の意思を彼らに伝えてみたところで、よしよしと同情罷業をやってくれるほど自覚した職工はただの一人だってありそうになかった。江治は本で読んだことのある米国[128]カリフォルニアのココア会社の職工が虐待《ぎゃくたい》された時、そこの職工は組合を持たなかったのでそのココア会社へ箱を納《おさ》める全然別な木工場の製箱工《せいはここう》がストライキをやり、そういう奇妙な側面攻撃でココア工《こう》の労働条件を改善することに成功したという国民性を羨《うらや》ましく思う。

彼はしばらく思案に耽《ふけ》っていたが、やがて慌《あわ》ただしく織布部を出てガス・エンジン場へ駈《か》けて行った。そこには紡績部の精紡《せいぼう》から先を回している三百馬力の[129]ラストン・ガス・エンジンが、あたかも象ののさばったような態《さま》をして平地より一間《いっけん》ほど高い機関室にストンストン運転している。

「おい君、俺たちは今日のっぴきならん破目《はめ》に陥《おちい》ってストライキをやっているんだ。ついては君たちも同じ会社に雇われて利害を一緒にした兄弟のよしみをもって、このさい同情罷業をやってくれ給え。どうか、頼むからエンジンを停《と》めてくれ。」

江治は今しも危なっかしい[131]部分へカバーの間から手を入れて、[130]コネクティング・ロッドの熱をみている機関手にことをわけて嘆願した。

「そんなあほなことができるかい。故障のないのにエンジンを停めたら、俺たちはいっぺんに馘《くび》だよ。」

「そう言わんと頼むから停めてくれ給え。馘になんかならんように、俺たちが引き受けて運動するから――。」

「そんなことを言うている間《ま》に、お前たちの方が先に馘になってしまうど。つまらんことよせいやぁ。」

「拝《おが》むから停めてくれ。たった一分間でもいいから停めてくれ！」

「へへへへ……。誰が頼んでも、機関長の命令がない以上エンジンは停められんわえ。」

相手のかなりいい齢《とし》した機関手は、江治がどんなに頼んでも一向《いっこう》に身を入れて言葉を聴かなかった。そしてうすのろのように笑いながら、[132]今度は巨象が怒り狂った如く怖ろしい運動をしているところへ泰然《たいぜん》と手を当てがって、クランクシャフトの熱をみるのだった。

「おい、人がこれだけ真剣《しんけん》になって頼んどるのに、聴くだけなっと身を入れて聴け！」

江治はぐっと癪《しゃく》に触って思わず怒鳴りつける。しかし相手は、

「へへへへへ……。」とあくまで嘲弄《ちょうろう》したような笑い方を続けて、機械を恋女《いろ》の如く熱

心に撫《な》で回っていた。

「おい！　君は俺がエンジンをよう停めないと思っとるな？　これくらいなものをよう停めないでどうする。」

江治はこう叫びながらつかつかっとエンジンのヘット[133]へ寄って、点火装置のゴム線を素早く片手に引っ摑《つか》んで発火器から引っこ抜いてしまった。と、シリンダーの中で点火されて爆発すべきはずのガスが、そのため不爆発のままで排気管へ放出《ほうしゅつ》されてから余熱で[134]俄然《がぜん》爆発したので、轟然《ごうぜん》たる音響が起こってびりびりっと辺りの空気を震わせた。そうしてフォー・サイクルのその機関は、いっぺんに力をぬかれたので見ている間にぐっと回転が弛《ゆる》んでくるのだった。

江治は続いてガスの吸入弁へ手をかけた。

「お前、何をするんだ！」

「俺が運転を停めてやるのだ！」

「とんでもないこと言うてくれな、この気違いめ！」

機関手は怒った。

「俺は、織布の男工でも、エンジンだろうが電気だろうが識《し》らぬことはないのだ。こんなに頼んでも判らぬ奴は、俺自身で運転を停めてやる！」

いがっているところへ様子を聞きつけた発生器の火夫《かふ》がつかつかっと機関場の石段を登って来て、いきなり江治の体をコンクリートの焼けついた土間へ投げ倒した。[135][136]

「ようこら！　われ何をさらしくさるんや、このひょっとこめが。」

江治は転がるように石段を降りて伝勇の乾分《こぶん》がいる丸場《まるば》へ走った。（ええいそうだ、こんな時こそ伝勇の力を借りる場合だ）彼の顔は蒼《あお》ざめて、ただ眼だけが物凄《ものすご》く血走っていた。永いあいだ虐《しいた》げられ、抑えて抑えて抑えぬかれておった彼は、今はじめて耀《かがや》かしい争闘本能に燃えた。理性はどこへか吹き飛ばされてしまって、彼は純粋な感情のみによって行動することを許された。

二十七

伝勇の身内の者に簡単にことを告げると、「よっしゃ！」と言って、彼ら丸仕《まるし》の連中は早速印半纏《しるしばんてん》を羽織《はお》って機関室へ乗り込んでくれた。すると火夫や機関手は無頼漢の一喝《いっかつ》に恐れをなしてすごすごロープ筋の方へすっ込んでしまう。

巨象のような機関はストンストンクワン、ストンストンクワン、ストンストンクワン……というような音をたてて無心に回転しておった。

江治はふと、機関場の前に一山《ひとやま》のコンクリートに使う砂が積んであるのに眼をつけた。と、それは偶然《ぐうぜん》にも彼の頭に閃《ひらめ》いたあることと符合《ふごう》して、あたかもあつらえたもののようであった。

彼はつかつかっと石段を降《くだ》って一握《ひとにぎ》りの砂を掴《つか》んで来る。そしてほとんど無我夢中のように、その砂をクランクシャフトの[137]ベヤリングへぶち込んだ。ベヤリングの蓋《ふた》を閉《と》じた刹那《せつな》、彼ははっと驚いた。(あッ! 俺は何ということをしたのだろう……)さながら、夢中の出来事のようであった。

[138]ホワイト・メタルという軟金属《なんきんぞく》を使用した、滑《なめ》らかな滑らかな摩擦《まさつ》面へ砂が放り込まれたので、重大な重みを支えている大ベヤリングはたちまちのうちに熱をもってきた。そして油が燻《くすぶ》って灰色の煙がふらふらと立ちのぼるのであった。

機関手は驚いて馳《は》せつけて来る。

「石鹸水《せっけんすい》!」そして火夫に向かって叱嘖《しっせき》するように命じた。

「大変臭いのう。油が切れるなんていうはずはないんだが?」

「同情罷工をやれ!」

江治は再び迫った。

しばらくして火夫が石鹸水を持って来ると、機関手は急いでベヤリングの蓋を取り、四角い孔《あな》からそれを流し込んだ。しかしもはや、シャフトは極度に焼けていた。チュウという音がして、注ぎ込んだ石鹼水はたちどころに一沫《いちまつ》の水蒸気となってしまう。

＊　＊　＊

それから一分間の後であった。実に驚嘆《きょうたん》すべき大事が突発《とっぱつ》する。機関手はあまりにシャフトが焼けるためもうとてもそのままでは運転を続けられないと思い、

「ストップ。」と火夫に合図して停転《ていてん》の用意をし、ガスの弁《べん》へ手をかけた。と、その瞬間だ。

俄然《がぜん》として直径[139]十二インチの大クランクシャフトが、焼けたベヤリングの際《きわ》から捩《ね》じ折れてしまったのである。

輪周《リム》の幅《はば》が二フィート、厚み一フィート、アームの太さが一フィート、全体の直径が十二フィート、重量にして十数トンという巨大な調速輪《フライホイール》が、その脇に取り付かったこれまた相当大きなロー[140]・プーリーと共に大音響をあげてコンクリートの地盤へ陥落する。そしてそれが、常にシャフトから下半分は地中に入って運転しているようコンクリートを掘り下げられた狭隘《きょうあい》な溝《みぞ》の周囲《まわり》に擦《す》れながら惰性《だせい》でなお回ったので遂に発火し、溝の下に溜まった油に延焼してぱっと一時に燃えあがった。江治はちょうどフライホイールの前にたたずんでいたので、その拍子に激《はげ》しいショックを受けてその場へ尻餅《しりもち》をつく。

機関手もまたあまりの出来事に打ち愕《おどろ》いて、焼けたエクゾースト・パイプの上へのめりかかった。火夫は給送弁を閉じることも忘れて、急を報《しら》せるため一散《いっさん》に事務所の方へ駈《か》けて行く。異様な運転の停まり方がした紡績部の男女工は何事が起こったのかと訝《いぶか》りながら、いずれも場外へ出て機関室の前へ押し寄せた。

彼はしばらくのあいだ茫然《ぼうぜん》としてこの奇跡を打ち眺めておったが、やがて機関室を去って織布部へ戻った。そうして、

「おおい、みな行ってみろ、ガス・エンジンが滅茶滅茶《めちゃめちゃ》に壊れてしまった……。」

と教える。すると数千人の男女工は労働歌を高唱しながらなだれをうって織布室を出《い》で、無意識に行列して機関室へ殺到《さっとう》する……。それが偶然デモンストレーションになった。

しかしながら、いかにしても不可思議な出来事だった。（何という妙なこともあればあるものか？　十二インチのシャフトがまるで大根でもへし折ったように折れる……）彼はベヤリングを焼いて、当分運転を妨げてやろうと思ったのであったが、まさか数万円のエンジンを台なしにしてくれようとは考えなかった。そしてまたたった一握りの砂で、いかにベヤリングが大切な局部[141]であるとは言《い》い条《じょう》、十二インチのシャフトが折れるなんてことはあり得ない。力学上そんなばかげた話はない。本場[142]のドイツで、かかる不《ふ》届《とど》き至極《しごく》な設計をやって、製作する訳がないのであった。彼はこれを[143]「天祐《てんゆう》」と解釈す

るよりほかに考えようがなかった。

やがて出勤して来た工場長らは、この二つの大事件の報告を真《ま》っ蒼《さお》になって受ける。間もなく事務所はごった返すような繁忙《はんぼう》に襲われた。ストライキの鎮圧と、紡績部の運転を一日も早くかけねばならん。しかしエンジンはもうとうてい修復の見込みが立たない。新たに据《す》え付《つ》けるといってもそうした大きな物はなかなか日本に品《しな》がなく、よしあるとしても一ヶ月や二ヶ月で据え付かるものではなかった。電動機なら在庫品を持っている機械屋がいくらもあるのだが、電力の引き込みがまた容易なわざでない。供給が不足なところへもってきて需要《じゅよう》が多いので必然的に電力の権利というようなものが出来あがり、そのうえ顧客《こきゃく》であるこっちからして電力会社の係へ[144]コミッションを贈らねば引き込んでくれないというような状態にあった。

織布部が運転しないところへもってきて輪具《リング》から先がまた[145]回《ま》わないので、工場幹部はいずれも焦躁《しょうそう》に駆られて青くなった。そしてかわるがわる織布部へやって来て鎮撫《ちんぶ》の演説をしたが一向に鎮《しず》まらない。彼らはいよいよ焦った。[146]三日もそんなことが続こうものなら先がつかえて[147]木《き》管《くだ》が寝るゆえ、自然いやでも全工場の運転は停まってしまう破目《はめ》に[148]逢着《ほうちゃく》するのだから――。

彼らは罷《ひ》工《こう》騒《さわ》ぎさえなければこんな場合織布部の労働時間を臨時に延長し、織布だけをもって精紡の糸を食いこなして停滞を防ぐのだった。

＊　　＊　　＊

お午《ひる》すこし前、工場の督促《とくそく》に導かれて十数人の無頼漢がストライキ破りに乗り込んで来る。それは買収された工場へ入り込んでいない伝勇の乾分《こぶん》たちであった。

「ようこら、お前らなにしとる？　なんかしてけつかるんや。さっさと仕事しやがらんか？」

[149]仕込《しこ》み杖《づえ》をついた無頼者《ならずもの》らは、まず男工たちの固まっているところへ来て威嚇《いかく》した。

[150]「われらは、会社に食ってかかる了見《りょうけん》やね？」

彼らはいきなり二、三人の少年注油工を張り飛ばし、

「斬《き》るどッ！」と言って成年男工の方へ詰め寄る。ある者はピカリと光るやつを抜いて一団になっていた女工たちを追い散らした。

彼女たちが悲鳴をあげて場外へ逃《のが》れ出ようとすれば、扉《とびら》の前にはやっぱり凶器《きょうき》を携《たずさ》えた者が立ちはだかっている——。

「さあ、働け働け、皆《みな》おとなしゅう台に就《つ》け。」

「どっこまでも強情《ごうじょう》張ったら、ドスで叩《たた》き斬《き》ってしまうぞ！」

女工たちはぶるぶる顫《ふる》えながら、多く各自の持ち台へ就《つ》きにかかった。

「機織《はた》る、織るがな、織るがな……。」

「どうぞ堪忍《かんにん》して、こらえとう……。」

「さあ、ぐずぐずしとらんと、ちゃっちゃと織りくされ。」

「はあ、織る、織る、織る、織るわいな。今織る、今織るよ……。」

「早く織れ！」

「助けとうくんなはれ、仕事しますさかいに、堪忍《かんにん》したっとうくんなはれ。」

各部の女工たちは無頼漢の威嚇にひとたまりもなく参った。江治は下手にまごついて怪我《けが》でもしたりさせたりしてはつまらないと思ったから、すべからく無抵抗主義でいて皆《みんな》が仕事し出すのを傍観するよりほかに執《と》る道がなかった。

「機械回せ、機械回さんか？」

「俺はのう、機械受け持ったれへんにゃ。どの機械を回すんや、あほんだら！」

督促の言葉に、糊拵《のりこしら》え工《こう》だけが四、五人で食ってかかった。

「回せちゅうたら回さんか！」

「腑《ふ》ぬけたことをぬかすな、この督促め！　糊桶《のりおけ》が回せるかよ、俺らは曲芸師だあれへんど。洟《はな》たれめが、犬めが！」

その仕事の性質上、織布部で最も力のある者ばかり揃っている糊拵え工は、糊を攪拌《かくはん》する櫂《かい》を持って憤然《ふんぜん》と督促に跳《おど》りかかって行った。

「われ、洒落《しゃれ》た真似《まね》するな？」

「何ッ！」

「こん畜生！」

一人の督促がパッと半纏を脱ぎ棄てると彼の手には匕首《あいくち》が握られていた。そして双方が一瞬間渡り合ったと思うと、糊拵え工の一人は手傷《てきず》を負って[151]糊付《のりづ》け乾燥機の横側へぶっ倒れる。伝勇の乾分《こぶん》らは

「何や何や？」と言って押し寄せて来た。

「こいつが小癪《こしゃく》にも手向かいしおったんや。」

督促が答えた。すると、

「そうか、構わん殺してしまえ。」と言う。

「そうや、[152]ゆわせてしまえ、ゆわせてしまえ……。」

数人の無頼漢どもはまるで血に飢えた猛獣《もうじゅう》のようであった。

この時、一方の仕上げ場ではまた言葉に絶した行為が演ぜられておった。どこで呷《あお》ったのかいずれも酒気を帯びている暴漢どもは女工たちの猥《みだ》らな姿に美しさを感じ、強暴な欲望を起こして彼女たちをひっとらえた。　××××××××××××××××××

×××××××××××××××××——。

無力な男工たちには、怒《いか》ったライオンのような強い彼らを何とも止める術《すべ》がなかった。こうして、白昼《はくちゅう》公然と、幾人かの女工は凌辱《りょうじょく》されねばならなかった。

「主任さん大変です！　糊場《のりば》の松《まつ》つぁんが殺さりゃはりました。」

少年工の注油方がこう報《しら》せたので、江治は愕然《がくぜん》として糊付け場へ駈《か》けつける。顔を斬《き》られた件《くだん》の糊拵え工は、凄惨《せいさん》な呻《うめ》き声を洩《も》らしながら鋳鉄《ちゅうてつ》の円柱を抱えて担架《たんか》の来るのを待っていた。眼も口も鼻もインキをぶっかけたよう一面の血糊《ちのり》に塗《ぬ》りたくられて見分けがつかない。傍《かたわ》らの石畳《いしだたみ》の上にはところどころ生々しい斑点《はんてん》が黝《くろず》んで落ちてい、小麦粉のついた一挺《いっちょう》の櫂《かい》が機械の横へ投げ出されておった。

江治はあたふたと彼の側へ寄って、

「松つぁん！　松つぁん！　しっかりし給え！」

と負傷者の名を呼んだ。

糊拵え工は劇《はげ》しい息づかいをしながら、

「ちぇッ、ちぇッ！　くそったれめが、くそったれめが……。」と呪《のろ》わし気に唸《うな》って[153]柄《つか》物《もの》を手探《てさぐ》るようないじらしい真似《まね》をするのだった。

「君、しっかりしてくれ給え！　傷は浅いから大丈夫だ。」

傷が浅いか深いか実際において判らなかったけれど、とっさの場合彼はこんな月並《つきな》みな言葉しか口へ出なかった。

「さあ殺せ、殺せ、殺せ、殺せよ……。」

「俺は、機場《はたば》の三好だよ。」

「ちぇッ！　くそ、たれ、めが、俺を、斬《き》りくさったなぁ……。」

糊拵え工の松つぁんはうわごとのように悲痛な言葉を洩《も》らしつつ、闇《やみ》に敵をさがして微《かす》かに蠢《うごめ》き続ける。彼の精神は手傷のため、はや混乱に陥っているように見えた。

二十八

侠客《きょうかく》伝勇の裏切りによって脆《もろ》くも破れた第一日は、それでも怠業《たいぎょう》のうちに辛《かろ》うじて争議を続けていた。

人力《じんりょく》を超越した偶然な奇跡のために救われた江治は、平然として下宿の沢田へ帰ることができた。そして彼は鼠《ねずみ》一匹待っていてくれる者のない自分の部屋へ戻って、ままごとのような小さな火鉢《ひばち》へただ一人で[154]炭団《たどん》を[155]熾《おこ》し、慌ただしかった一日を静かに回想する……。

伝勇の[156]掌《たなごころ》を返したような裏切りは、会社が多額の金を出して買収したのだとすぐに想像がついた。想像は外《はず》れっこなしにあたっていた。前日江治が事務所へ交渉に赴いて工場長室で待たされている間に相談が決まり、それからすぐに伝勇買収の運動が開始されたのであったが、手違いのためその日に会社側の者は彼と会うことができなかったところへ、間《ま》がよく江治の方が先に会ってしまったのだった。そこで伝勇は、工場へ入り込んでいる乾分には前夜のうちに職工側の味方をしてやるよう[157]ふれておいたのだったが、急に[158]ひっくり返って[159]居候《いそうろう》を繰り出させた訳である。浪華紡績では従来工場の中のいろんな工事をほかへ入札させておったのだ。伝勇はそれがはなはだ気に入らなかったので常に浪華紡績へ[160]悪感《あっかん》を懐《いだ》き、一味の者らと共に時どき暴れることがあった。町の祭礼の折などは太鼓《たいこ》(山車《だし》の一種)をぶちあてて、よく社員社宅の塀《へい》なんかを破壊したものである。会社は金一封《きんいっぷう》を贈賄《ぞうわい》したうえ、今後一切の工事は入札を廃して伝勇に受け負わせる約定《やくじょう》を結んだのであった。

　それにしても強きをくじき弱きを助けるという侠客も、堕落《だらく》したものだと江治は思った。そして(この調子では到底会社はわれわれの要求を容《い》れそうにもない。貧困と苦悩の中から死線を越えて誕生した[161]ゆゆしかるべき、栄《は》えありたい解放運動の闘士が、その行《ゆ》く末《すえ》の力量を試そうとした処女争議だ。ああそれが、一人の重傷者と貰い処女の幾人かを敵の犠牲に供《きょう》したきりで得るところもなく破れるのか？　何という無惨《むざん》な敗北だ、惨憺《さんたん》たる負《ま》け戦《いくさ》だ――）

彼は自分の一生が結局反抗のための反抗に終わってしまうような気がして寂寥《せきりょう》に襲われた。

彼は[162]検束《けんそく》されて伝法《でんぽう》分署の留置場へ行かねばならぬ覚悟をしておった。しかし会社は事のいかんにかかわらず工場の内情を一般社会へ公《おおやけ》にすることを極度に嫌って、警察へ報告しないため遂に検束されずじまいで済む。その代わり督促らが男工を半殺しにあわせたことも秘密のうちに葬《ほうむ》られねばならなかった。

＊　　＊　　＊

「三好、君、発起《ほっき》人《にん》になって指定下宿のことについて何か願い出たそうやなあ？」

下宿の親父《おやじ》がこう言って三好の部屋へ入って来る。当たり前ならとてもそんな穏便《おんびん》な所作《しょさ》では済まさず、たちまち怒鳴り込んで来てまず一つ殴りつけるところであるが、近頃稲荷《いなり》さんにひどく凝《こ》り出した沢田は以前に較《くら》べると余程することなすことが穏《おだ》やかに変わった。それは下宿人にとって悪い方ではない。工場を一日休んで前夜からお山へ籠《こも》り、二日がけで毎月欠かさずに[163]伏見《ふしみ》へ月参《げっさん》している彼は、四、五日前の朝、家の[164]神間《かみま》で礼拝していると突然お[165]降神《さがり》があったというのでもう有頂天《うちょうてん》になって喜んでいた。そしてそのお降神《さがり》のあり出したお礼に、定期の月参のほかもう二日休んでちょうど江治が要求を提出した日、伏見稲荷山へお詣《まい》りしておったのだ。彼は一夜お籠《こも》りしてようやく大阪へ戻って来たところである。

「指定下宿の勘定取り立てを廃《や》めてほしいちゅう意向やそうやなぁ！」

沢田の親父は言った。

「はあ。」江治はさして興味もなげに答えた。

「そんなことで、騒いだちゅう話やないか君？」

「なあに、大したことはないんですよ。」

「指定下宿たるものが、その客の[166]工銀《こうぎん》を取り立てるちゅうことは、なるほど君が言う通りわいも実はあまれ感服《かんぷく》でけんのや。しかしながら三好、止宿人《ししゅくにん》職工諸君の人格が低いのでやむを得ずやっている次第や。何《なん》がためにこんな制度が出来おったちゅうたら、下宿人諸君が勘定《かんじょう》が来ると皆《みんな》それを持ってその晩逃走してしまうんやがな。それで下宿屋も[167]ばばかりかけられて立って[168]いけんところから、会社へ向けて止宿人の勘定取立権を請願した訳や。ところがそれが一般通勤者の金融に使われるようになって、今ではかえって指定下宿というものが便利な機関になってしもたちゅう訳やね。」

[169]原則論として成り立たないことではあるが、遺憾《いかん》な現象ながら、親父の言葉は実際に

おいてまんざら理屈のないことでもなかった。江治自身も現に指定下宿のおかげで裸一貫のままで、どうにか働けるだけの準備を調《ととの》えてもらった。また彼は労働者の悪徳をあながち物質が欠乏しているためばかりではないと思った。どんなに物質が欠乏して困ったからとて、同じ程度に困っている同胞のものを掠《かす》めていいという法はない。しかし彼は再三再四同胞から掠められた。着物を盗まれる、下駄を履いて行かれる、小遣《こづかい》をすられる、借りて返せる余裕があっても返してくれない、実にお話にならないのであった。

(物質に欠乏し、愛なく虐《しいた》げられて成長したことなら恐らく俺は人に譲《ゆず》るものでないが)彼はいつでもこう思って不徳な者に軽い憎《にく》しみを感じていた。

「すべて労働者の不幸なゆえんは、三分の一だけ労働者自身に罪がありますねぇ。」

江治は言った。

「何とか、勘定の委任を廃止しても下宿料を踏み倒さんような、一挙両得《いっきょりょうとく》な工夫はないもんかなぁ！　実は、わいがもう少ししっかりしたお降神《さがり》を受けるようになって行《ぎょう》が積《つ》んできたら、いっそのこと下宿屋やめてしまおうか思《おも》てんにゃ。そして信仰の力によって、日本国中の貧乏な者の病気を治してゆきたいと考えとる……。」

親父は言った。そうしてやがて[170]不得要領《ふとくようりょう》のまま江治の部屋を出て行ってしまう。しかし江治は強欲飽《ごうよくあ》くことを知らぬ高利貸《こうりがし》の彼が、その実行はともあれ言うだけでもそんなことを口にするようになったのが意外だった。そして人によっては偶像信仰もあながち悪くはないものだと考え直させられた。

とにかく信仰の力は偉大なるものだ。それから一年ほど経つと遂に彼は悟《さと》るところがあって指定下宿を止《よ》し、家《うち》を捨て、妻子まで帰国させてしまって敢然衆生済度《しゅじょうさいど》[171]に、着のみ着のままの行者《ぎょうじゃ》となって放浪の旅へ登ったのである。

＊　＊　＊

今回の罷工《ひこう》は三好江治ただ一人の意思によるものだと見てとった工場長は、何とかして彼を軟化《なんか》させることによって争議は工場側の勝利となって、容易に切り崩されるに相違ないと考えた。

工場長、彼は浪華紡績株式会社の雇い人たる一社員であると同時に、また株主の一人である。ゆえに職工にストライキされたりその労働条件をよくすることが資本家として不利な上、彼の統御《とうぎょ》よろしきを得ざるために騒がれるという結論になって社長や重役など上役《うわやく》の信任がうすらぐ。こうした二重の利害に、彼は立っていた。

破壊したガス・エンジンのことやら、それで回していた紡績部の動力問題やらで、眼の暈《ま》うように忙しいうちにも工場長は絶えず三好について頭を悩ませる。菊枝を取られた恋の復讐《ふくしゅう》に、彼は奴隷どもを煽動《せんどう》して暴動しているように見られた。

（菊枝！　そうだ、菊枝を手折《たお》[172]ってから思うだけ弄《もてあそ》んでやった彼女の体はもう俺に用はない。女に蹴《け》られて、捨《す》てられて、横取られた男と手をとり合って歩いているところを見て、それでも諦《あきら》められないで、遂に独人心中《ひとりしんじゅう》をくわだてた奴、それが三好江治だ。奴《やっこ》さん、まだまだ菊枝に未練が残っとるわい。菊枝にしたところでまた、きゃつが厭《いや》になって棄《す》てたのではない。したし[173]、こわしという口嘴《くちばし》の黄色い雛《ひな》っ子の夢みたいな頼りない恋、それを捕《つか》まえて否応《いやおう》なしに俺がなびかせてしまっただけのものなんだ。しかし女子《おなご》という者は、けっして初恋の男を忘れきってしまうものではない。一般の奴隷どもより三好も変わり者、彼女もまた女工にしては一風《いっぷう》かわった意地と小説的な性格がある）

　工場長はこんなに考える。そして菊枝を棄ててしまってやろうと決心した。

　彼は常に江治が貧しい生活をしているから金に対して強い憧憬《あこがれ》をもっていると睨《にら》み、初めて会見した時から買収ということが頭にのぼったのであるが、さりとて並々《なみなみ》の手段ではその金で相手が買収されそうにもなかった。

　彼の許《もと》へ行けとあからさまには言わず、暗《あん》にほのめかして手切《てぎ》れ金《きん》を少し余計に張り込んでやるか。すると彼女は棄てられた口惜《くや》しさで反抗的に江治のところへ走るであろう？　恋、そうだ！　彼は実に孤独な弱い男だ。恋には敗れるに相違なかろう……。

工場長は嵐《あらし》のような繁忙《はんぼう》のなかで、静かに策戦《さくせん》をめぐらせたのであった。

＊　＊　＊

ヒュウヒュウ……バラバラバラバラッと電線[174]が風箏《かざあお》り、亜鉛板《トタン》が震《ふる》って海岸から[175]吹きあげる空風《からかぜ》は狂乱しておった。住友鋳鋼所や汽車会社で夜業をやっているのか、スチーム・ハンマーの音が地震みたいに底気味悪く響いてくる。指定下宿の陰鬱《いんうつ》な部屋に一人つくねんといる江治は、何となく寂《さび》しかった。酒でも飲んでみたいような気持ちになったが、もう帳場も寝ているらしいので叩き起こすほどの勇気も出なかった。たびたび上《うわ》皮《かわ》を火箸《ひばし》[176]でこさげるものだから二個燃した炭団《たどん》の火は、はや蛍《ほたる》の尻のように小さくなっている。彼は額《ひたい》に手を当ていつまでもいつまでも独《ひと》りぽつねんとしておったが、かなり夜も更《ふ》けたらしいのでもう寝《やす》もうと思って玩具《おもちゃ》のようにささやかな瓦焼《かわらやき》[177]の火鉢を傍《かたわ》らへ寄せると、出しぬけに障子《しょうじ》の外から声をかける者があったのでやや訝《いぶか》しんだ。

「こんばんは、こんばんは、三好さん。」

彼はどきっと心臓を打たれた。廊下の外にたたずんでいるのは菊枝なのだ。

「こんなに晩《おそ》く来てお邪魔《じゃま》ですけれど、少し込み入った用事が出来たのですよって開けて下さい。」

事務所で遇《あ》った時には気が立っていたせいかあまり感じなかったが、やや声変わりし

た中にもやっぱり懐《なつ》かしいところのある彼女の声。（一体、彼女は何しに来たのだろう？）彼は思った。が、

「お入り、開きますよ。」と快《こころよ》く答えた。

「ごめんなさい。」
[178]五燭《ごしょく》のカーボン電球がどろんとした灰色の光を投げかけているみすぼらしい二畳の間《ま》へ、華《はな》やかに装《よそお》った菊枝の姿が浮いたように現れた。
「まあお坐りなさい。」

江治は自分を棄てた彼女がどんな用事でやって来たのか知らないけれど、寒かろうと思って火を燃《も》した。一升《いっしょう》ずつ買って来る量《はか》り売りの[179]粉炭《こなずみ》が、二合《にごう》ばかし古新聞紙の中に残っている。彼は彼女のために思い切ってそれを皆《みんな》火鉢へ放り込んだ。菊枝は温かそうなショールを取って、布《きぬ》ずれのするコートを脱いで傍らへ置いた。

「相変わらず貧乏で座蒲団《ざぶとん》がないのですよ。昔馴染《むかしなじみ》に失礼を赦《ゆる》して、まあこれへでも坐って下さい。」

彼はつとめて冷静になろうと努力しつつ別段皮肉な考えもなくこう言って、下宿の煎《せん》餅蒲団《べいぶとん》の敷《し》きを二つ折りにして菊枝にすすめる。しかし彼女はそれを当てずに、何となく打ち沈みがちに汚らしく冷たい畳の上へじかに坐った。江治はいかにしても否定する

ことのできない彼女の美しさに、無関心でいようと思えば思うほど引きつけられる自分の弱さを、情けなく感じるのだった。

二人の間にしばらく沈黙《ちんもく》が続く……。彼は怖ろしい魅力をもった彼女の姿を見まいと思い、じっと眼を瞑《つぶ》っていた。すると工場の煉瓦壁や機械を背景にして恋を囁《ささや》いた在りし幸福な日の思い出が幻《まぼろし》のようになって心の映写幕に甦《よみがえ》ってくる……。彼女の父の工務係が機械に巻かれて亡くなった話、大和郡山《やまとこおりやま》で金魚を飼っていた家《うち》。それはやっぱり寒い頃のことであった。外套《がいとう》もなしに職工学校の夜学へ通う江治を見て、優《やさ》しい彼女は皆勤賞与に貰った貴《とうと》いお金で温かい外套《がいとう》を買って彼に与えたのだった。神鹿《しんろく》が啼《な》き、若草匂《にお》う奈良の春日野《かすがの》で彼女の郷里《きょうり》の春景色《はるげしき》を眺《なが》めながら楽しく語らったこと。堺大浜《さかいおおはま》の潮《しお》湯《ゆ》で、茅渟《ちぬ》の浦《うら》を打つ女男浪《みょうとなみ》の囁《ささや》きを聞きながら、[180]千《ち》鳥《どり》通う恋の淡路《あわじ》島を遠望して雄大な理想を語った。（ああ俺は、幻滅《げんめつ》の日を知らなかったのだ！）

「三好さん、赦《ゆる》して下さい！」

菊枝は突然こう言って面《おもて》を伏《ふ》せた。彼ははっと追憶《おもいで》の世界を破られる。

「うち、今晩は貴方《あんた》のところへ謝りに来たのです。わたしは、いま初めて貴方の愛が本当に判りました。貴い貴い、貴方の愛が知れました。うちは何という浅はかな女だったのでしょう。今まで純潔《じゅんけつ》な貴方の愛に背《そむ》いて怖ろしい罪を犯《おか》しておりました。どうぞ赦して下さい、赦して下さい、赦して下さい……。」

「……。」

思いがけない彼女の言葉に、彼はすぐと答えが出なかった。

「三好さん、江治さん、元の江ちゃん、どうぞ菊枝を赦して下さい。あんたが菊ちゃんと言うてくれた二年前に戻って、もう一遍わたしに江ちゃんと呼ばせてちょうだい。うちは何ともお詫《わ》びのしようのない済まぬことをしておりましたが、今夜限り一切のことを貴方の前に懺悔《ざんげ》して謝ります。そしてたとえもう汚《けが》れた体は元に戻りゃせんまでも、せめて心だけなっと処女の純潔さを取り返しますよってどうぞ堪忍《かんにん》して下さいませ。」

彼女は彼の膝《ひざ》の上へ顔を摺《す》りつけ、わなわなと体を打ち顫《ふる》わせながら泣くのだった。

彼は幾枚も重ねた絹の着物の襟《えり》からぬけ出た、白い女の頸筋《くびすじ》をじっと凝視した。

「貴方がひとこと赦すと言うてくれないうちは、わたし何《なん》にも言うことができないんです。うちはそりゃ、いったん貴方を棄《す》てたんですからどんなに憎《にく》まれたって仕方がないけれど、キリストを信じていらっしゃる貴方の博《ひろ》い愛に縋《すが》って謝りに来た女ですのよ。どうぞわたしの罪を赦して下さい。赦してやるとひとこと言っておくれ。博い愛によってこの罪の女を救って下さい。ねえ江治さん、江治さん……。」

彼女はすすりなきながら江治の手をとって戴《いただ》くように額《ひたい》へあてた。

彼はかなり長い間口を噤《つぐ》んで開かなかったが、

「赦しましょう。」と遂に言った。

「赦すも赦さぬも、そんなことはないのです。貴女《あんた》が私を棄てるということは貴女の自由なのですからね。それに対して私が悲観しようとすまいと私の勝手で、貴女には罪もなんにもありゃしないんですよ。」

「そう言われると、わたしはいっそうつらいのです。すなおに、わたしを赦して下さい。」

「赦してあげましょう。」

江治は繰り返してはっきり言った。と、菊枝は彼の言葉に衷心《ちゅうしん》[181]から嬉《うれ》しさを覚える。そして重い圧迫《あっぱく》から逃《のが》れたよう。

「ありがとう江ちゃん、ありがとう。わたしは貴方《あんた》の博い愛に感謝します。」

こう言いつつ美しい顔を濡《ぬ》らした涙を拭《ぬぐ》って、輝かしい微笑《ほほえ》みを彼女は浮かべた。それからやや時をおいて、

「うち、こんなことは貴方に話すだけでも心苦しいんですけれど、どうしても一度は言わねばならんことですから怒らずに一通り聴いて下さい。」と何やら長い物語に入るらしい前置きする。

菊枝は工場長の許《もと》へ走った顛末《てんまつ》から何からすっかり胸を割って彼に話してしまわねば気が済まなかった。

「簡単に話して下さい。」

江治は注文した。

「ええ手短かに申しますわ。それは一昨年《おととし》のある日でした。工場長に喚《よ》び出されたので何心《なにごころ》なく行ってみますと、父の功労によって今回お前を雇員待遇に引きあげて堂島《どうじま》[182]の本社へ召し使ってやるから、社長さまの思《おぼ》し召《め》しをありがたくお受けせとのお話でありました。わたしは女工から本社の事務員になって、あの賑《にぎ》やかな綺麗《きれい》な堂島の事務所で机に向かってその日が過ごせるのかと思ったら、もう嬉しくって嬉しくって、埃《ほこり》まみれな工場のことなんかちっとも考えなかったのです。江ちゃんのことは忘れなかったのですけれど、そのうち手紙で報《しら》せようと思っていたうち遂に報せられないような事情に差し迫ってしまいました。赦して下さいな。工場長はすぐにこれから本社へ伴《つ》れて行ってやるから急いで仕《し》度《たく》せよと言いました。それでわたしは早速行李《こうり》を纏《まと》めて、長年住んだ寄宿舎を出たのでした。ところが女事務員の合宿所だと言って伴《とも》なわれた所が、[183]玉造《たまつくり》の変な家《うち》だったのです。そんな訳でとうとううちは貴方に捧《ささ》げようと思っていた処女を、むざむざあれのために破られてしまいました……。」

菊枝はここまで語り来ると突然ヒステリックな声をあげてひと泣きした。

「堂島の事務所では女事務員というのはほんの名前だけで、これという仕事はなくただぶらぶらしておりました。工場長は時どきばあやの雇ってある玉造の家へやって来ました。そうしていろんな物を買《こ》うてくれたりなんかするので、つい浅はかな女心のわたしはいい気になって、親子ほども齢《とし》の違うあれのおもちゃになっていたのです。わたしは自分ながらまったく見下げはてた虚栄《きょえい》の女になり済ましてしまいました。わたしの心は腐っていたのでしょう、どうかしていたのだと思います。こちらの工場事務所へ再び転勤して帰ったのは、先《せん》だって社員の大移動が行われた時です。ある日新任の職工係主任さんが知らずに貴方《あんた》を採用した職工名簿を見て、わたしはどんなに驚いたでしょう？きっと、貴方が怒ってわたしを殺しにやって来たのやと思いました。けれどもその頃もうだいぶわたしの夢は醒《さ》めていましたさかい、背《そむ》いた貴方のために殺される覚悟をきめていましたわ。清《きよ》い愛を捧げてくれた貴方のために、汚《けが》れた虚栄の女、わたしは死のうと考えていたのです。しかし博い心の貴方は黙ってわたしのすることを許してくれていました。」

「センチメンタルな述懐《じゅっかい》ですねえ。」

江治はともすれば彼女の口にほだされそうな自分を克服するため、強《し》いて第三者の心持ちを気取ってこう言った。

「まあ聴いて下さい。ところがうち、貴方を棄てた報《むく》いでやっぱりいいことはなかったのです。別段《べつだん》それを口惜《くや》しいとも悲しいとも思わん、かえってこれがうちを堕落《だらく》の淵《ふち》から救う機会やと思いますけど、工場長はわたしを棄ててしまいました。おまけにわたしは今日限り会社を追い出されるのです。もううち考えるといても立ってもいられなくなって、それであつかましくも今晩こう面《つら》の皮を厚《あつ》うして、貴方の許《もと》へ謝りに来ましたような訳です。」

「工場長が、貴女《あんた》を突然解雇する？」江治は軽い驚きに打たれた。

「ええ、そうしてあれとはもう綺麗に別れてしまいました。これからうち、真実な愛の世界に生きたいのですわ。」

「新派《しんぱ》[184]ですねえ、貴女の言うことは。」

「新派でも何でもよろしいわ。過《あやま》った道から正しい道へ踏み返そうとする貴いわたしの努力ですもの。」菊枝の心は真剣だった。

「もう遅いですねえ……。」江治はわざと興味なげに言う。

次第に夜は更《ふ》けていった。戸外ではいつしか風が和《な》いで、電線の風箏《かざあお》りや砂を撒《ま》くような亜鉛塀《トタンべい》に衝《つ》きあたる音が聞こえない。そして夜業の紡錘《ぼうすい》の音だけが懶《ものう》げにどうどう伝わって来た。粉炭《こなずみ》の火は、既に消えかかってひしひしと冷気が迫って来る。夜が更けたので変電所で送電線の[185]アンペアを落としたらしい、五燭の電灯は微《かす》かな呼吸《いき》をしてさらに暗さを増した。彼の頭は、時の経つにつれてだんだん冴《さ》えてゆく……。

「江ちゃん！　うちをもう一遍愛して下さい。」

感傷的な声を張りあげて、菊枝は突然こう言った。そして彼の両手頸《りょうてくび》をぐいと握って再び膝の上へ顔を摺りつける。

「愛して下さい、愛して下さい、もう一遍もとの心に還《かえ》っておくれ……。」

「……。」江治は答えなかった。

「ねえ、愛して下さい。貴方《あんた》はいま、過去のことを赦してやると言ったでしょう！　どうせ赦してくれたものなら、博い心で二年前の通りわたしの[186]愛人になって下さい。今わたしの心は懺悔によって[187]醇化《じゅんか》されています。そしてわたしは貴方を愛しているのですよって、真心からの愛を受けて下さい。わたしの貴方に戻っておくれ、ねえ江ちゃん、江ちゃん……。」彼女はあくまで真剣で彼に迫る。

「菊枝さん、もうすべては遅いですよ。」

江治の声は限りない悲痛を帯びていた。

「いいえ、わたしは、まんだ今なら遅過ぎはしないと思いますわ。そりゃ、ずいぶん腹が立ったでしょうけれど、そんなこと言わずにどうぞうちの[188]悔悟《かいご》を認めて下さい。わたしは今、再び貴方の愛がなかったら生きてはいられそうにないんです。」

あでやかな錦紗《きんしゃ》の羽織《はおり》の下に、むっくりと包まれた女の背中がすすりなきをもって波打った。

「三好江治は、もう既に大浜の海で死んでしまいましたよ。」

「エエエエエエエェィ……。それは、それは、皆《みんな》うちのせいだわ……。」

彼女はいっそうはげしく声をあげて泣いた。

「恋愛は、食うことさえも満足にできない僕たちにとって、一個の贅沢《ぜいたく》です。僕はもう、異性から愛されることも、愛することも諦《あきら》めてしまいました。そうして僕の行く道は[189]赤い墓場ただ一つです。それは酬《むく》いられない淋《さび》しい路《みち》なのですがねえ……。」

「江ちゃん、どうぞそんなことを言わずに、わたしを伴《つ》れてどこかへ逃げて下さい。わたし、お金はあれから手切れ金に取ったのやら何《なん》やら彼《か》やらで千円近く持っているのです。このお金を持って、わたしたち二人は新生活に入りましょう？　わたしはこれまで貴方に背《そむ》いた埋め合わせに、これから先はどんなことでもやっていく考え。貴方の好きな勉強がさせてあげたいのですわ。千円ではまだ足らんでしょうけれど、貴方が東京へ行って大学へでも入って勉強するのやったら、あと[190]不足前《たらずまい》の学資を出してやるいう人があるんです。[191]貴方《あんた》みたようなええ頭の人を、職工なんかさせとくのはもったいないものやって事務所では皆《みんな》言うていましたわ。ねえ江ちゃん、元の心に還ってわたしを東京へ伴《つ》れて行ってちょうだい。」

「そんなことは、どんなに請願《たの》まれても今の場合僕にはでき得ないことです。いったん傷つけられた私の魂《たましい》は、もう再び元へは還りませんよ。」

「だって貴方は、最前《さいぜん》うちを赦《ゆる》してくれると言ったでしょう？　そんなことを言わずに、どうぞどうぞわたしと一緒にどこかへ逃げて下さい。」

「駄目《だめ》です、そんなことがどうしてできるものですか！」

江治は切なる彼女の願いを振り払い、こうきっぱり言い斥《の》けた。彼は菊枝の言葉がことごとく彼女自身の心から出たものではなくて誰かの入《い》れ智慧《ぢえ》によるものであるか、あるいはそれが衷心《ちゅうしん》からの彼女の願いであるとしても、菊枝を今夜ここへ寄越《よこ》すべく何者かの策略《さくりゃく》が陰《いん》に働いたに違いないと、想像せざるを得なかったのである。

（畜生、やっぱり俺一人を[192]首魁者《しゅかいしゃ》と睨《にら》んで、俺さえ買収してしまえば争議は治まると思っているな）

もっともそれには相違ないのであるが、こんな劇的な結果を見越して彼女に多額の手切れ金を与え、いい程おもちゃにしてもう飽《あ》いたものだから破《やぶ》れ草履《ぞうり》の如く一人の女性を打ち棄てることのできる、非道な工場長を彼はいよいよ憎悪《ぞうお》し、それを知ってか知らずにかこうやって涙をこぼすことのできる「女」という動物を不可解《ふかかい》に思った。

「やっぱり貴方はわたしを憎んでいるのでしょ、恨んでいるのです。そしてわたしが苦しむ態《さま》を、快く傍《はた》から眺めてやろうという復讐心《ふくしゅうしん》なのですわ。ああ、わたしは到底もう生きてはいけません……。」彼女は声をあげて泣いた。

「そんなに興奮しないで、よく考えてごらんなさい。私は、これから無頼漢《ぶらいかん》になるつもりなんですよ。われわれを永《なが》いあいだ虐《しいた》げた者へ向かって、無頼漢のようにがむしゃらに戦いを挑《いど》んでいくのだ!」彼は思わず声に力を入れた。

「そんなら、わたしも勉強して社会主義になりますよって伴《つ》れて下さい。」

彼女にとって、今や彼の無頼漢的なところはいっそう愛着を感じさせるのだった。

「お金をもって、大和《やまと》のお母さんの許《もと》へお帰りなさい。私は孝行なんか否定していますけれど、できる余裕があってするのなら親孝行も悪くはないでしょう?」

江治は静かな心持ちで興奮した彼女を諭《さと》す。しかし彼女は、

「いいえ、わたし母のところへは帰りません。」と淋《さび》しく答えて悄然《しょうぜん》[193]と部屋を出て行った。

廊下を踏む彼女の足音がだんだん遠ざかって行くと、彼はかきむしるような愛欲《あいよく》にさいなまれる。そして彼女の後を追うため意識は体を脱け去って、腑《ふ》ぬけた生ける屍《しかばね》のよ

うにいつまでもいつまでも彼は身動きしなかった。

二十九

翌朝、五時になっても一番汽笛が鳴らぬので通勤職工たちはいずれも不審《ふしん》に思ったが、おおかた汽笛が損じたのか汽罐《きかん》の圧力が低過ぎて吹くことができなかったのであろうと考え、いつもの通りみな働き仕度《じたく》して工場へ出て行った。ところが門衛所の前に大きな掲示が出ている。「工場整理のため来《きた》る十八日の交代日を繰りあげて今日休業する」というのであった。そして中門の閂《かんぬき》はぎしりとおりて扉は固く閉じられている。

「ほんまのことに寒いのに早《はよ》うから起きて来たのに、何のこっちゃね。けったくその悪い。」

「昨日い[194]にしなには何とも言いくさらんといて、突然二日も変更するってあんまり勝手過ぎるなあ。お互いに休みは、何しよう、どこへ行こうと当てたるんや。」

昼業者の連中は、時どき何ら予告もなしに定めた休日を変更して各人のプログラムを番狂《ばんくる》わせることを屁《へ》とも思わぬ会社の専横《せんおう》を、口々にぼやきながらすごすごまだ明けぬ工場街の闇路《やみじ》を己《おのれ》の家へ帰って行った。

争議が始まると直ちに寄宿舎全体へ向けて門止《もんど》め令《れい》がしかれてしまったので、無関係な紡績部の女工までが誰一人外へ出ることができなかった。

――その日寄宿舎では女工の[195]懐柔策《かいじゅうさく》としていろんな催し物《もよおもの》があるのだった。午《ひる》の献立《こんだて》がまずいつもより変わってい、頭も腸《はらわた》も取らずに煮《に》つけた[196]金太郎鰯《きんたろういわし》が三匹ついている。そして飯《めし》は[197]千切《せんぎ》りと揚豆腐《あげどうふ》と蒟蒻《こんにゃく》の五目飯《ごもくめし》だった。でも女工にとってはこれが相当なご馳走と考えられ、彼女たちはいずれも嬉々《きき》として舌鼓《したつづみ》をうちながら常《つね》の二倍も茶碗数《ちゃわんかず》を重ねた。

午《ひる》が終わると食堂は急いで取り片づけられて、慰安会の会場がそこにしつらえられる。やがて女工たちは五、六個ずつの蜜柑《みかん》を分配され会場へ繰り込んだ。

当日会社の招聘《しょうへい》によって馳《は》せ集まった者は市《まち》の[198]余興屋《よきょうや》の[199]げす芸人十数人と、工手教育会会長、[200]工業教育会主事、[201]紡績評論社主幹、[202]工場布教団の坊主などという体《てい》のいい[203]紡績ゴロだった。彼らは、かわるがわる立って余興屋の演《や》る浪花節《なにわぶし》や[204]ニワカや簡単な曲芸なんかの間に交《まじ》えて講演し、盛んに争議参加の非《ひ》をなじって彼女たちを手なずけようとした。

こうして通勤者と寄宿舎の者との連絡を断《た》たれてしまった争議団は、畢竟《ひっきょう》自然に気勢が鈍ってゆくよりほかに道がない。労働者の八十パーセントまで女工であってしかもそれが少女工、おまけに[205]生殺与奪《せいさつよだつ》の自由をことごとく資本家の掌中《しょうちゅう》に握られている寄宿工であるという二重の特殊事情を持った我が紡織工の争議は、その事項が労働条件に触れた有意義なものであればあるほど、職工の方に勝利の可能性は乏《とぼ》しい。というよりもむしろ十中九分九厘《りん》までないのである。

(もう駄目だ、このうえ頑張ってみたところで徒《いたずら》な犠牲者を出すくらいなことで、俺の小さな反抗心が一遍笑えばそれでおしまいだ。[206]根っから取り得もないことだ)江治は思わぬではなかったが、自分で勧《すす》めてやりかけた事柄に人がよそうと言わねば、自《みずか》ら撤《てっ》回《かい》を持ち出す訳にゆかなかった。で、各指定下宿や社宅を回って歩いて、皆《みんな》に寄り合うよう熱心な者にふれてもらった。

恩貴島橋《おきじまばし》の袂《たもと》の、[207]廃社《はいしゃ》の跡へ男工たちは集まる。楠《くすのき》にこんもりと囲まれた、近世文明が置き忘れたような杜《もり》であった。

「やあ、兄弟たち、せっかく休んどるところをご苦労だったなあ。寒いのに迎えに行ったのはほかでもないが、会社がこうして突然交代日を二日も繰りあげて今日休んだというのはただでない。きっと寄宿舎の中で女工を集めるか何かして、懐柔策を講じるのに相違ないと思う。ついてはストライキを続けるのだったらぜひともなかの様子を知ってわれわれも対抗策を考える必要があるから、どうかして寄宿の様子を探ってみようじゃないかね?」

男工だけというと極めて数が少ないところへもってきて、そのまた男工が三分の二ほどしか寄らなかったので百人あるなしだ。気勢あげる張り合いもないから、江治は座談的にこう言った。組織ある争議ならまず代議会というべき会合で、さしずめ議長格の彼は「さてこれこれだから諸君どうしよう？」と一同に白紙のままで諮《はか》らねばならんのだが、[208]過渡期《かとき》の運動者は[209]正則《せいそく》ばかりではゆかなかった。

「四、五人の者が、何とかして寄宿へ忍《しの》び込んでみようかね？」

江治は再び言った。すると、

「俺が行こう。」と助手の機械直し工が手を挙げる。

「わいも行くわ。」

「わて行きまっさ。」

実行委員はすぐに出来あがった。それで、五名の者はごかいや釣《つ》り竿《ざお》を売っている貸《かし》船屋《ぶねや》から一艘《いっそう》の小舟を借り出し、炊事場《すいじば》の河岸《かわぎし》へ漕《こ》ぎ着《つ》けて寄宿舎の構内へ入った。会場の方へ手を取られて、守衛がいないのは幸いだった。

各寮の部屋はいずれも空《から》っぽになっているので、女工たちがいずこかへ集まっていることはすぐに判る。江治は屋根を伝《つた》って食堂の上へ現れた。そして[210]猪切《いき》り抜《ぬ》きの[211]鎧窓《よろいまど》から鼠《ねずみ》のように下を覗《のぞ》き眺《なが》めると、大きな会社の紋《もん》を染《そ》め抜《ぬ》いた幕《まく》を背《うし》ろにして、舞台には意外にもいま彼の復職運動をやっている山田部長その者が立っているのだ。

「おい、あれは部長じゃないか？」

江治は思わず仲間の者に声をかけた。

「そうだぁ、何していまんのやろ？」

「合点《がてん》が行きまへんなあ、解雇になったはずの部長はんがあんなところに立ったるって。」

「妙だ、とにかくもう少し彼の上の方へ行ってみよう。」

委員らはさらに屋根を這《は》って進む。そして舞台に作られた平生《へいぜい》世話婦らが食事する特別席の真《ま》あ上《うえ》の方までやって来た。すると部長は女工たちの方へ向かってしきりに喋《しゃべ》っている。

「……かほどまでに私を慕《した》って下さる皆さんのご好意は、死んでも忘れることができません。おかげで社外員という名目を貰《もら》いまして、毎日こそ工場へ出ませんが相変わらず浪華紡績株式会社西成に使っていただけることになりましたのです。これと申しますのもひとえに皆さんのたまものと、厚く厚くお礼申しあげる次第でございます。ついては、私のことと一緒に会社へ向けて差し出された願いごとですが、何分《なにぶん》にも会社は大きく、この西成工場だけではない。西宮工場をはじめその他[212]どこやかしに工場があって皆さんと同じように多数の職工が働いておりますことゆえ、それら各工場ともよく相談した上でないと、急にこの西成工場だけどうするということはできかねるのであります。工場長さんをはじめとしまして、それぞれ各係のお方は職工の方から言うまでもなく、待遇改善について日夜研究して下されておるんです。それで今日や明日というような無理を言うても叶《かな》わんことですが、追々《おいおい》と会社の方でも皆さんの希望に添《そ》うようにして下さいますからどうか男工が何とたらしても、どう煽動《おだて》てもそんな口車《くちぐるま》には乗らずと、明日から一生懸命に働いて下さるよう私から皆さんにお願いしておきます。くれぐれもわざとに機《はた》を停《と》めたりなんぞしないよう、精出して下さい。」

部長はこう言って幕の陰へすっ込んだ。

「引《ひ》き揚《あ》げよう。そうして皆《みんな》で部長の家へ押しかけて行ってみようだないか?」江治は憤慨《ふんがい》して言った。そして実行委員はそそくさと寄宿舎の屋根を腹ばうように降りて行く。

＊　　＊　　＊

慰安会場では次に「破《やぶ》れ錦《にしき》」という、茶番《ちゃばん》に毛の生えたくらいの芝居が始まった。これは社報を編集する文学事務員が一夜《いちや》漬《づ》けに筋《すじ》をでっちあげたものだ。

社長の息子は大学を出てから、父の椅子を受け継ぐための実地研修としてしばらくのあいだ工場へ来ていた。と、その間に彼は模範女工のたみ枝《え》に眼をとめた。いつしか彼女を想《おも》うようになった。またたみ枝も彼を慕《した》っていたのであるが、身分《みぶん》の違いでとうてい遂《と》げられぬ恋と諦《あきら》めていた。そして彼女は階級を呪《のろ》い出し、そのあまりの自暴自棄《じぼうじき》に陥《おちい》って男と見れば誰にでも片《かた》っ端《ぱし》から許すようなあばずれ女になり果ててしまった。ところが社長夫人は令息が工場見学に行って帰ってからとかく打ち沈みがちな日を送っているので不審に思い、容易に恋を打ち明けぬ息子に賭《か》けごとをして事実を吐《は》かせ、そんならその女工を貰《もら》ってやろうというて自動車で彼女を工場へ伴《つ》れに来た。しかるに彼女が自動車に乗って工場の門を出ようとするとき、許した男工の口から彼女の過去が語られてしまったため、「ああ、わたしはこんな幸福が向いて来ることを知らずに取り返しのつかぬ体にしてしまった。今はほんとに昔とは一切のことが違うんでしたねえ。こんな卑《いや》しい働き女でも、若社長様の令夫人になれる有難《ありがた》い御代《みよ》であることを忘れていたんです。ああ、若社長様!」と言って、模範女工のたみ枝は舌を噛《か》み切る。と、こうした低級な奴隷思想の宣伝劇であった。しかし女工たちの多くは別段これが現実にあり得《う》べからざる架空《かくう》なことだとも考えず、面白い面白いと拍手《はくしゅ》して迎えた。そうしてすっかりその精神を鵜呑《うの》みにしてしまう。

夕飯《ゆうはん》には握《にぎ》り飯《めし》のお弁当が出て、夜はまた続いて活動が映写されるのだった。そのため女工たちの後ろでは余興屋の据《す》え付《つ》けた映写機へ向けて、原動部付きの電気工が一生懸命で線を引いている。

――一方廃社《はいしゃ》の跡に残ってる者は寒くてやり切れないので、芥捨場《ごみすてば》から炭俵《すみだわら》の古いのなど拾って来て燃やしながら委員の帰りを待っていた。すると傍らの恩貴島橋《おきじまばし》通りの路《みち》を、部長と一人の督促が歩いて来るのだった。そうして皆の者がいずこへ行くのであろうと思いながら楠《くすのき》の間越《ご》しに眺めていると、それを発見した彼らはひょいと小径《こみち》へ降りて廃社の方へ爪先《つまさき》を向けた。

「よう、皆《みんな》寄っているんやね、ちょうどええとこやった。」

やがて二、三間《げん》のところへ近づくと、督促はこう言って部長を顧《かえり》みた。部長は、

「これからな、各下宿や社宅を回ろう思ってたところや。」と言いながら一同を分けて入って来た。

それから彼は言葉を更《あらた》めて何か言うため、傍《かたわ》らにあった一尺《いっしゃく》ほどの株《かぶ》っこの上へ登って帽子《ぼうし》を取った。

「ええ、諸君、今日は……。」

さほど大勢でもないところへ持ってきて、しかく改まった演説的口調を使うので極めておかしい。二、三人の者は思わずくつくつっと笑ったが、相手の部長は気づかずに続

けた。

「晴天にもかかわらずなかなか寒い日であります。実は私、これから沢田をはじめ各指定下宿や社宅を回って男工諸君にお礼を述べに行こうと思って出かけたところでありました。ええこの度は、私の一身上について皆さんがはなはだしくご心配下さって、女工諸君と共に会社へ向けて私の復職を嘆願までして下されましたことは、この私の身にとりまして、実に感謝にたえないところであります。」

江治たち実行委員は、船を返して再び廃社へ立ち戻って来た。部長は続ける……。

「……つきましては、ご同情ある男女工諸君の運動によって、今後私は引き続き浪華紡績の社外員ということになりまして、会社の従業員中に籍を置くよう恩典《おんてん》に与《あずか》ったのでござります。これと申しますのもひとえに皆さんのたまものと、厚くここにお礼を申し述べる次第であります。それから私の復職運動のついでに会社へ向けて提出されたところの待遇改善に関するあと九箇条の要求ですが、私一個人の立場としましては皆さんご同様に至極もっともだと考えます。しかしながら諸君、あえてこの老部長の説明を待つまでもなく会社の事務は思ったより込み入っていて、今日われわれが要求を出したところで直《ただ》ちに明日からそれを実行するということはできないのであります。いま仮に二時間だけ就業時間を短くして賃金を増すとするなら、まず第一それで収支つぐなうや否《いな》やの計算をしてかからねばならん。その計算だけでも、研究期間が相当要《い》る訳であります。機場《はたば》は紡績と違って夜業がないから二時間ずつの居残りがあるのです。それを紡績と同じよう十二時間にしては紡績部の諸君に対して不公平な取り扱いをしたということに、工場当事者はなるのであります。諸君、ですからどうぞあの注文は今のところしばらくのあいだ研究期間として工場長さまに預けておき、明日から怠業《たいぎょう》をやめてもらいたいのです。私は職工諸君と会社との中間に立って、巧《うま》いこと両方の舵《かじ》をとっていくのが役目です……。」

「黙れ！」

皆《みんな》の後ろからこれを聴いておった江治は、突然こう怒鳴りつけて前へ押し出た。そして、「おい、皆《みんな》よ！　こいつは犬だ、俺たちを侮辱《ぶじょく》しているんだぜ！　こいつが、憎むべきストライキ破りという者だ。」と声高く言った。

「老耄《おいぼれ》め、なんかしてけつかる！」

「貴様は、資本家の犬だ！」

「よう兄弟たち、助平《すけべ》部長を逃がすな。」

「こいつは今、寄宿の中でさんざん男工の悪口《わるくち》をぬかしとったど。」

あとの実行委員も口々に罵詈《ばり》する。江治は彼が登っている株っこの傍《そば》へ寄ってひと思いに裏切り部長を引き摺りおろした。

「兄弟たち、こいつは俺たちの好意をないがしろにして見事に会社の味方になったぞ！　俺たち職工の敵だ、愛する妹や姉たち一切の敵だ。過去においても、彼は常にわれわれの敵であった。工場の規則が何だ！　そんなものは屁《へ》の河童《かっぱ》じゃないか？　女工たちは寄宿舎で虐《しいた》げられている。しかし工場の中で実際の衝《しょう》[213]に当たっている彼、工場における中間階級の部長や組長に人道的良心があって彼らが手加減さえすれば、女工たちはもっともっと楽ができる。兄弟、こいつが社外員になって会社との籍を切らないなんてぬかすのは皆《みんな》でたらめだぞ。そんなばかばかしいことがあるものか？　彼は少しばかりの手《て》当金《あてきん》で買収されて、ストライキを破るためそんな体《てい》のいい口実を吐くのだ。女工たちの前でもそれと同一なことを言った。そして男工がどんなに煽動《せんどう》しても決して乗るではないと嘯《うそぶ》いた。男工がいつ女工を煽動した？　今回の争議は、そもそもこいつのげん妻《さい》が、色男の部長はんを引き止めようとしたことに端《たん》を発しているのだ。そうして後はおおかた俺一人の付けたりなんだ。しかしながら、俺の言ったことはとりも直さず、日本全紡織男女工二百万人の意思だ。それを裏切った者はこの部長だぞ、諸君。」

江治は知らぬ間に木の株の上へ登っていた。彼が言い放つと、

「やってまえ！」と誰か叫んだ者がある。

次の瞬間、一団の者はばらばらっと二組に分かれて部長と督促をやにわに担《かつ》ぎあげてしまう。そしてあたかも前もって申し合わせていたものの如く、廃社の跡を出てわっしょわっしょと恩貴島橋の上へ向かった。江治も、

「おい、おい、おい……。」と言いながら、目的を意識せずに引き摺られて行った。

「わっしょい、わっしょい……。」

「よいこら、よいこら……。」

河幅《かわはば》数十間の正蓮寺川は折から満潮してきた黝《くろず》んだ水を、吹きまくる空風《からかぜ》に浪立たせつつ、怒《いか》り狂《くる》って奴隷の島の方へ逆流しておった。文明の[214]奪掠《だつりゃく》を象徴したような櫛型《くしがた》に架《か》かった水道鉄管のガードは、骸骨《がいこつ》そのものの如く魔の水面の上へ横たわっている。海《かい》岸《がん》に近い方にある[215]台場《だいば》跡《あと》の小山は誰か枯れ草に火を放って野焼きを始めたのであろう、炎々《えんえん》たる焔《ほのお》が燃えあがっていた。

二人を引っかついだ職工たちの群《むれ》はどこまで行くか測り知れないような猛然《もうぜん》たる勢いをもってまっしぐらに橋板を蹴《け》って進んだが、恩貴島橋の半程《なかほど》までやって来るとぴったりとまった。そうして督促と部長を三回胴あげして、最後の一回を背《せ》丈《たけ》の二倍がけも高く打ち揚げたと思うと、欄干《らんかん》を越させて湖水《みずうみ》のような河面《かわも》へ手もなく放り込んでしまった。ジャップン、ジャップン！と二つの大きな浪音《なみおと》が起こって、真っ白い水煙《みずけむり》がさっ

とあたりへ立ち散る……。そして魔のような黝《くろず》んだ冷たい潮《うしお》が、二匹の動物をぐわっと一口に呑《の》んだ。

この瞬間《しゅんかん》、職工たちの魂《たましい》は恵《めぐ》まれておった。彼らは目的も結果も何《なん》にも考えることなく、あらゆる苦悩を解脱《げだつ》して快《こころよ》い聖《きよ》らかな世界に彷徨《ほうこう》している——。

「アッハ、ハ、ハ、ハ、ハ、ハ、ハ、ハ……。」

江治は腹のどん底から全身を揺さぶって、あがってくる不思議な笑いを禁じ得なかったのである。

*　　　*　　　*

その明くる日、江治はなに食わぬ顔して工場へ出て行くと、職工係主任や工場長等は早《は》や出勤しておって彼に辞職を勧告した。彼は「断然工場の方から解雇するならともかく、自分から身を引くことはできない。貴方《あなた》たちから辞職を迫られるはずはないのである」と抗弁《こうべん》したが、工場幹部の者らはあくまでも彼に自決[216]させねばおかなかった。「君がどうしても自決しなければ、やむを得ん、会社から解雇して紡績連合会へ通知するのほかない」こういう会社側の言葉に、遺憾《いかん》ながら降服しなければならぬ無組合労働者の弱味があった。彼がただ一人組合へ加入していたからとて、それは何の足《た》しにも力にもなるものではなかった。

第四篇

三十

またしても失業者に陥《おちい》った三好江治《みよしこうじ》は、次の就職口を捜《さが》しあてるまでに十日余りも遊ばねばならなかった。その間に下宿料を差し引かれて少しばかり残った金はほとんど使ってしまう。だがいい塩梅《あんばい》にちょうど持ち合わせたお銭《あし》がなくなったとき、彼はようやく一つの口を見つけ出すことができた。

そこは新淀川《しんよどがわ》を渡って[1]阪神線《はんしんせん》の沿道を二マイルばかり行った兵庫県の村で、[2]大阪合名《おおさかごうめい》紡績神崎《かんざき》支店工場というのであった。西成《にしなり》工場よりも全体として少し大きく、まだ去年の夏あたりからやっと運転しだしたばかりの新工場、[3]茫漠《ぼうばく》とした平原《へいげん》に太短《ふとみじか》い鉄筋コンクリートの煙突が二本、真っ白く突っ立っている。彼は去年の五月ごろ新淀川の堤防《ていぼう》を散歩した折それを眺《なが》めて、俳句《はいく》になっているかいないかそんなことは知らないが、「風かおる皐月《さつき》の空に威張《いば》り顔《がお》」とやってみたのであった。

次第に腕が冴《さ》えて上達し、技術が堂に[4]入《い》った江治は、ほとんど業務のために頭を使うことがないまま、朝から晩まで空想ばかりに時を過ごした。

あまねく人類に衣《ころも》を織って着せるという母性的な愛の営み、その重要な生産にいそしんでおりながら、あらゆる権利を簒奪《さんだつ》されて、一生頭のあがる瀬のない礎石《そせき》に生《は》えた苔蘚《こけ》のようなじめじめした暗鬱《あんうつ》な生活を余儀《よぎ》なくされている全紡織工が、眠《ねむ》れる魂《たましい》を呼《よ》び覚《さ》まされて奪還《だっかん》の争闘に輝《かがや》く日を彼は機械の前にたたずんではいつも空想に描く……。

（社会主義でもって工場が管理されるようになったらどんなに愉快《ゆかい》かなあ？　まず今《こん》日《にち》行われている軍国主義の強制の如く、満二十歳に達した男女は虚弱者《きょじゃくしゃ》でない限り徴兵《ちょうへい》でなくして徴労《ちょうろう》される。そして幾年《いくとせ》かの義務労役に服することによって一生の食《く》い扶持《ぶち》は国家が分配してくれる。そうなると工場監督というような非生産的な代物《しろもの》はなくなって差し支えないが、もし大勢を統一するために頭《かしら》というほどのものがいるとしたらそれは委員制度にして一般労働者から選出し、一定の年限だけその事務に就《つ》く。商人という階級は自然滅亡しなければならんわい。人間の幸福って、まるですかい[5]みたいなことで得られるのではないか？　こんな判《わか》りきった事柄《ことがら》が、他人には納得できないのかなあ……）

　江治はふと空想から醒《さ》めてみると台の織《お》り工《こう》が中間歯車のピニオン[6]に指を食わせているのだった。じりじりじりじり時計のゼンマイのほどけるよう、極《きわ》めて緩慢《かんまん》に回っているその歯車へ指を突っ込んだまま、織り工は運転もよう停《と》め得ないで真《ま》っ蒼《さお》になりながら体を悶《もだ》わせている。はっと思った彼は素早《すばや》く機械のハンドルを叩いて運転を停《と》め、歯車を逆戻《ぎゃくもど》ししようとしたが彼女の指が歯間《ピッチ》に詰まっていて回らないので、[7]固定軸《スタット》の螺子《ねじ》を弛《ゆる》めてやっと織り工の指を抜き取った。見ると左の中指が一節《ひとふし》ほど潰《つぶ》れている。彼は彼女を医局へ伴《つ》れて行くよう見回り工に渡しておいてから、その歯車をコンクリートの土間へ叩きつけて破壊してしまった。これが入社第一日の仕事だ。

普通職工が歯車で負傷《けが》する場合、「歯車に嚙《か》まれた」とか「歯車が食った」とかいう他動的な言葉で言い表すが、機械学の法則に従って「運動を制限」して一ヶ所に固定して回《まわ》っている歯車は決して人を食ったり齧《かじ》ったりするものでない。彼らは無心な物なんだ。否《いな》むしろ従順な物なんだ。そしてみな、少なくともこの衣服を製造する紡績工場にあることごとくの歯車たちは、誰のためでもない等《ひと》しく人類のために働いていてくれるのだ。[8]スパー・ホイールは、決してわれわれが無意識に表現している如く人を食ったりなどする怖《おそ》ろしい物ではない。もし歯車に心あらば、彼らは人間そのものをこそ暴君と思うだろう。

彼はこう静かに考える「歯車の詩人」である瞬間も多分に持ち合わせていた。しかしながら彼は、ともすれば逆上しがちであった。江治は幼少の頃祖母が近所の[9]字の見える

小父《おじ》さんに[10]三世相《さんぜそう》の本を読み聴かせてもらい、

「江《こう》、[11]われが性《しょう》は[12]山の下の火だと[13]いや。おおかた[14]裏山の墓場の下に燃えとる火だろう？」とよく言ったことを、またしても思い出さずにはいられなかった。

＊　＊　＊

ある日江治は[15]神戸新川《しんかわ》の[16]K氏を訪れた。理想を抱《いだ》く身にとってはなるべくそういう方面の知己《ちき》を得ておくことが必要だと思いながらも、つい機会がなかったので名士の訪問ということはこれが初めてである。もっとも友愛会関西連合会主催の労働講座に出席して、江治は十日余り彼の講義を聴いたことがあったが、とにかく親しく会ったことはまだなかった。

江治は菓子を[17]よばれながら紡織《ぼうしょく》工の労働事情が他の工業労働者より大いに異なっている旨《むね》を話して、既成の組合へ加入させることの困難を嘆《たん》じた。すると彼は大いに共鳴したものの如く、

「純紡織工組合を作らなきゃ駄目だねえ。」と一通り江治の説明を聴いてから答えた。

「私も、日頃そう思ってやまないのですが、何分《なにぶん》にも生活が安定していないので思い切った運動もできません。実に遺憾《いかん》ですが……。」

江治は言った。

「どうしても紡織工の組合が出来なきゃ嘘《うそ》だねえ。最も重要な産業で、数が大きいかられ、何とか出来ないかしらん？」

Kはこう話しながら、古《ふる》ぼけた卓子《テーブル》の上で夫人と共に一生懸命にペンを走らせている。

(なんて不思議な頭の人だろう？)と江治は思った。

「君、お父さんやお母さんはありますか？」

「いいえ、どっちもありません。私、独りというたら独りぽっちなんです。」

「君一人で、月にどのくらい生活費がかかりますか？」

「二十円くらいで、やっていけないこともなさそうです。」

江治は率直に答えた。

「組合をつくるには、第一、新聞を発行しなきゃ駄目だねえ、紡織工新聞を。それから規則を作ってちゃんと紡織工組合というものの型を持っていって、そうして勧誘しなければ過渡《かと》期《き》の組織は難しいよ。それから五十人くらい加入者があってから、相談会を開いて発会式を挙げるのだよ君。二十人も紡織工の方《ほう》を集めてくれたら、私も相談会に出ますがねえ。」

彼は相変わらず分《ぶ》の厚い古そうな原書を見ながら、翻訳でもやっているのか盛《さか》んにペンを走らせている。

「先生！　私、石に齧《かじ》りついてもやってみますから、どうぞご指導下さい。」

江治は相手の言葉に感激して思わず先生という語《ことば》を発《はっ》した。

「しかしそうなるとどうしても事務に一人はかかりきってしまうからねえ？　よろしい、オルガナイザー[18]として当分私が二十円あて補助してあげよう。それから新聞も発行してあげるからね。仕方がない、その新聞をなるべくたくさん売るようにして、オルガナイザーの生活費だけ収益をあげていくようにするんだねえ。そうすりゃ、安心して運動ができましょう？」

矢継《やつ》ぎ早《ばや》に与えられる棚から牡丹餅《ぼたもち》のような甘い言葉に、江治は答えもできぬほどの嬉《うれ》しさを感じた。

「それじゃ、これから会則を拵《こしら》えて、皆《みんな》と一緒に謄写版[19]《とうしゃばん》で刷《す》っていくかね？　紙はたくさんうちにあります。」

「はあ、そうさせてもらえば結構です。」

江治は怖ろしく早いと思ったが彼の言葉に甘える決心をした。

Kは本を閉じて別冊の青罫《あおけい》原稿用紙をおろし、早速組合規約の起草を始める。そして問うた。

「どんな名称を付けるかね？」

「私は、関西紡織工組合労政会という名前が好きで、たびたびそう空想に描いていました[20]です。」

「そうかね、ではそうしておこう。しかし関西だけは要《い》らないだろう?」

「はあ。」

「まず[21]綱領《こうりょう》から作ってかかるかね? ええと、一つ我らはだねえ……。」

こう言いながら、彼はすらすらと原稿用紙の上へ書きつけていく。そして見る間に綱領と宣言と[22]政綱《せいこう》が出来あがり、二、三江治の意見を差し加えて訂正を試みてから本則に取りかかった。本則は既成組合のものを基準としてそれを紡織的に改正する。こんなにして、三時間ほど後には紡織工組合労政会会則の原稿が一切《いっさい》作りあげられてしまった。

するとちょうど夕暮れになったので、江治はすすめられるまま遠慮なしに、ほかの青年やK夫妻たちと共に賑やかな晩餐《ばんさん》をご馳走《ちそう》になった。そうして、それから青年たちに鉄筆《てっぴつ》を走らせてもらい、十一時頃までかかって謄写したのである。

江治は気の毒でたまらなかったけれど、とうとうその夜K氏の家に泊めてもらった。

「三好君、これ持って行き給え。」

翌日帰ろうと思って暇乞《いとまご》いすると、Kはこう言って彼の前へ二十円の金を無雑作《むぞうさ》に投げ出すのであった。

「何のお金ですか？」

江治はあたかも怖ろしいものに出遇《であ》った如く、ぎくっと驚いて問い返した。

「昨日、約束した君の生活費だよ。」

Ｋは静かに答えて微笑《ほほえ》みを洩《も》らした。

「いずれは、戴《いただ》かねばならんことになるでしょうが、今日はまだ、私そのお金を戴く資格がないです。」

江治は口から手の出るほど欲しかったのに、まるで反対な言葉を口へ出してしまった。

「まあ持って行き給え。」

「いいえ、今のところはどうにかまだ工場の飯《めし》を食っていますから……。」

「それでは、電車賃あげよう。」

Ｋは無理矢理に五円だけ江治の手へ握らせた。三円の金を借りるにもやれ証文《しょうもん》だ利息《りそく》だのと言って大騒ぎせねばならぬけち臭《くさ》い世界にばかり棲息《せいそく》していた江治は、あまりにさっぱりしたＫ氏の金遣《かねづか》いにまったく感じ入《い》るのほかはなかった。

「生活の心配なんかしない方がいいよ。いよいよ失敗して工場で働けなくなったら、自家《うち》の二階へ来て皆と一緒に勉強していたらいいじゃないか？　本が読みたかったら、そこの本棚から抜いて持って行き給え。」

江治はやがて『[23]英国労働組合運動史』を一冊借りて、愛の言葉に涙ぐみながら新川の貧民窟《ひんみんくつ》を出た。そして(何という人格者もあればあるものだろう、まるで人種の違った人間みたいじゃないか? とにかく俺《おれ》は、いい知己《ちき》を得たのだ。知己というては失礼だ、いい先生に会ったわい)とほくほく考えつつ[24]上梓《じょうし》した会則を携《たずさ》えて、風光明媚《ふうこうめいび》な村落を縫《ぬ》うて走る乗り心地のよいボギー車に揺《ゆ》られながら鐘《かね》ヶ崎《さき》紡績のM社長が豪奢《ごうしゃ》を極《きわ》める六甲《ろっこう》の山荘を左に見て、彼は神崎工場の指定下宿へ帰って来た。

三十一

その工場では一般通勤者にも喫食《きっしょく》を許していたので指定下宿では止宿人《ししゅくにん》に飯《めし》を出さず、工場の賄《まかな》いで三度の食事を済まして寝るだけが一日八銭ということになっていた。だが相変わらず一つの床《とこ》に二人以上三人くらいずつ寝て、甲乙《こうおつ》両番の者が昼夜かわるがわるもぐり込むのであるから、一人あて一枚の蒲団《ふとん》しか所有しておらぬ勘定《かんじょう》になった。しかもそこには[25]別間《べつま》というのがないゆえ、夫婦者も独身者もごっちゃくちゃに雑居《ざっきょ》しているのだった。数万錘《すい》の大工場に二軒しか指定下宿がないので百人以上も泊まっているのに、朝起きて顔を洗う設備一つないゆえ、止宿人たちは工場へ行ってから手洗い場で顔を洗うという始末。電灯といったらおよそ四、五十畳も敷《し》ける大きな百姓家《ひゃくしょうや》を改築しただだっ広い部屋にただ二灯しか点じてないので、夜に入ってからは古新聞ひとつ読むことができなかった。

交代日の前の宵《よい》はその薄暗い部屋の隅で宿の親父《おやじ》や番頭を加えて男工たちの間に賭博《とばく》が開帳《かいちょう》される。そして敗けた者はその額を一勝負ごとに帳面へつけておいて委任した工《こう》銀《ぎん》から差し引かれるのだった。するとその仲間に加えてもらうことのできぬ少年工たちは、これを真似《まね》て日々の食券を賭《か》けてじゃんけんをやり合い、一時《いちどき》に十日分ずつ請求して下げてもらった食券の受けだて[26]をすっかり相手に取られてしまったりなどした。

「おい、博士《はかせ》、お前も仲間へ入りんか?」

江治は所在ないままつくねんとしていると、いいほど敗けてもまだ思い切れずに未練たらしく車座《くるまざ》の中を覗き込んでいた打棉工《だめんこう》が声をかける。江治は休憩室でいつも本を読んでいるところから、遂《つい》にこういう有難《ありがた》い渾名《あだな》をつけられた。

「俺は、皆目《かいもく》わからんのや。それに勝負ごとは生まれつき嫌いやね。」

「まあひとつ覗《のぞ》いてみ、おもろいで。」

「それよりも君、ちょっと俺の話聴かんか? ええ話があるんや。」

江治は打棉工の気を引いてみた。すると彼は、

「何や？　ええげん妻《さい》でも織布[27]で世話してくれるいうのんか？」と言いつつ、しぶしぶ博奕《ばくち》に見きりをつけたらしく江治の方へやって来る。

「そうや、君に肩入れ[28]している女工があるんや。」

江治は言った。そして、

「実は、君に肩入れしている女工が織布にあるのだ。しかも素敵な別嬪《べっぴん》で声がよくて、やさしくて、つつましやかで、そのうえ親切で、教育があるっていうのだよ、おい。ところが君、その女が言うんだねえ、うちはあんたにただ岡[29]ぼれしたるのやあれへんて。皆のようにただの好きやんげん妻で、月に四度の盆屋《ぼんや》[30]行きして、ほんの二月三月《ふたつきみつき》面白《おもしろ》う遊んだだけで、すぐ飽《あ》いて別れて知らん顔しとるような水臭い惚《ほ》れようと違います。いっそ惚れるくらいなら徹底的に惚れまひょう。たとえ二畳の間でもええよってにこれが自分の家《うち》やいう安心して足腰のばせる所を定《さだ》めて、世帯の苦労がしてみとおますってぬかすんやがね君、どうしたもんだ？　君は天下の色男たることを自覚せにゃあけへんで、スカッチ[31]。その女工は俺の組なんだよ。だから俺がさっそく出雲《いずも》の神さんになってもいいというような訳だがね。ところがどっこいその女には教育があるので君、洒落《しゃれ》たことをぬかすのだよ。うちは好きな婿《むこ》はんのためやったら喜んで毎日工場へ出て働きまひょ

うが、もしやや子[32]が出来《でけ》たらもうそれが最後《さいご》[33]の助《すけ》、なんぼ出よ思《おも》たかって出られしまへん。ほうしたら一家の生計を支えてゆくものは婿はんの働きひとつですよって、婿はんがもう少しようけ銭儲《ぜにもう》けしてくりゃはらなとても心細《こころぼそ》うてたまりまへんわ、とまあこんなに言うのだねえ君。しかしながら年に五銭や六銭昇給してもらっていたのでは十年辛《しん》抱《ぼう》しても高《たか》が知れている。そこでストライキを起こして会社へ向けて賃金値上げの運動をするのだ。会社は君、全体の職工にストライキされてみたまえ、否《いや》でも応《おう》でも要求に耳かたむけて給料を上げるよりほかにしょうがなかろう？　つまりわれわれ労働者の自覚だ。職工の覚醒《かくせい》だ。会社は大体われわれ労働者のために立っていっておりながら、われわれを見くびっているんだよ君。それは君にもよく判るはずじゃないか？　それでだねえ、会社を嚇《おど》かしてやるにはどうしても職工が一致団結してしっかり手を繋《つな》がなければならん。労働組合というものを作って、従業職工一同が束《たば》になって会社へかかって行くのだ。どうだ君、げん妻一人世話してやるから紡績[34]のほう勧めてみてくれないかね？」

江治は言った。すると相手の打棉工は、

「なんやお前、偉《えら》う博士面《はかせづら》したる思てたら、ろうろう[35]組合のせんれん員か？　アッハ、ハ、ハ、ハ……。」

打棉工は頓狂《とんきょう》な声を出して哄笑《こうしょう》する。（ええい！　こんな奴は見込みがない、早く墓場へ行ってしまえ）と江治は思った。

＊　＊　＊

[36]バンド掛けや注油方《ちゅうゆかた》の少年工たちが、傍《かたわ》らの方で悪たれた話に耽《ふけ》っていた。

「わいな、あいつが一生懸命で糸継《つな》いどるところへ背後《うしろ》からそおっと行って、お××に油さしてかませたってん。ほうしたらキャアッ！　言うて三インチほど飛びあがりくさったど。[37]面黒《おもくろ》かったわい。」

「あいつな、[38]狆《ちん》が[39]歯《は》くしゃめしおったようなけったいな顔さらしとって、それで[40]秤量方《かんかんば》に肩入れ持ってくさんやね。ほうしてな、わいに[41]提灯持《ちょうちんも》ち頼みおったよって艶文《つやぶみ》持て行ったってん。」

「駄賃くれよったか？」

「十銭くれよったが、工務に見つけられて[42]蛸《たこ》つられたわ。」

「あの事務所のちんぴら（女給仕のこと）なあ、いつもあんまれ偉そうな顔したるよって糞《くそ》っ腹《ばら》が立つなあ？」

「うん、今度あいつが白粉《おしろい》つけて工場へ入って来よったら顔へ油墨《あぶらずみ》塗ってかませたろうけえ？」

「おもろい、おもろい。」

「ほんなちょろこいことよりも、あいつが×××××××××××××××××××

×××××××いたろけい?」

「びっくりして腰抜かしよるで。」

「面黒いなあ——。」

江治は、

「ああ、何《なん》て劣等な仲間たちだろう。」と呟《つぶや》きながら少年工の方へ寄った。そうして、

「おい、皆誰《みんな》からそんな汚い悪戯《いたずら》を習ったんだい? 少年はねえ、もっと少年らしくしなければいけないよ。」

しかし彼は、自分の吐《は》いている言葉があまりに貴族的な、そしてあまりに僭越《せんえつ》[43]であることにすぐと気づいた。(彼らに少年らしくあれと言ってみたところで、彼らは到底少年らしくあれない環境に置かれているではないか? そうして彼らはまた大人と同じように労働し、その賃金で自活している者なのだ。彼らの親は早くから子の彼らを捨てて顧《かえり》みない。国家もまた彼らを何ら保護することなく、強欲《ごうよく》あくなき資本家のなすがままに任せているではないか)

江治は「もっと少年らしくしなければいけないよ!」なんて叱《しか》るように言った不用意

な言葉を取り消したく思った。で、

「おい、俺も君たちの仲間入りをさせてくれよ。その代わり奢《おご》るからね。」と謝罪のつもりでK氏に貰った五円のうちから五十銭放り出した。

「入り給え君、エッへ、へ、へ、へ……。」

すると一人の少年工がこう言って[44]老成《ちゃ》くれた笑いを洩《も》らしながら、でも嬉《うれ》し気《げ》に駄菓子屋へ走るのだった。そして彼がやがて五種ほどの安菓子を買って来て皆《みんな》の前へ出すと、江治は紙袋の横《よこ》っ腹《ぱら》を破って古新聞の上へぶちあけた。

「さあ！　食べ給え。」

こうして少年工たちと共に[45]豆板《まめいた》や、[46]ペロペロや、お乾餅《かき》や、飴玉《あめだま》や、[47]おこしなどをつまみながら、江治はぽつりぽつり創作して社会主義の御伽噺《おとぎばなし》を物語って聴《き》かせる……。

それは常に彼の念頭を離れたことのない貨幣と階級によって人間が苦しまなくてもいい美しい理想国の話であった。

「……で、そういう美しい国がねえ、昔むかしあるところにあったのではない、これから諸君たちの努力によって××××××って来るのだ。そしてその美しい国に生まれた子供たちは、少年のうちからこんな工場で働いたりなんかしなくてもいい。皆学校へやってもらえるよ。男子も女子も、大人になってから働けばいい訳だ。だからそういう住み心地のいい極楽のような国を早く来させるために、皆は努力しなければいけないよ。もう一、二年も経って俺のような青年工になったらねえ、労働組合というものへ諸君は入らなきゃいかん。労働組合へさえ君たちが入れれば、僕の言った美しい国が実際来るものであるということが判ってその理想国を築きあげる運動になる。そうして工場で働きながら、世の中の間違いを改める大きな働きの手助けになるんだねえ。」

こう言って彼が噺《はなし》を結ぶと、少年工たちは判ったような判らないような返事をした。そして一人の奴は傍《かたわ》らの釘《くぎ》に引っかけた工場服のポケットから[48]バットの箱を取り出し、小器用に咥《くわ》えて火を点《つ》けて甘《うま》そうにひと吸いしたと思うと、すうっと鼻から煙を吐く。その態度がいかにも大人びているので、彼はもう少女工の尻を追い回すのであろうと江治は思った。

江治は合《あ》い寝《ね》の[49]シャフト回りの変態性欲と隣床《りんしょう》の運搬方《うんぱんかた》の歯ぎしりに毎夜悩まされねばならなかった。蒲団《ふとん》が不充分で寒いせいも手伝っているのだろうが、彼は必ず合い寝を抱擁《ほうよう》しなければよう眠《ねむ》り就《つ》かない。で、江治は仕方なく彼に体を貸してやりよく眠ってからするりと腕《かいな》を抜け出して蒲団の端《はた》の方で小さく縮《ちぢ》かんで寝た。しかしシャフト回りは、朝方になって眼を醒《さ》ますと再び合い寝の体を手探っては強く抱き締めてき、まるで×××××××××××××××××。だが宵《よい》に寝就《ねつ》くと彼は朝方までほとんど眼を醒ますことなくひと眠りに寝入ってしまうので、江治は安心してその夜もやすんでいた。××××××××××××られたので彼はびっくりして眼を醒ました。と、次の瞬間、シャフト×××。江治ははっと脅《おび》えた。

「何するんだ君！」

「×××××××××××××××××××××××××……。」

シャフト回りは、××××××××××××××××××。

「よし給え！」

江治は慌ただしく蒲団を蹴ってはね起きた。と、それとほとんど同時に、「××やあ――。」という声が一方の隅《すみ》から起こって、どやどやと三、四人の者が立ちあがった。

「おのれ！　ずうずうしく××いに来よったな。」中年職工らしい声。

「……。」相手は答えなかった。

「われはまた、何で黙ってこんな奴を蒲団の中へ入れよったのや！」

「わいは、そんなこと知れへんわ。」妻は取り乱したおろおろ声で夫に答えた。

「おのれ、××××××××たな。」

続いて暗がりの中で罵《ののし》りながら張り合う物音がする。

「兄貴、わいが心得違いしていたよって堪忍《かんにん》して。何にもまだ××××××××××××××××や、ほんの出来心で××××××××やがね……。」

五つ六つなぐられてから、××××はかなわぬと思って謝った。

「よう、われ堪忍したりいや。若い者《もん》のこっちゃがな。隣でごそごそしとるん見せつけられりゃ、誰かって[50]煩悩《ぼんのう》が起こるわいな。」

側《そば》から老年職工が仲裁した。すると女の良人《おっと》は、

「小父《おじ》やんの言葉に免《めん》じてこらえてかませるわ。以後つつしめ! ほんなお前、滅多《めった》無性《むしょう》に×××んの×××××××××××××、げん妻こしらえたらええんやがな、げん妻を……。」と苦笑するように言いながら相手を赦《ゆる》す。

やがて騒《さわ》ぎはおさまった。そして再び凍《こお》りつくような夜が、指定下宿の荒家《あばらや》を襲《おそ》う。

(何処《どこ》の労働下宿でもあるなあ。しかしずいぶんさっぱりしているじゃないか。これ一概に道徳の頽廃《たいはい》という簡単な批評に帰していいものだろうか?)江治は考えつつ再び寝《しん》に就《つ》いて合い寝のシャフト回りに言った。

「君、明日西宮か大阪へ遊びに行って来給え。無理に性欲を抑えつけるのはよくないそうだ。[51]花代《はなだい》がなかったら貸してあげよう。」

すると相手は、
「わてが悪うおました。赦《ゆる》したっとうくんなはれ、三好さん……。」
こうすすりなくように真剣で謝った。

三十二

江治は皆と一緒に朝早く起きた。平常通り運転日と同じ時間に工場の食堂まで飯《めし》を食いに行かねばならぬゆえ、交代日といえども朝寝坊《あさねぼう》する訳にはいかなかった。

まだすっかり夜の明けぬ先に早くも工場へ行って食事を済ましてきた職工たちは、再び煎餅蒲団《せんべいぶとん》の中へ潜り込んで寝るものやら、大阪へ遊びに行く者やら、寄宿から遊びに来る約束の色女を待つ者などまちまちだった。シャフト回りは江治に三円の金を借りて朝から松島へ出かけて行く。

下宿人のいる家《うち》の離れみたいに作られた小綺麗《こぎれい》な[52]新建《しんだ》ちが店[53]になっていた。そこには主人や番頭たちが住んでいて、下宿人のためだという申し訳ほどの囲炉裏《いろり》が切ってあったはずなので、江治は一日そこにへたり込んで、来る者をことごとく口説《くど》いてみようと考えた。

三尺四方ぐらいな囲炉裏に[54]小十能《こじゅうのう》に一杯にも足らぬわずかばかしの炭火《おき》が半《なか》ば灰《はい》に埋《う》められている殺風景な火を、十数人の者が取り巻いて重宝《ちょうほう》らしく温まっているのだった。そして背後《うしろ》の帳場格子《ちょうばごうし》の陰では番頭がただ一人、瀬戸の[55]一番火鉢にぶんぶん鉄瓶《てつびん》の湯を沸《たぎ》らせながら寄りかかっている。

「おい、番頭さん、寒くてしょうがないから少し温《あた》らせてくれ。」

江治はつかつかっと帳場へあがって行った。そうして土間の囲炉裏で押し合っていても上へようあがって来ぬ[56]怯懦《きょうだ》な同胞《どうほう》たちに向かい、

「おい、君たちも半分だけこっちへあがって温まったらどうだね？」と声をかける。

番頭は変な顔をしておったが何ともよう言わなかった。

「番頭さん、もう少し炭をたくさんついだらいいじゃないか？　あんな蛍《ほたる》の尻《しり》みたいな火では皆目《かいもく》暖かくありゃしないじゃないかね。けちけちし給うな。」

「大将がやかましおますによってな。」

「何が大将だい、俺たちはお客さんじゃないか！」

二人の青年工は上へあげてもらって助かったように、[57]デテール型録《カタログ》を一生懸命に写真と名称と対照して読みながら機械の勉強に耽《ふけ》っていた。そしてまたいま一人の男は[58]中学講義を脇目《わきめ》もふらずに[59]耽読《たんどく》していた。（ああ、彼らはあんなにしてたまの休み日まで遊

ばずに機械の勉強なんかして、一体何を得ようとしているのだ?)江治は工学に幻滅《げんめつ》を感じた自分の身に比較して彼らを憐《あわ》れむ心になった。

「君、これを一通り読んでみてくれないかね?」

彼はこう言って青年工たちに「労政会宣言」を一枚ずつ配った。するとぽかんとしていたほかの連中も、「わてにも一枚見せとうくんなはれ」、「わたいにも頼みまっさ……」と請求してくる。で、江治は遂《つい》に皆《みな》の者へ一枚ずつ頒布《はんぷ》してしまった。

「三好さん、こっちへもおくれんかいな? 番頭かって人間やよって、えこひいきするもんやあれへん。」

江治は番頭の言葉に一本参った。

――組合の書類をしばらくかかって一通り読み終わった番頭は、やおら面《おもて》をあげてじっと江治を見やった。彼は職工たちの方へ向かって一生懸命に組合の威力《いりょく》を説き、労政会へ加入させようと勧誘に余念がない。

「三好さん、こりゃあ結構な組合やと思いますなあ。」

突然番頭が横合いから口を入れた。そうして、

「わてもな、今では下宿屋の番頭していますけんど、元は大阪の津守《つもり》[60]紡績におりましたのや。これでもな、撚糸《ねんし》の組長していたこともおまんのやで。」

「それで？」

江治は、何だか意味あり気な番頭の言葉にすかさず追及した。

「一遍大将に相談してみまひょうか？　こりゃどうしても、下宿人全部この会に入れよう思ったら大将の力借《か》れにゃあきまへん。大将に口添《くちぞ》えさえしてもらったら、皆否応《いやおう》なしに入会さすことができるというもんだぁ。」

「ここの親父《おやじ》っていうのは。一体どんな人物かね？」

江治は職工たちの方へ問いを発した。すると一人が答える。

「割合、わかっておまぁ。」

「ふうん、どんな風にわかった人？」

「貴方《あんた》は聞きなはらなんだか知りまへんけど、この下宿には相扶会《そうふかい》いう会がおます。毎月勘定《かんじょう》のとき十五銭ずつ積み立てておいて、六ヶ月以上会社にいてやめていく下宿人に餞別《せんべつ》贈りまんにゃ。つまりその会長がここの大将で、番頭はんが世話役いう訳になっておますのや。」

江治は(それが判った人か？)と思ったが、とにかく一度会ってみてやろうと決心して番頭に言った。

「それじゃ、僕が一遍会ってみましょう。奥にいるかね？」

しかし親父は不在であったので、遂にその日は会うことができなかった。

「どうだね君たち、労政会へ加盟して自己の権利を擁護《ようご》する気はないかね？　わずか二十銭の会費じゃないか。バット四つ吸うたと思えばおしまいだ。」

「君、真っ先に入会してくれ給え。手続きは極《きわ》めて簡単じゃないか。その[61]宣言書の尻を破って、名前と職業とここのところを書いて、認印《みとめいん》でも[62]爪印《つめいん》でもどちらでもいいからあり合わせの判を捺《お》して出せばいいんだよ。さ、何を考え込んでいるんだい？　びくびくせんと男らしく入会し給え。」

江治は、さながら伝道でもするよう熱心に勧め、口を酸《す》っぱくして説いた。しかし結局のところわずかに三人しか入会を申し出る者がない。後の者は「考えさせてもらいますわ」とか、「会社から叱られまへんやろか？」など、実に愚《ぐ》にもつかぬことを並べる連中どもだった。わけても[63]筬編工《おさあみこう》などの如きは繰り返し繰り返し江治の説明を聴いていながら、なお、

「それで、一年経つと二円四十銭積金《つみきん》が出来ます勘定になりますよって、運動会に一遍くらい伴《つ》れて行ってくれますのか？」と真面目《まじめ》で訊いた。

江治は腹が立って怒鳴りつけてやりたかった。そしてあまりに無智な兄弟たちに今さらの如く呆《あき》れ果《は》て、こんな者を相手に啓蒙《けいもう》運動をやらねばならぬよう運命づけられた自

分の存在を呪《のろ》わしくさえ思う。しかし彼はそういう考え方が間違っていることにすぐ気づいて悟《さと》り直した。こんなことで、待った交代日の一日は瞬《また》く間《ま》に過ぎてしまったのであった。

＊　＊　＊

交代明けの朝、モーター番が起動抵抗器の故障を知らずにスイッチを入れてモーターを焼いたとかいって長いあいだ運転がかからなかった。で、江治は近頃作ってみた女工生活の諷刺《ふうし》小唄《こうた》を組の黒板へ書きつけて皆に宣伝していると、彼の勧誘を拒絶したびくびくものの組長が顔色を変えて飛んで来た。そして慌ただしく江治に告《つ》げる。

「君、大変なことになってしもたがな。ことによると君は解雇やで。よういっても出勤停止は免《まぬが》れまい？　とうとう事務所から喚《よ》び出《だ》しがかかってしもたで君……。」

「喚《よ》ばれりゃ、どこへでも行きますよ。」

しかし、さして驚きもしない彼はただこう言って通り一遍の返事を組長に与えた。

「呑気《のんき》そうなこと言うとらんと、早《はよ》うそんなもの消してしもて事務所へ行ってくれ給え。こんなことがあるさかい、俺は言わないことやあれへんのや。」

組長はひどくせっかちに言って、黒板の唄をはらはらしつつ眺《なが》めていた。

間もなく江治が事務所へ出頭すると、給仕は直《ただ》ちに彼を人事係主任の前へ導いて椅子《いす》をすすめる。両側には男や女の事務員らがおよそ二十人も、職工専門の事務を取り扱っていた。紡織工場の受負《うけおい》制度は極めて複雑な組織ゆえ、賃金の勘定だけにでも相当大勢の者がかかりきらねばならなかった。

しばらくすると給仕が茶を運んで来た。あまり丁重《ていちょう》なもてなしを受けるので、江治は尻[64]こそばゆい。職工の分際《ぶんざい》として事務所へあがって椅子をすすめられ、おまけに茶を出されるなんてことはほとんど例外な応接に属し、皆《みんな》ずいぶん長い用件の時でも窓の外にたたずんで済ますのであった。

食堂で白湯《さゆ》ばかり飲まされていた彼は、しばらくぶりでお茶にありついたのでさも美《お》味《い》しそうにぐいと一息に飲み干してしまい、側《そば》にいた給仕にお代わりをもう一杯請求した。

やがて一人の事務員が三好の前へ着席する。それが人事係主任だった。

「お仕事中、わざわざお喚《よ》び立《た》てして恐れ入りました。」

人事係主任はおもむろに口を切ってこう前置きした。そうして、

「貴方《あなた》は、社会問題についてたいそうご研究になっておるそうですねえ?」とやわらかに訊問《じんもん》を始めるのだった。

「いいえ、別段そのようなことは……。」

「お隠《かく》しにならなくてもよろしい。貴方の眼は失礼ですが普通の職工とは違った鋭《するど》さを持っていますよ。いま捜《さが》し出《だ》させたご入社の時の聴き取り履歴《りれき》によりますと尋常《じんじょう》小学中途退学ということにはなっておりますが、定《さだ》めしこれは嘘《うそ》で相当の学歴を持たれた方と見受けます。文章など拝見すると何《なん》ぼ隠されても一目瞭然《いちもくりょうぜん》ですよ、ハハハ。どちらのご出身ですか？」

彼はそうした新思想[65]を抱《いだ》く者は少なくとも大学くらい出た者であろうと考えていた。

「まったく、私は学歴なんぞある者じゃないです。」

「いいや、そんなはずはあり得ないです。」

相手は江治の否定を真《ま》に受けなかった。

「想像はご随意《ずいい》ですがね、まったく……。」

「ところで、私もそういう方面にはまったく[66]没趣味《ぼっしゅみ》ではないのですが、研究は貴方のご自由ですが今のところその宣伝はちょっと考えものですね。造詣《ぞうけい》の深い貴方に私が説明するまでもありませんが、労働問題は要するに一個の産業問題ですから、いかなる場合といえども国家の産業を無視して成り立たず、産業を離れた労働問題というものはあり得ない。労働問題とは産業の上にのみ基礎づけられるものでしょう？　ところが現在の職工の教育程度においては、産業的自覚がないですねえ。それですからいま直《ただ》ちにこの教育のない者に向かって貴方の主義思想を宣伝するということは、労働問題の真の意義を履《は》き違《ちが》えさせて産業の発達を阻害《そがい》する危険性があると思います。もっとも、日本の工業組織はどだい純生産費よりも[67]監督費の方が嵩《かさ》むような始末でなっていません。その点私も貴方と同感ですが、そうした工場組織の改良はまだまだ職工の自治精神が発達しなければ駄目《だめ》でしょう?」主任は言った。

「で、結論が承《うけたまわ》りたいですねえ?」

「それで、人事係主任としては貴方が宣伝さえ差《さ》し控《ひか》えて下さればちっとも差《さ》し支《つか》えないのですが、どうも工場の方で、打ち明けて申せば貴方を使いこなせるだけの人物がいないのですねえ。どうでしょう、どうせこんな片田舎《かたいなか》のけち臭《くさ》い工場なんかにおられるよりは潔《いさぎよ》く身を退《ひ》いて本舞台《ほんぶたい》へ出られては?」

「私に、罷《や》めろとおっしゃるんですねえ?」

「さようです。私としてはおっていただいても一向に差し支えありませんがね。そしてまた人事係の方で解雇する必要を認めないと言ってやればしばらくの間は工場の方で黙っているでしょうけれどね、それでは面白《おもしろ》くないでしょう? この間も貴方が歯車を故意《こい》に破壊されたということを、やっぱり解雇の理由として持ち出しているのですよ。なおまた指定下宿で配布された労政会の書類が、工場長の方へ回ってしまっているのですからねえ……。」

双方の間にしばらく無言の時が続く。江治は下宿の番頭かもしくは親父が密告《みっこく》したに相違ないと考えて、いささか軽はずみだった自己の宣伝振りを後悔《こうかい》した。

「どうでしょう、男らしくこの際身を退《ひ》いてもらえますまいか？」

「もしおとなしく退社しないと言ったらどうなります？」

「さあ、それは工場長に一応伺ってみた上でなければ答えられません。」

「よろしいです、ではお望《のぞ》み通り退社願いを書きましょう。」

江治は遂《つい》にこう承諾《しょうだく》してしまった。いくらでも頑張《がんば》って横暴な会社をてこずらせることはできるが、そんなこととして意地っ張りになって連合会の黒表《こくひょう》68に載せられてしまってはもう紡績工場で働くことができぬゆえ、一文《いちもん》の解雇手当も取らずにすごすご出て行くよりほかに致《いた》し方《かた》がない。

普通で退社すると、すぐにできることを四、五日も放っておかれてなかなか勘定の精算がしてもらえないのだったが、後《あと》の祟《たた》りを恐れたのか三十分も経《た》たぬ間《ま》に下宿賃を差し引いた残額の金と明細書を張子《はりこ》69盆《ぼん》に載せて給仕が持って来た。大枚《たいまい》三円七十八銭也《なり》である。

人事係主任は事務机の抽斗《ひきだし》をあけて何かがさつかせていたと思うと、

「あの、これはなはだ失礼ですが私の志《こころざし》ですから大阪へお帰りになる電車賃にでもお使い下さい。」

こう言って一本の状袋《じょうぶくろ》を江治の前へ出す。彼は、心では、奴《やつ》の眼前で封《ふう》を切って叩《たた》きつけてやりたいように思ったが、不安な失業を控えてはたとえ二円でも三円でも足《た》しになるから、貰っておこうと考え直して封筒を受けた。しかし外へ出て開けてみると五円札が一枚あったので、彼は思わぬ儲《もう》け物《もの》をしたように嬉《うれ》しかった。

三十三

奈良[70]二月堂《にがつどう》のお水取りが始まったので関西一円はしばらくのあいだ非常に寒い日が続くのであった。[71]栗毛《くりげ》霜降《しもふ》りの木綿服《もめんふく》に、毛織物といえばほとんど毛の抜け果ててしまったような古手《ふるて》の半《はん》オーバー一枚きりない江治は、でもそれで凍《こお》りつくような冷気《れいき》を防ぎながら、財産すっかりを納《おさ》めた三番の竹行李《たけごうり》を担《かつ》いで人の泊まる宿とも思われぬ陰惨《いんさん》な指定下宿を発《た》って、工場の正門から[72]佃《つくだ》の停留所へ通ずる村の小径《こみち》を独りとぼとぼと歩んだ。今にも雪になりそうなどんよりとした空が、日光を遮《さえぎ》って大阪の煤煙《ばいえん》の空と握手《あくしゅ》して見える。あたら地面を遊ばせて[73]麦も作らぬ稲株《いなかぶ》の田圃《たんぼ》は、荒廃《こうはい》そのものの如く都会の前に放り出されていた。そして村の小作人たちはどうせ気張って作った物をすっかり地主に獲《と》られてしまって年中買い米で苦労するくらいなら、いっそ工業労働者になった方が糞尿《ふんにょう》の臭いを嗅《か》がぬだけでもましだというので田圃を工場に乗り換え、娘も母も父も倅《せがれ》も、一家こぞって合名紡績に雇《やと》われてしまったのである。こうして国の基《もとい》をなす農業は年々衰頽《すいたい》していかねばならなかった。

工場の前へ差しかかると第二号工場を一万五千錘《すい》増築するといって、広大な敷地を埋め立て中であった。土砂その他の諸材料を神崎川《かんざきがわ》から船揚《ふなあ》げして搬《はこ》ぶため、複線のトロッコ道が既設工場の塀《へい》に沿って長く長く続いており、数十人の労働者が見張り人に監督されながら立ち働いていた。トロ押しの人夫たちはトロッコを押しているのかトロッコに引っ張られているのか判らないように、灰色の土砂を積んで滅法外《めっぽうがい》に走る……。

[74]表現派の絵画のような三角形の工場が、まだ新しい赤煉瓦《あかれんが》の色を見せて幾十棟ともなく背後《うしろ》へ背後《うしろ》へと追い重なった黒門の内裡《うち》では、[75]辻堂《つじどう》のような門衛所の木造だけが家の感じを与えてしょんぼりと建っている。呻《うめ》くような機械の響きが、まだ充分固まらぬ地盤を揺すぶりながらどろどろどろどろ伝わってくるのだった。そして塵突《じんとつ》から空中へ放出された綿埃《わたぼこり》が鈍重《どんじゅう》な空気に圧迫されて咽《むせ》ぶように辺りに立ちこめていた。

江治は出し抜けに襲った一陣《いちじん》の風に眼を取られて、ふと眼前の工場が怖ろしく鋭いよく光った槍《やり》を扱《しご》いて突きかかって来るような錯覚《さっかく》を感じた。製造工場とは決して本質的に嫌悪すべきはずのものではなく、人間に恐怖を与える性質のものでない。しかし彼はただ何となくその熟語《じゅくご》の持つリズムから不気味《ぶきみ》な圧倒されるような感じを受け、建築物の前に立ってはいつも潜在的な威嚇《いかく》を呼び起こされるのであった。(ええい、呑《の》まれちゃいかん)江治は自分の怯懦《きょうだ》を打ち破るべく大声に怒鳴り放った。

「おお! 搾取《さくしゅ》の城廓《じょうかく》よ、資本主義の殿堂《でんどう》よ。今に俺たち労働者がそこを占領する日が来るのだ——。」

そして高らかに革命歌を歌いながら、工事場を横ぎって彼は冬枯れの平原を闊歩《かっぽ》する……。労働者たちは怪訝《けげん》な顔つきで、この気違いのような運動者の後姿を見送った。

*　*　*

新聞広告[76]はもちろんのこと、その他どんな方法をもっても男女工の公募を行わない紡績工場、それを目あてに口捜《くちさが》しして歩《ある》くことはまるで雲を摑《つか》むような頼りない話であった。彼は行李《こうり》を担《かつ》いだまま彼方《かなた》の電車に乗り此方《こなた》の渡船場《とせんば》を渡りして、その日のうちに三ヶ所の工場を尋ね回ったが遂《つい》に雇《やと》ってくれるところはない。そして短い冬の日は暮れて、冷たい雪がちらちら降り出した。

「ああ、また日が暮れたなあ。あした口を捜すのに便利なところで、どこか宿を取らなきゃならん。」

彼は家《うち》のない、そして故郷を持たぬ孤独な放浪者の哀愁《あいしゅう》を心しみじみ感じた。そうして力なく独語《どくご》しつつ、草枯《くさが》れのした堤防《ていぼう》を市《まち》の方へ歩む……。[77]鴨緑江《おうりょくこう》を想《おも》わせるような新淀川は滔々《とうとう》たる水を湛《たた》えて流れ、[78]毛馬《けま》の大閘門《だいこうもん》は大阪の水害を防備し、人柱《ひとばしら》を使ったという[79]長柄《ながら》の橋が夕闇《ゆうやみ》に霞《かす》んでぼんやりと長くかかっていた。

江治はやがて九条《くじょう》の盛り場の裏手にある安宿街のとある一軒へ投宿する。それは明くる日[80]三軒家《さんげんや》の極東紡績へ志願に行ってみたい関係上そこに定《き》めたのである。あまりいい宿ではなかったが、でも指定下宿に比較すれば一等旅館に泊まったようなものだ。

これから先、何日遊ばねばならんことやら判らないので懐《ふところ》は寒かった。しかし彼は、元気をつけて鰻丼《まむし》の一杯も奢《おご》ろうと思って宿ではただ泊まるだけにし、ひとまず落ち着いてから街へ出た。粉雪《こなゆき》があたかも花の散るように降ってはいるが、人の気勢で消えてしまって積もるほどではなかった。そして市民たちはそんな雪くらいに一向頓着《とんちゃく》せぬものの如く、ぞろぞろぞろぞろ転がる犬のように浮かれ歩いている。劇場や活動小屋や肉屋のイルミネーションは、不夜城《ふやじょう》の如く盛り場を照らしておった。

江治の頭にはかつての奴隷の日、職工学校の入学を志《こころざ》して、製図器械や教科書を買いに来たとき朋輩《ほうばい》と共に初めて食った[81]出雲《いずも》や鰻《うなぎ》まむしの旨《うま》さがしっかりとまだ印《しる》されておった。で、彼は再びその店で食べようと思って花園橋[82]を渡り、西大阪の娯楽街で一番大きい[83]八千代座《やちよざ》の前へ差しかかると劇場の隣のレストランから何ともいえぬ[84]優婉《ゆうえん》な洋楽の音《ね》が洩《も》れ聞こえてきたので、思わず足を惹《ひ》きつけられて軒端《のきば》にたたずんだ。と、次の刹《せつ》那《な》そこに意外な女性を発見したのである。それは女工菊枝《きくえ》が女事務員に変わり、三度《みたび》変わったウェイトレス姿であった。

「ありがとうございます……。」

と、こう言う声がふと聞《き》き憶《おぼ》えのある彼女の声によく似通っていると思ったので、彼は無意識に家《うち》の中を注意した。すると硝子《ガラス》越しに赤いカーテンの隙間《すきま》からちらりと菊枝の顔が見えて、次に彼女はドアを[85]排《はい》して二人の洋服客を送り出す。そして、

「あらッ!」と声をかけた。

「あッ!」江治もそう言った。

「お入んなさいな。」

彼はよろめくように赤い絞《しぼ》りカーテンを取り付けた[86]開《ひら》きドアに[87]摺《す》れて、レストランの内へ吸い込まれてしまった。

「お二階へあがりましょう。」

そして夢遊病者か催眠術にかかっている者の如く、菊枝の言葉に従ってふらふらと真《しん》

鍮《ちゅう》の手欄《てすり》に摑《つか》まった。彼女は背後《うしろ》からついて来て押しあげるように彼を促《うなが》す。江治はなるべく隅《すみ》っこの方の食卓へ着いた。菊枝は彼に会ったことが限りなく欣《よろこ》ばれた。

「まあ、ずいぶん久しぶりで、珍しいところで遇《あ》いましたわ。貴方《あんた》あれからどうしておったんです？　あの、会社にストライキのあった時の晩、とうとう赦《ゆる》してもらえずにお別れしてから、うちどんなに貴方のことを心配したか判らんわ。工場長はきっと警察へ言うてしまったやろ思って、貴方はもう未決《みけつ》[88]に放り込まれているのやとばっかし信じてました。ほうしてもしそうやったら何《なん》ぼ怒られても構わん、差し入れしてあげよう思って、わたし伝法《でんぽう》分署へ問いに行ったんですわ。ところがそんな者《もん》は知らん言うてうち叱られたんで安心して帰ったんですけれど、その後どこでどうして貴方がいるやら、うち明けても暮れても気にかけていたんです。でも丈夫でよかったわ、どこにおったんです？　話くらいしてくれてもいいでしょ。」

　幸いほかの客があがっていなかったので、菊枝は喜びの胸を抑えつつさも馴れ馴れしく問いかけた。だが江治は初めて身分不相応な所へ登《あが》ったことに気づいて、大理石《だいりせき》の食卓を見守りながら後悔《こうかい》を洩《も》らした。

「三好さん、お料理貴方何が好き？　わたしがご馳走《ちそう》するわ。」

　彼女は彼と並べて曲《ま》がり木《ぎ》の椅子《いす》を据《す》えながらメニューを示してこう訊《き》いた。彼はややためらったのち、「定食貰いましょう、僕は飯《めし》食いに来たのですよ。」と言わねばならなかった。

＊　＊　＊

　しばらくすると階下のコック場からベルが鳴って彼女は料理の皿を運んで来る。江治は馴《な》れぬ手つきで危なっかしくカチカチ音をさせながらナイフを使ってまだ初めての洋食を食べた。名前も材料もよく判らないけれど、実に頬《ほっ》ぺたも何も落っこちてしまいそうなほど旨《うま》いのである。(素敵に美味《おい》しい物だ。しかし値段も素敵に高いなあ)彼は献立《こんだて》表《ひょう》に書いてあった額がおよそ二日分の日給にも相当して、それを支払うと懐《ふところ》にある金が半分に減ってしまうので心細く思い、いかに職工の労働賃金と社会の物価とが均衡《きんこう》していないかを今さらの如く痛感した。(それとも、職工の分際《ぶんざい》で西洋料理なんか食べるのは贅沢《ぜいたく》なのかしらん?)だがそんなことを考えかけるとせっかくのご馳走も不味《まず》くなるおそれがあるので、いい加減に切りあげようと思って彼は彼女の上へ瞳孔《ひとみ》を落とした。

　[89]一幅に三つくらいしか縞柄《しまがら》のない、思い切った派手《はで》な赤っぽい縞[90]お召《めし》の上に純白の装飾エプロンがみずみずしく懸かって、[91]お太鼓《たいこ》に上げた[92]羽二重《はぶたえ》の帯がむっくらと背中をふくらませている。着物と長襦袢《ながじゅばん》と肌襦袢《はだじゅばん》と、三枚重なった美しい色彩の襟《えり》から生《は》えたようにぬけ出た頸《くび》は、なよやかな曲線を描いて白鳥の首みたいに[93]むくむくしい。目縁《まぶち》をほ

んのりと桜色《さくらいろ》に暈《ぼか》して目蓋《まぶた》の上部に幽《かす》かな線を引いて念入りに仕上げた菊枝の厚化粧の白粉《おしろい》から、蠱惑《こわく》的な芳香《ほうこう》がふんわりと漂《ただよ》ってきた。しばらく眼を瞠《みは》っていた彼は何ともいえぬ恍惚《こうこつ》とした陶酔《とうすい》気分へ誘われていった。そしてふと、あの夜なぜ自分は彼女の抱《ほう》擁《よう》を甘《あま》んじて受けなかったのだろうと思う。

菊枝は数だけの皿を運んでしまうとしばらく無言でやや打《う》ち沈《しず》みがちに、彼の態《さま》を眺めておったが、やがて口を切って言い出した。

「わたしこんなところにいたら、いよいよ堕落《だらく》しきって淪落《りんらく》94の女になりさがってしまったように見えるでしょう?」

想《おも》いごとをしておった江治は彼女の言葉に驚いて良心を取り戻し、取りあえず、

「そう、観《み》られぬこともないですねえ。」と答えた。

「でも、わたし寂《さび》しいんですわ。」

「なぜ?」

「だあれも心《しん》からわたしを愛してくれる者がないということは、到底堪《た》えられん寂しいことなんです。わたしやっぱりか弱い女ですわ。どうしたのかいったんあんなことがあってからというもの、寂しいっていうことをつくづく考えるようになりました。それは一度背負い投げを食わせて棄《す》てた、もう泣いて悔《く》やんでも還《かえ》らぬ江《こう》ちゃんのことがど

うにも思い切れないんですわ、うち。体は貴方《あんた》に捧《ささ》げなかったけれど、わたしの心を初めて捧げた人はやっぱり江ちゃんでしょ？　ああ、わたし初恋の優しい貴方のことを憶《おも》い出すと胸がずきずき痛むんです。この浮気なわたしのために貴い童貞《みさお》を守ったまま、自殺まで企《くわだ》てた貴方の真心は口で言えないわ。字に書けない、文章にも作れない大きな愛……。」

彼女は次第に興奮してくるのだった。

「その愛を完全に失ってしまい、貴方からもう永久に見放されたんやと思うと、わたし言い知れぬ寂しさに襲われてとてもじっとしてはいられないんです。それで気を紛《まぎ》らわすためにこんなところへ入ったんですけれども、ちょっとも紛れませんわ。人生って、何というままならぬ悩ましいもんなんでしょう？」

「国へ、帰らなかったのですか？」江治は問うた。

「ええ、母の許《もと》へはもう死ぬまで帰らんつもりです。」

「なぜ？」

「母は、変な男と一緒になって……。」

彼女は語尾を濁《にご》らせてしまったが、江治には充分彼女の家《うち》の事情が察《さっ》しられた。

「貴方は、いまどこにいるのか後生《ごしょう》ですから教えて下さい。所だけくらい知らせたかって、まんざら罰《ばち》が当たる訳もないわ。どうぞ教えてちょうだい、頼むから言うておくれよ。」菊枝は感傷的に迫る。

「放浪者に定《き》まった住所なんかあるもんですか。どこでも行った先々が住所で、しょっちゅう変わり通しに変わっているから、言うてみたところであてになんぞなりゃしない。」

「だって、今晩いる所は？　そしてどこの工場で働いているんですか、それだけでも……。」

「目下失業中です。そして今夜泊まっているのは二番道路[95]の木《き》賃宿《ちんやど》だ。」

江治は投げ出すように言って頭を抱えた。彼女はエプロンの下からハンカチを取り出して、眼を抑えながら静かに泣いているのだった。

「うちの体はもう汚《けが》れていますよって、清《きよ》い聖人《せいじん》のような貴方の妻にしてもらう資格はありません。うちそんなことはもう夢にも思わんよって、せめて賢い貴方の妹にして下さい。たった一人の母を棄《す》ててしまえば、わたしも貴方と同じような孤独ですわ。ねえ、どうぞこの愚《おろ》かな菊枝を、迷える道へ踏み込んだ不憫《かわい》そうな一人の妹だと思っていつくしんで下さい。貴方の博《ひろ》い大きな愛の力でどんな悪魔が誘いに来ても伴《つ》れて行かれないようしっかり抱いて、新しく生きるまっすぐな道を拓《ひら》かせてちょうだいな。わたし本当に煩悶《はんもん》しているの、苦しんでいるわ。憐《あわ》れんで下さい、同情して下さい……。」

「あぁあ、センチメンタルなことを言うねえ……。酒を下さい、お酒を。」

江治は彼女の言葉にたまらなく感傷的になってきたのでわざと反発するように叫んだ。

「貴方《あんた》の妹よりほかの女でないことをわたしここで誓《ちか》いますから、今晩一緒に宿へ伴《つ》れて行って下さい。そうしていろいろ詳しい話を、聴いてもらったり聴かせてもらったりしたいのです。貴方さえ承知してくれれば、[96]本田《ほんでん》の旅館へ行ってもよろしいわ。」

「お酒、お酒、強いお酒下さい！」

彼女は彼が酒など飲むようになったのかと軽い驚きを感じた。

彼はぶるぶるっと頭を揺さぶって身悶《みもだ》えした。

「貴方、お酒飲むようになったの？　皆《みんな》わたしのせいなんやわ、赦《ゆる》して下さい。」

彼女がグラスを取りに立つと、階下でほかの女給が叩《たた》くピアノの音《ね》が歓楽そのもののように鳴り響いた。江治は頭をしっかりと両手で抱えて冷たい大理石の食卓に顔を摺りつけながら思わず悲壮《ひそう》な呟《つぶや》きを発する……。

「俺は愛しておるのだ。俺の方がどんなに苦しんでいるか判らない。しかし主義のために燃ゆるような情熱を強《し》いて抑《おさ》えつけているんだ。理智《りち》のために辛《かろ》うじて青春を殺している。俺はいま肉を知ったらきっと理想を忘れて幸福に[97]耽溺《たんでき》してしまうだろう。」

やがて彼女は赤い酒を持って来た。と、彼はまるでグラスに齧《かじ》りつくよう、ぐいと一息にそれを呷《あお》ってしまった。

「ほうして貴方は、やっぱり工場の口を捜《さが》すつもりなの？」

「三軒家《さんげんや》へ行ってみようと思っているのですよ。」

「下宿に就《つ》いたり養成所(男工寄宿舎)へ入ったりせんと、一軒家借りてそこから通勤して下さい。」彼女は言った。

「そんな能力が、この素寒貧《すかんぴん》にあるものですか。」

「わたしのお金を使ってちょうだい。貴方は汚《けが》れた金やいうでしょうけれど、それで貴方が生活していって労働運動をなされば、汚れた金も立派に潔《きよ》められていって活《い》きた使い方だと思いますわ。ねえ、どうぞわたしの持っているだけのお金を運動費に使って下さい。」

彼女は彼の愛を取り戻すためなら、いかなる犠牲をもいとわぬ覚悟だった。

「……。」

江治は、何か深い考えに耽《ふけ》ったものの如くしばらく黙っていたが、

「貴女《あんた》に、僕の主義が判りましたか？」

こう静かに問うた。

「判らないこともありません。わたしだってやっぱり元は虐《しいた》げられた女工ですもの、反抗心はどこかに宿《やど》っていなけりゃならんはずですわ。どうぞうちを貴方の妹にして下さい。弟子《でし》にして下さい。わたしは貴方を兄さんとも思い先生とも思って、一生身のまわりの世話してあげるわ。お願いですよってわたしを妹にして同棲《どうせい》させて下さい。うち今度こそはもうどっこへも行かないで一生兄さんの側を離れずにいます。後生《ごしょう》ですからそうしてちょうだい、なあ江ちゃん、江ちゃん？」

彼女はこう言って執拗《しつよう》に迫る。彼は息苦しいほどの圧迫を感じた。

「そんなことしたら、僕は貴女《あんた》の美しさに圧倒されてしまう……。」

——だが一時間ほどのち、はねた劇場の脇にたたずんで彼女を待っている彼の姿を発見した。

三十四

極東紡績[98]株式会社三軒家工場、それは日本の工場史に重要な地位を占めるものであって、民間で企業された組織だった資本制大工場として初めて成功したと言われている由《ゆい》緒《しょ》ある工場だ。他の工場がほとんど平面的建築であるのに反してここはたまに見る立体的建築、四層楼《よんかいだて》の上で巨大な機械が回転しておった。正門を入ったところに一溜《ひとた》まりの庭園があって、煤煙《ばいえん》と綿塵《わたぼこり》に汚れた数本の樹木の間に[99]山辺丈夫《やまのべたけお》という者の銅像が厳然《げんぜん》と[100]峙《そばだ》っている。

「ちょっとお伺い申します。こちらに織機直し工の欠員がありましたら、私をひとつご採用願えないものでございましょうか？」

江治はその翌日の朝早く、こうお定《き》まりの文句を言って極東紡績三軒家工場の職工係を訪れた。それは彼が幾度となく各工場の門前や、事務所の窓口から内裡《なか》の職工係に向かって哀願《あいがん》するように繰り返してきた言葉である。強くあろう、がむしゃらに生きようと思う彼も職を求める窓口に立っては、心《しん》から従順な殊勝《しゅしょう》な心持ちになった。職工係の下事務員らしい男はがんがん火の燃えた[101]腰高《こしだか》の火鉢《ひばち》に手をかざしながら煙草《たばこ》をふかせておったが、

「こっちで、ちょっとの間《ま》ぁ待っとり。」と[102]愛想《あいそ》もこそもなく言い放った。

江治が傍《かたわ》らの控所《ひかえじょ》へ入ると、早《は》や二十人近くの志願者が押しかけているのだった。彼は火の気ひとつないがらんどうの室《へや》で三方の壁から突き出した一枚板《いちまいいた》の棚に腰かけて寒そうに縮かんでいる失業者たちをひとわたり見やって、それらの人々と競争しなければならないのかと思うとうんざりした。

しばらく待っていると採用が始まって江治は係の前へ喚《よ》び出《だ》される。そして型のような訊問《じんもん》があったので彼は鐘《かね》ヶ崎《さき》におった旨を答えた。すると職工係は卓上電話でもって工務室へ特別の問い合わせを発したのち、「今のところ欠員はないけれど鐘ヶ崎におった人なら入れておこう」と言って、八人の織布部志願工の中から江治ただ一人を採用した。

「ほかの経験やったら、まあ当分お断わりやなあ。」

こんなに、愛想もこそもなく係から言い放たれて失望したように事務所を出て行く同職の失業者たちに、彼は何だかすまないことをしたような気がする。事務所を出て行く血色の乏《とぼ》しい木綿色《もめんいろ》のいくつかの顔が、羨望《せんぼう》と呪咀《じゅそ》と怨恨《えんこん》の情に燃えているかのようであった。

やがて江治はカードを貰って医局へ行き体格検査が済むと工務係主任は彼に口答試験を課した。主に技術上の事柄《ことがら》である。

「君、ここの工場には[103]ノースロップ式自動織機が据《す》え付《つ》かっているが、よう取り扱えるかね？」工務は言う。

「はあ、何でもやります。」

江治は実のところその機械をまだ取り扱ったことどころか観《み》たこともなかったが、臆《おく》しては駄目《だめ》だと思ってきっぱり答えた。

「普通の力織機が自動織機でない訳はどういうものです？」

「経糸《たていと》停止装置と、緯糸《よこいと》補充装置がないからです。」

「よろしい。それでは一等工待遇で採用しますから、明日から出勤してくれ給え。」

工務係主任はこう言ってカードの最後の捺印欄《なついんらん》へ認印《みとめいん》をついて採用を確認した。彼はほっとして助けられたような喜ばしい気持ちになった。

——昨夜木賃宿の一室で彼と床《とこ》を並べて寝《やす》んだ菊枝は、物足らぬうちにもそこまで漕《こ》ぎつけた嬉《うれ》しさと、後《のち》の勝利が八分《はちぶ》通りまで自分に懸かっている強味《つよみ》を感じて、多分彼が三軒家工場へ入れるだろうと予期し、貸間《かしま》と廉《やす》い空家《あきや》を二、三軒捜《さが》しあてて寄宿舎の脇にある社《やしろ》の境内《けいだい》で江治の帰りを待ち受けていた。

彼は途《みち》すがら、彼女と自分との関係はいたずらなロマンチックではない厳粛《げんしゅく》な意味で一生兄妹の交わり以上に一歩も出てはいけない、美しい聖愛《せいあい》であらねばならぬと思いながらも、華《はな》やかな衣裳《いしょう》を脱《ぬ》ぎ棄《す》てて蒲団《ふとん》の足《た》しに打《う》ちかけた貧しい寝間《ねま》の中に安らかに横たわっている彼女の肉体から発散して部屋じゅうに漲《みなぎ》るように感じられる、爛熟《らんじゅく》した異性の香りに怪しげな衝動を幾度となく覚えた悪夢のような昨夜を顧《かえり》みて、いっそこのまま逃げ出してしまおうかと考える。（俺は昨夜彼女の前できっぱり言い放った通り、永久に彼女を妹と思いおおせるだろうか？　あまりに怖ろしい菊枝の魅力の前に自分の理性がどれほどの冷たさを保ち得よう？　ああこの俺は、こうして再び奴隷道《どれいどう》へ落ちて行く……）

　考えながら、彼はいつしか社《やしろ》の鳥居《とりい》を潜《くぐ》って敷石《しきいし》の路《みち》を踏んでいた。神楽殿《かぐらでん》の軒《のき》に屈《かが》んで日向《ひなた》ぼっこしながら婦人雑誌を読んでいた菊枝は、彼の姿を見ると本のページを閉じていそいそとその方へ近づいて行く。そして、

「どうでしたの、入《はい》れて？」と声をかけた。

　彼は彼女の顔を見ると、もう喜び以上の何物をも考えないのだった。それで、

「はあ、都合よく。」と工場へ入れたことを嬉しげに告げる。

「よかったわ。家《うち》があったの。」

「早いねえ。」

　彼は重苦しい思いを彼女のためにはねのけられたように、こう軽やかな返事を与えた。

「二階ならね、ついこの先で[104]乾物屋《かんぶつや》の二階で二畳と四畳半二間《ふたま》で七円五十銭、それからもう少し不便な所なら八畳一間《ひとま》が六円ぐらいであるわ。一軒だったら二畳と六畳の平《ひら》家《や》が九円五十銭から十二、三円というところ、[105]泉尾町《いずおちょう》よ。」

「それなら結構通えるでしょう。」彼は言った。

「大丈夫だわ。これからちょっと見に行って今日中に入ってしまいましょうか?」

「そうですなあ、じゃ、行きましょう。」

二人は社の境内《けいだい》を出た。

「道具も何《なん》にもないのに、一軒借りるというのはどんな小さい家にしてもあまり大袈裟《おおげさ》ですから、二階で間に合わせておきましょうかね?　なるべくなら。」

「でも、見るだけなっと見てみるといいわ。」

彼女は小走るように先へ進んで江治を案内する。

七円五十銭の前家賃《まえやちん》で貸す乾物屋の二階というのがちょうどよかったから、彼は彼女に「もう後のを見に行かずとここに決めてしまおう」と言った。しかし菊枝は「どうせいくらも家賃が違わないのだからなるべく一軒借りたい」と勧めるのだった。で、彼はさらに職工街へ出て路地から路地へ入り、また路地へ出るせせこましい坑道《こうどう》のような細民窟《さいみんくつ》[106]をあちらこちら歩き回って、彼女と一緒に適当な家を訪ねた。そして結局、とある長屋《ながや》でささやかな一軒を借り受ける。

「貴女《あんた》の表札を挙げて下さい。」

彼は彼女に言った。

「わたし、厭《いや》ですわそんなこと。女の表札なんぞ出しといたら人に馬鹿にしられるし、それにこの家《うち》は貴方《あんた》の家ですもの。」

「そんなことはない、貴女《あんた》のお家で、僕が同居させてもらう格《かく》だ。貴女が前家賃を払ったのだもの。」

「そんな水臭いこと言うんなら、うち本当に困るわ。」

「では、僕が主人になりましょう。」

江治はやがて木賃宿へ引き返して預けた行李《こうり》を取って来、早速ながらそこへ引き移った。そして墨汁《ぼくじゅう》の缶へ穂先《ほさき》の摺《す》り切《き》れた筆を突っ込んで、書き損《そこ》ないの反古《ほご》はがきへ持っていって生まれつきの悪筆を揮《ふる》って表札を書く——。

* * *

玉造《たまつくり》辺の知った家《うち》へ荷物を預けていた菊枝も、夜になると二台の人力車で机や行李や蒲団やその他[107]こざこざした物を搬《はこ》んで来た。前に子持ちでも住んでいたのか障子《しょうじ》も襖《ふすま》もとてもひどいことに破れ、どす黒い斑点《はんてん》のいった[108]琉球表《りゅうきゅうおもて》の畳《たたみ》が極めて不均整な凸凹面に歪《ゆが》んでいる二つの座敷を、大家からの通知で[109]遅《おそ》がけに工夫《こうふ》が来て点《つ》けた六燭光《ろくしょくこう》の電灯が鴨居《かもい》の上から半々に覗いている。彼は上役《うわやく》が引っ越しをするとき工場に働いているままほかの男工たちと共に引き出されて、工場から日給を受けつつ上役の私用によく使われた転宅《てんたく》の慌《あわ》ただしさを初めて我がこととして知った。彼女は彼に手伝ってもらって三個もの一[110]番行李へ着物と共にごたごたに詰め込んだ下駄《げた》だとかお湯の道具だとかいう日用品を出して一通り仮に片づけると、襟巻《えりまき》を巻いて彼に外出を促した。彼は貸蒲団屋《かしぶとんや》へ行って夜具の段取りをしてこなければならないと考えていた。

「兄さん、これからわたしと一緒に道具を見に行って下さい。」と彼女は言う。

「何の道具？」

「いろいろな、家《うち》の道具よ。第一[111]寒いから火鉢《ひばち》を買《こ》うて、それから炭屋《すみや》へ炭注文しておきましょう。それからお米も、カンテキも、お釜《かま》も、鍋《なべ》も、お茶碗《ちゃわん》も、お膳《ぜん》も、お醤《しょう》油《ゆ》かって、お味噌《みそ》かって、お砂糖《さとう》かって、何から何まで皆今晩中に揃《そろ》えてしまわんならんわ。そうそう、それから第一貴方の蒲団がないわ。まっ先にそれ買いましょう？」

江治は彼女の金で蒲団など買ってもらう訳にはいかないと思ったが、途々《みちみち》話すことにしてとにかく促《うなが》されるまま外へ出た。早く暮れる冬の夕べは、まだやっと七時を五、六分回ったばかりのところである。

「九条《くじょう》の蒲団屋で買おうね？」

菊枝は絶えず彼の体に摺れ合うように寄り添いながら小走りに歩いた。

「僕、蒲団は当分のうち借りておこうと思う。そしてご飯は三度とも工場の食堂で済ますから、私のためには何の仕度《したく》もいらないですよ。菊ちゃん一人のために炊事道具なんか買うのは損《そん》だがねえ。弁当取ったらどう？」

彼は言った。すると彼女はやや怒《おこ》り気味《ぎみ》につんとして、

「それでは昨夜《ゆうべ》の約束と違うわ。そんなひつこいこと言うて、いつまでもわたしを苦しめるつもりなんでしょ。うちを憎《にく》むために共同生活を始めるのですか？　それだったら、あんまれわたしが不憫《かわい》そうだわ。」

「憎むつもりなんかあるものですか、私は貴女《あんた》を愛しているってことを、くれぐれも言ったじゃありませんか？」

「だって、うちの炊《た》いたご飯《はん》を食べないなんて言うんですもの、わたしの身になったらこんな辛《つら》いことないわ。お蒲団《ふとん》にしたって、お金がのうて新《さら》で買えんのならしょうがないけれど、お金はわたしが持っている言うのに強《し》いて借り蒲団するなんていうことは第一不経済だし、貴方《あんた》の意地だわそれが。あんなお金を貯金しといたところで仕方がないさかい、食べ物にさえ不自由な目して恵まれずに育った二人の過去を償《つぐな》う、少しは幸福な生活のために使ってしまいましょう？　どうぞ買わしてちょうだい。いいえ、わたしが主婦だから買うわ。」

二人[112]は運河の尻へ出て巨大《おお》きなガスタンクの横手を通り間もなく賑《にぎ》やかな九条新道《しんみち》通りへ出る。彼女は広いショー・ウィンドウに青い色電気を点《つ》けて一組何百円という絹蒲

団の飾ってある大きな蒲団屋へ、さっさと入って行った。彼は彼女がどんな蒲団を買うであろう、ひょっと絹の蒲団でも買ってしまっては大変だと気が揉《も》めてならなかったが、度胸《どきょう》を出して黙っていた。すると彼女は、

「[113]出《で》ず入《い》らずでいいからこれにしておきましょう。」

こう言って五十円近くのモスリンのやつを買った。

「あの、いますぐに届けてもらいたいのですが……。」

「へえ、かしこまりました。殿方《とのがた》のお枕《まくら》を一つおまけしときまぁ。ご婦人のは手前どもにおまへんので、へ、へ、へ、へ……。」人を食ったような、店の番頭の笑い声。

彼は冷やりとした。(余計なことを言う番頭だ)しかし自由恋愛でくっつき合った新婚夫婦の世帯始めだと観《み》られても、抗議を申し込む筋《すじ》はないのであった。

やがて所番地《ところばんち》と道順を書きつけて蒲団屋を出た二人は、家具類から世帯道具一切が一軒で調《ととの》う百貨店へ入った。機嫌を直した彼女は店員やほかの客たちがいるなかでいろいろな品物をあれこれと指差しつつ江治に相談する。彼はその度《たび》に冷や冷やきまりの悪いような思いをした。

「[114]戸棚《みずや》、どれがあの家《うち》に[115]映《うつ》るでしょう?」

「さあ……。」

「あんまれ、大きなのもいらないでしょ? 余所《よそ》と違って人数の増える見込みがないのやよって。」

彼女は誰に臆《おく》する態《さま》もなくずけずけ、それはもう幾年か同棲《どうせい》した夫婦のように訊《き》く。

彼は女という者は、案外大胆なものであると思った。(それとも俺の気が小さ過ぎるせいかなあ?)

「あんまれ急いで無茶苦茶に買《こ》うてしもて、後で飽《あ》きがくると困るよって、今晩は差し当たり入り用な物だけにしておきましょう?」彼女はいい加減に[116]あさってから飽いたように言った。

「そうしましょう。」

江治は助かったような思いで買い物を切りあげた。そして取りあえず[117]燐寸《マッチ》を一ダースばかり買って大急ぎに近所を回ってしまう。

三十五

[118]リヤカーに積んだ小道具が配達されると、菊枝は白い割烹着《かっぽうぎ》姿《すがた》をちらつかせながら、赭土《あかつち》のカンテキへ鉋《かんな》くずの焚付《たきつ》けをくべてバタバタやりだした。彼はざっとはたきをか

けて二つの部屋を掃《は》き出し、前の井戸へ[119]手釣瓶《てつるべ》をおろして水汲《みずく》みを始めた。

「米屋の小僧さんはどうしたんやろ？　あんなによう頼んどいたのに……。」

彼女は呟《つぶや》きながら玩具《おもちゃ》のような釜を洗うのだった。彼は工場へ持って行く運転袋の中からハンマーや鉗子《やっとこ》を出して、適当な位置に着物掛けを打ちつける。

「もう、何時頃でしょ？」

「時計を、すっかり忘れちゃったですねえ。もっとも僕は、永い間の習慣でどんなに夜更《よふ》かししても朝はきっと五時前に一度眼が醒めるという、その点いたって几帳面《きちょうめん》な頭に出来あがっているが……。」

　こんなことを言い合っているうちに、宵《よい》の休憩の終わりを告げる九時三十分らしい汽《き》笛《てき》が懶《ものう》げに聞こえた。翌日の準備のため早寝《はやね》をする職工街は、もうどこの家《うち》も寝《しん》に就《つ》いたらしく静寂《せいじゃく》としている。米屋は待てども待てどもやって来なかった。

「貴方《あんた》はあした早いんですから、もう寝《やす》んでいいわ。ひとあたり温《あった》まって先へ寝《やす》んでちょうだい。わたしが床《とこ》をのべてあげるわ。」

　彼女は一通り食器類の洗い物を済ますと、まだ火鉢[120]に灰がないゆえカンテキをそのまま座敷へ上げて彼に温《あった》まるように言った。

「お米屋へ、もう一遍請求に行ってきましょう。」

ちょっとカンテキの上へ手をかざすと、彼はいさぎよくこう言って立ちあがった。だが彼女は、

「よろしいんです、よろしいんです、わたしが行きます。」と遮《さえぎ》る。

「いいや、僕が行ってこよう。」

「いいえ、うちが行くわ。貴方《あんた》は明日の勤《つと》めがあるのですよって、早く寝《やす》んで下さい。わたしは、すっかり朝の仕度《したく》を済ましてから後で寝るわ。」

菊枝は広い方の間《ま》にたったいま着いたばかりの新夜具《しんやぐ》を解いて彼の床《とこ》をのべた。と、そこへ米屋の小僧《ぼん》さんが袋や徳利《とっくり》に入れた注文の主食糧品を重たそうに担《かつ》いで持って来た。すると彼女は待ちかねた如く米をお釜のなかへ茶碗で計って早速ながら磨《と》ぎにかかる……。それは素直な、甲斐甲斐《かいがい》しく立ち働く世話女房《せわにょうぼう》の姿であった。

「では、僕は先へ失敬しますよ。」

やがて彼は彼女一人に用をさせるのはすまないと思ったが、でもあまりさし[121]まげるのも男らしくないと考え直して彼女がとってくれた寝床へ入った。三枚重ねて一尺は充分その厚みがある新しい綿《わた》を入れたモスリン友禅《ゆうぜん》の蒲団、彼はもったいなくてしょうがなかった。柔かな綿の層に、まるで体がうずくまってしまう。そして二枚の掛け蒲団はほとんど重量を感じないほど軽く、ぽかぽかとした春のような温《ぬく》さがたちまち夢の如く全

身を包んでゆく……。脂垢《あぶらあか》でねっとりと湿《しめ》っぽく、中入《なかい》れ綿《わた》といったら団子《だんご》みたいに固まって分《ぶ》の薄い割合に重たい労働下宿の煎餅蒲団《せんべいぶとん》で、いくら嗅《か》いでも嗅覚《きゅうかく》の免疫《めんえき》にならぬ一種異様に強烈な職工くさい臭《にお》いに攻《せ》められて、野郎同士が必ず二人以上合い寝して来た彼は、魂《たましい》があまりな寝間《ねま》の変わり方に驚いたのか容易に眠れなかった。初手《しょて》から二《ふた》人寝《りね》に設計して[122]四幅《よの》の上に半幅《はんはば》ずつ裏を返した都合五幅《いつの》に相当する大阪式の四幅蒲団《よのぶとん》は、彼がどんなに大きな大の字に踏《ふ》んぞり返っても指一本出ない。江治は極めてゆったりした、そのため体が伸びてゆくような心地よさを感じた。

　彼女が米を磨《と》いだり食器類をガチャガチャいわせている微《かす》かな物音を、江治はかなり長いあいだ正確に聴いた。しかし程経つと彼は遂《つい》に安らかな眠《ねむ》りに陥《おちい》ってふわふわと夢《ゆめ》路《じ》を彷徨《ほうこう》する……。

＊　＊　＊

涯《はて》しもなく棚引《たなび》いた紫雲《しうん》の中から、[123]玄妙《げんみょう》な[124]楽《がく》の音《ね》と共に朦朧《もうろう》として現れるのは[125]摩利《まり》耶観世音菩薩《やかんぜおんぼさつ》のようであった。しかし雲の動きが落ち着いてからよく見定めるとそうではない。

　――舞台とも思《おぼ》しきそこは荘厳《そうごん》な祭壇《さいだん》で、きらびやかな[126]瓔珞《ようらく》の下にふくよかな肉体美を持った一人の裸女《らじょ》が、平和な微笑《ほほえ》みを浮かべておもむろに立っていた。彼女の髪は美の精のようであり、額《ひたい》は叡智《えいち》に輝き、眼《まなこ》は愛と情けに燃えている。そしてまた乳房《ちぶさ》と臀《でん》部《ぶ》が発達し、腕《かいな》は肥《ふと》っているにもかかわらず指は繊細《せんさい》だ。

やがて裸女は美しい声で歌う……。

「人類を創造したものはわれら女性！
127 万有《ばんゆう》は人類の発見
永遠は認識から——
故《ゆえ》にわれらはすべての創造者」

彼女がこう三度《みたび》繰り返して歌い終わるとどこからともなくまた不思議な音楽が起こってきて、それにつれて数多《あまた》の子供《こども》がやっぱり裸体のままで男は鍬《くわ》を、女は杼《ひ》を持ってぞろぞろぞろぞろ出てくるのであった。そうして子供たちは女神《めがみ》のような彼女の左右へ八文字形に整列する。皆よく肥《ふと》った頬《ほお》の紅《あか》い利巧《りこう》そうな子供ばかりだ。

彼女はしずかに金色の瓔珞《ようらく》の下《もと》を抜け出て祭壇を降りた。そして再び銀の鈴を振るようないい声で朗《ほが》らかに独唱する……。

「たがやせ！
つむげ！
織《お》れ！

われらのために」

また妙《たえ》なる楽の音が聞こえる。と、数多の子供たちはいつしかその歌を彼女について唱和《しょうわ》し出した。それから男と女と手をつなぎ合ってひとまわり彼女のぐるりを回っては鍬と杼を取りあげて、耕《たがや》し織る愛の労働を象《かたど》った踊りをする。幽遠《ゆうえん》な楽の音は劇《はげ》しい。と、いつしかリズムが高くなって、舞踊《おどり》は分列式に変わっていた。

――場面が変わると映写幕にうつった工場と農園で、工場では女工が機械を使い農園では農夫が牛や馬を使ってそれぞれ労働に余念もない。しかしその労働はどうしても現実の労働とは思えぬほど愉快《ゆかい》そうであって、皆高らかに歌いながら嬉々《きき》として踊るように立ち働いている。工場ではちっとも機械の音がしないのだった。

――瞬《またた》くうちに場面は三転した。と、そこは表現派風に装置された三角形の倉庫で、米俵《こめだわら》や反物《たんもの》[128]の梱《こり》が山のようにぎっしり積み重ねてある。辺りは薄暗い。くだんの裸女と一匹の獣物《けだもの》とがその倉庫で怪しげなことをしているのだ。時どき屋根裏から気味悪い光が射《さ》して獣物の顔が照らし出される。実に狡猾《こうかつ》そうな、類人猿のようなものであった。

しばらくずつ間をおいて扉《ドア》の方から別な強烈《きょうれつ》な光線が射し込んでは、音もなく倉庫から貯蔵品を奪って去るが、彼女は一向その怪光《かいこう》に気づかぬものの如く例の狡猾な獣物と一緒に寝ていて起きもやらないのであった。

こんな時間がだいぶ長らく続いてから、だんだんあたりが明るくなって遂に夜が明け[129]離れる。するともう獣物はいずこへか姿を隠《かく》して彼女の側《そば》にいなかった。だが倉庫はだだっ広《びろ》いばかりで何《なん》にも残っていない。そしてその褥《しとね》もない。土間《どま》に、彼女は裸体のままで放り出されたように疲れ切って寝ている。頬《ほお》の肉は痩せこけ、髪は赤茶けて切《き》れ切《ぎ》れになり、眼《まなこ》は落ち込んで瞳孔《ひとみ》がどろんと濁《にご》っていた。耀《かがや》かしい顔色は土色よりも悪くなって平和と愛に微笑んだ女性らしさを失い、肥っていた臀部は骨が露出《ろしゅつ》して髑髏《どくろ》みたいな大きい窪《くぼ》みが出来て、在《あ》りしふくよかな肉体美はさながらにして生けるミイラと変わり果てているのだった。

そこへ一人の子供がのたくり這《は》いながら現れた。彼女はそれがたしかに自分の子であるのに疲労のあまり手一つ差しのべてかばうことをしない。子供は抱く力さえも尽きて屍《しかばね》の如く横たわっている彼女の体へ這いあがり、おぼつかない口許《くちもと》で母の乳房を模索した。そして待ちかねたように彼女の乾葡萄《ほしぶどう》みたいなひからびた乳房にしがみついたが、ひとしずくのお乳も出てはこないのでわっと大声に泣き出した。

と、その子供の泣き声が、あの気違いじみた機械の騒音《そうおん》に聞こえるのであった。そうしてまた奇天烈《きてれつ》にも子供の体が、風船玉の空気を抜いたようにすうっと小さくなってゆき、一摑《ひとつか》みの萎《しな》びた皮だけががらんどうに奪取《だっしゅ》された倉庫の土間に何かの刻印《こくいん》を捺《お》したように残ったのである。

——江治ははっとして眼を醒ました。すると次の間で寝るであろうと思った菊枝は、彼と床《とこ》を並べて彼の方へ向いて、まだ眠らずに眼を開けていたので二人の視線はぱったり会う。彼女の褥《しとね》の襟《えり》から赤い寝巻の肩が外へ覗《のぞ》いていた。

「わたし冷《ひ》え性《しょう》になってなかなか体が温《あった》まらないの。」

彼女は言った。彼はふんわりとくすぐられるような肌触りのいい蒲団のなかでぽかぽかするほど温まって、衣食住に飽満《ほうまん》した者の欲望を感じないではいられなかった。無関心でいようと思えば思うほど、すぐ側《そば》にいる異性の存在に気が惹《ひ》かれる。しかも男の方から女の方へ行っても、または女から男の方へ来るにしても、どちらでも道徳を破る憂《うれ》いのない兄妹であることを今さらの如く彼ははっきり考えた。そして、

「そんなに苦しんでまで貴女《あんた》は僕と同棲《どうせい》することを希《ねが》うのなら、二人は清い兄妹として共同生活を営みましょう」なんて、真実の心とぴったり合ってもいないことを言った昨夜《ゆうべ》の宿での約束が恨《うら》まれた。

そして(俺は何《なん》て柄《がら》にもないことを言ってのける男だろう、そんな芝居じみた話は事実としてとうていあり得べきものでない。去勢《きょせい》された性の不能者ででもない限り、健全な人間として血縁者でないという先入観のある異性にどうして心を動かされずにいよ

う)こう思って容易に抜けきらぬ自分の[130]浪漫癖《ろうまんへき》を彼は自《みずか》ら蔑《さげす》んだ。第一不徹底な気がする。

菊枝は初手から江治が変わり者だということは重々呑《の》み込《こ》んでいたが、でもあまりいつまでも執拗《しつよう》に意地固く守っているので驚いた。しかしいつかは彼が性の争闘に敗《ま》けて、自分の前へ跪《ひざまず》いてくるであろうことを確信していた。

三十六

菊枝はとろりと一眠りして眼を醒《さ》ます。起きる時間にはまだいくらか早いようであったが何だか足腰が[131]うそ寒《ざむ》くてよくは眠れないし、また強《し》いて眠って寝過ごしてはいけないと思ったので床《とこ》を出た。そして寝巻におろしたモスリンの長襦袢《ながじゅばん》の上へ普段着を纏《まと》ってちょいと[132]伊達巻《だてまき》一本だけを締め、その上から白い割烹着《かっぽうぎ》を引っかけて[133]楊枝《ようじ》を咥《くわ》えながらカンテキの下を焚きつける。昨夜彼が汲んでくれた水をすっかり使い尽くしてしまったので彼女は新たに汲まねばならなかった。

手釣瓶《てつるべ》を把《と》るとその[134]棕櫚《しゅろ》の縄《なわ》がかんかんに凍《こご》えついている。二棟《ふたむね》の長屋にただ一ヶ所きりの細い共同水道栓は、[135]鉛管《えんかん》の凍《こご》えが解《と》ける九時頃まで用をなさなかった。彼女は長いあいだ寄宿舎にいて[136]おさんどんが新米《しんまい》であるのと、縄が針金《はりがね》のように凍《こお》っているため容易に手釣瓶《てつるべ》が水面で引っくり返らなくて閉口した。

やがて薬缶《やかん》にいっぱいお湯が沸《わ》くと彼女は新たに炭をつぎ足《た》して昨夜仕掛けたお釜をかけておき、顔を洗ってから鏡を引き出して電灯のもとへ坐った。そっと窺《うかが》うと彼は自分を主婦として信頼し、すべてを委《まか》せきって安心したものの如く安らかそうにすやすや眠っている……。恵まれぬ境涯《きょうがい》に育って幼少の頃から苦労に苦労を重ねてきた彼、そしていったん恋人の過ちから厭世《えんせい》して自殺まで図った煩悶家《はんもんか》の彼に、そうした暗い過去の歴史を刻《ほ》りつけた[137]鬱悒《うつゆう》な陰影《いんえい》は見えないのである。彼女は彼の寝姿を見て思わず微笑《ほほえ》みを洩《も》らした。そして限りない愛念と満足を覚え、幸福に思いながら掌面《てのひら》へ水白粉《みずおしろい》をたらして淡化粧《うすげしょう》する。

後《おく》れ毛《げ》をときつけた彼女はじっと眼を瞠《みは》って、怜智《れいち》に富んだ広い彼の額《ひたい》をしばらく見守っていたが、もう一度微笑みを洩らしてぐいと口づけした。その拍子《ひょうし》に、江治ははっとして眼を醒ます。と、勝手の板の間でボッ、ボボボ……といってご飯が吹いたので、彼女は慌てて彼の側《そば》を離れた。

ちょうど頃合いな時間になったらしい。隣でも前でもカンテキを煽《あお》ぐ団扇《うちわ》の音がしだした。煉瓦《れんが》敷《じ》きの路地を井戸端《いどばた》へ行く下駄《げた》の音がカラコロと聞こえる。

「お早《はよ》おまんなあ、姉ちゃんもう起きてはりまっか？　もうたった今、一番[138]が鳴りますで。」

昨夜燐寸《マッチ》を持って挨拶《あいさつ》に行ったとき彼が頼んでおいた同じ三軒家工場の織布部へ主人夫婦を出している右隣の家《うち》のお婆《ばあ》さんが、こう言って親切《しんせつ》に声をかけてくれた。

「あっさり[139]、あっさり……。」と威勢《いせい》のいい売り声をたてて、大阪の職工街独特のばかに早い漬物屋《つけものや》がやって来る。

「あっさり屋さん、おこんこ頂戴《ちょうだい》んか。それからお豆さん持っとる？」

まだあっさり屋を呼んで漬物など買ったことはないであろうはずの菊枝は、どこで聞き憶《おぼ》えたのかこう調子よく訛《なま》りながら彼らのテクニックを使って沢庵《たくあん》と煮豆《にまめ》を買った。

しばらくしてから、

「貴方《あんた》、貴方もう起きてもええわ。」と彼女は江治を起こす。

彼は最前から眼を醒ましていたから、すぐに起きて床《とこ》を畳《たた》みにかかった。すると彼女は、

「一軒の家に、女がおるのにそんなことするもんではないわ。」とたしなめるように怒《おこ》った。

で、彼は楊枝《ようじ》を啣《くわ》えて井戸端へ出ようとした。

「お湯あげるわ。」

「僕は水で結構。もの覚えてからこのかた十何年間というもの、湯で手水《ちょうず》[140]使ったりなんかしたことはないんです。」

「わたしが沸《わ》かしたお湯は使えないの？　じゃ、うち流しへ空《あ》けてしまうわ。」

「使う、使う、使う……。」

彼女は誇張的な表情をしてちょっとすねてみてから、薬缶《やかん》の沸騰《ふっとう》したお湯を洗面器へ取って手頃な微温《ぬる》加減《かげん》に水をうめた。彼は生まれてからかつて受けたことのない待遇《たいぐう》に、とても尻こそばゆいような思いがした。

「さ、タオル。」

「もう、そんなにしなくても結構。毎朝のことだからいちいちそんなことしていたのでは貴女《あんた》がたまりませんよ。」

やがて二人は朝餉《あさげ》の膳《ぜん》に向かった。江治は彼女が自分の方にお櫃《ひつ》を置いて一膳一膳給仕してくれるので、無意識のうちに女の前で気取る習慣が働いてあまり大食いだと思われたくないと考え、もう一杯欲しいところを三杯でよした。

（たとえ二人が抱擁《ほうよう》し合って寝ないにしろ、これでは夫婦とちっとも変わった点がない？　俺の美しい理想主義はもう既に破れている）

彼はこう考えつつ工場へ急いだ。

＊　＊　＊

まだ[141]黎明《れいめい》は遠く深い闇の間を彷徨《ほうこう》している。東の空は一帯の黒幕《くろまく》のようになって工場の上空を蔽《おお》っていた。昼だけ開かれる鉄の門扉《もんぴ》が固く閉ざされている傍《かたわ》らの潜《くぐ》り戸《ど》から入ると、今にも崩れ落ちそうな高層の防火壁が断崖《だんがい》のように聳《そび》え立って、機械は二階三階の上からあたかも人類を征服した勝鬨《かちどき》のような響きを地上へ向けて投げかけている。冬枯れのした数本の樹木に囲まれた[142]玉垣《たまがき》のなかには山辺丈夫《やまのべたけお》の銅像が白い[143]石ぶみを踏ん張って突っ立っていた。

明治の初年英国へ渡って紡織学を修《おさ》め、[144]マンチェスターの紡績工場へ入って紡織術を習ってきた日本最初の紡織技師で、極東紡織はすなわち彼山辺丈夫が帰朝して[145]渋沢栄一《しぶさわえいいち》などにはかって創設した工場である。始め彼は技師であったが遂《つい》に社長に任ぜられ、その生存中に株主総会の決議で建った全身像。彼は幼稚な功名心《こうみょうしん》に駆《か》られた紡績青年技術家たちのあいだに「紡績の神」と崇《あが》め奉《たてまつ》られている。

江治はしばらくその銅像の前にたたずんで[146]献灯《けんとう》に照らし出される彼の面《おもて》を睨《にら》みあげ、防火壁一重《ひとえ》なかで幾千人の男女が呻《うめ》きながら創造のよろこびを失った死の労働を強制されている奴隷的存在と、巨万の富を得て[147]従五位《じゅごい》に叙《じょ》されて銅像まで建立されている彼一人の華《はな》やかな存在との、不合理なコントラストを感慨無量に思った。

彼はまた「深夜業」というそれまで世界に類例のなかった悪労働制度を、最少の固定資金で最大の利潤をあげるために創始した人道の敵である。彼の創始した最悪の労働制度は当然なこととしてたちまち伝播《でんぱ》していった。そして半世紀を閲《けみ》[148]した今日《こんにち》なお少しの改善も加えられずに外国でまで行われているのだ。

一緒に門を入った工業学校の制帽《せいぼう》を冠《かぶ》った一人の青年工は、銅像の前へ立ち止まって恭《うやうや》しく帽子をとって頭《こうべ》を垂《た》れた。江治は、(銅像の主が作った悪制度のために自分や多数の姉妹たちが苦しんでいることに気づかず、そしてただ単に、技術のための立派な技術家になることを、彼は崇拝《すうはい》人物に祈るのだろう)と思ってその青年工の心がけをさび[149]しんだ。そうして銅像を蔑《さげす》み、憎《にく》しんでぺっと痰唾《たんは》を吐きかけて工場の内《なか》へ入って行った。

――工場の仕事はどこを歩いても[150]千篇一律《せんぺんいちりつ》として変わらなかった。それに少しも熱心にやろうとは思わぬが天性《てんせい》の器用と熟練のおかげで技術が堂に入《い》ってしまっている江治は、仕事の方へ頭を奪われることが極めて少ない。よほど込み入ったややこしい機械の部分を修繕《しゅうぜん》している時でもほかの事柄《ことがら》、たとえば読んだ本のことや理想や、彼女との関係などを彼は考え続けることができた。何《なん》ぼでも思考力が分析されていくのである。

江治は相変わらず無智な女工たちや口が酸《す》っぱくなるほど説《と》いても組合の何たるかさえ呑《の》み込《こ》みかねるような奴隷たちを相手に、組合運動を起こさねばならぬ自分の道楽をつれなく思った。

(どうして彼女たちを教えるか?)

そして彼は[151]四六時中《しろくじちゅう》こればかりを考えあぐむ。(彼女たちはむしろ労働を嫌悪するといいのだ。遊んでいて美衣美食《びいびしょく》を欲する欲望は手段としてあながち悪くない)とさえどんづまりには思うのだった。

新しい組織の上に立った愛と平等の社会を要望する意思《こころ》はまずもって現在を熟視《じゅくし》して、その欠陥《けっかん》を見究《みきわ》めたのちにこそ台頭《たいとう》し生長するものであるから、高い煉瓦壁のために外界との交渉を一切断たれて、都会の真ん中に棲息《せいそく》していながら、まったく外部とは異なった山奥のような雰囲気《ふんいき》を作り出している彼女たちに、ありのままの世の中を観《み》せることだと彼は思った。しかもこむずかしい理屈《りくつ》や講釈《こうしゃく》をなるべく抜きにして、彼女たちのうちで機会を捕《とら》えた者に実験させることだと——。で、彼は女工たちになるべく虚栄心を起こさせるように暇《ひま》さえあればおだてるのであった。

「黒い袴《はかま》のお姉ちゃん、貴女《あんた》のような美しい方が埃《ほこり》まみれの工場にいて、そんな上から下まで真っ黒い尼《あま》さんみたいな着物きて、白粉《おしろい》もつけずに朝から晩まで追われ通《どお》しで働いているのは惨《いた》ましいことだよ。あまりにみじめな青春だ、悲しい。他人《ひと》のことでも私は気が揉《も》める。ここは一体どこの市《まち》だと思っているの？　三都《さんと》の一つの大阪だよ。外には芝居もある、寄席《よせ》もある、活動もある、肉屋もある、すし屋もある、西洋料理もある。皆《みんな》人間が観たり聴いたり食べたりするためなんだ。たまには髪のひとつも結《ゆ》って、銘仙《めいせん》の一枚も着て、小ざっぱりした風《ふう》をして街を歩いてごらん、働く者は阿呆《あほう》だということが判るから。世の中は、その気にさえなれば案外楽して面白く暮らせるものだ。その点、男は始末が悪いけれどねえ、女は実際いいものだよ。貴女のような美しい器量を持っていながら、こんなじめじめした土台石に生えた苔蘚《こけ》みたいな生活しているのは惜《お》しい。たとえて言えばダイヤモンドを磨《みが》かずに、溝泥《どぶ》のなかへ投《な》げ棄《す》てておくようなもの。私が貴女の立場におったら明日から工場をよしてしまって、そうだねえ、カフェーの女給に行く。賑《にぎ》やかな街の美しいレストランへ……。そこには美がある、歓楽がある、恋がある、陶酔《とうすい》がある、そして若き日の幸福があるのだ。派手な赤っぽい着物を着て、大きなお太鼓《たいこ》に帯《おび》を結《むす》んで、真っ白い、そんな殺風景《さっぷうけい》なものではない念入りな飾りつきのエプロン掛《か》けて、毎日欠かさぬ朝湯、[152]日化粧《ひげしょう》で、このごろ流行《はや》り出したフェルトとかいう厚い草履《ぞうり》はいて、ぽおっと桜色に頬紅《ほおべに》さしてさ、酒と肉と音楽の中《うち》に入《い》りびたっておればいい。素敵に華やかな世界じゃないか。何て美しい所があるんだ。工場とは美と自由の廃墟《はいきょ》、禁欲の牢獄《ろうごく》だ！　世の中には紡績の男工みたいな素寒貧《すかんぴん》ばっかしはいないからね、惜しげもなく捌《さば》けて金を使うそうだよ。よっぽどけちなお客でも貴女《あんた》が十二時間働いてやっとこさ取るだけの給料くらいは一遍の心づけに女給へくれていくって。だから四、五日も稼《かせ》げば、お召《めし》の一枚くらいはすぐに出来るそうだ。本当にお姉ちゃん、あったら若い娘盛りを塵《ごみ》のなかに埋めてしまわんと、もっと華やかな職業をお択《えら》び。」

彼はこう言った。（と、こんな煽動《せんどう》が功《こう》を奏《そう》して彼女たちの幾人かが[153]正業を棄《す》ててここに[154]遊惰《ゆうだ》へと転じていく。するとその大部分は単に世の中の広さを多少識《し》ったというだけに止《とど》まって手段に囚《とら》われてしまい、何ら覚醒《かくせい》するところもなく一生その遊惰な生活に耽溺《たんでき》して終わるだろう？　しかしその中で一人くらいは貴《とうと》き芽生《めば》えを見るかもしれぬ。一人、それで結構なのだ）

三十七

四月に入って急に陽気が暖かくなった。祭日を兼《か》ねて休む三日の第一交代日に、会費五十銭で後の不足前《たらずまい》だけ工場から補助するというけち臭い話で男工の運動会があったが、江治は古参《こさん》の勧誘を断って朝の間読書をやり、午後彼女と散歩に出た。彼女は宝塚《たからづか》の温泉で浴びて歌劇が観《み》たいと言ったが遠出《とおで》するのが何となくおっくなような気持ちがしたので盛り場を少し歩き、[155]土佐《とさ》の稲荷《いなり》の夜桜《よざくら》が何日頃《いつごろ》見《み》ごろになるか下検分《したけんぶん》に回った。そして嘘《うそ》か本当か知らないけれど稲荷気違いになった沢田の親父《おやじ》から聞いた稲荷という神様の講釈などして夕方家へ帰った。

「稲荷さんて、狐《きつね》がお社《やしろ》のなかに飼《か》ってあるの?」

彼女は処女《しょじょ》のような丸い眼をして、こんな無邪気なことを訊《き》くのだった。

「そんなことはない、普通稲荷さんて言うとすぐ狐のことを連想するがあれは間違いだ。稲荷さんというのは、太田命《おおたのみこと》以下五つ柱《ばしら》の大神《おおかみ》と呼ぶ五人の命《みこと》を一緒にして祀《まつ》ったもので、その五人の命《みこと》がそれぞれ一種ずつ、つまり五穀《ごこく》の種子《たね》を天《あめ》の国《くに》からもたらしたという神話ですよ。ところが、その五人の神様は狐が好きで狐を供に伴《つ》れていたのです。それを早合点《はやがてん》して狐そのものが稲荷さんだと思うようになったんだ。土佐の稲荷さんの紋《もん》は三菱《みつびし》でしょう。これは彼の富豪《ふごう》三菱の建立《こんりゅう》にかかるもので、彼が博奕《ばくち》に敗《ま》けて二進《にっち》も三進《さっち》もいかなくなったとき法被《はっぴ》一枚の浮浪者になって伏見《ふしみ》の山で寝ておったのだそうです。そこへ命《みこと》の使いしめだという白狐《びゃっこ》が夢枕《ゆめまくら》に立って、[156]中国のどこそこに船が沈没したからその引き揚げに行けと告げたので、彼はただ一心《いっしん》にそのお告げを信じて伏見から中国までてくったのです。ところが案の定汽船が沈没していてたくさんの人夫を募集している。で、その人夫に応募して船の引き揚げ作業に働いたのが運の出始めでそれからというものとんとん拍子に金が儲《もう》かり、遂《つい》に一代であんな大成金《おおなりきん》になってしまったので、お礼としてここへ彼の出身地の国名を冠《かぶ》せて土佐の稲荷というものを建立したのだそうです。」

江治の説明を聴いて彼女は、

「まあ、貴方は新しい学問を研究しているくせに、そんなことまで識《し》っているの。何でも識っているのねえ……。」と言って感心した。

「僕はこれで、なかなか稲荷通《いなりつう》ですよ。もう少ししたら稲荷の論文でも書いて稲荷博士にでもなるかねえ。」

「おほ、ほ、ほ、ほ……。」

「アハ、ハ、ハ、ハ……。」

二人はふっくらとした蕾《つぼみ》をもった桜の下で、ベンチに掛けながらどっと笑ったのであった。

——陽気のせいか彼は何ともいえぬ愉快さを感じた。そして久しぶりにふと酒が飲んでみたいと思ったので菊枝に言うと、彼女は晩餐《ばんさん》に洋食を取って葡萄酒《ぶどうしゅ》を一本買って来た。

台所には、彼が工場へ行った留守《るす》の間に彼女が買い集めた世帯道具が賑《にぎ》やかにならんでいる。

彼女は戸棚《みずや》の上から[157]本塗《ほんぬ》りの夫婦膳《みょうとぜん》をおろし、その蓋《ふた》を仰向《あおむ》けて料理の皿とグラスを並べて彼を呼んだ。

「もう食べられるわ。」

「ありがとう。」

彼はこう答えて読みかけていた[158]アルチバアセフの[159]『労働者セイリオフ』をおいた。そして彼女のと自分のと、二枚座蒲団を提《さ》げて次の間へ行く……。家《うち》というものの温かさがしみじみと感じられるのだった。

「ビールや日本酒よりこの方がいいでしょ？　これならわたしも戴《いただ》けるよって。まあ、[160]キルク抜きがないわ。酒屋で抜いてもらってくりゃよかったのに、どうして抜いたらいいでしょう？」

彼女はおどけたような顔をして、葡萄酒の壜《びん》をぎゅっと抱く。

「お貸し、僕が抜いてあげよう。」

彼は真っ黒になった工具袋から木《もく》ネジ回しと一本の木ネジを出して壜の口へ捩《ね》じ込《こ》み、そいつを鉗子《やっとこ》で引っ張ってキルクを抜いた。

「江ちゃんは、テキ[161]が一番好きでしょ?」

「はあ、ほかのものは名前も判らないし食べたこともない。」

彼女は水仕事のために心持ち荒れた手を忙し気に動かしつつ、酒を注《つ》いではビフテキを切った。

「菊ちゃんもおあがりよ。」

「食べるわ。」

青春を象徴する血のような酒は甘《うま》い。彼は思わず酒盃《しゅはい》の数を重ねた。彼女も飲んだ。そして二人は驢《ろ》馬《ば》の背中に打ち乗って夢の国にある花園の小径《こみち》を逍遥《さまよ》うような限り知れぬ快《こころよ》い陶酔《とうすい》に襲われていった。

「ご飯下さい。」

「ハヤシライスだわ。」

出前《でまえ》の箱から皿を出す彼女の手許《てもと》は、危なっかしくわなないていた。

「うちに、食べさせて。」

彼は彼女の紅《あか》い唇《くちびる》へ、スプーンを把《と》ってご飯を食べさせてやらねばならなかった。菊枝は、彼の愛を取り戻した幸福を強く強く意識した。

——その夜、江治は彼女の××××××××二十三歳の童貞《どうてい》を静かに静かに亡《ほろ》ぼしていったのであった。

＊　＊　＊

極東紡績には通勤女工の子供を預かる保育場があって、乳呑児《ちのみご》から学齢期までの子供が百人くらいそこに収容されておった。工場のすぐ脇へ持っていって建てた粗末《そまつ》なバラック小屋で轟々《ごうごう》たる機械の音響が絶えず伝わってくる。窓越しに幾千台の機械が運転している態《さま》が眺《なが》められ、濛々《もうもう》たる綿塵《わたぼこり》が容赦《ようしゃ》もなく吹き飛ばされてくるという、ほとんど工場の内部と異なった点のない所である。

[162]ラシャメンのお松《まつ》つぁんというのが、その保育場の保母《ほぼ》頭《がしら》を務めておった。その工場が機械の据《す》え付《つ》けを始める時にイギリスの紡績工を技師として招聘《しょうへい》したところ、彼が女工をひっかけて孕《はら》ませたなり帰ってしまった。それがお松つぁんであって、彼女は保母頭として自分が産んだ外人の子を育てながら一生その工場で飼い殺してもらうことになっていた。そして混血児《あいのこ》は事務所の給仕を務めて学校へ通わせてもらい、小使《こづか》い室《しつ》に起き伏ししているのだった。

ラシャメンのお松つぁんの話が出ると、でれきちの甚《じん》やんという男のことがきっと関連して噂《うわさ》に上る。銅像の主の山辺丈夫《やまのべたけお》が大阪に近代工業を興して機械でもって大仕掛けに紡《つむ》いだ綿糸《めんし》を比較的安価で市場へ出すと、まだそのころ市内や郡部や[163]泉南《せんなん》方面で多数営まれておった手工業者たちは、とても機械と競争ができぬので生活の脅威《きょうい》を感じ出した。そしてまた近所に住む村民たちは得体の知れぬ新しいものに反感を抱《いだ》いた。これらの者どもが一緒になって機会さえあれば山辺丈夫《やまのべたけお》に迫害を加えようとするので、彼は独り道を歩くことができないところから腕利きの家来《けらい》をどこへ行くにも必ず腰巾着《こしぎんちゃく》にして伴《つ》れて歩いたのである。それが甚やんだ。力士のような骨組みのしっかりした巨大《きょだい》な男。

丈夫《たけお》は夜遅く工場から家《うち》へ帰るとき、いくたび曲者《くせもの》の待ちぶせを食ったか判らなかったが、その都度《つど》大力《だいりき》の甚やんに助けられて遂《つい》に一生ことなきを得た。甚やんは普通の男なら二人くらい一時《いちどき》に取って投げ、工場の前の河へ叩き込んだ。ところがあるとき曲者のために頭の小脳《しょうのう》を突かれて、手術を受けてから少し気が変になったのである。

丈夫は彼を可愛《かわい》がった。そして何《なん》にも仕事をあてがわずに我が家の家僕《かぼく》とも工場の雇い人ともどっちつかずにして養《やしな》っていた。ところが彼が[164]逝《ゆ》いてから会社は甚やんを遊ばせておくのがもったいないとて便所掃除をいいつけた。それから甚やんはどう気が変じたものか、いい齢《とし》をしてラシャメンのお松つぁんに惚《ほ》れた惚れたと自分で言いふらすようになった。それで、デレ助《すけ》の気違いという意味で職工たちはこのあわれな歴史を持った老人を「でれきちの甚やん」と呼んでいる。また甚という語呂《ごろ》が[165]じんばり(助平《すけべ》)に通ずるところからしても、でれすけの甚やんは職工たちの間に一度聞いたら忘れられぬ名前であった。

彼は油の空き缶を切り抜いて拵《こしら》えたバケツの中へ入れた防臭剤の入った水と、[166]如露《じょろ》と[167]棒摺《ぼうず》りとを持って工場から寄宿舎へかけて方々《ほうぼう》に散在している十数ヶ所の便所を毎日一回あて洗って回っている。そして女の便所を掃除しているとき若い女工たちが来ると極端《きょくたん》に猥褻《わいせつ》な話をする。若いころ大将(丈夫のこと)から金を貰って三日おきくらいに松島へ遊びに行った馴染《なじみ》から教わった××××××××彼はそんなことをば臆面《おくめん》もなく喋《しゃべ》り散らしたうえ、×××××××××××××××××××××××××××××××××。だがその色情狂《しきじょうきょう》みたいな彼はただ極端な猥談《わいだん》を口走るだけで女工たちに対してそれを行動に表すことがなかった。それで[168]蓮《はす》っぱな女工たちはかえってそれを面白《おもしろ》がり、こちらから揶揄《からか》っては辛《つら》い勤めのうさ晴らしにするのであった。

しかしながら痴呆症《ちほうしょう》の彼も丈夫逝《ゆ》いて後《のち》の冷遇《れいぐう》が判るのか、

「こん畜生《ちくしょう》、今の奴らはどいつもこいつも恩知らずや。三軒家工場は一体だれが建てたんだ？　山辺丈夫一人して建てたんやないか。わいがおらんかったら、山辺丈夫はこれだけの事業を成功させんうちに、泉州《せんしゅう》の[169]手機家《てばたや》から[170]殺されてもとる。わいは三軒家工場のためにゃ生命《いのち》的《まと》にかけて尽くしたるんや。そのわいに、[171]せんちん掃除せえぬかしよる。[172]らいたい会社の後継者は恩知らるなんや、こんつき生《しょう》！」

こう言って[173]慷慨悲憤《こうがいひふん》を洩《も》らすことがある。

三十八

少しずつ文学に趣味を感じ出した江治は、子供の詩を書こうと思って保育場の前にたたずんではよく小児《しょうに》の生活を観察するのだった。

頭のばかにでっかい子、手頸《てくび》や足頸《あしくび》が体と不調和に細い子、耳の歪《ゆが》んだ子、眼の白っぽい子、あるかないか判らぬような鼻べっちゃの子、そうした奇形児《きけいじ》的な子供が多くて、ほとんど例外なしにコンクリートのような[174]胎毒《たいどく》の瘡蓋《かさぶた》を顔や頭に背負《しょ》っている。そうして男の子も女の子も、機械の騒音と競争で火の点《つ》くように泣く……。嬰児部《えいじぶ》と幼児部に分かって百人から預けられている子供のなかに、一人として賢そうな顔をした健康らしい、順調に発育していると思われる子供はいなかった。

今日もまた鉄格子《てつごうし》の外からそれを覗《のぞ》いて、彼は暗い重苦しい気持ちに襲われた。少女時代から不摂生《ふせっせい》なことをして冷たい敷石《しきいし》の上で長い時間立ちどおしに働かされた女工たちは子宮病《しきゅうびょう》に罹《かか》る率がかなり高く、不妊症に陥《おちい》っている者が相当多いのであるが、でも彼女たちはなかなかよく産む。

（なぜ、彼女たちはこうたくさんな子供を産むのかなあ？）

子を産むことが国家の繁栄だと思い、しかも生まれた者を完全に育てあげずして産んでは殺し殺してはまた産みしている無自覚な生殖《せいしょく》を、彼は怖ろしい徒労《とろう》だと思った。

保母頭のお松つぁんは病気で泣く嬰児たちをいくらあやしたってきりがないので、泣く子は泣くまま放任して炭火《すみび》の[175]いかった炉《ろ》の側《そば》で煙草《たばこ》をふかせておった。するとそこへ甚やんが大福餅《だいふくもち》をたった一個きり持って彼女を口説《くど》きに来た。

「お松つぁん、わいこれ一つ人に貰ったよって半分わけしょう。わいな、更《あら》めて言わいでもようわいの心は判ったるやろけど、お前に惚《ほ》れているんやがな。わいとお前とは、大将の生きたる時分からの知りあいや。わいの方が早《はよ》うからお前に惚れとったんやけど、[176]毛唐《けとう》に横取られてしもたんや。なあお松つぁん、お前が何《なん》ぼ待ったかって、あの毛唐の薄情者《はくじょうもん》はもう日本へ戻り来《き》くさらんで。お前と子供を伴《つ》れに来るいうことも金輪《こんりん》際《ざい》あれへん。たのむよってわいと夫婦《みょうと》になってんか。わいも頼り少ない身やし、お前も寄るべない後家《ごけ》はんや、二人夫婦になったらちょうどええやないかいな。死んだ丈夫《たけお》さんも草葉《くさば》の陰《かげ》で定《さだ》めし喜ばはるやろう？」

こう言って甚やんは老眼をしばたたかせた。

「思《おぼ》し召《め》しは有難《ありがた》いけどなあ甚やん、こんなお婆《ばあ》さんになってはもうあきまへんわ。」

彼女は甚やんの大福を取ってあうりとひと口に食べてしまって言う。すると甚やんは、

「わいかってこんな年寄りやけど、××××××××。」××××××××××××××××××××××××××××××。

するとと若い保母や大きな子供たちが手を叩いて笑う……。甚やんはぐわっと怒《おこ》った。

程なく汽笛《きてき》が鳴ると綿《わた》まみれになった母たちが乳《ちち》を呑《の》ませにやって来る。彼女たちは黒い上着の前を開いて蒼《あお》ざめた胸をあらわに露出《ろしゅつ》した。男の胸のように痩《や》せこけている。一人の母は火の点《つ》くように泣き叫ぶ胎毒《たいどく》の子を抱いて胸を開けたがお乳は出なかった。まずい物を食べて強烈な塵埃《じんあい》を吸って過激な労働をしているため、栄養不足に陥って乳房は涸渇《こかつ》してしまっているのだった。乳呑児《ちのみご》は一層大きな声をあげて泣く……。

「おぉおぉおぉおぉ、よっしよっし、いま[177]牛乳《ぎゅうちち》を溶《と》いてやるよ。」

母は子をあやしながら練乳《ミルク》を溶きにかかったが、まぜているうちに掛《か》かれの汽笛が彼女の尻を追い立てるように鳴ってしまう。

「あ、ブウが鳴ったわ、保母《おば》ちゃんどうぞ頼みますで。」

彼女は練乳《ミルク》の調合を中途でよさねばならなかった。そして瘡蓋《かさぶた》だらけの顔へ接吻《せっぷん》して母は駈《か》け足《あし》で工場へ入って行った。江治は思わずぼろぼろっと、大粒な涙を土の上へボール・ベヤリングのように落とした。

工場仕事には不熱心であっていいという、断乎《だんこ》たる確信を持つ江治は汽笛に無頓着《むとんちゃく》であった。そしてもう一《ひと》休憩のあいだ油を取ってやろうと思ってポケットから小さな詩集を取り出してページを開く。

原動部の工務が巡回して来て、

「君、こんな所で何をしているんだ？」と咎《とが》めた。

「遊んでいるのです。」江治は平然と言った。

「いかんじゃないか君。」

「貴方《あなた》は原動部の担当でしょう？　私は、織布部の男工ですから管轄《かんかつ》違いの方の干渉《かんしょう》は受けません。」

すると工務は呆気《あっけ》に取られたものの如く黙って行き過ぎてしまった。

しばらくすると一人の保母が籠《かご》[178]にぶらくってある嬰児《えいじ》を見回って、

「まあ！」と突然びっくりした。

そして保母頭のお松つぁんを慌ただしく呼ぶと、幼児部の方から馳《は》せて来た彼女も、

「おやッ！」と驚きの声をあげる。

「嫂《ねえ》さん、この子どうしましたんやろ？」

「もうあかんわ。」

「親呼んで来たりまひょうか。」

その嬰児は冷たくなって死んでいた。頭のでっかい[179]だいもんじゃのような子だ。その子の母は、ちょうど先の休憩時間ちゅう主任から喚《よ》びつけられて小言《こごと》を食らっていたのである。彼女は二、三日前から愛児が病気に罹《かか》っていることに気づいていたが、専門の医者に診《み》てもらうことも休んで世話してやることもできなかったので、気にかかりながらも工場のへっぽこ医者に診せて働いていたのであった。

やがて保育場からの報《しら》せによって母が早引きして駈《か》けつけて来た。そして彼女は冷たくなった死児《しじ》を抱いて、すごすごと工場の鉄門を出て行く……。

「何という馬鹿馬鹿しい徒労だ！」

江治は悄然《しょうぜん》とこれを眺めて思わずこう呟《つぶや》いた。そうしていつまでもそんな徒労を繰返すなら、人間も犬も何ら[180]選ぶところがないではないかと浅ましく思い、法律の欠陥をまざまざと痛感した。

*　　　　*　　　　*

工場ではしばらくのあいだ不吉《ふきつ》な出来事ばかりが打ち続いた。ある日少女工が走錘《ミュール》[181]精《せい》紡機《ぼうき》の錘台《フレーム》に挟まれて圧死《あっし》すると、次の日原動部のシャフト回りがタラップの上からセントリフューガル・ポンプの調革《ベルト》の中へ落っこちて半身不《はんしんふ》随《ずい》の片輪《かたわ》になった。と、その翌々日また織布仕《しょくふし》上部《あげぶ》[182]のカレンダーに女工が巻き込まれて腕を一本とられたのである。

誰の場合にしたところで負傷《けが》や奇禍《きか》の死は一様に悲惨《ひさん》で、天賦《てんぷ》の寿命《じゅみょう》をまっとうしてから安らかに永眠すべきものを中途でそんな不自然な方法で生命《いのち》を断《た》たれたり体の一部分を欠損《けっそん》したりしていいはずはないが、わけても先の少女工の場合は不憫《かわい》そうであった。

彼女は上役の大人に言い付けらるるまま機械の下へ潜《もぐ》り込んで掃除をしておった。狭《きょう》隘《あい》なせせこましいところゆえ、大人は入ることを嫌ってなるべくそこの機械掃除を少女工や少年工たちにやらせるのだ。彼女に掃除を言い付けた主任はほかの方面を一巡《いちじゅん》してきてから、その台へ戻ってよく調べもせずにカチャッといきなり運転をかけた。走錘精《ミュール》紡機とは一方に固定したフレームがあってそこから軌条《きじょう》が敷《し》いてあり、その上を長い錘台《フレーム》が走る、例えば巨大な[183]押切《おしき》りを横に装置したようなものであるから、彼女の体は二つのフレームに挟まれてちょうど腹の部分が一枚の板みたいにひしゃげてしまった。血と臓腑《ぞうふ》と食べた物とが辺りへ散乱してさながら壁土《かべつち》を叩《たた》きつけたよう、二等分された軀体《からだ》がぶるぶるぶるっと気味悪く蠢《うごめ》いていた。

彼女はその姉と母と父と、四人づれ家内じゅうで工場へ出ているのだった。母親は駈《か》けつけて泣く……。屠殺《とさつ》された豚のようなむごたらしい我が娘の屍《しかばね》にしがみついて、騒音の中でもはっきり聞こえるほどの大声をはりあげて、自身大負傷《おおけが》でもして痛さに堪《た》えられぬものの如く身を悶《もだ》わした。

「……お蔦《つた》、お蔦、お蔦よう。われはまあ、一体どいつに殺されたんや？　言い、言い、言い、お母《か》んが敵《かたき》とったるさかいに言い。」

母親はこんなに娘の名を呼ばわりながら、散乱した汚物にぬかるんで辺りを狂い回る。

「さあ、どいつもこいつも出[184]てうせやがれ！　人の可愛《かわい》い子をこないに殺してしもてええ思《おも》たるのか？　お蔦よう、われ今夜から[185]幽霊《ゆうれん》になって会社の屋根棟《やねむね》へ出《でぇ》よ。主任と台長《トップ》がお前を殺したのに決まったる。さあミュールの主任め出てうせやがれ！」

彼女の眼はきゅうと引きつって、唇《くちびる》が痙攣《けいれん》しておった。

「台長め、われの腹からこれとおんなし子を産んで返せ。一分《いちぶ》一厘《いちりん》違わんお蔦を、たった今ここへ産んで返しくされ。わいはな、八年間[186]この娘を育てるのんに苦労してきてん。ほんまにほんまに、それをようもようもこんなどくしょうもない目に遭《あ》わせてくれた。オオィ、オオィオィオィオィ……。」

彼女はあまりに酷《ひど》い我が子の死にざまをまのあたり見て逆上《ぎゃくじょう》してしまった。そして怒りと悲しみがこんがらがってすっかり心を狂わせた。

「おばん、口惜《くや》しいやろうけどなあ、いま警察から検視に来やはるよっておとなしゅうしとってんか？」

工務係がなだめると、彼女はぐわっと怒《おこ》って彼に食いついていった。そして、

「われが殺しくさったんやろう？　お蔦を元の通りにして返せ！　さあ生かせ、胴体《どうたい》ついで返せ！　息ふき返させてみやがれ！」と泣きながら息巻いて相手の背広服《せびろふく》へ摑《つか》まり、チョッキの胸へかけていた金鎖《きんぐさり》を引きちぎってしまう。

やがて父親と姉娘がこんな場合に肉親の者のみが感じる異様な胸騒《むなさわ》ぎに打たれつつやって来た。姉はその機台《はただい》の二、三歩近くまで進むと「きゃッ！」と声をあげてたじろく。そして驚愕《きょうがく》のあまり劇《はげ》しい戦慄《せんりつ》に襲《おそ》われて血の気を失った。保全部役付工《やくづきこう》の父も愕然《がくぜん》としてしばらくそこにたたずんだ。しかし彼は驚きと悲しみをぐっとこらえて、眼前に狂い泣いている妻を叱らねばならなかった。

「よう、ええ齢《とし》さらしとってみっともない、何《なん》やその子供みたような泣きざまは。諦《あきら》め諦め、検視やがな、警察からやって来《き》やはるいうたら。」

「お蔦はミュールの主任に殺されたんや。わいは残念でたまらんわお父《とっ》つぁん……。」

「阿呆《あほ》なこと言いなお前、これが[187]不調法でやられたのや。」

「嘘《うそ》や嘘や、主任の餓鬼《がき》めが台の下へ突っ込んだんやよって、わいはお蔦の敵討《かたきう》ちせえにゃきかん……。」

彼女は紡錘《スピンドル》を両手に持って力いっぱい機械を揺《ゆ》さぶった。しかし頑丈《がんじょう》な鋼鉄《こうてつ》の紡錘《スピンドル》はびくともせぬ。

「ええぇ口惜《くや》しい、残念や！」

「阿呆《あほ》んだら、気違いの真似《まね》さらすな。」

良人《おっと》は狂える妻の手を引っ張って無理矢理に場外へ伴《つ》れて出るのだった。

「これ！　お前は何《なん》ぼ女子《おなご》かって心得違いなこと口走るな。わいは平《ひら》男工と訳が違うんやで。会社から引き立ててもらっとる役付工やないか。職工が工場に働いとって機械で死ぬるのは、軍人が戦場で斃《たお》れたのと一緒で名誉の戦死やがな。職務に殉《じゅん》じたのやよって嘆《なげ》くことはあれへん。しっかりせえ！」

彼は妻を叱咤《しった》して言った。しかし逆上してしまった彼女の心へは良人の言葉が通じなかった。

三十九

江治は始めのほど菊枝を疑っていたが彼女の真心がだんだんわかってきた。いったん自分を棄《す》て去《さ》った女が真実の愛に目覚《めざ》めて、悔悟《かいご》して再び還って来る。と、異性に燃ゆるような憧憬《あこがれ》を持ちながら、変に浪漫《ろうまん》的な考えから無理矢理に欲望を抑えてその女と兄《きょう》妹《だい》になって同棲《どうせい》する。それは小説的であるだけに力《つと》めて女を信じて事実化しようとする努力に、彼は相当骨を折った。そして彼女に侮辱《ぶじょく》されたことも、失恋に懊悩《おうのう》[188]したことも、現在の愛の生活にとって追憶《ついおく》すると不利なすべての過去を一切忘れてしまいたいために、幸福なことばかりを心に描くよう焦《あせ》った。しかし今や彼はそんなことに頭を砕《くだ》かぬようになる。家《うち》と妻と自分の存在が真に嬉しかった。

菊枝はまた婦人雑誌でも読みながら家の用事を片づけて彼の身のまわりの世話を焼いてやり、彼を勤めに出すことに微笑《ほほえ》ましい誇《ほこ》らしさと満足を覚えた。そして休みの日に夫婦つれだって日帰りの小旅行を試みたり、新しい芝居や活動のかかったとき二人で観《み》に行くことが無上《むじょう》の娯《たの》しみだった。ほかの男工たちは月に四回の公休日のうち三回くらいは出掃除《でそうじ》や機械手入れに出勤して休まないのだが、江治は「重要な仕事があるゆえぜひとも明日には出勤してもらいたい」と強《し》いて頼まれても断じて公休日に工場へ出るようなことをしない。彼は、給料が廉《やす》くてしょうがないゆえせめて歩《ぶ》[189]で取ろうという苦肉《くにく》の策《さく》ではあるが、たまの公休日に休みもせずに身を砕《くだ》く朋輩《ほうばい》たちの気が知れなかった。

彼が牛肉を好くようになったので、彼女は一週間に一度、必ず交代の前の晩すき焼きをすることに決めた。そしてその都度、肉が良いというのでわざわざ千《ち》代《よ》崎橋《ざきばし》[190]のいろはまで泉尾町《いずおちょう》から買いに行った。お午《ひる》は毎日工場の職工面会所まで江治のために弁当を持って行ってやる。彼はその時間があまり無駄《むだ》なように思ったので、

「僕、せめてお午だけでも工場のご飯を食べようと思う。」と言って彼女に叱られた。

「貴方《あんた》は好んで不味《まず》い物が食べたいの？　何も好んで不味い物食べたからって、それで偉いゆうことないでしょう？　それともわたしの拵《こしら》えるくらいな食事が贅沢《ぜいたく》だというのなら、日頃の主義主張と辻褄《つじつま》が合わないわ。それに家《うち》があるのに工場のご飯なんか食べたら、第一家庭が冷たい……。」

「それではお弁当を朝詰めておくれ。わざわざ時間潰《つぶ》して持ってまで来てもらわなくっても僕が提《さ》げて行くよ。」

「いいの、うち何《なに》もお弁当だけ持ってわざわざなんか行かないから。あまれ家の中にばかしいても退屈《たいくつ》になるよって、運動がてら晩の買い物やなんかに出かけて行くの。」

こう言って、彼女は彼に弁当箱を持たせなかった。

晩春から初夏へかけて着るように、菊枝は彼のためにセル[191]の単衣《ひとえ》と羽織《はおり》を作る。彼は恵まれたる物質生活にひたって、長い長い愛の沙漠《さばく》を歩んできた苦しい旅の疲れを、温泉に入って休めるような気持ちがした。工場にあっては真っ黒になって働いていても、一度家へ帰って入浴でもしてくると小綺麗《こぎれい》な着物に着替えて一家団欒《だんらん》の晩餐《ばんさん》の膳《ぜん》に向か

い、たとえ一時間ずつでもいいから読書する。休日にはまた子供のある者は子供、親のある者は小ざっぱりさせた親でも伴《つ》れて思い思いな所へ遊びに行く。こういうゆったりした生活を、すべての労働者は営まねばならぬものだと彼は常に思っていた。そして労働者といえば常に[192]菜《な》っ葉《ば》服《ふく》を纏《まと》っているものだというような民衆の概念をまず打ち壊さなければならないと考えた。彼女との生活は彼が常に憧憬《しょうけい》していた文化的生活である。だが彼はようやくのことで月三十円にしか届かぬ自分の収入で、とても世帯が切り回せていないことを考えると暗くなった。菊枝は着物や道具類を全然別に、一ヶ月二十円[193]足《た》し前《まえ》がいるといって毎月貯金を引きおろす。その勘定でゆくとまずこれならばどうにか人間らしい生活だという彼の世帯を標準にとって、扶養者《ふようしゃ》のないたった夫婦二人きりの家庭でさえ、職工の主人は少なくとも今の二倍額の収入を得ないとやっていけなかった。で、彼は皆が夫婦づれで工場へ出て共稼《ともかせ》ぎをしている理由がはっきり判った。

ある日彼女は楽しい晩餐のとき、

「貴方、洋服拵えない？」と言った。

彼は洋服が欲しかったのであるが、[194]意気地《いくじ》なしの亭主のくせしてまさかこっちから動[195]議する訳にもゆかなかったから黙って辛抱《しんぼう》しておったのだった。

[196]「運動なんかして、社会へ顔出すのにはやっぱり洋服がないと都合が悪いでしょ？」

「あった方が、もちろんいいねえ。」

「作るといいわ。」

「しかし大枚《たいまい》[197]三十円やそこいら家《うち》へ持って帰って来て、七十円も八十円もする洋服作っていたんじゃあまり虫がよ過ぎる。もうずいぶん菊ちゃんのお金使ったのだから……。」

「またそんなこと言うのなら、もうお副食《かず》あげないわ。何《なん》にも副《そ》えずにご飯おあがり。」

彼女はこう言って、筍《たけのこ》の煮付けの盛ってある皿を夫婦膳《みょうとぜん》の下へ隠してしまった。

「作る、作る。作るから食べさせて……。」江治は甘えるように承諾《しょうだく》した。

「わたし花色[198]の勝《か》った紺《こん》セルが好き。今日お使いに行って本田《ほんでん》で見てきたのよ。貴方《あんた》はほっそりしておって色が白いよって、きっとあの綾縞《あやじま》[199]の入ったお茄子《なす》のような色がよく似合うわ。」菊枝は嬉しげに言う。

「洋服作ると、靴《くつ》がまたいるねえ？」

「使うためのお金だわ。貴方の収入で半分さえあれば、びくびくせんでも四、五年は大丈夫。」

「もっとも人間並みの生活もせずに、貯金のための貯金をするくらい馬鹿馬鹿しい話はないがね――。」

＊　＊　＊

前の年あたりから不景気だといっていた一般経済界は春になれば多少恢復すると観《み》られていたのであったが、事実は観測を裏切って[200]どん底の行き詰まりへ陥《おち》った。ことに過ぐる欧州戦争当時変則的に起こった有頂天《うちょうてん》の好景気に乗《じょう》ぜられて無制限に計画された紡績会社が多数運転しだしたので、市場《しじょう》はいわゆる生産過剰に行き悩んだ。一時[201]五百円以上の高値を踏んだ綿糸は、その三分の一以下というようなひどいところまで暴落する。だがそれでも皆目《かいもく》品物が動かず、問屋の蔵《くら》にも工場の倉庫にも数知れぬ綿糸や綿布《めんぷ》がぎっしりと詰まって停滞《ていたい》した。

工場ではいつもこの不景気を利用して人員整理や、弛緩《しかん》した職工の心の[202]鞭撻《べんたつ》が行われるのであった。

紡績連合会は生産を制限して糸価《しか》の釣り上げを図るため、錘数三割の運転休止を決議して各社工場では直《ただ》ちにそれを実行する。

――走錘《ミュール》精紡機でやられた少女工の母は、愛する者の惨虐《ざんぎゃく》な死を眺めた刹那《せつな》の恐怖から、工場を呪《のろ》う一念のあまり遂に気が狂《ふ》れてしまった。会社は「まことに気の毒な出来事ではあるが、こういう不景気な際であるから」とてわずか二百円の香典《こうでん》を包んだきり。

そして彼女は「気の狂った者を工場へ入れることはできぬ」と言われて、[203]一厘《いちりん》の手当金もなしに解雇に処せられた。

江治は絶えず一通は上着のポケットに忍《しの》ばせている労政会の書類から、宣言文を思い出して人道的興奮を洩《も》らす……。

「時代の進歩に伴《ともな》い、われら紡織工は相互扶助による組合運動により、我らの地位の改善を期せざるべからず。日本における紡織工は本邦《ほんぽう》産業の重要なる地位を占むるものなれどもその従業労働者の地位は低く、女工、[204]幼年工のこれに従事するもの実に多し。ゆえに我らはまず団結して女工、幼年工の生活状態を改善し、さらに紡織労働者全部の労働条件の改善を期せざるべからず。紡織労働者よ奮起せよ！　いたずらに惰眠《だみん》を貪《むさぼ》るなかれ。目覚めよ立て！　組合なくして我らなし。我らは、組合の力をもって不合理なる工場組織を改善し、進んで社会改造を期せざるべからず。」

江治は暗誦《あんしょう》したこの文句を口のなかで叫んでは、厳粛《げんしゅく》な敬虔《けいけん》な心持ちになった。

――三割の休錘《きゅうすい》のため人員が過剰してきた。女工はなかなかたやすく得られないのと新たな募集の方をやめてさえおけば自然に退社して減ってくるので別段解雇せられずに済んだが、不熟練工《ふじゅくれんこう》は二十人余り一時《いちどき》に雇《やと》いを解かれる。工場では急に全員の体格検査を執行して、その中から弱い者ばかりを選抜《せんばつ》して辞職勧告の方法でもって解雇していった。

入社の際に「三年間は決して退社申し出ることなく勤めさせてもらいます」という年《ねん》切《き》り証文《しょうもん》を強制的に入れさせておいて、生産制限による人員過剰のため勝手にその約束を破棄《はき》して、辞職を迫るなどという[205]姑息《こそく》な横着な会社の態度に、一言の抗議も申し込まずしてめそめそと出て行く職工たちを憐《あわ》れむよりもむしろ江治は憎《にく》しんだ。けれどもただ憎んで傍観《ぼうかん》している者は冷血児《れいけつじ》でこそあれ決して親切な同類意識を持つ者のとるべき道でなく、主義に不忠実なこと甚《はなは》だしいと思ったので、彼は[206]管轄《かんかつ》違いへ乗り込んで行ってほとんど顔も知らぬ同胞たちのために運動を起こそうとする。江治は自分の仕事をうっちゃらかしておいて、不安な噂《うわさ》が立ち出してからというものべったり紡績部へ行ききりにしておった。大勢の不熟練工のうちで、誰が辞職の勧告を受けているのか判らぬので運動はなかなか骨が折れる。

「俺は織布の三好江治という者だがね。変なことを尋ねるけれど、君に上役の誰かが工場を罷《や》め言わなかったかなあ？」

こう言って、彼は一人一人訊《き》いて歩く。入社してからまだ日が浅いゆえ、すべて工場の勝手が判らずそうするよりほかに方法がなかった。

「君は体が弱いよってに労働は身のためにならんやろうさかい、今のうちに罷《や》めてほかに適当な仕事さがした方がええやろ言わはりました。」

江治の質問に、一人の男がこう答えた。

「それで、君は一厘《いちりん》の手当金も貰わずに自分からよして行くつもりですか？」

「へえ、しょうおまへんよって明日退社願もって来まぁ。」

「君は、それで不合理だとは思わないかね？　相談があるから場外《そと》へ出給え。」

機械の喧噪《けんそう》を避けるため、江治はその男を便所の脇へ伴《つ》れ出して懇々《こんこん》と資本家の非《ひ》を説く……。

そして、

「で、君は三ヶ年間ここで働くだけの権利があることを自覚しなきゃ駄目《だめ》じゃないかね。ひとつこのさい不熟練工が一致団結して、横暴な会社の処置に対して抗議を申し込み、あくまで権利を主張してみる気はありませんか？」江治は、こんなに言って相手をいわゆる煽動《せんどう》した。

「しかし、もう退社を承知してしまったんです。」その男が言った。

「上役に口説《くど》かれて、ただ単に口だけで承知の旨《むね》を答えたのだろう？　それなら何、ちっとも構うことはない、まだ会社と手が切れている訳ではないんだから。」

「しかしいったん男が罷《や》めます言うといて……。」

「そんなところで男を出す必要はない。さ、これに署名して俺に委《まか》せ給え。」
優柔不断な新米たちを鼓舞《こぶ》して、彼はやっと十人余りの署名を取った。

四十

江治の組の組長は何か会社のためになるようなことをこっそり上役に申告して、その功《こう》により地位の昇進を図ろうと常に目論《もくろ》んでいた。と、江治の様子がどうもただの男工とは違って怪《あや》しいので、油断《ゆだん》なく彼の行動を監視するため、わざと彼が何時間自分の仕事を放任して部を空けても気付かぬものの如く装っているのだった。

彼は今日もまた九時前から部下の江治がどこかへ姿を消してしまったので、(ええ奴《やっこ》さんまたどこかへ行ったな。そのあいだ俺は二人分の仕事をやらなきゃならん。しかしまあ、今にあいつが危険思想の宣伝者であることを突きとめて会社へ報告すりゃあ、一段階級があげてもらえるというもんだ)と思いながら、何か証拠になる物がないかと更衣戸棚を探《さぐ》った。組長は江治をたしかに労働組合のオルガナイザーだと睨《にら》んでいたが、しっかりした証拠が挙がらぬので上申《じょうしん》ができなかったのだ。

部の隅《すみ》っこに備えたニス塗りの更衣戸棚のなかには、栗毛《くりげ》霜降《しもふ》りの江治の上着が置かれてある。彼はそっと手をかけてそのポケットを検《しら》べた。するとその中から労政会の会則と社会主義のリーフレットが五、六枚飛び出してくる。

「しめたッ！」と彼は喜びの声をあげた。

江治はすべての組長や工場における中間階級は資本家の犬だと思って用心しておったのであったが、辞職勧告を受けた不熟練工たちに組合の主義を徹底《てってい》せしめるため配布しようと考えて少したくさんもって来たやつの残りを、あまりぽかぽか暖かかったので上着を脱いだままついうっかり忘れていたのである。

やがて組長は、急いで事務所へ馳《は》せつけて行った。そして「ごくごくないしょで工場長殿のお耳へ入れておきたい事柄《ことがら》があります。」と言って給仕に取り次いでもらい、間もなく恭《うやうや》しく工場長の前へ出頭する。

「申しあげます。[207]去《さ》るほど子《ね》の部《ぶ》へ入りました鐘ヶ崎出《で》の三好江治という若い機械直し工でございますが、あの男はなかなか学問もあるらしいし、腕も冴《さ》えております割《わり》にどういうものか働かないんでございます。それでわたくしは、きゃつの様子がどうも怪《あや》しいと睨《にら》みまして内々探《ないないさぐ》りを入れておりましたところ、案の定きゃつは危険思想の宣伝者としてこの会社へ入り込んでおる事実を図らずも今日つきとめましてございます。はあ、どうぞこれをご照覧《しょうらん》下さりまして……。」

彼はこう言って盗んだ刷《す》り物《もの》を工場長に捧《ささ》げた。

「三好とかいう男が、それを持って何か宣伝しておったのかね？」

工場長は回転椅子に寄《よ》りながら鷹揚《おうよう》に声をかける。

「はあはあ、さようでございます。あんな過激分子が職工のなかにまざっておりますと、会社のためによろしくないと存じまして、ちょっとご報告申しあげた次第でございます。はあ、きゃつは部にありましてもいささかもわたくしの言うことを承《き》かんと、いつも工場規則を破って自分勝手な振る舞いを何かによらずやって、秩序《ちつじょ》を乱しております。」

「よろしい、追って工務係から沙汰《さた》させましょう。ええ、君の名前は何といったかね？　ちょっとそのメモに認《したた》めておき給え。それから、その三好というのは今日出勤しておるかね？」

「はあ、出ております。」

「それでは、すぐに事務所へ来るように喚《よ》んでもらおう。」

工場長は言った。彼は自分の名前を恐る恐る工場長のテーブルメモへ書きつけておいて、あたふたと工場へ帰って行く……。

＊　　＊　　＊

江治は、工場長の許《もと》へ一人で交渉に行くよりも皆《みんな》で押しかけて行った方がいいと考えて不熟練工たちを誘い、上着を引っかけに[209]子《ね》の部《ぶ》へ戻って来る。と、

「三好君、事務所から工場長はんが喚《よ》んでいたで。」と組長が言った。

「そうかね、僕がいま用事があって事務所へ行こうと思っていたところだ。今日はまた一日仕事ができないかもしらんがひとつ頼むぜ。」

「はあ、ゆっくり行ってこい。」

組長は何くわぬ顔して空とぼけている。彼は更衣戸棚から上着を出して着て、たしかに入れておいたはずの書類がなくなっていることに気づいた。しかし悪意でもって他人に盗まれたのだとは思わず、大して気にもかけないで休憩所に待っている不熟練工たちを伴《つ》れて事務所へ赴いて行く。工場長は江治一人を召喚《しょうかん》するつもりだったのに、大勢づれで押しかけて来たので驚いた。そして、

「三好君一人だけお目にかかりましょう。」と言う。

「諸君、それではドアの外で待っていてくれ給え。」

江治は詮方《せんかた》なく不熟練工たちをそこへ待たせて、自分一人工場長の前へ進んだ。そして、まだ初めて会う人なので取りあえず、

「お初《はつ》にお目にかかります。私が三好江治ですからどうぞよろしく。」と簡単に挨拶《あいさつ》し

て頭を下げ、それから、

「今お喚《よ》びだったそうでございますが、実は私の方からお話ししたい件があってお邪《じゃ》魔《ま》したのです。」と言った。

すると工場長はややせき込んで、

「来てもらったのはほかでもありませんが……。」

江治は先を越されてはならないと思って、相手の言葉が終わらぬうちに突っ込んで行く。

「お伺《うかが》いしたのはほかでもありませんがこの度の休錘《きゅうすい》について犠牲者を出す件……。」

今度は工場長が言った。

「君は当工場へ入って労働組合を宣伝しておられるそうですが、それははなはだ困ります……。」

「これははなはだ会社側の態度が不《ふ》穏当《おんとう》だと思いますから、私たちは断じて辞職勧告を承認する訳に参りません……。」

「我が極東紡績では労働組合を認めていないです……。」

「私は、このたび各係を通じて辞職勧告を受けた不熟練職工の代表委員として、ここに当三軒家工場の管理人たる貴方《あなた》に断乎《だんこ》たる抗議を申し込みます！」

「会社の雇い人として会社の認めておらぬ運動をされるということは工場規定に違反している。権利義務によってすべてを律《りっ》しようとする労働組合主義は、大家族主義、温情主義を信条とする我が社風に合致しません。君の宣伝の労政会は秘密結社と認める。解散を命じます！　君は煽動者《せんどうしゃ》でしょう？　即時退社して下さい！」

「休錘《きゅうすい》、操業短縮（労働時間の短縮ではない）、[210]人員淘汰《とうた》、不都合千万《ふつごうせんばん》です！　入社の際には厳重《げんじゅう》な体格検査まで行なって、三ヶ年の年期証文を強制的に取ったではありませんか？　姑息《こそく》な手段を弄《ろう》せずに、誓約《せいやく》を履行《りこう》されたいです。」

しばらくのあいだ双方たがいに思うことばかりを言い張って相手の言うところを聴かなかった。

「証文を、もう一度読み直してみ給え。」

工場長はこう言いつつ机の抽斗《ひきだし》から半紙《はんし》に[211]活版刷《かっぱんず》りした証文の用紙を取り出し、これを彼の鼻先へ突きつけながらその条《くだり》だけを自分で抜き読む。

「……一、御社《おんしゃ》営業上時々の御都合によりいつ御解雇《おんかいこ》相成候《あいなりそうろう》とも決して苦情等申し出《い》で間敷候云々《まじくそうろううんぬん》とある。諸君たちは三銭の[212]証券印紙まで貼って[213]盲判《めくらばん》を捺《お》したのかね？」

江治はぎくりと詰まった。しかし、

「求職者の弱味につけ込んで強制的に取った、そんな一方的証文は無効です！」と負け惜しみの如く言い放った。

やや険悪《けんあく》な沈黙が続いたのち工場長は、

「それでは、結局どうしてくれと言うのです?」

こう少し折れてきた。

「そうですな、どうしても会社の方から勝手に決めた契約年限内に罷《や》めさせようというのなら、ひとつ正式に解雇して相当額の手当金が頂戴したいです。」

江治も少し語勢を落として言った。

「それならそうと、初手《しょて》から穏《おだ》やかに話を持ち込んでもらうとよかったですなあ。嘆《たん》願書《がんしょ》のような形式をとってもらうのが、会社としてはいちばん相談が纏《まと》まりよい。」

「恐れ入りました。」

どうせ駄目《だめ》なものならなるべく相手の感情を損《そこ》なわないでおいて、一文《いちもん》でも余計に手当を出させた方が得策《とくさく》だと思い、彼は言い過ぎを謝《しゃ》するつもりで軽く頭を下げた。

*　　*　　*

それからしばらくのあいだ彼は燃ゆるような反抗を殺してせいぜい相手の同情心に訴え、言葉を尽くして協商《きょうしょう》したが、結局のところ一人に対して十五円あての[214]涙金《なみだきん》を出させる以上、一歩も話は進まなかった。しかしいつまでやっていてもけりがつかないから、委員の権限によってそこで承諾《しょうだく》してしまう。そして彼自身も、あまりに無智な者が多過ぎてとても組合の作れそうにない状態に見きりをつけたのと、例のブラック・リストを回される恐ろしさのため綺麗《きれい》に退社することに定めた。すると工場長は職工係を喚《よ》んで早速ながら彼の眼の前で、会計へ出せば現金と引き換えてくれる支払伝票《しはらいでんぴょう》を認《したた》めぽんと捺印《なついん》した。ところが三好江治の伝票にだけ45.00と皆の三倍の数字が表われている。彼はほくそ笑んで工場長室を出た。そして、

「諸君、実に面目《めんもく》ない訳合い[215]だが残念ながら交渉は不調だった。これをいっぺんに会計へ出して現金に換えて、皆で分けてくれ給え。僕も今日限りでこの工場をよす。じゃ失敬《しっけい》するよ。さようなら、いい口を探しあててくれ給え……。」

こう言って自分が一般の奴隷工とは幾分変わっているために敬意を払って出したであろう四十五円の伝票ぐるめを、失業者たちにくれてやって彼はさっさと織布部へ帰って行った。

四十一

江治は労政会の会則を盗んで工場長に密告した犬を、たしか子《ね》の部《ぶ》にいるに相違ない

からあくまで詮議《せんぎ》[216]して何らかの方法でもって懲《こ》らしめてやろうかと考えた。しかし思えば彼らは不憫《かわい》そうなものである。（彼はそれを悪いことだとは知らずにやったのだろう？　おおかた忠義ごころで、かえっていいことと思ってやったのだわい）こう解釈すると憎むものは盗んだ彼よりもそういうあやまった観念を抱《いだ》かせる資本主義的な無産階級の教育であった。

（赦《ゆる》そう……）彼はこう思ってすっかり退社の手続きを終わり、工場の門を出た。いつもならすぐと怖ろしい不安に駆《か》られるのであるが、今は心苦しいながらも妻の貯金さえ引き出せば当分の生活に困らぬ境遇《きょうぐう》に置かれているので、失業の苦痛は極めて薄い。

　生駒《いこま》の連峰《れんぽう》から昇《のぼ》って大《だい》大阪の空を走った太陽が紅《あか》く燃えて、海を渡った六甲《ろっこう》の山なみへおもむろに落ちていった。そして変電所の[217]オイル・スイッチが動いて全市街の上空を蜘蛛《くも》の巣《す》の如く張りめぐった電灯線へ電流が通ずると、土佐《とさ》の稲荷《いなり》[218]と松島の桜筋《さくらすじ》と、天王寺《てんのうじ》公園の桜には一斉に五彩の電灯が点《つ》いて、市《まち》の春の宵《よい》は美しく悩ましい夜桜の行楽気分と変わるのであった。生産の市《まち》の喧囂《けんごう》たる活動も八分《はちぶ》通りまで止《や》んで、鍛冶屋《かじや》は鎚《つち》を置き、大工《だいく》は鋸《のこ》を納《おさ》め、石屋は鑿《のみ》を仕舞《しま》い、荷車曳《にぐるまひ》きは車を停《と》め、船頭《せんどう》は棹《さお》を揚《あ》げてみな夜桜のもとを慕《した》って浮かれ出る……。馬や牛さえも夜は休むのに、衣服の製造を営んでいる紡織工は夜も休むことができなかった。

空は朧《おぼろ》に霞《かす》んでいる。極東紡績三軒家工場から約四分の一マイル以内の地点に三角に置かれた三つの大工場からは、市民の歓楽をよそに分厚《ぶあつ》い防火壁を洩《も》れた夜業《やぎょう》の音がどろどろどろどろ伝わってくる……。それは機械に征服された者の永《とこし》えの呪咀《じゅそ》であった。

――便所掃除夫の甚《じん》やんはどことて寄るべない孤独な老体を抱えつつ、三軒家工場を墳墓《ふんぼ》と定《さだ》めて明け暮れせっせと汚《きたな》い所の掃除をしておった。ところが彼は今日突然と工場長室へ喚《よ》ばれて、工場長と職工係主任から思いがけなくも馘首《かくしゅ》の宣告を受けたのである。職工係主任は「今度本社の人事課長が変わって、職工以外の雇い人にも定年限制が適用されることになった。ついては甚やんはもうその定年限に達しておるから罷《や》めてもらわねばならん」と言った。そして工場長の手から「しかし甚やんは前社長の時分から会社のために尽くしてくれたのであるから、これをその功労金に下付《かふ》します」と、三百円の貯金帳を渡す。

その刹那《せつな》精神に異状のある彼は、驚きのあまり高い断崖《だんがい》にたたずんで二人のために突き飛ばされたような錯覚《さっかく》に襲われた。真《ま》っ暗闇《くらやみ》の涯《はて》しない空間を、自分の体がすうっと音もなく[219]奈落《ならく》の底へ落ちて行く……。

彼の手先がぶるぶるっと小刻《こきざ》みに顫《ふる》えたと思うと、見る見るうちに腕から胴へ大きな戦慄《せんりつ》が伝わっていった。そして次の瞬間、甚やんは全身を痙攣《けいれん》させてばったり仰向《あおむ》けざまにリノリウムの上へぶっ倒れる。「KS極東紡績株式会社三軒家工場」[220]と、襟字《えりじ》を染《そ》め抜いた印半纏《しるしばんてん》の下で、胸は張り裂けるような劇《はげ》しい動悸《どうき》に波打っていた。眼はすっかりつりあがってしまい、固く食いしばった歯の間からわくわく慄《ふる》える桑実《ふなび》色《いろ》の唇《くちびる》を分けて、ぶつぶつ、ぶつぶつッと泡《あわ》が吹き出した。

「ああッ、奴《やっこ》さん眼《め》え暈《まわ》しよったな！」

「癲癇《てんかん》でしょう？」

「しょうがないなあ……。」

宣告した二人は呟《つぶや》きながら督促《とくそく》を呼び、彼を医局へ担《かつ》がせていった。すると白いうわっ張りを脱いで背広に着替え、帰り仕度をしておった工場医は彼を空《あ》いていた病室へ搬《はこ》ばせ、厭《いと》わし気に簡単な手当てをしてさっさと家《うち》へ引きあげてしまった。

＊　＊　＊

夜は静かに更《ふ》けてゆく……。ペンキひとつ塗らぬバラックのような荒家《あばらや》の綿塵《めんじん》によごれた病室、縁取《ふちど》らぬ琉球表《りゅうきゅうおもて》の畳《たたみ》は故郷遠く離れて来た可憐《かれん》の乙女《おとめ》が幾人か肺病で斃《たお》れた血で黝《くろず》んでいる。五燭《ごしょく》の豆ランプがただ一つ夏の痩蛍《やせほたる》のように淡《うす》く光って、あたかも孤独な彼《か》の老人を看護するものの如く精神病者の顔を見守っておった。病院はちょうど工場中で一番静かな綛場《かせば》の裏手《うらて》に当たるので機械の騒音を避けてしんとしている。

夜中の汽笛が鳴って余程《よほど》たってからであった。多量に水を呑んだ[221]土左衛門《どざえもん》が岸へ引き揚げられたような醜態《しゅうたい》な恰好《かっこう》にふんぞりかえって寝ておった甚やんは、突然怯《おび》えたような声を出してがばと跳《は》ね起きた。そしてぎょろりと眼を据《す》えて何か腑《ふ》に落ちぬものの如く辺りを凝視《ぎょうし》する。依然としてすっかり釣《つ》りあがってしまった[222]憑《つ》きもののしたような眼つきだ。

彼はしばらくのあいだ羽目板《はめいた》を睨《にら》んで眼《まなこ》を瞠《みは》っていると、次の瞬間またばったり倒れた。同時に劇《はげ》しいすすりなきが病室中にみなぎって起こる……。

「ざ、ざ、残念や！　わいを[223]解雇んするぬかしよる。わいを、このわいを、解雇んするぬかしよる。わいはな、この会社のために生命《いのち》的《まと》にかけて尽くしたるんや。恩しらるめが、ご恩しらるめ！　工場長の恩しらるめ！　口惜《くや》しい、口惜しい、わいは、わいは口惜しい。ざ、残念や、残念やッ！」

彼の肩は興奮のために高く波打った。

「このわいはな、お前が何《なん》ぼ解雇んする言うても出て行かんど！　怨《うら》む、呪《のろ》う、憎《にく》い。」

彼は憤怒《ふんぬ》のあまり胸が張り裂けるようであった。

「ここここ、こうの恩しらるめ、ばばたれ猫のど畜生め、工場長、職工係主任め、われらは寄ってたかってこの甚やんを殺そうとたくなんでけつかるな？　どっこも行くところがないこと知っとって解雇んするいうことは、し、死ねちゅうこった！　し、死ねてこった！　死ねぬかしよる！　死、死、死、死ねぬかしよるな、わいに？」

悲痛《ひつう》そのもののような、そして狂《くる》える者とも思えぬはっきりした鋭い声。

「よおっし、死ねぬかしよるなら死んでかませる！　その代わり覚えとれ、わいは[224]巳《み》やさかいあくまでもわれらに祟《たた》ってやるど！　白蛇《はくじゃ》んなって、ぐるぐるぐるぐるっと[225]インジのハンロルに巻くりついたる。わいの怨《うら》みで、きっと三軒家工場の運転停《と》めたるわい！」

　こう言って、彼は突然さも快《こころよ》さそうにギャラギャラと高い哄笑《こうしょう》を上げる……。しかし次の刹那《せつな》にはキリキリッと歯軋《はぎし》りさせて、己《おの》が纏《まと》っている法被《はっぴ》をずたずたに引き裂いていた。

　彼に与えられた三百円の功労金は無駄《むだ》であった。日増しにつのっていく病勢は彼の頭脳から数の観念を排出《はいしゅつ》してしまっていたゆえ、彼はその金を貰って老後の[226]算用《さんよう》を立てることができなかったのである。

　狂いに狂う甚やんは二枚の蒲団の側《がわ》をことごとく剝《は》いで滅茶苦茶に中入《なかい》れ綿《わた》をつまみ、クライトン・オープナーに掛けた混綿《こんめん》のように[227]ほぐらかして手当たり次第に辺りへ投げつけた末、節穴《ふしあな》へ指を突っ込んで羽目板を一枚めりめりっと引んめくった。そして彼はその物音に勝関《かちどき》をあげた破壊者の如くさらに裏手の硝子窓《ガラスまど》を突き破ってひらりと戸外へ飛び降りる。硝子の破片に擦《こす》られて両の腕からは紅《あか》い血がだらだらと滴《したた》っていたが、彼はもはや痛さと疲れることを知らなかった。

　病室を破って出た甚やんは、原動部を目がけてまっしぐらに駈《か》けて行った。病院から原動部へ行くには、牢獄《ろうごく》のような工場の煉瓦壁際《れんがへきぎわ》をぐるりと迂回《うかい》して正門のところへ出なければならない。路《みち》は暗かった。そして炭殻《すみがら》の固まった[228]クリンカーを敷いた素足《すあし》で歩けば必ず足の切れる荊棘《いばら》の途《みち》、それは彼の歩む最後の道だった。

　織布工場の脇へかけ出して保育場の前までやって来ると、一散《いっさん》に駈《か》けっていた彼はぴったり足を止めた。そうして保母のお松つぁんの居室になっている片隅《かたすみ》の部屋を、灰色の生木綿《きもめん》のカーテンの懸かった窓の外から窺《うかが》った。昼だけ開かれるその保育場は、彼女の部屋からただ一つ幽《かす》かな明かりが洩《も》れるきりで、ほか全体は闇《やみ》のなかに黙々《もくもく》と静寂《せいじゃく》を守っている。夜警灯《やけいとう》の光は届かなかった。そして巡視《じゅんし》の守衛も回って来ない。いつも便所の方の開き戸がもともと掛《か》け金《がね》が付いていないため開いていることを忘れなかった甚やんは、傍《かたわ》らに転がっていた力織機《りきしょっき》の重錘《おもり》を一個ひろって、こっそりそこから彼女の部屋へ忍《しの》んで行った。織布部では地の薄い物を仕掛けると送り出し装置の重錘がうんと余って置き場に困るゆえ、場外へ放り出して保育場の横へ石塊《いしくれ》みたいに積んでおくのであった。[229]五合枡《ごごうます》くらいな側面L型の[230]錬鉄《れんてつ》で、目方《めかた》が[231]三貫目ほどある。

　お松つぁんは彼が忍び入ったことに気づかずと、春の夜の生暖かさに誘《さそ》われて床《とこ》の端《はし》へあずり寄り××。そして淡《あわ》い電灯の光が老女の化粧を冬の日のように物凄《ものすご》く照らしているのだった。

　彼は一瞬間突っ立って女の上へ鋭い視線を投げかける……。と、次の刹那《せつな》怖ろしい惨《さん》劇《げき》が行われた。疲れることを知らぬ大力《だいりき》の彼が渾身《こんしん》の力をふるって高く翳《かざ》したその重錘を彼女の頭へまっすぐに打ちおろす。角《かど》の九十度に尖《とが》った硬《かた》い硬い錬鉄が徳利《とっくり》でも割《わ》るようにたやすくがつんと頭蓋骨《ずがいこつ》を打《う》ち砕《くだ》いてざくっと脳味噌《のうみそ》へめり込む音と、重い物が地球の重心へ向けて落ちて行ってどすんと床《ゆか》を鳴らす響きと、圧力を持った血がちゅッと四方へ飛び散る音とを一緒こたにしたような、不気味な物音が[232]一秒時間部屋の空気を震《ふる》わせたと思ったらおしまいであった。だが末梢《まっしょう》神経が脅《おび》えてしばらくのあいだ手足の先が半分に斬《き》られた蛇《へび》の尻尾《しっぽ》のように蠢《うごめ》く……。彼は丼《どんぶり》の破片《はへん》の如く打ち砕かれた彼女の頭から蒲鉾《かまぼこ》にする魚の潰《つぶ》しのような脳味噌を分けて××××××××××××××××××××××××××××。

「お松、お松……。」と悩まし気に彼女の名を二口三口呼ばわってのたくるように辺りを模索《さが》し、今×××××××××××××××××××××××××××××××。

「お松、わいに殺されて本望《ほんもう》やろう？　アッハハ、ハ、ハ、ハ、ハ、ハ、ハ……。」

甚やんは突然度外《どはず》れな笑い声をあげた。

* * *

お松つぁんを殺した彼は血まみれになって窓から飛び出した。そして再び原動部の方へまっしぐらに駈《か》けて行ったが、二個の蒼白《あおじろ》い献灯《けんとう》に守られる銅像の基《もと》へ差しかかると、ひらりと身を跳《おど》らせて鎖《くさり》の張った玉垣《たまがき》を乗り越える。煤煙《ばいえん》によごれた[233]花崗石《みかげいし》の高さ、人の背丈《せたけ》ほどある四角い石ぶみの上に、三軒家工場創立者の紀念像は窪《くぼ》みが緑青《ろくしょう》に錆《さ》びかかっていた。しかし彼の眼にはそれが活《い》ける者の如く映じ、厳然《げんぜん》たるなかにもどこか優《やさ》しみのある懐《なつ》かしい眼《まな》ざしで自分を見下ろしているようである。

甚やんはこの亡き主人をひとめ見上げた瞬間に銅像がうつむき、「来い」と言っていつくしみの両手を差しのべたような錯覚を感じた。で、彼は、

「おお、大将！」と叫んで己《おのれ》も手を差し出しつつ一尺《いっしゃく》ほど上へ飛びあがる。

そして甚やんは、両手でもってしっかりと銅像の脚を抱いて空《くう》に釣《つ》りさがった。

「おお丈夫《たけお》さん、大将！　わいは残念やね。ざ、残念や！　残念や！　口惜《くや》しい！

口惜しいちゅうたら！　く、口惜しい……。い、い、い、い！」

癇《かん》の立ったあまり、彼は無我夢中で銅像の足へがばと噛《か》みついた。そうしてその噛みついたなりで極度に身を悶《もだ》わせながら頭を四、五度左右へ打ち振る。と、数枚の前歯がぐじぐじっと歯茎《はぐき》を離れて沸《たぎ》るような熱い血潮《ちしお》が止《と》めどもなく流れて石ぶみを黒く染め、既に多量の血糊《ちのり》で塗らくられている彼の体を一層ひどく凄惨《せいさん》な色に染め上げた。

――一千馬力の蒸気機関は直径五間《ごけん》のフライホイールを半ば地下室に埋《う》めて八個のシリンダーを横たえ、数十基の汽罐によって地球そのものの如く回転しておった。さながらにしていつ回《ま》い出していつまた終息するか測り知れないよう、音もなくそして[234]些々《ささ》たる振れも立てずに[235]心《しん》をとって極めて穏《おだ》やかに回っている。サンド・ペーパーで磨き立てた銀色に光る各装置の[236]槓杆《こうかん》は巨人の骸骨《がいこつ》がおどっているかのように見え、正面の[237]調速機《ガバナー》が睾丸《こうがん》に似た手をひろげてこれを指揮《しき》するのだった。

フライホイールの幅《はば》が三フィートからある。そして腕みたいに太い調綱《ロープ》が十数本ずらりと並んで掛けられ、数十間先の工場へ通ずる[238]原軸《げんじく》の[239]綱車《つなぐるま》へ段々になって渡っている。両側から高い防火壁で挟まれた隧道《トンネル》のようなロープ筋《すじ》は昼でも暗く、幾十年このかた綺麗に掃除されたことのない焼け爛《ただ》れた[240]鉱油《こうゆ》の澱《よど》みと、綿塵《めんじん》と腐敗した水とで譬《たと》えようのない厭《いや》な臭《にお》いがする。

一回《ひとまわ》り機関に油を注《さ》して局部の熱を検《み》た機関手は、どこも故障がないまま次の注油時間まで体を休めようと思って機関室の隅《すみ》っこでうつむいて椅子《いす》に寄っていた。もう陽気がかなり暑くて蒸気を使う所では苦しいので入口の扉は石段の上に半分ほど開かれている。

銅像の基《もと》からここまで一散《いっさん》に馳《は》せて来た甚やんは、脇目《わきめ》もふらずにその平地より一間《いっけん》以上も高くなった機関室の石段を登って行った。そしてシリンダーの横手を通ってまっすぐに奥へ進み、頭の上と足の下をフライホイールに掛かった十数本のロープが互いに反対の方向へ矢のように走っているロープ筋の橋梁《ブリッジ》の上へたたずんだ。地盤一面の総コンクリートを切っ立てたロープ筋の坑《あな》は魔のように暗く、フライホイールの回転によってビルジ[241]から吹きあげてくるなまぬるい風はあたかも人間の死体が腐爛《ふらん》したそのままな臭いである。工場創立以来幾人かの者が過って落ちて一抹《いちまつ》の肉弾《にくだん》となり、その両壁へ飛ばされたままで完全に肉拾いさえもできない坑だ。異様な臭《にお》いはおおかたその肉塊《にくかい》が機関の余熱に冒《おか》されてどろどろに腐ったものであろう。

その生暖かい風を呼吸して、あたかも停止せるかの如く静かに回転している黝《くろず》んだ生《き》地《じ》に綱の摩擦《まさつ》のため真っ白い銀の縞《しま》のついた大蛇《おろち》のようなフライホイールの輪周《りんしゅう》を凝視《みつ》めた刹那《せつな》、甚やんの霊魂は慌ただしく彼の肉体を離れて遥《はる》かの[242]雲居《くもい》へ昇天《しょうてん》していったのである――。

と、次の瞬間彼の体は一枚のぼろ切れのようになってロープの流れへ呑《の》まれて行き、周囲十五間のフライホイールの間に挟まって肉も骨も寸断に砕かれながら一回転して細かくなった分はビルジの奈落《ならく》へふるい落とされ、後の荒い分だけが再びブリッジの上へ回《ま》い戻ってロープに伴《つ》れて原軸の綱車《つなぐるま》へ叩きつけられた。そしてそこでまた一回転してさらに細かく潰されて一部分だけが下へ落ち、荒いのは次の綱車へ飛ばされて行く……。こうして彼の肉塊は次から次へ次から次へと調綱《ロープ》を渡り歩き、綱車の溝や両側の煉瓦壁へ糸屑《いとくず》か何ぞのように打ちつけられて遂に形をとどめなくなった。

四十二

三軒家工場を止《よ》した江治は次の口が見つかるまでと思ってしばらく遊んでいたが、今度はこれまでと違って妻の生活に寄生していけるので物質的な失業者の苦痛は感じなかった。で、半《なか》ば時間の出来たのを幸いに好きな読書をやりながら、心の向いたところを一日に一ヶ所だけずつ探して回った。

と、ある朝であった。彼は何気《なにげ》なく新聞の案内欄を開くと紡織評論社[243]が記者を一名募集している。「織布部に実地経験を有する高等工業出身以上の学力ある者」こういう採用資格だ。彼は尋常《じんじょう》小学も満足に終えないところへもってきて、わずかに補習教育として職工学校の夜学を少しばかり齧《かじ》ったに過ぎないからもちろん完全な資格はない。しかし雑誌記者なんてものは要するに[244]コモン・センスさえ発達しておればいいのだと思った彼は、[245]伸《の》るか反《そ》るかひとつ応募してみてやろうと決心した。

(紡織に関するコモン・センスの発達していることなら、俺は決して人には譲らぬつもりだ)

彼は常にこう自負しているのだった。(そして現在の工業界において自分は被監督者の地位に立った職工だけの能力しか持たぬのではない。高級技術者たる工務係の資格は十分備えているのだ。然《しか》るに工場組織が間違っているゆえに実力というものが少しも認められず、俺はいつまでも下級職工として機械的に働かねばならない)

これはいささか[246]アンチ・デモクラチックな考え方であるが、技術のことについて彼はどうもこんな風な優越感から解脱《げだつ》することができなかった。

新聞をおいた江治はすぐに文具屋へ走って原稿用紙を買って来、紡織評論社へ出すところの技術文章の起草にかかる。かつての日、死を思い立って技術に幻滅《げんめつ》を感じ、西宮《にしのみや》の労働下宿で焼《や》き棄《す》てた参考書がなくて非常に不自由だった。しかし古い記憶を辿《たど》ってまずどうにかごまかしをつけて原稿用紙二十枚足らずの[247]整経機《せいけいき》に関する技術論文を一編書きあげ、別にだいぶ嘘を交《まじ》えた履歴書《りれきしょ》を添えて早速それを郵送した。だが彼はひょっと万が一にもと思うくらいで、さほどあてにしてはいなかった。

　ところが四、五日経ってある紡織機械製造所へ力織機の組立工にしばらくのあいだ臨時で行くことに話が決まると、思いがけなくも紡織評論社の方から面会日を通知してくる。で、彼は取りあえず[248]心斎橋筋《しんさいばしすじ》のその社へ赴《おもむ》いてみると、編集部が[249]浜寺《はまでら》公園にあるから社のパスでそこまで行ってくれとのことで、やがて彼は海浜《かいひん》の松の間《あいだ》に建って閑静《かんせい》で綺麗《きれい》な家《うち》へ編集長を訪れた。

　江治は一通り初対面の挨拶《あいさつ》が終わってから、

「いかがでしょう、私に資格がございましょうか？　そして私にやってゆける仕事でしょうか、雑誌の編集というものは。」とぶしつけに訊《き》いて採否《さいひ》の決定を促《うなが》した。

「君のご出身は名古屋高工でしたね、資格はそれで結構です。しかし、僕と一緒に事務を執《と》るについては初手《しょて》から了解しといてもらわんならんことがあるのだが、どうですそれが辛抱《しんぼう》できますか？」

　まだ六十にはだいぶあいだがあると思われる編集長は、黒い長いどちらかといえばみっともない顎髭《あごひげ》をしきりに撫《な》で扱《しご》きながらやや言いにくそうにこう駄目《だめ》を押す。そして、

「僕、実は夫婦づれ病気でね、それも人の嫌う病気だ。肺病ですよ。家内の方は肺はあまりひどくないのだが、ちっとヒステリーでね、時どき困らせてしまうという訳です。何、ただそれだけのことなんだが……。」

「そして奥さんもご一緒に仕事をなさるんですか?」

「いや、そうではないんだけど、僕がご覧の通りの老人でもあり例の病気なので大阪の社へは出勤しないのです。そうして家で編集して校正《こうせい》や何か、月のうち半分だけくらい、助手の人に社へ出てもらうのだ。それさえ承知してくれる人なら明日からやって下さい。給料は僕が決めるのではない、[250]主幹《しゅかん》が決めるのだから[251]しっかりした口は切れぬが、まず一ヶ月か二ヶ月、三、四十円で我慢《がまん》してもらえばそれからは六、七十円にゃなるでしょう。」

「つまり私がご採用願うとすれば、主として『紡織評論』の機織《はたおり》部を担当させてもらえるのですね?」

「そうです。しかし主幹の奥さんが女工雑誌をやっとるので、その方も半分ほどは手伝ってほしい言うでしょうなあ。」

「『女[252]工の友』ですか?」

「さよう。」

「『紡織評論』はかねてから愛読させていただいていますが、あの雑誌は主にどなたがお書きになるのです？」

「皆こちらで原稿を拵《こしら》えるのです。何しろ広告本位の雑誌で主幹は外交[253]ばかりかかりきりゆえ、記事の方は一切お構いなしです。」

「私に、あの雑誌全部受け持たせていただけませんでしょうか？」

「書いてくれ給え。僕はあんなもの書くのは厭で厭でしょうがないのだから、ちょうど助かるです。しかしあまり露骨《ろこつ》に資本家の攻撃やってもらうと困るけれどもな、何をいうても資本家のおかげでもっている雑誌のことですからね。」

「とにかくまあやらせてみて下さい。」

「それじゃ採用します。これから手紙を書くから、それ持って行って主幹に一遍顔だけ合わせといてくれ給え。」

江治はとうとう技術記者に採用されてしまった。就職口がダブッたけれど迷わずに雑誌社の方へ入ることに定《き》める。それは彼にとっていろいろと深い意味があるのであった。

＊　　＊　　＊

彼は資[254]本主義の発達が頂点に達すれば自《みずか》らそれは崩壊《ほうかい》作用を始めるという説が、しっくり日本の紡織資本主義に当て嵌《は》まらなくってちっとも労働組合が発達せず、かえって逆様《さかさま》にますます硬化《こうか》してゆく態《さま》をいろいろに考える。労働時間がべらぼうに長い、幼年工が多い、女工が多い、寄宿舎があるから、社宅があるから、封建制度から個人の自由を尊重する時代が来ずに一足飛《いっそく》びに資本主義制度がやって来たから、主従関係、温情主義、孤独を好む国民性、資本家の政策が巧みだ、等々。それはとても枚挙《まいきょ》にいとまがなかったけれど、その大部分の原因は労働者の無智に帰することができる。そして彼らを無智づけ[255]、奴隷化してゆくものはおそろしい大仕掛けなブルジョア教育そのものであると考える。で、幾度も実際運動に失敗した江治は、労働運動とは結局今のところ労働者の教化問題をおいてほかにないではないかと方針を変えざるを得なかった。

(そうだ、ただ兄妹《きょうだい》たちをカルトせ[256]!)

寄宿舎のなかに建てられた幼年工の行く私立小学校は言わずもがな、外の小学校も、工業学校も、工務係等を養成する高等工業も、おおまかに言えばそれらはすべて奴隷賛美、弱肉強食を肯定《こうてい》した軍国主義的、ブルジョアそのものの教育であるのに、なおそのうえ数多《あまた》の紡織男女工にのみ読ませるため造られているのがその『紡織評論』や『女工の友』である。彼がこれまで歩いてきた諸工場ではこんな雑誌を多数買い込んで定価の十分の一くらいに割引《わりびき》するか、または全然無料で頒布《はんぷ》してせいぜい大勢の職工が読んで感化されるよう奨励《しょうれい》しておった。

もっとも、大仕掛けなブルジョア・カルトによって石の如く固まった愚昧《ぐまい》そのもの、無智そのもの、馬鹿そのものの頭へ持ってきて、雑誌の一頁《ページ》や半頁にまっすぐなことを書いてみせたって、それが直接何の役にも立とうとは思わない。しかしながらやってみなきゃ判らないことだし、そうした程度の低い兄妹たちを相手にこれから先気長《きなが》に啓《けい》蒙《もう》運動を続けてゆこうとするには、本の製造法を習っておく必要がある。

労働は神聖にして労働者は貴《とうと》い。しかしながらいかに貴いにせよ子を殺し、妻に二重の労働を背負わせてもなお生活してゆけないという事実はある程度まで社会の無能力者であって、貧乏は決して褒《ほ》めたわざじゃない。人を搾取《さくしゅ》することが悪いと同じように搾取されることもまた罪悪であるから、いつも被搾取者の地位に立つ職工は落伍者《らくごしゃ》だ。強者は環境を支配し、弱者は環境に支配される運命肯定者だ。

こう考えて（しかし俺は生存競争の敗北者ではない、社会の落伍者ではないぞ！　どんな悲境《ひきょう》に陥《おちい》っても決して泣きごとを並べずにそこから新しい運命を切り拓いていく雄々《おお》しい勇者であらねばならん）と常に克己《こっき》[257]している彼は、一度くらい惨《みじ》めな職工生活から切り抜けて社会の水平線上へ浮かびあがってみたかった。あると自信している己《おのれ》の能力が試してみたい。（もし俺に雑誌記者くらいな仕事ができないとしたら、日頃の主張は無能力者の泣きごとにほかならないのだから——）

彼は、自分の能力を秤《はかり》にかけるため翌日から浜寺の編集部へ通って行った。先《せん》だって新調した洋服が、偶然にも記者になるため拵《こしら》えたように間に合う。

菊枝は彼が記者になったので非常に喜んだ。工場におればもう四分の一の労働を終えた九時頃からぶらぶら家《うち》を出て行けばいいので、彼もまた毎日休んでいるようなゆったりした気持ちがする。そして夕べは早く帰って来るので散歩にも読書にも充分な時間が与えられ、初めて現代人らしい文化的な生活を享受することができた。特に朝夕交通機関を利用するということがまるでこれまでの職工生活とは違った都会人らしい感じを喚《よ》び起こし、甦《よみがえ》った恵まれた愛のため快活になった江治の性格はことさらに明るさを増した。暗鬱《あんうつ》な灰色の工場服から脱皮《だっぴ》し、急に若々しい花色の背広服に着がえて[258]眉目清秀《びもくせいしゅう》の青年紳士に変わった彼の男性美に、彼女は人知れず幾度か満足の微笑みを洩《も》らしたのである。

四十三

ところが永《なが》い間の工場生活によって酷《ひど》い綿塵《めんじん》に冒《おか》され、その先端に一点の腐蝕《ふしょく》を表しておった彼女の肺臓《はいぞう》は日の経つに伴《つ》れて漸次《ぜんじ》知らず知らずのうちに全面へと蔓延《まんえん》してゆきつつあるのであった。無数の病菌は何か糸口を見つけてどっと一時《いちどき》に総攻撃を行い、一斉に彼女の全身を占領してしまおうと隙《すき》を狙《ねら》っている。そこへちょうど万有《ばんゆう》の心を蕩《とろ》かすような[259]木《こ》の芽立《めだ》ちの陽気が襲って、結婚生活による精力の濫費《らんぴ》が続いたので彼女の体はぐっと弱ってきた。

菊枝はいつとはなしに手足のけだるさを覚《おぼ》えた。几帳面《きちょうめん》な彼女がお勝手《かって》のことなどにでも何となくだるそうな風を見せるようになる。[260]四肢《しし》の倦怠《けんたい》は日増《ひま》しにつのっていった。そして彼女は腰が痛くなり、頭が重く、熱が出、息つまらしいような思いがして遂《つい》に病み付いてしまう。

軽い咳嗽《せき》が出た。そして菊枝はモスリンの紅い寝巻へ、毎夜しっとりと冷たい寝汗をかくようになった。朝のうちはたいがい気分が爽《さわ》やかだと言って起きるのだが、午後になると決まったように熱が出て息苦しくなる。

江治は彼女が医者から貰って来た番茶色《ばんちゃいろ》の水薬《みずぐすり》が少年のころ祖母の看護をしてよく嗅《か》いだのと同じ桃《もも》くさい匂《にお》いなので、結核《けっかく》まではゆかなくともいずれ肺の病気であろうと想像した。

彼は、病《や》める妻をいたわって家《うち》の用事をすっかり自分でやる。そして自分の洗濯物はいうに及ばず彼女の肌《はだ》に着ける物まで洗ってやろうと言った。しかし「男がそんなもの洗濯しちゃ悪いの。そんなことさせると、罰《ばち》が当たって癒《なお》る病気も癒らないわ。」と言って妻は承知しなかった。

彼女は良人《おっと》に自分の病名を知られるのが恐ろしいため、医者へは二日に一度ずつ朝のうち独りでぶらりぶらり歩いて行く。

「お医者はんねえ、肺炎《はいえん》やって言うのですわ。」

彼は彼女の心を気遣って、病気のことなどおくびにも出さなかったが、彼女はこう隠して言った。

――雑誌の編集は思ったよりもたやすいことであった。そして仕事の楽な割に給料がよく、初めての月二十日出勤して三十円、翌月四十五円に昇ってその翌月六十円になり、四ヶ月目から七十円ということに決められる。

彼は妻の寄生生活から脱してまず自活のできるようになったことを喜んだ。それからまた、あながち自分は職工以上の仕事を到底ようなし得ないというほどの無能力者でないことを証明して、いささか心丈夫《こころじょうぶ》に、そして嬉しく思う。(機会さえ均等に与えられれば、代議士でも大臣でもやってやる)彼はいよいよ断乎《だんこ》たる自信を持った。しいたげられし者の反逆は決して弱者の泣きごとに終わらないのだ。

しかし彼はかつて技術の奴隷として甘んじていた思想の幼稚な在《あ》りし日、海外の発明を紹介した翻訳文にびっくりして再び決起《けっき》することのできない幻滅《げんめつ》を感じ、自殺まで企てた『紡織評論』の今は編集記者になったという奇《く》しき縁《えん》に、限り知れぬ感慨《かんがい》を覚えないでいられなかった。その記事を幾年かの昔、翻訳して出した者は編集長である。江治はそののちその無杼《むひ》自動織機《じどうしょっき》の発明がどうなっているのか編集長に訊《たず》ねると、「あれはただそのころ英国の三つの紡織雑誌の発明欄に出ていたというだけで、それから実地に応用されるところまで完全な成功を遂《と》げた消息は一向雑誌に載ってこない」と答えた。

工場から一歩外へ足を踏み出すと、生活状態、思想、趣味など、文化の程度があまりに工場と懸け離れていることに彼は気づいた。職工の無智さ加減が、彼らと一緒にいた時より以上、冷静に客観できてよく目立つ。主幹の家には男の子と女の子の二人があって兄が小学四年、妹が二年だったが、その利功《りこう》なことったら正《まさ》に紡織工の大人に匹敵《ひってき》した。江治は工場の託児所へ預けられていた女工の子に比較して、（同じ子供なのだがなあ……）と思いつつ、貧しい子たちの不仕合《ふしあ》わせを一日も早く救いたいものだと大いに気を揉《も》んだ。

編集長夫妻は工務係と総見回りという格《かく》でやっぱり二人とも永《なが》らく工場にいたのだった。[261]それかあらぬか初めて会ったとき声明した通り、夫婦づれ揃《そろ》っての肺病患者で、ことに良人《おっと》の方は年二、三回ずつ喀血《かっけつ》するという。だが養生《ようじょう》で持ちこたえてどうにか死なずに安静な自宅での編集事務なら執《と》れるのである。その代わり四六時中咳《せ》いても切れぬ痰《たん》を喉《のど》に溜《た》めてえへんえへんと気持ちのよくない咳嗽《せき》をしながら、机の上へ常に痰壺《たんつぼ》とキャラメルを用意しておく。夫人はまた別段これという仕事がないまま、月のうち半分くらいは床《とこ》をあげないで寝ている。そして蒼《あお》ざめた顔して苦しげな呼吸をしながら、起きたが最後《さいご》の助《すけ》、朝から晩まで掃除ばかりしているのだ。編集用のブック[262]の表紙を一冊一冊雑巾《ぞうきん》で空拭《からぶ》きしなければ気が済まぬという怖ろしい潔癖《けっぺき》。しかしそれでいて洗濯物を水に浸《つ》けてから二週間も放っておいて、臭くなるまで洗ってしまわぬなんて矛盾を平気で幾度となく繰り返す。江治は、忠実に相当年限繊維工業の生産に携《たずさ》わった者へ執拗《しつよう》について回り、遂に攻め殺してしまうであろう怨霊《おんりょう》のような結核病を眼前に三つも見せつけられて、今さらの如く新たに震い起こる戦慄《せんりつ》を禁じ得なかった。

＊　＊　＊

やがて江治は愛する者の病気を想って浜寺《はまでら》へ越して行った。清らかな空気を吸わせて専門の肺病院へかけ、朝の涼《すず》しいあいだ少しずつ穏《おだ》やかな渚《なぎさ》でも伴《つ》れ立って散歩させたら、たとえ根治《こんち》せぬにもせよ一時《いっとき》なりとも快《こころよ》くなるであろうと考えた。しかし統計上肺病で最も容易に斃《たお》れる可能性の多い年齢に相当している彼女は、彼の予想を裏切って日に日に悪くなってゆく……。

ある朝、彼は彼女の吐いた痰《たん》を太陽の光線に透《す》かして見ると、綿《めん》の繊維のような血が幾筋《いくすじ》も幾筋も混《ま》じっていた。で、それから時どき気を付けるようにして調べてみると、その度《たび》ごとに血の線が太って筋の数を増していた。そして八月の初め、遂に彼女は白粉《おしろい》や石鹼《せっけん》を入れてお湯へ持って行った真鍮《しんちゅう》の金盥《かなだらい》へ向けて[263]五勺《ごしゃく》ほどの鮮血《せんけつ》を吐《は》く。雑誌社の主幹や社員たちは「今のうちに早く石上《いしがみ》病院へ入れた方がいいだろう」と勧めた。ついそこの浜にある肺病専門病院の権威。しかし彼は彼女を独り冷たい病舎へ入院させるにしのびなかった。それは病気を癒《なお》すのに必ずしも医科学のみが最善の方法だと考えなかったから――。

それで江治は石上病院から往診《おうしん》だけ受けて幸い家が編集所へ近いまま、日に何度でも自家《うち》へ帰っては妻の看護を自分でした。江治の愛は彼女がそんな病気に罹《かか》ってから一層深まり、彼女と別に床をとることさえもしなかった。だが、彼女は彼が病気のためを考えて病《や》み付いてからというもの[264]てんで近づかないことが、困憊《こんぱい》するよりも淋《さび》しいのだった。

彼は菊枝に、

「お母さんを呼び寄せてあげようか？」と言った。しかし彼女は、

「よして、よして下さい。うち貴方《あんた》さえいてくれたら、誰にも逢《あ》いたくない。」と遮《さえぎ》っ

て頸《くび》を振った。

浜寺の海水浴場が開かれて、また閉じられてゆく。百合《ゆり》が萎《しお》れて夏蜜柑《なつみかん》が黄ばんで、夾竹桃《きょうちくとう》が咲いて百日紅《さるすべり》[265]が赤み、木犀《もくせい》が匂《にお》って唐桑《からくわ》[266]が咲いて、朝顔の花がだんだん小さくなった。そして秋はまた紀州山脈から槇尾山《まきおさん》[267]を越えてやって来る……。

ある日曜日の朝、主幹の家から、漁師を頼んで網曳《つなひ》[268]きをやるから、家族たちも伴《つ》れて来《き》て観《み》せないかと誘われた。菊枝は秋風が立ってからだいぶ体の具合がいいと言い出したので、彼は朝露《あさつゆ》を踏《ふ》みながら彼女の体を支えるようにして浜へ出た。松の間《あいだ》に月見草《つきみそう》がたくさん咲いていて、静かな朝凪《あさなぎ》のなかに漁《すなど》[269]りの小舟《こぶね》が網《あみ》をおろして回っている。

「どう、気分はいいかね？」江治は言った。

「ええ、大変いいわ、この分ならおおかた癒るでしょう？」彼女は答えた。

「海の景色はいつもひろびろとしていいねえ……。人間は、なぜこういう美しい自然に叛《そむ》くことを文明だなんて言って、愚昧《ぐまい》な真似《まね》をしなきゃならないのだろう？」

「もう月見草が咲いていたのねえ？　秋だわ……。」

「冥想《めいそう》の秋《とき》だねえ。霊魂《れいこん》の秋だ。」

二《に》[270]海里《かいり》ほどの地点にある堺《さかい》大浜の桟橋《さんばし》が、すぐ眼の先に接近して見えた。

（彼女を得られぬ悩みのために、俺はあそこの桟橋から飛び込んで死んだのだ。その彼女はいま俺の手許《てもと》にある。そして生きんとする人類の犠牲となって死なねばならない！）彼は人類の生きんがために死なねばならず、死ぬるがゆえに生きんと欲する矛盾《むじゅん》に満ちた努力を文明というものの上にはっきり見た。しかしながらどんなに懸命な努力を払ってみたところで寿命という大自然の掟《おきて》には到底勝つことができず、ひとかど自然を征服したつもりでいる大科学者にしても、さながら枯木の倒れるように脆《もろ》く死んでいって、やがてはすべてを天《あめ》の土《つち》に返上してしまわねばならぬ。磯辺《いそべ》を洗う永《とこし》えの波に較《くら》べて、人間の寿命はあまりに短くして儚《はかな》いではないか？　人間の力は小さ過ぎるし、智恵が足りない。彼はいたずらな生殖をしては生きるために争い闘って、仲間同士が常に殺戮《さつりく》し合っている人類の歴史があまりに浅ましかった。

彼は、彼女もやがて死んでゆくのだと思うと、愛は寂《さび》しい。だが愛しないことも寂しく、憎《にく》しみは苦痛だ。

「ああ！　人類の幸福って夢だ。どこにあるのかなあ？」

江治は祈りたいような心になってこう呟《つぶや》いた。松の梢《こずえ》を渡る汐《しお》くさい朝の浜風、波は永《とこし》えに幸福の曲を奏《かな》でて悩み多き人間には無関心に平和な微笑《ほほえ》みをいっぱい湛《たた》えている。

四十四

だいぶよくなったと思った菊枝は、晩秋が来て初冬が来てそして厳寒《げんかん》が襲うとすっかり元へぶり返してきた。新婚当時の健康な日、彼が愛欲にじゃれてよくくすぐったり啜《すす》ったりした搗《つ》きたての鏡餅《かがみもち》のようなお乳の下に、やや赤っぽくなって粟粒《あわつぶ》みたいなぶつぶつが出る。医師はそれが結核の兆候《ちょうこう》だから用心せよと警告した。

彼女はまた幾度となく喀血《かっけつ》に咽《むせ》ぶ。彼はあるとき妻の吐いた美しい血を私《ひそ》かに舐《ねぶ》ってみたが、厭な臭いがするきりで味も何にもない水臭い液体であった。彼女は頭がしっかりしていて少しも意識が乱れないままいろんな物を憶《おも》い出して食べたがった。しかし何を食べても味はするけれどちっとも身につかず、日に日に体は加速度でもって衰弱《すいじゃく》していく……。そして厠《はばかり》へ行くことが過激な労働をするよりも辛《つら》くなり、遂《つい》に江治の肩を借りねばならぬようになった。で、江治は十二月に入ってその社から発行する年鑑や二つの雑誌の校正が忙しくなってから、社を休んでつききりに病人の世話をした。そうしてもう雑誌社なんか罷《や》めてしまってもいいから駄目《だめ》ながらも徹底的に彼女を看護し、この若くして逝《ゆ》く不憫《ふびん》な人道の犠牲者を真心もって送ろうと決心する。

一月十二日、急に病人の容態《ようだい》が[271]危悪《きあく》に陥《おちい》ったので、主幹の家から電話をかけて石上病院の医者を頼むと、院長がやって来て彼女をひと通り診察してからそっと江治を玄関へ呼んで、

「もう、脈拍《みゃくはく》がだいぶ乱れていますからお長くはありません。投薬《とうやく》は無効ですからこれで切りあげましょう。」と言った。彼は覚悟してはいたものの自分が死刑の宣告に遭《あ》った悲痛な愕《おどろ》きを感じ、瞬間、背広《せびろ》の上に白い医務服《いむふく》を纏《まと》った院長の姿が、[272]似《に》よりもつかぬ裁判長に見えた。そして医者の力では大自然の法則によって滅《ほろ》びゆく人の生命《いのち》をどうすることもできないと知り、すでに[273]命数《めいすう》の尽きた病人を不自然な注射などによって二時間や三時間持ちこたえさせるのはかえって罪悪だとわきまえておりながら、

「注射はいかがでしょう？　せめていましばらくもたしたいものです。」と思わず口を衝《つ》いて出る。

「ご希望なら打ちますが、大した効力はありませんよ。よほど衰弱《すいじゃく》されておりますからね。」

「ではよしましょう。」

医者が引きあげてからしばらく経つと、彼女は微《かす》かに手を動かしながら低い声で、

「水、水が呑《の》みたいわ。それから、もうどっこへも行かんとここにおって……。」と言

った。

「どこへも行きゃしない、今朝《けさ》からちゃんと私はここにいるよ。」

江治は彼女の額《ひたい》へ静かに手を当てて答えた。だが彼女は、

「どこに、どこに……。」と言いつつ澄んだ眼をしきりと辛気《しんき》[274]くさそうに瞠《みは》る。

(ははあ、もう視力神経が参っちゃったんだな)と彼は思った。

彼女はもう咳嗽《せき》も何《なん》にもしない。極めて静かに、そして安らかそうにただ仰向《あおむ》いているのだった。

「水……。」

彼は彼女がそう言う度《たび》に吸呑《すいの》みの先から少しずつ口の中へ清水《せいすい》をそそいでやり、自分も体を半分だけ蒲団《ふとん》のなかへ寝《よ》って彼女の頸《くび》の下からそっと背中へ腕を回し、軽く抱擁《ほうよう》しながらだんだんに細りゆく女の吐《と》息《いき》を己《おのれ》の心臓へ吸い込むようにした。そして刻々と迫りつつある最後の息を待つ……。

それは愛する者が亡びゆく生の伴奏《ばんそう》であった。彼女は彼の最後の抱擁のなかに安らかな微笑《ほほえ》みを浮かべている。戸外では真っ赤な夕陽が、彼方《かなた》の西の海へ音もなく徐々に落ち沈んでゆき、極めて厳粛《げんしゅく》な時が過ぎた。

やがて江治は吸呑みを棄《す》てて末期《まつご》の水を口移《くちうつ》しに与えると、喉《のど》でごろごろっと音がし

て遂に彼女は永久に息を引き取った。痩《や》せてはいるが、でも綺麗《きれい》な面差《おもざ》しはにっこり微笑んでいい夢を見ながら眠っているよう、苦悶《くもん》の跡形《あとかた》は見えない。美しい仏《ほとけ》であった。

＊　＊　＊

愛する者を失った江治は、急に齢《とし》をとって老人になったような寂寥《せきりょう》を覚えた。そして茶呑《ちゃのみ》茶碗ほどの骨箱《こつばこ》に納めた彼女の灰を抱いて、しばらくの間は何事も手につかぬ、考えに上らぬ、茫然《ぼうぜん》と気ぬけしたような日を送った。が、日の経つに伴《つ》れて悲しみは薄らぎ、彼女をばまったく遺伝《いでん》や感染《かんせん》によらぬ新たな肺病にして斃《たお》した無理のある労働制度への、憎悪と憤懣《ふんまん》の情が募《つの》ってゆくのであった。（彼女は[275]孜々《しし》として十年、愛の生産にいそしんで社会のために尽くした）

「おお！　愛に酬《むく》ゆるに殺戮《さつりく》をもってするのが今の社会か、×××××××××××××××××！」

彼はこう叫ばざるを得なかった。

それからしばらくすると江治は紡織評論社を断然よして浜寺の家《うち》を畳《たた》んでしまう。そして菊枝の貯金帳と骨箱《こつばこ》を大和郡山《やまとこおりやま》にいる彼女の母の許《もと》へ送り届け、もう用のない雑誌記者という[276]安佚《あんいつ》な生活を蹴《け》って再び塵煙《じんえん》立ち込む喧囂《けんごう》の巷《ちまた》を目指して敢然《かんぜん》と奮《ふる》い立った。

しかし大阪の工場ではもうだいぶ方々《ほうぼう》へ名前を知られていて入社が困難だし、それにあまりに腰抜けどもの多い大阪の紡織工には愛想《あいそ》が尽きたので、今度は少し活動の舞台を変えようと思った。それはともすれば甘《あま》い追憶《おもい》に耽《ふけ》って過去に囚《とら》われ、積極的な行動を弱める己《おのれ》の性格に対して、彼自身が盛《も》る強壮剤《きょうそうざい》の蝮酒《まむしざけ》でもある。(そうだ土地を変わろう、憶《おも》い出《で》を葬《ほうむ》ってすべてを更新するために……)彼はこう考えて十年住んだ第二の故郷ともいうべき大阪を棄《す》て、いろんなことが進んでいるであろう東京を志《こころざ》す。と、二月の初め梅田《うめだ》の駅頭に江治の姿を発見した。

(おわり)

注

第一篇

1 縄暖簾　食堂のこと。多くの食堂が入口に縄製ののれんをかけていたことによる。
2 廃港　(この場合)さびれた港。
3 潮湯　大阪府堺市の大浜公園(本篇注8参照)にかつてあった大浜潮湯のこと。一九一三(大正二)年開業。江治は恋人菊枝とここへ出かけ、それを一つの理由とされて職を失い、菊枝も失った。そして自殺の場所としてこの大浜を選んだ。(『奴隷』第四篇参照)
4 主義　(この場合)社会制度に対して持ちつづけている考え方や姿勢のこと。
5 旧芋　前の年度に収穫した芋。
6 小っちゃげな　(方言)小さな。
7 赤芋　サツマイモのこと。皮の色が赤っぽいことから呼ぶ表現。
8 大浜　大阪府堺市にあった海浜公園。一八七九(明治十二)年に開園。一九〇三(明治三十六)年には大阪府で開かれた第五回内国勧業博覧会の会場となり、堺水族館が設置されたほか、公会堂、潮湯、海水浴場、料理旅館や土産物屋などがあり、関西有数のレジャー地として賑わった。公園のすぐ北は堺港で、いくつかの工場が近くにあった。現在は内陸の市民公園となっている。

9 碧水　青々として深く澄んだ色の水。

10 投水台　投身(入水)自殺をする台(場所)という意味の表現。著者の造語と思われる。

11 七、八丁　一丁は約百九メートル。七、八丁は約八、九百メートル。町とも書く。

12 鋸歯状の屋根　のこぎりの歯のような形の連続した屋根のこと。自然採光が良いため大規模工場の屋根によく使われた。

13 金モール　絹の紋織物の一種。経糸《たていと》は絹糸で、緯糸《よこいと》に金のモール糸を用いたもの。モール糸とは金、銀あるいは色糸をからませた飾り撚《よ》りの糸。モールはポルトガル語で毛虫の意味をもつ。(mogol)

14 職工係　人事担当者。(この場合)人事担当の責任者(人事主任)のこと。(『女工哀史』第二部「工場組織と従業員の階級」による)

15 阪堺線　阪堺電気軌道の阪堺線。一九一二(明治四十五)年に大浜公園まで大浜支線が開業し、堺水族館などがあった大浜公園へと結ばれた。

16 ほけ　火気。煙。湯気。

17 大和川七道　大和川は奈良県北部から大阪府中部を流れる川。大阪・堺市境であり、大阪湾に注ぐ。七道は大和川の南側(堺市側)にある南海電鉄南海本線の駅名。

18 紀州街道　大阪と紀伊の国(紀州)和歌山を結ぶ道路。大阪市内では堺筋、かつて和歌山では大坂(大阪)への道であったことから大坂街道と呼ばれた。

19 てくる　歩く。「てくてく」が動詞化されたもの。

20 手　植物の蔓《つる》を絡ませるための棒。木や竹で作るのが一般的だが、この場合、地這えで育てて、手を使っていない。
21 胃拡張　胃が異常に拡張した状態。大食いのことをいう場合もある。
22 とく　ずっと以前。疾《と》く。とっく。
23 木津川　淀川の支流の一つで、大阪市内を南北に流れ、大阪港の南寄りで大阪湾に注いでいる。
24 尻辺　(この場合)川が海へ注ぎ込む辺り。流れる川の最後の部分という意味。
25 新世界　一九〇三(明治三十六)年に第五回内国勧業博覧会が大阪府で開催され、その跡地の一部が一九一二(明治四十五)年に「新世界」という名のテーマパークとして開業した。おもなアトラクションは通天閣(初代)とルナパークであった。
26 甍　瓦葺きの屋根。
27 四本の軌条　鉄道のレールのこと。複線化されていたのでレールが往復分四本敷設されている。
28 ボギー車　鉄道車両の二軸四輪または三軸六輪の車輪部分が独立した台車となっていて車体から独立して回転し得るタイプのもの。線路のカーブを容易に通過できる。長い鉄道車両用の台車構造。
29 大簀籠《おおあじか》　農作業で使う竹、あるいはワラ製の大きな籠で、両肩にかけて背負う。
30 一刹那　「刹那」はきわめて短い時間。瞬間。一瞬。「一」は強調の意味を持つ。
31 間《けん》　土地や建物等に用いる尺貫法による長さの単位。一間は六尺で、約一・八二メートル。
32 難波《なんば》　当時の大阪市南区の繁華街。現在は中央区と浪速区にわたる地域名。大阪の「南《みなみ》」の中心地のこと。
33 着車点　(この場合)電車の到着駅。終点。
34 一緒こた　(方言)いろいろなものを混ぜ合わせること。一緒くた。
35 車寄せ　車を寄せて乗降するために玄関前に設けた屋根付きの部分。
36 猿股　腰から股のあたりを覆う日本独特の男性用下着。明治以降欧米から日本に紹介された上下一体の下着(ユニオンスーツ)の下部のみのもの。ぱっち。中又《さるまた》、猿股引《さるももひき》。西洋ふんどし。
37 歩合　(この場合)取引高に応じた手数料や報酬のこと。
38 三分　一分は十分の一のこと。(この場合)三十パーセント。
39 印半纏　職人や商家の使用人の作業着である法被《はっぴ》の襟《えり》や背中に屋号・家紋等を染め抜いたもの。
40 紙取り　新聞販売店が発行元から新聞を受け取ること。
41 紙折り　新聞販売店で新聞や折り込み広告を配達するために準備すること。
42 手繰りもって　(方言)手繰りながら。(この場合)新聞配達のための順路帳を確認しながら。この「~もって」は「~しながら」の意。
43 化粧煉瓦　建物の外壁を仕上げるための煉瓦。構造構築や断熱を目的としてはいない。
44 勢い　(この場合)必然的に。結果として。
45 青島　中国山東省にある黄海に面した同省最大の都市。
46 リノリウム　建材の一種で主に床材などに使われる。天然素材(亜麻仁油、石灰岩、木粉、コルク粉、ジュート、天然色素など)から製造される。(linoleum)

47 **真鍮**　銅と亜鉛の合金。さびにくく、鋳造《ちゅうぞう》、加工ともに容易で、黄色のものが多い。金具、機械部品などに使われる。黄銅《おうどう》。

48 **駒下駄**　台も歯も一つの材からくりぬいて作った下駄。形が馬の蹄《ひづめ》に似ているところから。

49 **五十二インチ**　一インチは二・五四センチメートル。五十二インチは約百三十二センチメートル。著者は欧米の機械を多く扱う工場で働いていて、ヤード・ポンド法に慣れていた。

50 **関西商工**　一九〇二(明治三十五)年に大阪で最初の夜間実業学校として創立された関西商工学校のこと。

51 **工務係**　工場業務担当者。(この場合)工務担当の責任者(工務主任)のこと。(『女工哀史』第二部「工場組織と従業員の階級」による)

52 **租借地**　ある国が他国の領土の一部を借り受けることを租借といい、その土地を租借地という。租借は二国間の特別の協定に基づいて行われ、協定の有効期間中、租借地のすべての法的権利は借りた国に属する。

53 **チャンコロ**　中国人に対する蔑称。二十世紀前半、日本の中国大陸侵略に結びついて盛んに使われた。

54 **ピス**　ピストルのこと。

55 **上海のセントラルパート**　上海の黄浦江沿いの外灘《ワイタン》地区のこと。日本を含む外国企業の中国の上海や浙江省への進出基地の一つであった。

56 **糸瓜**　つまらないもののたとえ。(この場合)日本では女工募集が大変な仕事だが、中国ではごく簡単な仕事である。

57 **正金**　現金。

58 **仮証**　仮の証文のこと。(この場合)仮の就労契約書のこと。

59 **製糸**　カイコから絹織物の原料となる生糸を製造すること。

60 **まだ**　(この場合)さらに。なお。「また」と同義。

61 **織物整理業**　織物(ウール、ウール風の合成繊維物を除く)の精練、漂白、染色、幅出しなどの処理を総合的に行う業務形態。

62 **積立金**　企業の利益のうちから将来の企業活動のために積み立てておく金。内部留保。

63 **配当**　(この場合)株式会社が利益を株主(出資者)に対して、通常年二回に分けて、支払う金。

64 **月桂冠**　葉のついた月桂樹の枝を冠としたもので、勝利者のシンボル。古代ギリシャで競技の優勝者に与えたことに由来している。

65 **工場法**　工場労働者の保護を目的とした法律で、一九一一(明治四十四)年に公布、一九一六(大正五)年に施行された。日本における近代的な労働法の端緒で、主な内容は工場労働者(職工)の就業制限と、業務上の傷病死亡に対する扶助制度であったが、企業側の要望を受け、労働者保護法としては貧弱なものであった。

66 **職工扶助規定**　工場法が雇用者に求めた、業務上の事故などで死傷した被雇用者のための補償規定のこと。

67 **二マイル**　一マイルは約一・六キロメートル。二マイルは約三・二キロメートルとなる。

68 **朝鮮柳**　ホルトソウのこと。南ヨーロッパ原産。日本には十六世紀中ごろに渡来し、コハズ(小巴豆)の名で薬用や観葉植物として栽培された。茎は直立して白緑色、高さ六十センチメートル以上になり、長三角形の葉を対生する。ポルトガルソウ。

69 **徴兵検査**　当時、大日本帝国憲法と徴兵令の規定により、すべての男子に対し、身体的、精神的に軍務に服しうるかを調べるため、二十歳になった年に徴兵検査が課せられていた。兵役は男子日本臣民の義務の一つと定められ、この徴兵令はのち一九二七(昭和二)年に兵役法が施行されるまで続いた。(この場合)この年、主人公の江治が満二十歳になっていたことがわかる。

70 **勉強**　(この場合)一生懸命、真面目に働くこと。

71 **余禄**　(この場合)残業手当など、追加の仕事量に応じた余分の所得のこと。

72 **給仕**　(この場合)会社や官庁において雑用を担当する人のこと。

73 **M社長**　武藤山治《むとうさんじ》をモデルとしている。武藤は明治・大正・昭和初期に活躍した企業経営者で、労務管理思想家でもあった。紡績王として鐘淵《かねがふち》紡績の経営に携わり、「経営家族主義」と「温情主義」を提唱・実践した。

74 **風儀**　(この場合)風紀。男女間の交際についての節度、規律。

75 **自体**　そもそも。もともと。

76 **済ません**　(方言)済ませることができない。

77 **ナマクラ**　怠け者。

78 **製額**　生産高。

79 一分や二分の賃金　十パーセントや二十パーセント増しの賃金。

80 捉まえて(捉まえる)　「とらえる」と「つかまえる」がいっしょになった表現。つかまえる。

81 富籤　宝くじ。

82 政府さえも　当時日本ではまだ「宝くじ」に相当するものは公認されていないので、何を意味するのか不明。外国政府のことを述べたのかもしれない。

83 回章　次々に回して見せる文書や書状で、普通、対象となる宛名が列記してある。回文。回状。

84 洋傘　西洋から持ち込まれた傘。明治初めから洋傘が輸入されるようになり、少しずつその使用が進んだが、本格的な普及は一八八九〜九二(明治二十二〜二十五)年ごろになって材料も含めた洋傘の純国産化が実現してからとされる。

85 泥炭を食んで(食む)　通常なら食べ物としないようなものまで食べる。(この場合)米価の高騰により米穀が購入できなくなり、食用となりうる草や木の葉まで食べた様子を述べたもの。

86 奸商　ずる賢い商人たち。不正な手段をもって多くの利益を得ようとする商人たち。悪徳商人。

87 破竹の勢い　勢いが激しく、止めることができないこと。竹を縦に割るとき、最初の一節《ひとふし》を切り込むと、そのあとは一気に割れることからきた表現。

88 一頭地を抜いて(抜く)　他のものより頭ひとつ分抜きんでていること。

89 米騒動　米価の急上昇を契機とした民衆による暴動。一九一八(大正七)年の米騒動がもっとも大規模で、地方都市のみならず、東京、大阪、京都、名古屋などの大都市にも広がった。著者は大阪で米騒動を見た可能性がある。

90　六甲山　神戸市の北側にある六甲山地のこと。武庫《むこ》の山。
91　六甲の山荘　当時、六甲山地の東寄りには高級住宅地が開発されつつあった。鐘淵紡績の武藤山治は六甲山ではなく、神戸市の舞子《まいこ》海岸に邸宅を構えていた。
92　シンジケート　同様の製品を販売する企業による独占形態。カルテルによる生産割当と価格協定をいっそう進めるため、加盟企業が製品の販売に関する協定を結んで価格を維持しようとするもの。
93　御大　御大将を意味し、仲間・団体の首領、一家や店の主人などを親しんで呼ぶ語。
94　緋縮緬　緋色(わずかに黄色味がある鮮やかな赤)に染めたちりめん。通常婦人の下着(長襦袢、腰巻)に用いる。
95　長襦袢　和服用の単衣《ひとえ》の下着で、着物と同じ丈のもの。襦袢はポルトガル語 gibão ジバンから。
96　小間使い　主人の身の回りの世話をする女性。
97　田楽刺しに　小さく切った豆腐に竹串を刺し味噌焼きにしたものを田楽というが、その串をまっすぐに刺す様子のこと。まっしぐらに。
98　アーク灯　アーク放電を利用した光源を使う外灯。タングステン電球と比較すると非常に明るかった。
99　鈴木商店　かつて存在した日本の財閥、総合商社の一つ。第一次世界大戦のころ企業としての全盛期にあり、米騒動のときにはその襲撃対象となった。
100　油樽の鏡　油の入った樽の上部にある蓋の部分のこと。鏡蓋《かがみぶた》。

101 碍子　かつて電線が一般的に裸線であったころ、電線を支持し絶縁するために、電柱や鉄塔に取り付ける際に使用した陶器製の器具。家屋内での配線にも用いられた。

102 鎮撫　暴動や反乱などを鎮《しず》めて、人々を安心させること。

103 五石　石は通常米の計量に使われる単位で、一石は十斗、百升に相当する。メートル法では約百八十リットル。五石は約九百リットルで、この量の米は千五百人から二千人分の一食の米飯をまかなうことができる。

104 湧き立て飯　外部から得られる高熱の蒸気を使って炊く米飯。この場合、工場内の汽罐室から供給される蒸気を使ったもので、工場独特の表現と考えられる。

105 綾木綿　広幅の白木綿。平織《ひらお》りではなく斜紋織りであり、使う糸の太さや撚《よ》り方により、いろいろな生地となった。インド亜大陸一帯やオランダ領東インド(現在のインドネシア一帯)で寝具や衣類の素材として需要があった。

106 経《くり》が揚がった(揚がる)　織機に仕掛けられた経糸をすべて使い終わる。経糸は今日一般に「たていと」と呼ばれるが当時は「くりいと」とも呼ばれていた。そのため、関連した織布関連用語は本文では「くりいと」と読むが、注においては状況に応じて両方を使っている。

107 織り前　織機の前。

108 織りつけ　新しい経糸《たていと》を織機に仕掛け、織り始められる状態にする作業のこと。

109 触面転子　触面の具体的な意味は不明。転子は機械の操作をする取っ手(ハンドル)のこと。

110 束髪　明治以降、女性の間で流行した西洋風の髪形。後頭頂部に髪をすき上げ全体に髪をゆるくまとめ、元結いをし、そこから色々な変化を付けた。結い方も洗髪も簡単で、安眠できると人気を得た。

111　寒冷紗　織り目が非常に粗い薄地の木綿生地。

112　弁慶縞　弁慶格子《べんけいごうし》ともいう。経糸《たていと》、緯糸《よこいと》とも二種の先染めの糸を用い、碁盤目の比較的幅の広い縞を織り出している。白と黒、白と茶などが一般的で、和服、ふとんなどに用いる。歌舞伎における山伏姿の弁慶の舞台衣装にちなんだ名称と考えられる。

113　播州　播磨の国(現在の兵庫県の南部)。

114　飾磨《しかま》郡　かつて兵庫県南部にあった郡の一つ。姫路市に郡役所が置かれていた。

115　杼　機織りで経糸《たていと》に緯糸《よこいと》を織り込むための細長い舟形の用具。杼の内部には糸が細長い管に巻かれていて、経糸の間を左右に移動しながら送り出される。シャトル(shuttle)。

116　言葉遣いが関東の人　江治が大阪へ出てきて以来、意識的に標準語を使おうとしていた(『奴隷』第三篇参照)ことと、彼の出身地丹後地方のアクセントに関東系のものがあったことが影響したと考えられる。

117　管糸《くだいと》　杼の中に装塡する管《くだ》(ボビン)に巻いた糸のこと。管糸は緯糸《よこいと》と同じ。

118　尋常だぁけ　尋常小学校の課程だけ。一九〇七(明治四十)年、江治や貴久代が子どもだったころに、その課程は六年間となった。

119　百度　華氏の百度で、摂氏では三十七・八度。日本における温度表示(気温・室温)は一八八二(明治十五)年にフランス式(摂氏)表示が正式に採用されたが、昭和の初期まで、使われている機械や器具によっては華氏の使用もめずらしくなかった。

120 **ご免ください**　(この場合)ていねいに謝るときの表現。

121 **弁ぜぬ(弁ずる)**　物事を処理する。済ませる。(この場合)物事を処理できない。

122 **尺取虫のように**　おおげさに頭を下げること。シャクトリムシはシャクガの幼虫。小さな細長いイモムシで、腹脚が前後二対しかなく、人が親指と人差し指を開閉して長さを測る(尺を取る)ときのように体を急角度に曲げて進む。

123 **大阪毎日新聞社**　いくつかの新聞を前身として一八八八(明治二十一)年に『大阪毎日新聞』を創刊した新聞社。一九一一(明治四十四)年に東京へ進出し、全国ネットワークを持つ新聞社としての道を歩み始めた。

124 **精紡機**　紡績(木綿を糸に仕上げること)の最後の工程で、粗糸を引き伸ばして細くし、撚《よ》りを加えて所定の太さの糸とし、ボビンに巻き取る機械。当時は輪具《リング》精紡機、ミュール精紡機が主に使われていた。

125 **砲兵工廠**　大阪市にあった大日本帝国陸軍の兵器工廠で、大阪城の東側一帯を敷地としていた。アジア最大の規模を持ち、陸軍唯一の大口径火砲の製造拠点として主に火砲、戦車、弾薬類を開発・製造していた。さらに、鋳造・金属加工分野において当時日本最高の技術水準を持っていたことから、民間用の鋳鉄管の製造、橋梁の製作も行なっていた。

126 **丸髷**　江戸時代以降明治時代にかけて一般的だった既婚女性の髪形。頭上の丸い部分が大きいものはより若い女性が結った。

127 綺羅を飾って(飾る)　美しい衣服を着て、華やかに装う。
128 憐憫　(身分の低い者、立場の弱い者に対する)あわれみの心。かわいそうに思うこと。
129 混棉　混打棉《こんだめん》ともいう。数種類の原料棉を目的に合わせて適切な比率で混ぜ合わせること。ミキシング(mixing)。
130 開俵機　大きな塊の棉花をほぐしながら混棉する最初の機械。(hopper bale breaker)
131 ホッパー・フィーダー　給棉機。棉の塊をほぐし、サイズを揃える機械。(hopper feeder)
132 クライトン・オープナー　クライトン社製の開棉機。打棉してゴミを落とし、柔らかくする機械。クライトン社はイギリス、マンチェスターにあった繊維関連機械製造会社。(Crighton opener)
133 明石　明石ちぢみでできた着物。明石ちぢみは経糸《たていと》に生糸、緯糸《よこいと》に右撚《みぎよ》りの強い練糸《ねりいと》を用いてシボ(しわ模様)を織り出した夏用の絹織物。寛文年間(一六六一～七三年)の明石の人、堀将俊《ほりまさとし》の創始として、この名がある。
134 なりがねの渋柿　(この場合)初冬まで木に残ったままの柿のこと。黒ずみ、無惨な姿となっている。
135 風箏　(この場合)風が起こす騒音。風箏は中国語で凧《たこ》のこと。凧を揚げたときに聞かれるような風を切る音のことと思われる。
136 風車　送風機という意味で使われている。風車は風を受ける仕組みのことであり、正確な用語ではない。

137 幹軸　工場全体の数多くの織機や精紡機に動力を伝える主要な軸。メイン・シャフト。
138 粗紡　紡績工程の初期段階で、原料の棉を引き伸ばして撚《よ》りをかけ、太い糸状にすること。原料棉を粗糸にする工程。
139 経糸糊付け室　織機には数千本の経糸《たていと》を仕掛けるが、その経糸には薄い糊を塗布することで毛羽立ちを抑え、伸縮を防止し、丈夫にしている。その工程を行う部署のこと。
140 丈尺　長さのこと。(この場合)布地一反分の長さのこと。
141 男巻《おまき》　経糸《たていと》を織機に掛ける前に大量に巻きあげておくための太い軸。経糸巻き。ワープ・ビーム。緒巻。
142 野砲　野戦用の大砲の一つ。一般に歩兵を支援するための中口径砲。
143 怜悧　賢いこと。利巧なこと。
144 御寮人さん　(方言)中流階級家庭の若い娘または若い妻君のこと。
145 茶々母茶　無茶苦茶。
146 帳〆　(この場合)月々の給料計算を終えること。
147 あったら　惜しくも。残念なことに。あたら。
148 意気張り　何かをやり遂げようとする気持ち。
149 詰めた(詰める)　(この場合)最後のところまで行く。最後までやり通す。
150 工　工員。工場労働者。女工・男工を含む。
151 胃脚気　脚気にかかっている時によくみられる食欲不振、胃部膨張感等の胃の症状のこと。脚気はビタミン欠乏症の一つで、この物語の当時、結核とともに深刻な国民病となっていた。

152 **瀉利塩**　マグネシウムの含水硫酸塩鉱物。通常、硫酸マグネシウムの七水和物をいう。下剤・媒染剤などに使用。エプソム・ソルト。

153 **粉薬**　粉末状の薬で、かつては処方箋薬としてよく使われていた。

154 **千巻《ちまき》**　織機の織り前で経糸《たていと》を引っ張り、また織り上がった布を巻き取る軸。

155 **二十ポンド**　一ポンドは約四百五十四グラム。二十ポンドは約九キログラムとなる。

156 **ぐるめ**　（方言）ぐるみ。〜までくるめて、そっくり。〜ごと。

157 **抛って（抛つ）**　捨てる。止める。

158 **三フィート**　一フィートは約三十・五センチメートル。三フィートは約九十二センチメートル。

159 **楔**　（この場合）車軸の端の穴に差し込み、車輪が軸から外《はず》れるのを防ぐ棒のこと。

160 **玲瓏**　美しく照り輝くさま。

161 **生駒**　大阪府と奈良県の境にある生駒山地のこと。主峰は生駒山《いこまやま》（海抜六百四十二メートル）。

162 **河内平野**　大阪府東部の平野。大阪平野の一部で、北は淀川に面し、東は生駒山系の麓に至る。

163 **豊穣の波**　秋に入って田圃の稲がよく実っている様子。

164 **交代日**　工員たちが昼夜業の担当を交代する日。（この場合）休日のこと。昼夜業の両方の工員が一斉に休みを取る週一回の休日。実際はその翌日に昼夜業の担当を交代する。

165 **天王寺公園**　大阪市天王寺区茶臼山《ちゃうすやま》町にある市立の都市公園。一九〇三（明治三十六）年、第五回内国勧業博覧会が開かれた第一会場の跡地の一部に整備された。跡地の残りはテーマパークである新世界(本篇注25参照)となった。博覧会の第二会場は堺市の大浜公園(本篇注8参照)であった。

166 人畷　多くの人が列のように一続きになって歩く様子。人々が次々に歩いて縄《なわ》のように見えること。

167 麻裏草履　平たく編んだ麻を裏一面に縫い付けた草履。滑りにくい。麻裏とも。

168 運転袋　『女工哀史』第七部「彼女を縛る二重の桎梏」の第二十二章に「持ち物として運転袋と手拭を必らず携帯せしめる」との記述があることから、工場への出勤時に携帯させられた個人用の物入れ袋であろう。

169 しんがり　隊列の最後尾のこと。

170 堺筋　大阪市内を南北に走る通りの一つ。最南端が紀州街道となり、堺市(さらに和歌山)へ至ることから堺筋と呼ばれる。本篇注18参照。「筋」は大阪弁で「通り」という意味。

171 罷工　労働争議行為の一つ。労働者が所定の作業を団結してやめ、使用者側に要求事項を認めさせること。ストライキ。罷業に同じ。

172 友愛会　一九一二(大正元)年に結成された労働者組織。のちに大日本労働総同盟友愛会(第三篇注11参照)に発展。

173 静物　静止して動かない物。通常、絵画の題材としての花、果物、器物などの総称。置物。

174 銘仙　平織りの絹織物で、太めの経糸《たていと》を使い、緯糸《よこいと》にも玉糸《たまいと》などを使った、厚めの丈夫な着物生地のこと。玉糸は二匹のカイコが作った大きな繭《まゆ》でもともと二本の糸があることから必ず絡み合い、太めで節《ふし》ができるのが特徴。

175 袷衣　裏地を縫い合わせた着物。

176 手織縞　手織りの質素な縞木綿。田舎縞。「宝物にでもしたいような」は著者による皮肉。

177 半襟　襦袢の上に飾りとして掛ける襟。

178 優しい　（この場合）優美で風情がある。

179 手合い　（やや軽蔑して）連中。やつら。

180 『工手の母』　工手の母新聞社が一八九九（明治三十二）年に創刊した旬刊誌。『女工哀史』第十四部「紡織工の教育問題」には、紡織会社が買い込んで女工の寄宿舎へ配布していたことが述べられている。

181 雑誌ゴロ　ゴロは「ごろつき」の略で他人の弱みにつけ込んで嫌がらせや脅迫をする悪者のこと。（この場合）特定の会社や業界に関連した好意的な記事を掲載し、それをもとに協賛広告や謝礼金を得ようとする雑誌出版社のこと。逆に、悪意に満ちた記事を掲載すると脅して、会社をゆする雑誌記者や雑誌出版社のことをいう場合もある。

182 紡績連合会　日本の紡績業者の連合体。一八八二（明治十五）年、明治政府の殖産興業政策に呼応し、大手の紡績関係者によって結成され、技術伝習や職工引き抜き禁止についての相互協力を取り決めた。一八八八年に大日本綿糸紡績同業連合会と改称したころから民間資本の自立的組織として活動するようになり、政府には綿糸輸出関税、棉花輸入関税を撤廃させ（両税廃止運動。結果として日本での棉花栽培は壊滅的な打撃を受けた）、船舶業者には貨物運賃の低減を実施させた。一九〇〇年の恐慌時にはメンバー業者による協調操業短縮を実行し、一九〇二年、大日本紡績連合会と改称したころには本格的なカルテルとしての性格を強めた。日露戦争後には操業短縮を長期間実行し、過剰生産によって生じた製品のダンピング輸出を進めた。業者間の結束は強く、中国の綿糸関税引き上げ反対や工場の深夜操業禁止の実現引き延ばしなどにも積極的に取り組んだ。

183 **工手教育会** 『女工哀史』第十四部「紡織工の教育問題」に、村井基一を会長とする団体として登場し、伝法地区の紡織工場のために講演会を行なったという記録がある。講演会の対象者が誰であったかは述べられていない。

184 **台湾坊主** 円形脱毛症にかかったことをいう蔑視表現。台湾へ派遣された日本人兵士の多くが円形脱毛症にかかり、それを「台湾ハゲ」と呼んだことからいう。本文中の「頭のつるつるに禿げた」という場合の表現としては正確でない。

185 **皇統連綿** 天皇の血筋が途絶えることなく、いつまでも続くこと。

186 **二千五百有余年** 皇紀による暦年。『日本書紀』の記述に基づき、神武天皇の即位の年(西暦紀元前六六〇年)を元年とする日本独自の暦年制度。一八七二(明治五)年に太陽暦の採用と同時に明治維新政府によって定められた。

187 **百二十三代** 当時の今上《きんじょう》天皇嘉仁《よしひと》陛下のこと。大正天皇。

188 **教育勅語** 正式には「教育ニ関スル勅語」。一八九〇(明治二十三)年に明治天皇の名のもとに発表され、第二次世界大戦前の日本の道徳教育の根幹として、忠孝の徳を国民教育の中心に置いた。一九四八(昭和二十三)年に国会でその失効および排除が決議された。
189 万 「万が一にも」を略したもの。
190 いっちしまい　一番お終いの。「いっち」は一を促音化して意味を強めたもの。
191 褒状　行い、業績などを褒めたたえることを記した文書。賞状。
192 詭弁　もっともらしく見せかけた虚偽の論。こじつけ。
193 蹶然　勢いよく立ち上がる様子。勢いよく行動を始めるさま。
194 十有三年　十三年。「有」は数字とともに用いて、さらに、そのうえに、の意味を表す。
195 宛然　そっくりそのままであること。さながら。
196 優渥　ていねいで手厚いこと。
197 鑑　見本。手本。真似るべき姿。
198 勘定　(この場合)勘定日。給料日のこと。
199 ミツワ石鹸　一九一〇(明治四十三)年に東京の丸見屋商店から発売された化粧石鹸(当時は顔石鹸と呼ばれていた)のブランド名。
200 ベット　寝台。ベッドのこと。ベッドをベットと発音することはめずらしくなかった。
201 頓服　病気の症状を抑えるために一時的に薬を服用すること。またそのための薬。
202 散薬　粉薬《こなぐすり》のこと。
203 黒天竺　黒く染めた平織りの木綿地。
204 流行性感冒　(この場合)一九一八(大正七)年から翌年にかけて世界中で流行し数多くの死者を

もたらしたスペイン風邪(インフルエンザ)のこと。日本ではとくに一九一八(大正九)年の春に流行した第三波スペイン風邪による被害が大きかった。

205 コロップ性肺炎　急性の喉頭狭窄《こうとうきょうさく》により吸気性喘鳴《きゅうきせいぜんめい》や犬吠様咳嗽《けんばいようがいそう》、嗄声《させい》、吸気性呼吸困難などの症状を呈する肺炎。コロップは今日、一般的にはクループ、クルップという。

206 予防注射　現在のインフルエンザの予防注射は、日本では一九七〇年代になってから行われるようになった。ここでいう当時の予防注射がどのようなものであったかは不明。

207 積極的方面　(すでに病気にかかった者の治療より、元気な工員たちのために)積極的に予防策を講ずるという(インフルエンザ対策の)方針のこと。

208 吸呑み　病人に寝たままで液体を飲ませるための長い吸い口が付いた急須型の容器。

209 周波を打って(打つ)　波のように短い周期で繰り返す。

210 通り一遍　ただ、義理・形式・表面だけで、実意のこもらないこと。

211 あずり落ちる　(方言)寝相が悪くて(ベッドから)落ちる。「あずる」は但馬方言で「寝相が悪くて寝床を乱す」という意味。

212 鉄の四分丸　直径八分の四インチの丸い鉄鋼材のこと。明治時代になって輸入され始めた鉄鋼材はほとんどがヤード・ポンド表示であり、八分の一インチを一分(三・一七五ミリメートル)と呼び、太さを表した。四分は半インチ(十二・七ミリメートル)となる。

213 あたら　もったいないことに。惜しくも。「あったら」とも言う。本篇注147参照。

214 冥加が尽きる　(この場合)神仏に見放される、の意。一般には「冥加に尽きる」という。

215 **あんばいげに**　ほどよく物事を処理するつもりで。(この場合)ちゃんと治療する気で。

216 **こぅこで**　ここで。この場所で。

217 **おぉやの**　親の。

218 **遠州秋葉山**　遠江の国(現在の静岡県の大井川以西)にある秋葉山《あきはさん》周辺のこと。秋葉《あきは》神社と秋葉《しゅうよう》寺《じ》で有名。江治が貴久代と初めて工場で出会ったとき、貴久代は自分は播州の飾磨郡出身だと語っており、ここの記述と矛盾する。著者がその後の物語の展開において貴久代の出身地にまつわる新たな情報を書き加えることを忘れたためか、原稿の一部が失われたことによって生じた矛盾である可能性が大きい。

219 **堅炭**　カシ、ナラ、クリなどをかまどで蒸し焼きにして作った、木質が堅くて火力が強い木炭。

220 **竈の口塗り**　炭焼き工程の一つ。材料の堅木《かたぎ》をかまどへ入れて焼きあげた後、外部からの空気を遮断して仕上げるために、かまどの口を泥で塗り込めること。この木炭製造方法により黒炭(軟炭)が作られる。(この場合)堅炭を焼くと前述しているが、製造方法は軟炭を焼くものとなっている。

221 **竈出しや俵詰め**　焼き上がった木炭をかまどから出し、俵に詰めて出荷の準備をすること。

222 **城東**　大阪城の東側にあたる一帯のこと。当時はまだ大阪市内ではなく大阪府東成郡城東村。

223 **いかい**　(方言)大変に。たくさん。「いけぇ」とも。

224 **刺を通じた(通ずる)**　名刺を出して面会を求める。(この場合)名前を述べ面会を求めた。

225 **匕《ひ》首《しゅ》**　懐剣。鍔《つば》のない短刀。安置された死者の身体の上に、悪霊から守るために置く刀。守り刀。「あいくち」とも読む。

226 さや　そのように。然や。

227 はなはなひつれいやけど　はなはだ失礼だけれど。大変に失礼ですが。

228 マルキのパン　戦前の大阪にあった大手製パン会社「マルキパン」のパンのこと。マルキの水《みず》谷政次郎《たにせいじろう》はイースト(パン酵母)を使用し、製パン用の小麦粉を導入して、日本初の大規模な製パン業を営み、パン食を広く普及させた。水谷は製パンに適した北海道産小麦の大規模生産にも取り組んだ。この物語のころ、大阪のパン市場の半分以上のシェアを持っていた。

229 安う(安い)　おだやかに。やすらかに。おちついて。

230 おちょま口　おちょぼ口と同じと考えられる。小さくてかわいい口。

231 二皮眼《ふたかわめ》　二重まぶたのこと。

232 蔽衣《へい》　死者の顔にかける白い布。顔隠し。面布。座棺の柩《ひつぎ》にかける布(打ち蔽い)に由来するという。

233 湯灌　仏式の葬儀で、納棺前に遺体を湯水で拭い清める儀式。湯洗い。

234 曲げ物　ヒノキやスギなどの木の薄板を円筒状に曲げ合わせ、底を付けた容器。わっぱ。

第二篇

1 近世　(この場合)近ごろの世の中。歴史区分で使う「近世」という意味ではない。

2 喧囂　やかましいこと。さわがしいこと。

3　**欧州の大陸では……始まる**　第一次世界大戦勃発のこと。一九一四(大正三)年七月に始まり、一九一八(大正七)年十一月に終結した。日本は開戦時には中立を宣言していたが、八月になって連合国側の一員としてドイツに宣戦した。

4　**共同戦線**　日本が連合国側の一員として第一次世界大戦に参戦したこと。

5　**敵国**　ドイツ帝国のこと。

6　**膠州湾**　ドイツ帝国による租借地膠州湾のこと。ドイツは一八九八(明治三十一)年に清国政府から中国の山東半島南海岸の膠州(現在の青島市の一部)の東南にハート型の膠州湾全域と、湾の入り口両側の半島を租借地として獲得した。

7　**増錘**　紡績工場で糸の増産のために規模を拡大すること。糸を紡《つむ》ぐとき、仕上がった糸を巻きつける心棒のことを紡錘と呼び、紡績工場の規模はこの紡錘の数で表された。

8　**定款**　法人、会社、組合などの団体を組織する際に制定する、その目的、組織形態、活動内容についての根本的な規則のこと。

9　**蒼茫**　見わたす限り青々として広い様子。

10　**先方**　(この場合)募集のために出張して行った相手先の会社のこと。

11　**東京江東**　隅田川の東のことで当時の東京府南葛飾郡あたりに相当する。現在の東京都葛飾区と江戸川区、および墨田区と江東区の一部を含む地域。亀戸町は江東地区の中心地であった。

12　**募集人の犬山**　『奴隷』第二篇に登場した女工募集人、犬山三五七《さごしち》のこと。当時も、現在も浪華紡績の募集人として働いており、大阪に住む。

13 **ヒトリ二〇、ウメダワタシ、一〇、ニユウシヤ、ナゴヤ**　（女工を大阪の）梅田渡しでなら一人につき二十円、（貴殿が本社に）入社したいなら一人につき十円（支払う）、名古屋（紡績）。

14 **出し**　（この場合）口実。方便。

15 **お召**　お召ちりめん。経糸《たていと》、緯糸《よこいと》の両方に撚りをかけた先染めの絹糸を使って織るちりめん。高級品とされている。

16 **須磨**　当時の兵庫県武庫《むこ》郡須磨《すま》町（現在の神戸市須磨区）のこと。海岸沿いがリゾートとして名高く、温泉もあった。

17 **北越地方**　（この場合）女工募集の旅であることから、北陸地方と越中、越後の国を意味していたと思われる。福井、石川、富山、新潟各県となる。歴史的には越中と越後の国（佐渡島を除く）を指す表現。また越後の国の北寄りを指すこともある。

18 **二等車**　一八七二（明治五）年の鉄道開業時に客車は上・中・下等の三ランクに区分されたが、一八九七（明治三十）年に一・二・三等へ変わった。この制度は一九六〇（昭和三十五）年まで存続した。

19 **名古屋紡績**　時期と工場の場所から推定すると、服部商店という紡績会社をモデルにしたと考えられる。服部商店は後の興和紡績。

20 **中京**　名古屋のこと。東京と京都の間にある大都市であることから。

21 **誘拐**　（この場合）他社から人員を引き抜くこと。

22 **でも工場長**　だれ「でも」務まる「工場長」。

23 **阿波の国**　現在の徳島県。

24 **油を取って(取る)**　仕事や用事の途中でほかのことに時間を費やす。油を売る。

25 **絶食同盟**　食事を摂らないことで相手を脅迫し、目的を遂げること。ハンガー・ストライキ。

26 **耳だれ**　外耳あるいは内耳の炎症により耳の穴から出てくる膿《うみ》のような分泌物。耳漏《じろう》。

27 **辻俥**　道ばたで客待ちをしている人力車。

28 **電報取扱口**　電話が普及する前、最も早い連絡方法は電報で、その取扱場所としては郵便局、電報電話局、農業協同組合、漁業協同組合、主な国鉄(現在のＪＲ)の駅が一般的であった。

29 **頼信紙**　電報を送るとき、電文を書き込む発信依頼用の紙。字数を数えやすいように枡目《ますめ》が印刷してあった。

30 **ジヨコオクル、ニユウシヤ、タノム、イヌヤマ**　女工を送る(ので、私の貴社への)入社を頼む。犬山。

31 **北浜**　当時の大阪市東区(現在は中央区)船場《せんば》の、土佐堀川《とさぼりがわ》に北面した地区なので北浜という。江戸時代から米や金の相場が立ち、日本の商取引の中心地であった。明治に入り大阪株式取引所が置かれ、その代名詞ともなっている。

32 **活動写真**　映画のこと。活動写真(motion picture)は単に「活動」とも呼んだ。

33 **お膳**　食事のこと。

34 **素袷衣**　和服で、肌着を着ないで袷《あわせ》を直接着ること。袷は裏地のある着物。

35 **錦紗**　錦紗ちりめん。撚《よ》りの強い極細の絹糸を緯糸に使って、細かいシボと模様を織り込んだ薄手のちりめん。大正期以降に大流行した。

36 悶わした(悶わす) 悶えさせる。自動詞の「悶える」を他動詞に変えて使っている、著者独特の表現。

37 殉情 感情にすべてをまかせること。

38 思わせぶったように 思わせぶりに。意味ありげな言葉や仕草で気をもたせたり、気をもませたりするさま。本来は名詞の「思わせぶり」を「思わせぶる」という動詞として使っている。

39 拱いて(拱く) 腕組みをする。こまねく。

40 身空 身の上。境遇。

41 内分 表沙汰にしないでおくこと。内聞。

42 苦界 苦しみの絶えない世界。現世のこと。(この場合)娼婦のつらい境遇。

43 鬱金《うこん》 鬱金色のこと。濃い黄色。ウコンの根茎で染めたもの。ウコンはショウガ科の多年草で根茎をカレー粉の原料の一つとする。ターメリック。

44 大島 大島紬のこと。おもに奄美大島で真綿を紡いだ糸を現地産の木の樹皮の煮出し液と泥で染めて作る高級な手織物。

45 玉 (この場合)女性。

46 放埒 酒色にふけり、素行がおさまらないこと。

47 凄艶 ぞっとするほどなまめかしい様子。強烈なあでやかさ。

48 口入れ屋 奉公人などの斡旋をする業者。職業紹介所。

49 細工はりゅうりゅう仕上げをごろうじろ　物事のやり方は色々あるが、うまく工夫をしてやっているので、その結果を見てから評価をしてくれ、という意味。

50 桂庵　雇い人、奉公人の斡旋をする人、店。口入れ屋。昔、江戸京橋の大和慶庵という医者がよく縁談の紹介をしたことに由来するという。(この場合)前出の河内屋のこと。

51 姿見　全身を映し出す大型の鏡。

52 生菓子　主にあんを用いた和菓子のことで、餅菓子、蒸し菓子、まんじゅう、ようかんなど、水分が多いもののことをいう。

53 梅田　国鉄大阪駅(現在のJR大阪駅)がある一帯は大阪市北区の梅田地区として知られている。

54 物堅い　実直で義理堅い。慎重で律儀な。

55 銅壺　燗銅壺《かんどうこ》。火鉢の中に置き、湯を沸かして燗酒をつくる道具。

56 奈良漬　酒粕《さけかす》の床《とこ》に野菜を漬け込んだもの。主に白ウリ、キュウリ、ダイコン、ナスを材料とする。奈良において始まった漬物という。

57 げとげと　(方言)ばたばたとあわただしい様子。

58 お流れ　目上の人が使った盃をもらい、それに注いでもらって飲む酒のこと。相手への敬意を表す意味をもつ。

59 錦手　赤・緑・黄・青・紫などで上絵をつけた陶磁器。

60 因循　思いきりが悪く、ぐずぐずしていること。引っ込み思案であること。

61 いずまった(いずまる)　座り込む。居住まい(人が座っている姿勢)からの造語と考えられる。

62 仁丹　口臭予防の嗜好品、丸薬の商品名。一九〇五(明治三十八)年に消化と毒消しのための懐中薬として売り出された。当初の仁丹は赤色で大粒の丸薬であった。一九二九(昭和四)年になって現在も見られる小粒の銀粒仁丹が発売された。

63 ブルドック　犬のブルドッグのこと。

64 相好《そうごう》　顔かたち。顔つき。

65 垢なめ　日本古来の妖怪の一つ。夜中に風呂場に出て風呂桶などの垢をなめまわすという。ざんばら髪で鉤爪と長い舌を持つ。垢ねぶり。

66 放恣　気ままでしまりのないこと。だらしのないさま。

67 流し履き　台所や風呂場用の粗末な下駄。

68 中歯　歯が厚目でやや低い普段履きの下駄のこと。中下駄。華奢でこぎれいな女性の外出用の下駄ではないことを意味している。

69 兵児帯　男性あるいは子ども用のしごき帯。

70 いけ　悪い意味の言葉の前に付け、それを強調する接頭辞。(この場合)ひどくずうずうしく。

71 髻《たぶさ》　髪の毛を頭の上でまとめて束ねたところ。もとどり。

72 泣き揺すり　泣きじゃくりのことと考えられる。

73 すべた女郎　「すべた」も「女郎」も女性をいやしめ、ののしって呼ぶ表現。

74 勘考　よく考えること。策を立てること。思案。

75 大きに　(この場合)「おおきにありがとう」の略だが、ひどい迷惑を受けたときの、いやみ、皮肉の言葉として返している。

76 **満州**　現在の中国東北部のこと。当時、中国では清朝が崩壊し中華民国が建国されていたが、中央政府は弱体であり、多くの軍閥が満州を含めた中国各地を支配していた。日本は日露戦争で勝利し、ロシアから南満州の鉄道、鉱山経営などの主要な権益を継承し、一帯における支配を強化しつつあった。

77 **三行半**《みくだりはん》　離縁状のこと。もと、三行半で書いたところから。当時すでに大日本帝国憲法と民法により婚姻制度が定められており、三行半を書くことで離婚が成立したわけではない。犬山と妻はおおげさな昔風の「芝居」をして見せたものと考えられる。

78 **困憊**　苦しいこと続きに疲れ果てること。

79 **そしてしばらく時が経った。おじょくは今になって…。「犬山はん…怖ろしゅうなりました。」**　この三行は原文では、①「犬山はん…」、②そしてしばらく…、③おじょくは今になって…、の順に並んでいたが、内容から、②③①の順に改めた。

80 **ヒッカケ**　太さ約六ミリメートル、長さ約二十四、五センチメートルの鋼鉄棒で、先端を鎌形に研いである細いナイフのような道具。機械のローラーに巻きついた糸屑を切り取るためのもの。

81 **堀川の監獄**　大阪監獄署。天満堀川沿いに一八八二(明治十五)年に設置され、当初堀川監獄と呼ばれた。一九二〇(大正九)年に閉鎖、移転。現在の大阪市北区扇町の扇町公園がその跡地にあたる。

82 **但馬**　但馬の国。現在の兵庫県北部の日本海沿いの地域。

83 **遺書**　(この場合)書き置き。二度と故郷へ戻るまいというつもりで父母らに書き残した手紙。

84 **松島遊廓**　当時、大阪市西区松島(現在の西区千代崎一、二丁目)にあった一大遊興地で、娼妓の数は四千人を超えていたという。九条の繁華街の東はずれに位置していた。

85 **九条**　当時の九条新道に栄えた繁華街で、心斎橋商店街に匹敵するほどであったという。現在の大阪市営地下鉄中央線の九条駅あたりになる。

86 **築港**　一九〇三(明治三十六)年に、大阪の海の玄関として安治川河口の埋立地に完成した大桟橋一帯のことをいう。同年、ここから九条まで路面電車が開通し、大阪市電の最初の路線となった。築港についてはさらに『奴隷』第四篇の注168を参照。

87 **茨住吉**　茨住吉神社のことで大阪市西区九条に鎮座する。江戸時代初期に一帯が開発されたとき以来、九条村の産土神社《うぶすなじんじゃ》となった。

88 **厚司**　平織り、または綾織りの厚い木綿織物。仕事着として用いた。

89 **鷹揚**　ゆったりとした様子。おっとりとしたさま。

90 **伊達や酔狂で**　面白半分で。遊びで。

91 **ずぼらをこいて(こく)**　(方言)だらだらする。いい加減なだらしない態度をとる。

92 **両切煙草**　紙巻きタバコで、両端を切り揃えただけのもの。タバコは江戸時代には刻みタバコであったが、明治時代になり欧米から紙巻きタバコが紹介され、次第に日本でも広がった。当初は紙製の吸い口(フィルターではない)が付いた口付きタバコであったが、後に吸い口なしの紙巻きタバコが主流となった。刻みタバコと区別するため「両切(り)」と呼ばれた。

93 目見得　奉公人が初めて主人に挨拶をすること。正式に雇用される前の試用期間のこと。

94 証文巻き　貸借金の証文に決着をつけること。貸借金のやりとりをすませ、証文を処分すること。

95 中国から誘拐　(この場合)日本の中国地方からだまして連れてきた。

96 新妓　新しく遊女や芸妓になる女性。

97 一週間で巻く　(この場合)金の支払いは一週間以内に済ませる。

98 ソフト帽　フェルトなどの柔らかい生地で作った男性用の帽子。中折れ帽子。ソフト・フェルト・ハット、フェドーラとも。

99 回し　二重回しのこと。主に男性が和服の上に羽織るための防寒コートで、もとはイギリス、スコットランドのインバネスコート(袖がある)だとされる。一八八七(明治二十)年ごろに伝わり、和服に合うように工夫(袖がない)が加えられたあと、大正時代から昭和時代の初期にかけて流行し、「とんび」の名でも親しまれた。

100 ベット　ベッドのこと。(この場合)象ほどもある大型の機械装置を載せた台のことと考えられる。ベッドには基礎、土台という意味がある。

101 往還　(この場合)街道。行き来する道。工場と寄宿舎を結ぶ歩行者用の架橋の下に一つの通りがあることを述べている。

102 尼院　尼寺。女子修道院。

103 元禄　大柄で派手な元禄時代の模様。明治期、この模様の流行を仕掛けた三越呉服店が「元禄模様」と命名し、一大ブームを巻き起こした。

104 カーボン電球　フィラメントに炭素を使用した電球のこと。トーマス・エディソンが実用的な寿命をもった製品として世に送り出したのがカーボン電球で、日本の竹を原料とした炭素フィラメントを使用していた。フィラメントは後にタングステンなどの金属製に取って代わられた。

105 印半纏を逆様に着て(着る)　(この場合)作業をしている人々の所属先がわからないようにする。

106 オーバー・セーター　上着として着るセーターのことと考えられる。

107 飛行頭巾　航空頭巾。飛行機の乗員が頭部の保護と防寒のために着用した帽子。通称は飛行帽。(この場合)飛行帽のようなデザインの帽子。

108 艫　船の最後方の部分。船尾。

109 舷　船の両側面。ふなべり。

110 切嘴　薄い鉄板などを切る波板切り用の鋏のこと。

111 海鼠板　波形をした亜鉛鉄板。波板。生子板。

112 三番の竹行李　比較的大きな竹製の行李。引っ越しや長期の旅行のために使われた。番号は大きさを示し、数字が増えると小さくなる。

113 信玄袋　厚手の布地で作って底を付け、口をひもで締めるようにした主に旅行用の手提げ袋。

114 十二インチ砲　口径が十二インチの大砲のこと。二十世紀初頭の戦艦に搭載されるようになった強力な大砲のこと。

115 遡って行く　船のルートは「奴隷の島」を出て正蓮寺川を遡り、安治川へ出たあと、さらに北

116　東へ向かい堂島川へ入る。そのあと、当時まだ存在した梅田入堀川《うめだいりほりかわ》を北上し、出入橋《でいりばし》まで行く。

117　煉獄　死者の霊魂が天国へ入る前に火によって罪を清められる場所。天国と地獄の間にあるとされる。カトリック教会の教理による考え方。

隠し　ポケットのこと。

118　伝勇　このあたりを縄張りとする博徒一家の名。実在した伝安《でんやす》一家がモデルと考えられる。

119　出入橋　かつて梅田入堀川にあった橋。この川は埋め立てられてしまったが、橋の欄干は現存。

120　酒手　酒の代金。心付け(チップ)の金。

121　熱田　国鉄(当時)東海道線にある名古屋市内の熱田駅のこと。当時は現在の名古屋駅よりにぎわった駅だったという。名古屋紡績のモデルとなったと考えられる服部商店の工場(一九一九(大正八)年創業)は熱田駅の近くにあった。

122　なり済まし(なり済ます)　すっかりそのものになる。なりきる。なり果てる。

123　自今　今より。

124　言い条　〜とは言うものの。〜とは言いながら。

125　倦怠性　物事に興味を持ちつづけることができない性格。飽きやすい性質。

126　玉揚げ工　輪具《リング》精紡機の作業において、糸が巻き上がった管《くだ》(玉)を取り外し(揚げ)、その後、空管《からくだ》を取り付けることを担当する女工。玉揚げ工は常に数名で次々に糸が巻き上がった精紡機へ移動して、同じ作業を繰り返した。

127　台持ち工　特定の精紡機の運転を専門に担当する女工。

128 **玉揚げ工の雀**　精紡機の作業で、玉揚げ工が一斉に糸が巻き上がった管《くだ》を取り外し、空管《からくだ》を取り付ける様子が、餌に集まる雀のようであることから、玉揚げ工のことを雀と呼んでいた。『奴隷』第三篇二四五頁および二六三頁を参照。

129 **ズック**　綿または麻糸で織った厚地の布。袋物、鞄、靴などに使われる。(doek オランダ語)

130 **輪具**《リング》　輪具精紡機のこと。精紡工程のあと糸は完成品として出荷準備へ送られる。精紡機は粗糸を引き伸ばし、撚りをかけて最終製品の糸に仕上げる機械で、撚りをかける仕組みの違いにより分類される。この物語の時代にはミュール精紡機とリング精紡機が使われていたが、リング精紡機が主流となりつつあった。

131 **カンカン場**　重量を計測する部屋のこと。看貫場。

132 **水気場**　高湿度に維持されている貯蔵室。管糸の含有湿度の管理に使う。

133 **蒼空**　大空。天空。

134 **クレープ**　細かな縮みじわがある薄手の布地の総称。(crêpe フランス語)

135 **瓦斯縞**　ガス糸で織った縞模様の布地。ガス糸は木綿糸にガスの火で熱加工して毛羽を減らしたもの。その織物は光沢がある。

136 **繻子**　繻子織りのこと。サテン。原糸と織り方ゆえに非常に光沢がある布地で、普通、帯や半襟に使われる。

137 **松畷**　松並木。

138 **宮堂**　『奴隷』においてお孝が浪華紡績に勤務していたころ職場結婚し(第三篇)、のちに離婚した（第四篇）相手のこと。

139 **巴里型**　パリ・モード。パリ・スタイル。

140 **麻した（麻す）**　麻痺させる。

141 **栄町**　名古屋市中区にある町名。名古屋で有数の繁華街であり、市を代表する商業地区である。一九一〇（明治四十三）年にいとう呉服店（現在の松坂屋）が移転開業、一九一五（大正四）年には百貨店十一屋（のちの丸栄の前身）が栄町に開業している。名古屋市電は熱田駅前から栄町までの路線が一九〇八（明治四十一）年に開通している。

142 **帯揚げ**　太鼓結びなどの女帯の結び目が下がらないように、帯の結び目に当てて形を整え、さらに締めあげるための絹の布のこと。色や柄を帯と着物に合わせなければならない。背負《しょい》あげ。

143 **絽**　絽ちりめんのこと。ちりめんの一種。シースルー地で夏向き。日露戦争（一九〇四〜〇五（明治三十七〜三十八）年）後に全国的に大流行した。

144 **大須の盛り場**　名古屋市内随一の歓楽街として栄えた地区。一九一二（大正元）年に織田家ゆかりの萬松寺《ばんしょうじ》が寺領の山林を商業用地として開放してから、劇場、演芸場、映画館などが数多く建てられた。

145 **追い込み席**　安い料金で大勢の客が入場できるようにした仕切りのない座席。その区画。

146 **旧劇**　歌舞伎を含む旧来からの演劇全般のこと。新派劇や新劇に対してそう呼んだ。旧派。

147 **陶然**　気持ちよく酔うさま。うっとりとするさま。

148 **潰し島田**　女性の日本髪の一つで、江戸時代末期天保年間以降に流行した。基本の島田髷《しまだまげ》の髷の部分を押さえ気味に結う。当初は花柳界の髪形とされたが、後に町家の娘にも広がった。

149 それ者《しゃ》 （その方面の女性という意）芸妓。娼妓。くろうと女。

150 打出し 芝居などの一日の興行の終わりのこと。

151 待合 待合茶屋のこと。男女が密会のために使う茶屋。連れ込み宿。

152 変な勝手がし（する） 勝手とは物事の様子、具合。（この場合）様子がよくわからず、どう振舞ったらよいかわからない。

153 曲がり木の椅子 曲がり木家具は十九世紀中ごろにドイツで発明された。天然の無垢材を煮沸し、金型に沿って曲げて成型する。この技術は二十世紀初頭に日本へもたらされ、国産化が始まった。

154 通し物 料理店で料理前の酒の肴《さかな》に出すもの。（この場合、洋食の）前菜。

155 コール・ビーフ コールド・ビーフ（冷製ビーフ）のこと。赤身の牛肉の塊を軽く焼き（ロースト・ビーフ）、冷やしてから薄切りにして、ソースと調味料で味付けしたもの。

156 割合もない （この場合）とんでもなく大きな。状況に対して不釣り合いな様子をいう。

157 ナフキン ナプキンのこと。ナプキンと布巾《ふきん》の合成語という。

158 緯糸停止器 織布中、緯糸を挿入する杼の中の管糸《くだいと》がなくなったのを検知して自動的に織機を停めるセンサー。その形状は食事用のフォークに似ている。（weft fork）

159 亀戸紡織 東京キャリコ製織（後の東京モスリン亀戸工場）をモデルとしたと考えられる。東京キャリコ製織は当時東京府南葛飾郡亀戸町（現在の墨田区立花一丁目）にあった。そのころ亀戸一帯にはいくつかの紡織工場が集まっていた。

160 **活動小屋**　映画館のこと。

161 **金《かね》の草鞋で捜し(捜す)**　いくら履いても擦り切れない鉄製(金属製)の草鞋を履いてさがす。(この場合)どれだけさがしてまわっても、こんな会社は見つけることができない。

162 **機械**　(この場合)お孝は浪華紡績で紡績工として輪具精紡機を担当していたので、どのような精紡機を使うことになるのかを尋ねた。

163 **プラット式**　イギリス、プラット・ブラザーズ会社の精紡機のこと。

164 **番手**　精紡機で製造する糸の太さを表す単位表現。糸の種類、撚《よ》り糸数などによって基準が異なるが、番手数が多いほど細くなる。

165 **引こう(引く)**　精紡機では粗綿を引き伸ばしながら撚りをかけて所定の太さに仕上げていくことから、単に「引く」と言っている。

166 **どこしも**　どこであっても。「しも」は上の語をとくに強調する意味を表わす。

167 **亀戸天神**　亀戸紡績のモデルと考えられる東京キャリコ製織(後の東京モスリン亀戸工場)は亀戸天神から約一・五キロメートルのところにあった。亀戸天神の藤の花は江戸時代から有名。

168 **まどって(まどう)**　(方言)償《つぐな》う。弁償する。

169 **百度**　華氏百度のこと。摂氏三十七・八度。第一篇の注119を参照。

170 **督促**　女工寄宿舎の監督者。工場の「守衛の助手のような役で一種のごろつき」(『奴隷』第三篇三〇五頁の著者による説明)。

171 出門　門を出ること。(この場合)無断で会社の寄宿舎から脱走すること。

172 在名　現在、名古屋にいること。

173 伝令子　伝令・命令を伝達する役目の人。

174 間諜　スパイのこと。

175 ドス　(この場合)長ドスのこと。ドスは短刀のことだが、長ドスは通常の長さの刀。

176 富士紡　一八九六(明治二十九)年設立の富士紡績株式会社のこと。富士紡績は静岡県駿東郡小《お》山《やま》で創業し、一九〇三(明治三十六)年に横浜(当時は都築《つづき》郡西谷《にしや》)工場で操業を開始した。三年後に川崎の東京瓦斯紡績を合併した。川崎の工場には約二千人の女工が勤務していた。

177 毛斯綸　東京モスリンがモデルと考えられる。一八九六(明治二十九)年に東京府南葛飾郡吾嬬《あづま》村(現在の東京都墨田区文花《ぶんか》)で操業を開始した日本の羊毛紡織の草分け。吾嬬村は亀戸町のすぐ北に位置していた。東京モスリンは後に大東紡織となり、現在はダイトウボウ。

178 小名木川　東京府南葛飾郡大島《おおじま》町(現在の東京都江東区大島五丁目あたり)にあった富士紡績小名木川工場がモデルと考えられる。東京モスリンの工場とは直線距離で約四キロメートルの地にあった。

179 かっぱらってくれたぁ　「かっぱらってやった」と同じ意味。「くれる」は相手に対して不利益なことを行うことを強調する。

180 洲崎　江戸時代の元禄年間(一六八八～一七〇四年)に小名木川河口に造成された埋立地。一八八八(明治二十一)年に根津遊廓が移転、一九五八(昭和三十三)年の売春防止法による刑事処分適用開始まで吉原と並ぶ都内の代表的な遊廓、歓楽街であった。この物語の大正時代末期には約三百軒の遊廓があったという。富士紡の小名木川工場や東京モスリンの工場からは直線で約五キロから七キロメートルの距離であった。

181 **帯革**　ベルトのこと。

182 **すか撃った(すか撃つ)**　撃ちそこなう。撃ったものの的から外れる。

183 **十手**　江戸時代に捕吏《ほり》の携帯した道具。五十センチメートル程の鉄棒で、手元近くに鉤《かぎ》がある。

184 **争闘**　闘争のこと。

185 **いきれ**　蒸すような熱気。ほてり。熱《いき》れ。

186 **ふんま**　(方言)ほんま。本当。

187 **鶴舞《つるま》公園**　一九〇九(明治四十二)年、名古屋市最初の都市公園として開設。翌年に開催予定であった第十回関西府県連合共進会の会場として、またそれまで名古屋にはなかった大規模都市公園として、当時沼地だった周辺一帯の土地を造成して建設が行われた。共進会の終了後、公園の整備が進み、動物園、図書館、さらに(この小説の時代以後には)名古屋市公会堂(昭和天皇の成婚記念)が建設された。

188 **三つ手を打って(打つ)**　取引や商談の成立、また、事の成就を祝ってする手拍子である手締め、手打ちのひとつ。(この場合)三本締めのことをいうと考えられる。

189 **儀**　(この場合)事柄。

190 **一綛**　一つの綛。紡績工程でできあがった糸を巻き取るH字、あるいはX字形の枠、また巻かれた糸のこと。一定量の糸を巻き取り、枠からはずして糸の束として出荷する。

191 ヒヤヒヤ　人の発言内容に対して賛意を表す際に聴衆が発する英語由来の表現。"Hear him, hear him" の短縮形で「(彼の言うことを)聞くべし!」「(聞くに値する発言なので)聞くべし!」という意。明治時代から使われ始めていた。

192 至当　極めて当然、適切なこと。

193 犬になっている　(この場合)上役にひたすら従順である。

194 せちっがらい　せちがらい。世渡りがむずかしい。暮らしにくい。

195 寸法　(この場合)もくろみ。計画。たくらみ。

196 箱　(この場合)演奏と踊りなどのパッケージとしてのもてなしのこと。「箱が入る」で、(それまで相談ごとをしていたところに)宴会の余興が入る、という意。

197 盃洗　酒席でやりとりする盃《さかずき》をすすぐための水を入れる、どんぶり程度の大きさの器。

198 所望する　ほしい。いただきたい。望む。

199 追分　追分節《おいわけぶし》のことで、民謡の一分野をさす総称。もともと「追分」とは信州(信濃の国)追分の宿《しゅく》(現在の軽井沢町)で働いた馬子《まご》たちが歌ったことから「追分節」の名が付いた。それが三味線の伴奏で歌われるようになり、「信濃追分」として東日本を中心に広がり、さらに各地の追分節が生まれた。

第三篇

1　**余技**　専門以外の技術。
2　**皮むき饅頭**　皮むき餡《あん》を使った饅頭。皮むき餡は豆の皮をむいてから煮て作るあんこ。餡に皮の色が入らないため、こし餡よりも色が淡く、あっさりとした風味に仕上がる。
3　**賞揚**　ほめたたえること。
4　**部長**　(この場合)一般の職工、組長のすぐ上のランクの雇員で、社員扱いではなかった。部長の上司は工務あるいは工務係(技師のこと。社員扱い)。(『女工哀史』第二部「工場組織と従業員の階級」による一例)
5　**自分手**　物事をするとき、自分の手を動かすこと。他人にまかせないこと。
6　**鬼のおらん間にうんと豆煎った方がいい**　うるさい人がいない間にゆっくり休んだ方がいい。できるうちにゆっくりくつろいでおいた方がいい。「鬼のいぬ間に洗濯」の類似表現。
7　**日給者**　仕上げた製品の数や質とは関わりなく、毎日一定額の賃金をもらう工員。しかし工員たちの多くは受負《うけおい》(出来高制)であり、休みにくくなっていた。
8　**一交代ぐらいはとんとん織れる**　交代日から交代日までの間(一週間)ぐらいは、織機の具合がよく、織り続けることができる。
9　**配台**　織布工に担当する織機を割り当て、確認すること。
10　**上長**　上司。身分、地位、あるいは年齢が上である人のこと。
11　**大日本労働総同盟友愛会**　一九一二(大正元)年に結成された友愛会(第一篇注172参照)をもとに、一九一九年に全国的かつ戦闘的な労働組合として発展してできた団体。のち一九二一年に日本労働総同盟となる。
12 **スッパナ**　スパナ。ボルトの頭やナットを回す工具。レンチ。(spanner)
13 **退場**　(この場合)退職のこと。
14 **煙草を吸う手真似**　かつては「たばこ」という表現そのものが休憩を意味していた。
15 **経掛け工**　織機に経糸《たていと》を掛け、織布を始められるようにする準備工程を担当する職工。
16 **受負**　出来高払いのこと。「うけおい」は普通「請負」と書かれるが、当時の紡織工場では「受負」が主に使われていた。
17 **更迭**　役職者を他の人とかえること。当時は第一次世界大戦が終わったあとで、本格的な戦後不況が始まっており、業務の合理化と人員整理が進行中であった。
18 **お鉢が回った(回る)**　順番が回る。多人数で食事をしているとき、飯びつ(お鉢)が自分のところへ回ってくることから。
19 **狡猾**　ずるいこと。卑劣なこと。
20 **連動子**　原動軸と従動軸の間にあり、動力を伝達したり遮断したりして、従動軸側の動きを制御する装置。
21 **消音器**　ガス機関から出る排気音を抑えるための装置で、運転中は高熱を帯びる。マフラー。
22 **バンドル**　ひも状のものの束。(この場合)単にひものことと考えられる。
23 **名誉も蜂の頭もあるもんか**　あるものや考え方(この場合、名誉)を強く否定するときに使う表現。普通、虫は噛んだり、吸ったりすることで危害を加えるが、ハチは尻部の針で刺すことで危害を加える。そのためハチの頭は役に立たず不要、という理屈。

24 **講釈**　(この場合)物事の理屈、心得などを説明すること。またその内容。

25 **停転**　(この場合)工場の主動力機関が停まり、織機などが動かなくなること。

26 **悪弊**　悪い習慣、習わし。悪風。

27 **啓蒙**　正しい知識を与え、合理的な考え方を教えること。人間生活の進歩・改善のために新しい秩序を促進すること。

28 **冒瀆**　神聖なものを冒し、汚すこと。

29 **いんでまう(いんでしまう)**　(方言)帰ってしまう。いぬる(帰る)+しまう。

30 **ワインダー**　管《くだ》(ボビン)に緯糸《よこいと》を巻く作業を担当する女工のこと。若年労働者が担当した。

31 **荒巻**　荒巻工のこと。織機にかける経糸《たていと》を準備することを整経というが、それを担当する工員のこと。

32 **八歳になるワインダーの君枝ちゃん**　『奴隷』第二篇第十五章に、生まれたばかりの女児を七歳になったら工場へ送るよう女工募集人が約束を取り付ける話がある。当時はそうした例がめずらしくない雇用状況であった。

33 **壟断《ろうだん》**　利益を独占すること。ある男が市《いち》が立つたびに高い丘から見下ろし、商売に好適な場所を見つけ、結果として高利益を上げたことから生まれた表現(『孟子《もうし》』公孫丑《こうそんちゅう》の故事より)。壟は高い丘という意味。

34 **住友**　住友財閥のこと。江戸時代に銅山経営で財を築き、明治時代になって多角経営に成功して三大財閥(三井、三菱、住友)の一つとなった。この物語の当時は住友合資会社であった。

35 **岩崎**　土佐藩出身の岩崎弥太郎《やたろう》が大阪の土佐藩邸跡で始めた三菱商会のこと。海運会社創業後、多角経営に成功し三大財閥の一つとして成長していった。この物語の当時は三菱合資会社であった。藩邸跡には土佐藩が勧請《かんじょう》した稲荷神社がある。

36 **浪花座**　十七世紀中ごろからあった由緒ある大阪の歌舞伎劇場の名前。一九〇四(明治三十七)年には当時誕生したばかりの喜劇の専門劇場となり、人気を博していた。

37 **天王寺の高台**　大阪城から南へ延びる上町《うえまち》台地に発展した住宅地のこと。途中に四天王寺(天王寺は四天王寺の略称)があり、さらに南へ延びる。

38 **南京米**　中国産の米。日本の短粒米とは異なる長粒米を意味している。長粒米は粘り気が少なく、日本人には質の悪い米という認識が一般的にあった。

39 **宝塚**　兵庫県の都市。明治以降、一八八七(明治二十)年に宝塚温泉が開業、十年後には阪鶴《はんかく》鉄道(大阪―舞鶴間を結ぶ予定)のうち大阪―宝塚間(現在のJR福知山線の一部)が開通した。さらに一九一〇(明治四十三)年に箕面《みのお》有馬《ありま》電気軌道(現在の阪急宝塚本線)が開通し、その四年後には宝塚温泉の浴客と電車の乗客誘致のため宝塚少女歌劇団(現在の宝塚歌劇団)が発足した。この物語のころは、温泉、歌劇、食事を一カ所で低廉に楽しめる場所として、大阪や神戸方面からの客でにぎわい始めていた。

40 **申し子**　神仏に祈った結果、授かった子ども。(この場合)神仏の力をもったものから生まれた高貴な子ども。

41　**マルクス**　ドイツ・プロイセン王国出身の哲学者、思想家、経済学者、革命家(一八一八―一八八三)。ドイツで生まれ育ち、博士号に至るまでの教育・研究の後、フランスとイギリスで生活した。フリードリヒ・エンゲルスの協力を得て科学的社会主義理論を構築し、資本主義が高度に発展した段階で必然的に共産主義社会が到来すると説いた。彼の資本主義社会の研究は『資本論』としてまとめられ、その理論に基づいた経済学体系はマルクス経済学として、二十世紀以降の国際政治や思想に大きな影響を与えた。主著『資本論』で最も印象的なのは十九世紀中期におけるイギリス労働者階級の窮状についての記述だとされている。他の著書に『哲学の貧困』や『共産党宣言』などがある。(Karl Heinrich Marx)

42　**「万国の労働者団結せよ」**　共産主義に関して最も有名なスローガンの一つで、初出はカール・マルクスとフリードリヒ・エンゲルスによる『共産党宣言』(一八四八年)の"Proletarier aller Länder vereinigt Euch!"(万国のプロレタリアートよ、団結せよ!)である。ロンドン市北にあるハイゲイト墓地の彼の墓碑には、この文言に基づく"WORKERS OF ALL LANDS, UNITE"が刻まれている。

43　**引けを取る**　物事に後《おく》れを取ること。負けること。

44　**一瀉千里**　(この場合)演説がよどみなく行われること。川の水が流れ出すと、またたく間に千里も流れてしまうという意味。

45　**早引きしてしまう**　(この場合)早退を会社に届けてから、組合のための活動をすることを述べている。江治は日給受領者なので、無断で早退してもその日の給料を受け取ることができたかもしれないが、そうはしなかった。

46 伝法《でんぽう》の閘門《こうもん》 伝法川と淀川(当時は新淀川と呼ばれていた)を結ぶ水門。現在も伝法水門として存在する。閘門は水位が異なる水域間の船の往来を可能にするための設備。

47 本床 本式の床の間。

48 カンテキ (方言)炭火をおこしたり、煮炊きをしたりする簡便な土製のこんろで、一般には七輪という。江戸時代から普及が始まり、昭和時代前期まで各家庭等でごく普通に使われた。船上で長時間仕事をする人々が煮炊きのためにカンテキを持ち込むことはめずらしくなかった。

49 侠客 やくざのこと。

50 義侠心 正義を重んじ、強きをくじき、弱きを助けるという生《い》き様《ざま》を貫こうとする気性。男気《おとこぎ》。

51 一味 同じ目的をもって集まった仲間たち。同志。当時は必ずしも悪い意味はなかった。

52 ちょろこい (方言)簡単な。弱い。わずかな。

53 五割の八割のとぼろい配当 (この場合)株式会社への出資金に対して、その五割、八割に相当するきわめて高額の配当金。

54 丸場 精紡を経て出来上がった綛糸《かせいと》を出荷できるように準備する部門。そこで働く職工は丸仕《まるし》と呼ぶ。

55 幅が利いた(利く) (この場合)はぶりがいい。威勢がある。実力と発言力がある。

56 入場 (この場合)入社すること。

57 綛場 精紡を経てできあがった糸をH型やX型の綛木《かせぎ》という木枠に巻き取る作業をする部門。

一定量巻き上げられた糸は綛木からはずされ、糸の束にして出荷される。木綿糸一綛《ひとかせ》は七六八メートル、毛糸一綛は五一二メートル。

58 治外法権　ある特定の場所において、法律や警察権限が及ばないこと。もともとは国際法上、外国人が滞在中の国の法律(とくに司法権)に従わなくてもよい権利。(この場合)工場の規則に従わなくてもよい特権を持っているかのように、好き勝手に振る舞っていること。

59 受負賃率　仕事量に応じて払われる賃金を計算するときの率。

60 畢竟するに　結論としては。要するに。畢竟とは仏教でいう究極、最終などの意。

61 反古《ほご》　(この場合)ものを書き損じて、不用になった紙。

62 引通部　織布前の経糸《たていと》の準備工程の一つ。ビームに巻いてある経糸を織機に掛けたあと、数千本ある経糸を綜絖《そうこう》と筬《おさ》を経由して千巻《ちまき》(織り上がった布を巻き取る軸)まで通す作業を担当する部門。

63 筬場　織機の付属具である筬《おさ》を製造したり、修理したりする部門。

64 すっこみ　(この場合)遅れ。損をすること。「すっこむ」は引き下がること。

65 大〆　月に一回、賃金計算をして合計を出すこと。

66 頭から　はじめから。いきなり。(この場合)金銭事情などを尋ねることもせず、無断で。

67 懐はかつかつ　手もとにお金がぎりぎりしかないこと。

68 やかし　(方言)〜なんか。〜など。

69 欲言や　(方言)欲を言えば。なおいっそう望むとすれば。

70　お蚕はんの入ったやつ　絹の反物のこと。
71　夜さり　夜のこと。
72　教員　女工のなかには義務教育年齢の子どももいるため、工場の敷地内に尋常小学校に相当する私立の学校が設置されていた。
73　沙汰　(この場合)行い、しわざ、事件。
74　デレッキ　火かき棒。石炭ストーヴを扱うためのL字形の先端をもつ細い鉄の棒。(dreg オランダ語)
75　筬框　筬《おさ》の枠の上部のこと。筬はその前後する動きで、杼《ひ》によって織り込まれる緯糸《よこいと》を経糸《たていと》に押さえ込んで織り目の密度を決めるが、織り手は機織り中にこの部分をひんぱんに扱う必要があり、手のひらにたこができた。リイド・キャップ(reed cap)。
76　油墨　織機などの機械には数多くの可動部分があり、頻繁に注油される。その油が劣化し、また金属粉や繊維の粉塵で汚れて黒い墨汁のようになる。
77　衝程運動　往復運動のこと。
78　なよやか　柔らかくなよなよしている様子。ものやわらかなさま。
79　邂逅　偶然の出会い。めぐりあい。
80　蠱惑的　たぶらかすような。人の心をあやしい魅力で惑わすような。
81　やま　(この場合)できることの上限でも。
82　新聞ゴロ　ゴロは「ごろつき」の略で他人の弱みにつけ込んで嫌がらせや脅迫をする悪者のこ

と。(この場合)何かの事件について記事にすると脅して会社や人をゆする新聞記者のこと。

83 **各部屋長を……渡させているため**　この部分の原文は「各部屋長を取り入れて彼女達に通帳を渡して置き」であったが、そのままではわかりにくいと判断し、修正した。

84 **綾竹**　織機で経糸《たていと》のもつれを防ぎ、順序を正しくするための細く平たい竹の棒。この場合、広幅の木綿布を織っているため、綾竹の長さもかなり長い。リース・ロッド(lease rod)。

85 **いみじき(いみじ)**　(この場合)すばらしい。立派である。たいへんうれしい。

86 **トップ・レール**　織機の外枠のうち、一番上部で横向きのもの。(top rail)

87 **停め**　(方言)停めよ。実際の発音は「停めぇ」。このあとでも、命令または示唆を表す表現として、著者は同様の方言表現を多く使用している。

88 **スターティング・スプリング・ハンドル**　始動ハンドル。始動ハンドルは停止のためにも使う。スプリング(ばね)とあるのはハンドルが「ばね仕掛け」になっているためと考えられる。(starting spring handle)

89 **芸当**　技術的にむずかしい芸。危険をともなう技。

90 **仕拵部や仕上部**　著者は『女工哀史』で織布部を大きく仕拵部《しこしらえぶ》(織布前の準備部門)、織布部門、仕上部門(織り上がった布地の処理)の三つに分けて説明しているが、準備と仕上げの部門は作業内容上、織布とは別の場所に置かれている。(『女工哀史』第二部「工場組織と従業員の階級」)

91 **遊動調車**　二軸間に動力を伝えるとき使用するベルトを導くための車。実際に力がかかる二つの車の間にあり、緩みを防いだり、回転方向を変えたりする。遊び車。アイドラー。アイドル・ホイール。

92 **治安警察法**　政治的集会および結社、言論活動、労働運動などを取り締まるために一九〇〇(明治三十三)年に制定された治安立法。日本の治安立法は一八七五(明治八)年に制定された讒謗律《ざんぼうりつ》や新聞紙条例に始まったが、第二次山県有朋《やまがたありとも》内閣(一八九八年十一月〜一九〇〇年十月)はこれらの集大成として、さらに日清戦争後、産業経済の発展に伴って台頭してきた労働運動や農民運動に対処するため治安警察法を制定した。数々の政治的活動の制限のほか、労働争議の抑圧を目的とした第十七条の新設が重要であったといえよう。しかしこの条項はストライキ権や団体交渉権を制限していたため内外の批判が多く、一九二六(昭和元)年に削除され「争議の自由」が確保された。第二次世界大戦後の一九四五(昭和二十)年十一月廃止。この物語は治安警察法による取り締まりのピーク時に展開していったと考えられるが、会社側はこの法律を味方にするよりも地元やくざによるスト破りを行なっている。

93 **伊達**　(この場合)ただ目に付くだけのもの。格好をつけるためのお飾り。

94 **エンジン・ラッパ**　金属製の油差し。注油器。

95 **ヤール掛け**　織り上がった長い布を一定の幅でたたむための器具。(この場合)ヤール掛けを担当する職工のこと。

96 **カレンダー**　複数の金属製のローラーで構成された布の仕上げ装置で、織り上がった布に高熱、高圧をかける。しわ取りのほか、波紋織り、綿繻子などの仕上げに使われる。ここでいうカレ

ンダーとはシリンダーのこと。(この場合)その担当者。(calender)

97 シャーリング　シャーリング加工とはパイル織りをした布地(タオル地のようなもの)の表面をわずかに切り取り、表面をたいらにすること。(この場合)その担当者。(shearing)

98 荒巻ビーム　経糸《たていと》を巻き取るローラー。(この場合)荒巻ビームを扱う女工(荒巻工)のこと。

99 糊付け工　経糸《たていと》の準備過程の一つで、薄い糊成分を糸に与える装置を操作する職工のこと。糊付けは経糸の強度を増し、毛羽立ちを防ぐために行われる。

100 糊箱《ソー・ボックス》　経糸となる原糸に糊付けをするための、薄い液体状の糊で満たされた箱。ソー・ボックスは種蒔き用の箱のことだが、初期の糊箱の形がそれに似ていたことによる。(sow box)

101 円錐型調車《コーン・プーリー》　機械に伝えるベルトの回転速度を調整するための円錐形のプーリー(ベルト車)。プーリー上の位置によって伝える回転速度を微調整できる。(cone pulley)

102 緯糸停止器《ウェフト・フォーク》　第二篇一五九頁および第二篇注158を参照。

103 経糸停止棒《スポット・ロッド》　織機の経糸の動きを制御する棒型のレバー。(stop rod)

104 回　転《レボリューション》　「回転」に相当する英語はレボリューション(revolution)であるが、レボリューションには「革命」という意味もある。著者は意識的にそれを繰り返したと考えられる。

105 たらして(たらす)　言葉巧みにだます。たぶらかす。

106 女男笛　高低二種類の音階をもった笛。夫婦笛。

107 ストライッキ　ストライキ+一揆。「一揆」は一般的に中世・近世の農民の領主に対する反抗運動のことをいうが、「一致団結」という意味もある。
108 罵詈　口汚く罵ること。ののしり。
109 十八番《おはこ》　得意とする物事。その人のよくやる動作、動き。御箱。
110 なんかしてけつかる　(方言)何をぬかしているんだ。何を言っているんだ。「～けつかる」は「いる」「ある」などの乱暴な言い方。
111 破壊式消火器　消火器の一種。衝撃を与えることで内部に薬剤の入ったガラス瓶が壊れ、消火剤が発生する構造となっている。
112 誘説　人を説いて導くこと。ゆうぜい。説誘《せつゆう》ともいう。
113 怠業　労働者の争議行為の一つ。労働者が団結し仕事の能率を落とすこと(サボタージュ)で使用者側に損害を与え、要求事項の達成を求めること。
114 二番が鳴っても(二番が鳴る)　二番目の交代時間を知らせる始業汽笛が鳴る。
115 ハイドラント　消火栓。(hydrant)
116 弾る　(方言)弾ける。勢いよく飛び散る。
117 紡績工場の紡錘の音　このストライキ行為は三好江治がリーダーとなって織布部だけで行われており、紡績部は通常通り操業している。
118 鬨《とき》の声　互いに元気づけあうため、大勢の人々が一斉に叫ぶ声。
119 アスベスト　石綿のこと。当時、普通、蒸気管には断熱材としてアスベストが分厚くかぶせてあった。まだ人体に有害な物質であるという認識はなかった。(asbest オランダ語)

120 鏨《たがね》　金属や岩石の切断、穿孔《せんこう》などに使われる鋼鉄製の工具。先端は目的別に丸形、平形などの刃形をもち、後部をハンマーでたたく。約十センチから二、三十センチメートルのサイズがある。

121 散婆羅髪　結っていた髪がくずれて、ばらばらに乱れている様子。「さんばらがみ」ともいう。

122 だらし　様子や態度がきちんとしていること。通常、「だらし(の)ない」として使われる。

123 荷物をかけられた時　(この場合)織機を動かすという負荷をかけられたとき。

124 ソリダリティ　団結・連帯。非ソリダリティは団結ができないという意味。(solidarity)

125 あで　あでやかな様子。色っぽくなまめかしいさま。あて(貴)の音変化。艶やかにも通じる。(この場合)あでやかなる(華やかな衣類で着飾った)人々よ、と呼びかけている。

126 元寇の歌　一八九二(明治二十五)年に発表された軍歌で、国民鼓舞の目的からほぼ六百年前の蒙古支配下の元の襲来(元寇)をテーマに作られた。作詞・作曲は日本帝国陸軍楽士官であった永井《ながい》建子《けんし》。永井は一八九五年に「雪の進軍」(『奴隷』第一篇に登場)も書いた。

127 罷業　同盟罷業の略。ストライキ。罷工(第一篇注171参照)に同じ。

128 カリフォルニアのココア会社　キャドバリー(Cadbury)社のことと考えられる。十九世紀後半から二十世紀初頭のカリフォルニア州は産業化が進み、数多くの労働問題が起きていたが、そのことが日本にもすでに伝えられていた。

129 ラストン・ガス・エンジン　ラストン・プロクター社製のガス機関。同社はイギリス、リンカーン市で一八四〇年に創業した総合重機械製造会社。ディーゼル機関車、蒸気機関車、各種内燃機関の製造で知られている。現在はドイツのシーメンス系の会社。(Ruston, Proctor and

Company)

130 **コネクティング・ロッド**　接続棒。(connecting rod)

131 **ことをわけて(わける)**　事情を一つ一つ丁寧に説明する。事を分ける。

132 **クランクシャフト**　エンジンのピストンの往復運動を回転力に変えるための軸。曲軸《きょくじく》。曲柄軸《きょくへいじく》。クランク軸。(crankshaft)

133 **ヘット**　ヘッドのこと。(この場合)エンジンの頭部。エンジンの上部。(head)

134 **俄然**　(この場合)急に。にわかに。だしぬけに。

135 **いがって(いがる)**　(方言)大きな声でわめく。

136 **発生器**　燃料ガス発生器のこと。石炭を高温乾留して石炭ガスを発生させ、それを燃料としてエンジンを稼働させている。

137 **ベヤリング**　ボール・ベアリングのこと。玉軸受け。回転軸の内部に金属球を入れ、その転がりで回転摩擦を減らす軸受け。(ball bearing)

138 **ホワイト・メタル**　スズと鉛の合金で、これにアンチモン、銅、亜鉛などを加えた軸受用合金の総称。スズを主体とするものから、鉛を主体とするものまで種々の成分のものがある。小型のエンジンからタービン、発電機などの大型の回転機まで幅広い分野で使用されており、すべり軸受用の合金としても主要なものである。(white metal)

139 **直径十二インチ**　(この場合)直径約三十センチメートル(という非常に太い鋼鉄製のクランクシャフトの棒軸)。

140 **ロー・プーリー**　エンジンの低い部分にあるプーリー(ベルト車)のことと考えられる。プーリーからベルト(調革)を経由してメイン・シャフト(幹軸)へ回転する力が送られ、工場内の紡錘機や織機を動かした。(low pulley)

141 **局部**　全体のうちの特定の一部分。

142 **本場のドイツ**　著者はこの前でエンジンをラストン・ガス・エンジン(イギリスのエンジン製造会社製)としているので、それを「本場のドイツ」で設計、製造した製品とするのは不合理。

143 **天祐**　思いがけない幸運。天の助け。

144 **コミッション**　手数料。周旋料。(この場合)賄賂《わいろ》。袖の下。

145 **回《ま》わない**　(この場合)ガス機関が故障したことで、メイン・シャフトが動かず(精紡機が)使えない。ただし、「輪具《リング》から先がまた回《ま》わない」と書かれているので、輪具精紡機より前の工程は別のガス機関を動力としていて、まだ稼働中と考えられる。

146 **三日もそんなことが……停滞を防ぐのだった**　この二文は、この時の工場の状況からして意味をなさない。江治のサボタージュ行為により輪具精紡機を動かしているガス機関が破壊されたことで、当分紡績部で糸の仕上げはできず、完成品は在庫のみとなり、すぐに全工場の運転が止まってしまうのは明瞭。だが、ここで工場の幹部たちは、紡績部は依然として生産を続行中であるという前提の下に、織布部のストライキだけを問題として焦っている。著者はかつて織布部のみがストライキを行い、糸の在庫が動かなくなり(次の注「木管が寝る」を参照)、結果的に紡績部も運転が止まってしまったことを経験したか、同様の事例を聞いたことがあったと思われる。そのことに(多分フィクションである)主人公が起こしたガス機関の大事故を結びつけたものの、物語の展開について推敲する機会をもてず、不完全なままとなったと考えられる。

147 木管《きくだ》が寝る　精紡機の紡錘用の木管の動きが滞ること。(この場合)織布部がストライキを続行すると、紡績部の精紡工程で仕上げた糸は消費されなくなる。結果として木管に巻いてある糸がなくならず、精紡工程で使う空いた木管が不足して作業が停滞してしまう。

148 逢着　出あうこと。出くわすこと。

149 仕込み杖　中に刀などの武器を仕込んだ杖。

150 われらは　お前ら、の意。

151 糊付け乾燥機　経糸《たていと》となる糸に糊を付けたあと連続的に乾燥させる設備。

152 ゆわせてしまえ(いわせる)　(方言)ひどい目にあわせる。痛い目にあわせる。この「いわせる」あるいは「いわす」の語源については諸説ある。

153 柄物《つかもの》を手探る　(この場合)自分の仕事道具である糊拵え用の櫂《かい》を手に取ろうとして探す。柄物とは手で握り持つ部分(柄《え》)のある物、道具という意味で、この状況下では糊拵え用の櫂。

154 炭団《たどん》　粉末状にした木炭、竹炭、石炭を糊で丸く固めて乾燥させた燃料。火持ちがよく安かったので、昭和時代の中ごろまで広く使われた。

155 熾し(熾す)　炭などに火を点ける。炭などに火をうつす。炭火の勢いを盛んにする。

156 掌を返した(返す)　がらりと態度を変える。簡単に態度や考え方を変える。手のひらを返す。

157 ふれて(ふれる)　広く知らせる。触れる。

158 ひっくり返って(返る)　(この場合)立場を変える。裏切る。

159 居候　他人の家で無料で寝起きし、また食べさせてもらっている人。(この場合)伝勇の親分の家で何もせずに待機している子分たちのこと。

160 悪感　不快な感じ。悪感情。

161 ゆゆし(ゆゆしい)　堂々としている。立派だ。すばらしい。

162 検束　警察権によって個人の身体の自由を束縛し、一時警察署内などに留置すること。拘束。(この場合)治安警察法(一九〇〇(明治三十三)年制定)にある労働争議行為の制限条項に抵触したがゆえの警察による拘束。

163 伏見　京都府紀伊郡伏見町(現在は京都市伏見区深草)の伏見稲荷大社のこと。全国にある稲荷神社の総本社。

164 神間　神棚のある部屋。

165 お降神《さがり》　祈りの結果、神の霊が自分の身体に降りてきたと感じること。

166 工銀　賃金。給料。

167 ばばばかりかけられて(かけられる)　(この場合)金銭的な問題ばかり起こされる。迷惑ばかりかけられる。語意は「糞ばかりかけられる」。

168 立っていけん(いけない)　(この場合)経営を続けていくことができない。採算がとれない。

169 原則論として成り立たない　一般社会に適用する原則(理屈・理論)として成り立たない。

170 不得要領　要領を得ないこと。納得がいかないこと。肝心なところがわからないこと。

171 衆生済度　信仰によって、生きている者をすべて迷いから救い、悟りを得させること。

172 手折って(手折る)　(この場合)女性を自分のものにする。女性を性的に我がものにする。

173 したし、こわし　(恋愛を)したいが、こわい。(だれかを)愛したいものの、(どうなるかがわからないから)おそろしい。

174 汽車会社　汽車製造株式会社のこと。日本で民間の会社として最初に蒸気機関車を製作した。一八九六(明治二十九)年に設立され、一八九九年に大阪市西区島屋新田(現在の此花《このはな》区島屋、安治川口《あじかわぐち》駅前)に工場を開設。主人公の下宿から汽車製造会社も住友鋳鋼所もすぐ近くにあった。

175 スチーム・ハンマー　蒸気ハンマー。蒸気圧を使って鋼鉄製の鎚《つち》を上下させて鋼塊を鍛造する機械。現在も使われているが、液圧式または機械式プレスの使用がより一般的となっている。

176 こさげる　(方言)こそげる。削り取る。(ごしごし)こする。

177 瓦焼　(この場合)素焼きの陶器。釉薬《うわぐすり》をかけずに焼いた陶器。

178 五燭　当時の電球としてもっとも照度の低かったもので、主に小部屋の中央に天井からぶら下げて使われた。燭は光度の単位。一燭光は第二次世界大戦後しばらくの間使われていた単位で、一カンデラにほぼ相当する。

179 粉炭　木炭、炭団《たどん》、練炭《れんたん》などがくずれて粉になったもの。かつて安価に量り売りされていた。

180 千鳥通う恋の淡路島　『小倉百人一首』の「淡路島　かよふ千鳥の　鳴く声に　いく夜寝覚めぬ須磨の関守」(第七十八番、源　兼昌《みなもとのかねまさ》)から。

181 衷心　心の奥。真心の奥底。

182 **堂島**　大阪市北区(当時)の地名で、大阪経済の中心地の一つ。現在は大阪市北区と福島区にまたがっている。この物語に関連した企業としては東洋紡の本社が今もある。

183 **玉造**　大阪城の南、国鉄城東線(現在のＪＲ大阪環状線)の森ノ宮駅から玉造駅の一帯のこと。現在の大阪市天王寺区から中央区の東部にまたがる地名。大阪市の文教地区の一つ。

184 **新派**　明治時代中期に始まった新しい芝居の様式。伝統的な歌舞伎に対し、新しい流派の芝居として新派と呼ばれる。新派劇。(この場合)いかにも新派劇にでもありそうな台詞だ、の意。

185 **アンペア**　アンペアは電流の強さの単位。(この場合)送り出す電力の強弱。日本全体の電力供給は昭和三十年代後半になるまで不足気味で安定していなかったため、電力供給制限や計画停電は頻繁に行われていた。

186 **愛人**　愛する人。恋人。昭和の始めごろまでは恋人という意味で使われていて、それ以外の意味はなかったという。

187 **醇化**　不純な部分を捨て、純粋にすること。純化。

188 **悔悟**　自分の過ちを悟って、悔い改めること。

189 **赤い墓場**　労働運動を象徴する赤旗から、それに身を捧げた人の墓、という意味と考えられる。

190 **不足前**《たらずまい》　足りない分。不足分。

191 **貴方みたような**　(この場合)貴方みたいな。(「～(を)みたようだ」という言い方でよく似た例を示す表現。これが明治時代後半に入って、今日の「～みたいだ」となった)

192 **首魁者**　悪事、謀反などをたくらむ中心人物。首謀者。

193 悄然　元気がない様子。しょげているさま。
194 いにしな　(方言)帰りぎわ。帰りがけ。
195 懐柔策　なだめて、自分の思うように従わせるための案。手なずけるための方策。
196 金太郎鰯　マイワシのこと。かつては京都府の丹後半島一帯で水揚げされたマイワシのことを呼ぶ名前であったが、現在では名前のイメージのよさから日本各地で獲れるマイワシをこう呼んでいる。
197 千切り　千切り大根のこと。大根を細く切り、乾燥させたもの。切り干し大根の極細のもの。
198 余興屋　余興のための芸人を提供する会社のこと。芸能事務所。
199 げす芸人　下っ端の芸人。若手、駆け出しの芸人。
200 工業教育会　『女工哀史』第十四部「紡織工の教育問題」にある工業教育会のこと。『相愛』『勤労』といった雑誌を発行し職工の啓発や教育をしていたほか、その出版部などを通じて数多くの職工管理、工場経営に関係した出版物を提供していた。その主事は宇野利右ヱ門。
201 紡績評論社　この出版社のモデルがどこかは不明。
202 工場布教団　各地の工場を対象に特定の宗教を広めようとして巡回していたグループ。当時、仏教、神道、新興宗教の各派がさかんに活動を行なっていた。
203 紡績ゴロ　紡績会社を金づるとしている人や団体や企業のこと。
204 ニワカ　寄席や街頭で演じられる滑稽な寸劇。
205 生殺与奪　他人を思うがままに扱うこと。生かす、殺す、与える、奪う、の力をすべて持つこと。

206 根っから取り得もない　まったく役に立つところがない。工員たちにとって何の利益ももたらさない。
207 廃社の跡　打ち棄てられた神社の跡。恩貴島橋の近く南東にあった神社のこと。
208 過渡期　旧いものから新しいものへと移っていく途中の時代。
209 正則　(この場合)規則、取り決めにかなっていること。正しいやり方。
210 猪《い》切り抜き　イノシシの目の形をした切り抜きのこと。ハートの形とほぼ同じ。この形の窓は猪目窓《いのめまど》という。
211 鎧窓　鎧板が取り付けてある窓。シャッター付きの窓。
212 どこやかし　(方言)あちらこちら。
213 衝に当たって(当たる)　大切な役目を受け持つ。重要な役割を果たす。
214 奪掠　略奪のこと。
215 台場跡　安治川河口に幕末に築かれた天保山《てんぽうざん》台場(大砲の基地)のこと。明治時代になって廃棄され、跡地に灯台が設置された。台場跡の小山とは川砂の浚渫《しゅんせつ》でできた天保山のこと。
216 自決　(この場合)自分から退職すること。

第四篇

1 阪神線　阪神電気鉄道のこと。最寄りの駅は杭瀬《くいせ》駅であった。
2 大阪合名紡績神崎支店工場　当時の兵庫県川辺郡小田村今福(現在の尼崎市今福)にあった大阪

合同紡績神崎工場がモデル。大阪合同紡績は一八八九(明治二十二)年創立の難波紡績(のち朝日紡績)を基礎として一九〇〇(明治三十三)年に創立され、その後、明治紡績などを合併した。一九一四(大正三)年にはこの神崎工場を建設し紡織機四万錘、織機千台を設置した。大阪合同紡績は後に東洋紡績に吸収合併された。

3 **茫漠**　土地や風景がだだっ広いこと。

4 **堂に入った**(堂に入る)　学問、技芸にとてもすぐれていること。技術などが手慣れていて、すっかり身についていること。

5 **すか**　くじなどのはずれという意味。はずれでもらえるものはごくつまらない物。(この場合)ごく簡単なこと、もの。

6 **ピニオン**　平歯車(スパー・ホイール、本篇注8参照)の組み合わせで、小さい方の歯車のこと。

7 **固定軸《スタット》**　スタットはステーショナリー・シャフトの略語。(stationary shaft)

8 **スパー・ホイール**　平歯車。歯を回転軸に平行に切った歯車。動力伝達用にもっとも一般的に使われている。(spur wheel)

9 **字の見える**　読み書きができる。

10 **三世相**　生まれ年の干支《えと》、人相、仏教、卜占《ぼくせん》、陰陽五行《おんようごぎょう》の説などを基にして、人の過去、現在、未来(三世)の因果や吉凶を判断することができるという考え。日本では江戸時代に三世相を、日常生活に必要な十干十二支、上弦下弦の月、日食と月食、夢占い、まじないなどとともに百科全書的に絵入りで平易に解説した多種の本が流行した。

11 **われが性**　お前の性格。

12 **山の下の火**　世間体や外見だけを気にして中身がないという卦象。山火賁《さんかひ》といい、太陽(火)が山のかなたに沈む日没寸前の光景を表す。

13 **といや**　(方言)～ということであるそうだ。

14 **裏山の墓場の下に燃えとる火**　(この場合)ただの山の下の火ではなく、普段は密《ひそ》かに燃えている「墓場の火」であり、それは状況次第で激しく燃え上がることがある。江治の「逆上しがち」な性格を祖母が言い当てたことを思い出した言葉。

15 **神戸新川**　当時の神戸市葺合《ふきあい》区新川地区。

16 **K氏**　賀川豊彦《かがわとよひこ》のこととされている。大正から昭和時代にかけての牧師、社会運動家で、労働運動、農民運動、無産政党運動、生活協同組合運動において重要な役割を担った。一八八八(明治二十一)年、神戸市に生まれ、神戸神学校在学中から神戸市内の貧民街に住みキリスト教の伝道と貧しい人々の救済に尽くした。アメリカ留学時に労働運動に触れ、帰国後一九一七(大正六)年に友愛会(第一篇注172参照)の活動に参加。一九一九年に発表した自伝的小説『死線を越えて』はベストセラーとなり、日本のみならず世界でも知られた。当初の活動拠点を神戸に置いたことから、関西地方の労働者に強い影響力を持った。著者細井和喜蔵にとって九歳年上。一九六〇(昭和三十五)年没。

17 **よばれながら**(よばれる)　(食べ物を)ごちそうになる。いただく。

18 **オルガナイザー**　組織者。オルグをする人。(organizer)

19 **謄写版** ろう引きの原紙をやすり板上に置き、鉄筆《てっぴつ》(先端が鋼鉄製の筆記具)で文字や絵を書くことで原紙に孔《あな》を開け、その原紙の下に紙を置き上からローラーで油性印刷インキを押し付けて刷る簡易印刷システム。孔版印刷。鉄筆で原紙に書くときの音からガリ版とも呼んだ。

20 **労政会** 著者は『女工哀史』第十八部「紡織工の思想」において、一九二一(大正十)年に東京モスリン亀戸工場にできた「労正会」という組合を紹介し、その会則(綱領、政綱、宣言その他)を紹介している。

21 **綱領** 団体の基本目的、活動方針など、もっとも大切なことをまとめたもの。

22 **政綱** 政治的団体が人々に対して約束する基本政策をまとめたもの。政府や政党の政治上の重要方針。

23 **『英国労働組合運動史』** 一九二〇(大正九)年に翻訳刊行された『労働組合運動史』(東京、叢文閣)のこと。原著はシドニー・ウェッブとビアトリス・ウェッブ(Sidney & Beatrice Webb)による *The History of Trade Unionism* (Longmans, Green & Co., London, 1894)。

24 **上梓** 書物を出版すること。(この場合)紡織工組合の会則を準備し印刷すること。

25 **別間** 指定下宿にあった独立した小部屋。通常はほとんどの職工たちが相部屋で寝起きしていたが、希望し、追加の部屋代を支払うことで自分(たち)だけの部屋を借りることもできた。

26 **受けだて** (この場合)受け取り分。受け取るべき分のこと。

27 **織布で** (この場合)織布部のほうにいる女工のなかから。(話している相手は打棉工で紡績部に属している)

28 **肩入れ**　好きになること。気に入って世話を焼くこと。その相手。

29 **岡ぼれ**　人の愛人やつきあいのない者にわきから密かに恋すること。

30 **盆屋**　茶屋。売春仲介のための斡旋所。そのための貸部屋。連れ込み宿。

31 **スカッチ**　打棉工のこと。打棉工を英語ではスカッチャー(scutcher)と呼ぶことによる表現。

32 **やや子**　赤子。赤ちゃん。「やや」とも。

33 **最後の助**　「最後」という語を人名に擬して言う言葉遊びとしての表現。

34 **紡績のほう勧めて**(勧める)　(会社の)紡績部の男女工たちに(労働組合運動を)勧める。労働組合への加入を勧める。

35 **ろうろう組合のせんれん員か**　労働組合の宣伝員か。

36 **バンド掛け**　紡績工程で使われるエプロン・バンドと呼ばれる部品を取り付けること。その作業をする職工。

37 **面黒かった**(面黒い)　(しゃれ言葉)おもしろい。(面白い、の逆なので)つまらない。この場合は、面白い、という意味で使われている。

38 **狆**《ちん》　小型の愛玩犬で顔が平たくしゃくれ、目が丸く大きい。

39 **歯くしゃめ**　(方言)歯をむき出してくしゃみをする様子。

40 **秤量方**《かんかんば》　ひょうりょうかた。製品の秤量を担当する職工で、その職場のことをカンカン(看貫)場と呼んだことによる表現。

41 **提灯持ち**　恋愛の仲立ちのこと。

42 蛸つられた(つられる)　(方言)監督者から叱責を受ける。上役から叱られる。
43 僭越　自分の立場を越えて、出過ぎたことをするさま。
44 老成《ちゃ》くれた　(方言)大人びた。
45 豆板　板状の駄菓子。炒った大豆や煮た小豆などを溶かした砂糖で平たく固めた菓子。
46 ペロペロ　ペロペロ舐めながら食べる飴菓子(キャンデー)。手で持つための棒が付いている。
47 おこし　粟《あわ》やもち米を蒸し、乾燥させ、さらに炒ったものを、水飴と砂糖で固めた菓子。大阪でとくに人気があるのは「粟おこし」や「岩おこし」。
48 バット　紙巻きタバコの「ゴールデンバット」のこと。一九〇六(明治三十九)年に発売され、今日に至るまで販売されている。バットはコウモリのこと。(Golden Bat)
49 シャフト回り　工場の動力伝達のための幹軸(あるいは主軸、メイン・シャフト)とその他の軸(シャフト)のこと。(この場合)これらの維持管理を担当する職工。
50 煩悩　(この場合)性的な欲望。心身を悩まし苦しめるいろいろな心のありかた。
51 花代　芸者、遊女に与える金銭。(この場合)娼婦と遊ぶためのお金。
52 新建ち　新築の建物。
53 店　接客をする場所。(この場合)指定下宿なので、職工たちを相手に、ある程度の商品が置かれていたかもしれない。
54 小十能　小さい、炭火を盛って持ち運ぶ道具。鉄あるいは銅製の器《うつわ》に木の柄が付けてある。
55 一番火鉢　一番は火鉢のサイズのことを指すものと考えられる。詳細は不明。

56 怯懦　臆病で気が弱いこと。

57 デテール型録　織機や精紡機などの構造および部品の詳細をまとめた本。（Catalogue of Loom Details など）

58 中学講義　「中学講義録」と呼ばれる通信教育課程の教科書に相当する刊行物のこと。明治時代の後半に登場し、昭和時代前半まで数多くの学校や出版社が幅広い分野の教科について提供していた。

59 耽読　夢中になって読書すること。読みふけること。

60 津守紡績　尼崎紡績の津守工場がモデルと考えられる。大阪府西成郡津守村（現在の大阪市西成区津守地区）の木津川沿いにあった。後に大日本紡績、さらに今日のユニチカとなった。

61 宣言書の尻を破って（破る）　宣言書の下の方が入会申込書になっているので、その部分を破り取る（切り取る）。

62 爪印　印章、自署（サイン）の代わりに、指先に朱肉あるいは墨を付けて捺印すること。拇印。爪判。

63 筬編工　筬《おさ》の修理、管理を担当する工員。筬は織物の経糸《たていと》を揃え、緯糸《よこいと》を打ち詰めて織り目を整える織機の重要な付属具。

64 尻こそばゆい　（この場合）照れくさくて、落ち着いて座っていられない。

65 新思想　新しい思想。（この場合）社会主義思想、労働組合運動などのこと。

66 没趣味　趣味のないこと。「ぼつしゅみ」とも。

67 **監督費** 製品の総生産コストから、純生産費用(原材料費、人件費、設備関連費用、燃料費など直接的な費用)を差し引いた残りの費用のこと。管理費。(この場合)この人事係主任の言葉は単なる誇張と考えられる。

68 **黒表** 要注意人物の氏名、年齢、住所、経歴などを書き込んだリスト。同業の雇用者側の間で回覧・共有された。ブラックリスト。

69 **張子盆** 張り子の技法で製作した盆。濡らした張り子紙(あるいは和紙)を盆の型に押し付けて乾燥させ、着色して仕上げる。非常に軽い。

70 **二月堂** 奈良東大寺の境内にあるお堂の一つで、陰暦二月に行われる修二会《しゅにえ》という行事で名高い。修二会では二月堂前にある井戸から水を汲み上げ、本尊十一面観音に捧げる儀式(お水取り)が行われる。

71 **栗毛霜降り** 馬の色のような黒っぽい茶色の「霜降り」織りの生地のこと。霜降りとは先染めされた色糸を経糸《たていと》に使い、緯糸《よこいと》には白(あるいは経糸の色以外の色の糸)を使うことで霜が降りたような色と風合いをもたせたもの。

72 **佃《つくだ》** 大阪府西成郡千船《ちぶね》村の佃地区にあった阪神電車の駅のこと。現在の大阪市西淀川区佃で、駅は千船駅となっている。

73 **麦も作らぬ** 当時、米の収穫後、すぐに大麦を植え、翌春に収穫すること(二毛作)が一般的だったが、それを行わないこと。

74 **表現派** 表現主義とも呼ぶ。様々な芸術分野で、制作者の外部からの客観的な観察ではなく、主観的、内面的な感情を作品中に反映させて表現する傾向のこと。画家の例としてはゴーガン、ゴッホ、ムンクなど。

75 **辻堂**　道ばたに建てられた小さな仏堂。旅人の休憩所であり、村人の憩いの場であった。

76 **新聞広告**　紡織工場の男女工の募集形態については、『女工哀史』第三部「女工募集の裏表」に詳しい。女工はほとんどが募集人によって集められるが、男工は逆にほとんどが志願して職を得ると報告されている。細井和喜蔵は紡織工場の機械化によって男工の職が少なくなったと結論している。

77 **鴨緑江……水害を防備し**　原文は「大緑河を想わせるような毛間(毛馬の誤り)の大閘門が蕩々(滔々に訂正)たる水を湛えて大阪の水害を防備し」であるが、著者は「大緑河」を「鴨緑江《おうりょくこう》」のつもりで、また「蕩々たる水を湛えて」は「新淀川」を指して記したものと解釈し、本文を改めた。鴨緑江は当時すでに日本により併合されていた朝鮮と満州の国境を流れる川で、この物語のころは、日本でもかなり話題になっていたことが想像される。

78 **毛馬の大閘門**　一八九六(明治二十九)年に始められた新淀川(現在の淀川の最下流部分)の開削を含む淀川改修工事の時に計画され、一九〇七(明治四十)年に旧淀川(現在の大川)への流水量を調節する「毛馬《けま》洗堰《あらいぜき》」および船舶通過のための水位調整用の「毛馬閘門」が完成した。

79 **長柄の橋**　(この場合)新淀川開削工事の完了後、一九〇九(明治四十二)年に架設された大阪府西成郡西中島村(現在の大阪市東淀川区)と同郡豊崎村(現在の北区)を結ぶ橋。当時の官設鉄道(後の日本国有鉄道、さらにＪＲ)東海道本線において大阪ー神戸間開業時(一八七四(明治七)

年）以来使われていた鉄道橋の橋桁を再利用して、この近代における初代長柄橋が架設された。

80 三軒家の極東紡績　三軒家とは当時の大阪府西成郡三軒家地区。現在は大阪市大正区三軒家地区。一八八二（明治十五）年、ここに大阪紡績が設立され、翌年、イギリスより日本で初めての蒸気式の紡績機械を導入。大阪が日本有数の紡績工業都市になるきっかけとなった。一九一四（大正三）年には大阪紡績が三重紡績と合併し東洋紡績が誕生した。この物語の極東紡績はこの東洋紡績三軒家工場をモデルとしている。

81 出雲や鰻まむし　当時のウナギは松江の宍道湖《しんじこ》から送られて来ており、出雲屋というウナギ専門店が多かった。

82 花園橋　九条地区を流れていた尻無川《しりなし》に架かっていた橋。この橋は九条新道へつながり、また茨住吉神社の近くであった。

83 八千代座　松島遊廓内にあった松島八千代座のこと。西大阪第一の大劇場で、一九〇〇（明治三十三）年の改築以降、有名な歌舞伎役者が上演を重ね、昭和初期まで人気のある劇場だった。

84 優婉　あでやかで美しいこと。

85 排して（排する）　押し開く。開ける。

86 開きドア　ちょうつがい（ヒンジ）を使ったスイングして開閉する戸。今日の一般的なドアのこと。当時は左右に引き動かす戸（引き違い戸）が一般的であり、この種の戸はめずらしかった。

87 摺れて（摺れる）　（この場合）（開きドアに）身体がこすれて。身体が触れて。

88 未決　未決監のこと。未決囚（被疑者・被告人）を拘禁しておく施設。警察の留置場。

89 **一幅** （この場合）通常の反物の幅一つ分。和服用の生地なので約三十五センチメートル。

90 **縞お召** 縞柄のお召ちりめんの着物。お召ちりめんは経糸《たていと》、緯糸《よこいと》の両方に撚りをかけた先染めの絹糸を使って織る高級品。

91 **お太鼓** お太鼓結び。女性の帯の結び方の一つ。背中側を太鼓の胴のように丸くふくらませる。

92 **羽二重** 日本の代表的な平織りの高級絹織物の一種で、昔は平絹、光絹とも。通常の平織りは緯糸《よこいと》と同じ太さの経糸《たていと》一本で織るのに対し、細い二本の経糸で織るため、軽く、やわらかい光沢をもつ。明治時代、日本の絹織物の欧米への輸出は羽二重が中心で、日本の殖産興業を支えた。（この場合）帯用なので羽二重でも厚目のものと考えられる。

93 **むくむくしい** （この場合）ふんわりと柔らかな。

94 **淪落** 落ちぶれること。落ちぶれて身をもちくずすこと。

95 **二番道路** 九条新道に並行して南側にあった道路。現在の大阪市西区九条南三丁目あたり。

96 **本田** 現在の大阪市西区本田《ほんでん》。江治は前頁で「二番道路の木賃宿」に泊まっていると言っているので、場所があわない。著者の間違いと考えられる。

97 **耽溺** （よくないことに）夢中になり、他のことを考えなくなること。一般に、酒色などにふけりおぼれること。

98 **企業された（する）** 企業化する。起業する。

99 **山辺丈夫《やまのべたけお》** 石見《いわみ》の国（現在の島根県）津和野で一八五一（嘉永四）年に生まれた。一八七七（明治十）年、旧津和野藩主の養子であった亀井《かめい》茲明《これあき》のイギリス留学に随行、ロンドン大学で経済学や保険学を学んでいたが、当時銀行家、実業家として活躍していた渋沢栄一の要請により、同じロンドン大学のキングズ・カレッジに転じて紡織関係の機械工学を学んだ。さらに渋沢から資金援助を受けマンチェスターの紡織工場で実習も行なった。一八八〇(明治十三)年に帰国し、その際イギリスの紡績機械、蒸気機関などを買い付けた。一八八二年設立の大阪紡績会社(現在の東洋紡の前身)の工務支配人に就任、さらに一八九八年に社長となった。この大阪紡績の成功が一八八〇年代後半の紡績ブームのきっかけとなった。また一八九〇年には大阪織布会社を買収し、紡績兼織布会社となり、これがその後の繊維産業界の一般的な姿となった。大日本綿糸紡績同業連合会委員長、大阪商業会議所特別委員を歴任した。一九二〇(大正九)年没。

100 **峙っている(峙つ)**　そびえる。高く立つ。

101 **腰高の火鉢**　立ったまま手を温めることができる高さのある火鉢。通常、机と椅子がある事務所で使われた。

102 **愛想もこそもなく**　そっけない冷淡な態度で。愛想は人当たりのよいにこやかな態度のこと。「こそ(小想)もなく」は愛想のないことを強めた言い方。

103 **ノースロップ式自動織機**　アメリカ、マサチューセッツ州にあったドレーパー社が製造販売していた自動織機のこと。かつて江治は自分の発明をこの会社に売り込むことを夢見ていた。(『奴隷』第四篇参照)(Northrop automatic loom, Draper Corporation)

104 **乾物屋**　野菜、海藻、魚介の乾燥食品(乾物)を広く扱う店。

105 **泉尾町**　三軒家地区の西から南に広がる地区で、三軒家工場からごく近い。

106 細民窟　貧しい人々が住む地域。貧民窟と同じ。
107 こざこざ　こまごま。ござござ。
108 琉球表　畳表の一種。素材と編み方ゆえに目は粗いが丈夫で、縁《へり》をつけない。
109 遅がけに　(方言)予定より遅れていること。遅まきながら。
110 一番行李　行李で一番大きなサイズのもの。正確な標準サイズは不明。一三九頁および三一八頁に少し小さい「三番の行李」がでている。
111 カンテキ　(方言)原文では「厨炉《しちりん》」。「カンテキ」(第三篇注48)との混用が見られるため、本書では古い大阪表現である「カンテキ」に統一した。
112 運河　一九二〇(大正九)年末に竣工した岩崎運河で、これにより尻無川と木津川が結ばれた。その結果、すぐ近くで石炭ガスを製造していた大阪瓦斯株式会社の原料受け入れや副産物の輸送が便利になった。
113 出ず入らず　(この場合)予定した値段に対し、過不足なく、ちょうどいいこと。
114 戸棚《みずや》　和風の小型食器棚のこと。水屋。
115 映る　(この場合)つりあいがとれていて、見栄えがよい。似合う。
116 あさって(あさる)　物を探し回る。漁る。
117 燐寸《マッチ》　かつて引っ越しの挨拶時に箱入りのマッチを手みやげにする習慣が地域によってあった。火の用心をお互いに促すためという。
118 リヤカー　人が引く荷物用の二輪車。鉄パイプ製でゴムタイヤ車輪のものをリヤカーと呼び、伝統的な木製のものは大八車《だいはちぐるま》と呼んで区別した。リヤカーは自転車の後ろに取り付けることもできた。（rear + car 和製英語）

119 **手釣瓶** 縄や竿の先につけて井戸の水をくみ上げる桶。

120 **火鉢に灰がない** 火鉢は買ったあと、使えるようにするためには大量の木炭灰を入れて、火の床を用意しなければならない。

121 **さしまげる** （方言）文句を言う。注文を付ける。異議を唱える。

122 **四幅**《よの》 二人用（ダブルサイズ）の敷布団の幅。四布《よの》。一布《ひとの》（約三十五センチメートル）の四倍の幅がある。

123 **玄妙** おもむきがすばらしいこと。物事の味わいが奥深く妙《たえ》なること。

124 **楽**《がく》 楽器をかなでた快い音楽のこと。

125 **摩**《ま》**利**《り》**耶**《や》**観世音菩薩** （この場合）聖母マリアのような観世音菩薩という意味であろう。本来のマリア観音とは江戸時代にキリスト教信仰が禁じられてから、その信仰を隠すために観世音菩薩像に擬して崇拝の対象とした聖母マリア像のこと。

126 **瓔珞**《ようらく》 珠玉を連ねた首飾りや腕輪のような装身具。仏像の飾り具。

127 **万有** 宇宙に存在するすべてのもの。万物。

128 **梱**《こり》 （この場合）梱包《こんぽう》した荷物。とくに繊維製品をいうことが多かった。

129 **明け離れる** すっかり明ける。明け渡る。

130 **浪漫癖** 物事について、現実離れのした理想にこだわる、感情にとらわれた考え方をする精神傾向。(この場合)きれいごとにばかりこだわる癖。

131 うそ寒く(うそ寒い)　なんとなく寒い。うすら寒い。

132 伊達巻　帯を締めるための下ごしらえ用の細い帯。

133 楊枝　房楊枝《ふさようじ》、あるいは歯刷子《はぶらし》のこと。房楊枝とは細い木の枝の先端を煮て金槌で叩き、櫛ですいて木の繊維を房状(ブラシ様)にしたもの。今日の歯ブラシは一八七二(明治五)年に国産品が登場したが、一般には横楊枝、歯楊枝、歯磨き楊枝などと呼ばれていた。一八九〇年になって歯刷子という名称が登場した。

134 棕櫚の縄　シュロの木の皮は毛状で、それを原料とした縄。丈夫で耐久性がある。

135 鉛管　日本に水道が設置されはじめてから、昭和時代の末ごろまで、家庭への引き込みパイプとして鉛製のものが多く使われた。加工が容易で凍結に強かったためという。

136 おさんどん　女中。下女。転じて、台所仕事。家庭における炊事仕事全般のこと。

137 鬱悒　気がふさいで心が晴れないこと。

138 一番が鳴ります(鳴る)　今日最初の始業を知らせる合図が鳴る。

139 あっさり　浅漬けの漬物のこと。あっさり漬け。

140 手水使ったり(手水を使う)　手や顔を洗う。

141 黎明　夜明け。明け方。日の出前の明るさ。

142 玉垣　神社のまわりにめぐらした垣。

143 石ぶみ　石碑のこと。石文。(この場合)山辺丈夫の名前・事績などが刻んである銅像の台座。

144 **マンチェスター**　イギリス、イングランドの都市。木綿紡織業の機械化により産業革命が始まった地域として名高い。この当時も紡織業のみならず、関連機械の製造においても重要な地位を占めていた。

145 **渋沢栄一**　明治時代から大正時代にかけての実業家であり、日本の資本主義を育てた実業界有数の指導者であった。江戸時代最末期に渡欧する機会を得て新知識を吸収し、維新政府では財務分野で活躍した。政府の職を退いた後は、銀行、製紙、紡織、鉄道、保険など幅広い分野においてリーダーシップを発揮した。日本における紡織分野の高い成長性を認識し、山辺丈夫にイギリスで紡織関連の技術や経営ノウハウを学ばせ、その帰国後、大阪に大阪紡績株式会社を設立、経営させた。（一八四〇―一九三一）

146 **献灯**　神仏に献《ささ》げるため社寺に奉納する灯明《とうみょう》。また、それを献げること。（この場合）山辺丈夫の銅像に献げる灯明が点《つ》いている灯《あか》り台。

147 **従五位**《じゅごい》　一八八七（明治二十）年に旧位階制度の再編が行われ、「叙位条例」が制定された。これによって位階は正一位から従八位までの十六階となり、叙位の対象者は「華族勅奏任官及国家に勲功ある者、又は表彰すべき勲績ある者」とされた。従五位は上から十番目の位となり、華族（貴族）ランクのすぐ下であった。

148 **閲**《けみ》**した（閲する）**　年月が経つ。

149 **さびしんだ（さびしむ）**　寂しく思う。がっかりする。

150 **千篇一律**　どれもこれも同じで変わりばえがせず、おもしろみがないこと。

151　四六時中　日夜。いつでも。古くは二六時中とも。

152　日化粧　毎日、毎朝の化粧。

153　正業　まじめな職業。かたぎの仕事。

154　遊惰　仕事をしないでぶらぶら遊んでいること。遊び怠けること。

155　土佐の稲荷　土佐稲荷《とさいなり》神社。大阪府大阪市西区北堀江にある神社。長堀川（現在の長堀通り）のほとりの土佐藩蔵屋敷に古くからあった神社に、一七一〇（宝永七）年、伏見稲荷を勧請《かんじょう》したものといわれる。明治初年、同神社は土佐藩蔵屋敷とともに土佐出身の岩崎弥太郎に譲り渡され、彼はここで事業を営み、三菱発祥の地となった。三菱は東京へ本拠を移した際、社殿を現在のものに建て替え、さらに大阪市によって土佐公園が作られた。江治らが住む泉尾《いずお》からは徒歩三十分ぐらいの距離になる。

156　中国　日本の中国地方のこと。当時の中華民国のことではない。

157　本塗りの夫婦膳　夫婦用に二つ揃えられた総漆塗りのお膳。

158　アルチバアセフ　ミハイル・ペトローヴ・アルツイバーシェフ（Михаил Петрович Арцыбашев, 1878-1927）は十九世紀後半から二十世紀のロシア文壇を代表する自然主義派の作家。近代主義小説の代表的作品である性欲を賛美した『サーニン』や、その続編となる自殺を賛美した『最後の一線』が有名で、特に『サーニン』は当時の若い世代を中心に一世を風靡し、「サーニズム」という言葉まで生んだ。アルツイバーシェフはトルストイの作品から最大の影響を受けたことを認め、またドストエフスキー、チェーホフ、ユーゴー、ゲーテらを自身の文学上の師としてあげている。

159 『労働者セイリオフ』　アルツイバーシェフの小説で、日本では一九一四(大正三)年に中島清訳で翻訳出版された。これは、S. Bugow と A. Billard 共訳のドイツ語訳本『Revolutions-geschichten』から重訳したもので、無抵抗主義を堅持できず、ついに愛のために犠牲となるセイリオフという人物を主人公としている。

160 キルク　コルク栓のこと。二十世紀前半までコルクよりキルクのほうが一般的に使われていた。(kurk オランダ語)

161 テキ　ビーフ・ステーキ(ビフテキ)の略。(beef steak)

162 ラシャメン　日本において白人相手の遊女、妾、あるいは現地妻となった日本人女性に対する蔑称。羅紗緬。洋妾《ようしょう》。

163 泉南　和泉の国(泉州)の南部のこと。現在の大阪府西南部。

164 彼が逝いてから　山辺丈夫は一九二〇(大正九)年に亡くなっている。これはこの物語の時期と重なる。

165 じんばり　腎張り。精力旺盛で多淫なこと。多淫な人。(腎虚《じんきょ》の逆)

166 如露　植木などに水をかける道具。缶状の部分に水を入れ、長く出た管の先の面にあるたくさんの小穴(はす口)から水を出す。如雨露《じょうろ》。(jorro (jorrar) ポルトガル語)

167 棒摺り　(方言)床を洗うための長い棒の付いたブラシ。デッキブラシ。

168 蓮っぱ　女の態度や言葉遣いが軽はずみで下品なこと。浮気で身持ちのよくないこと。

169 手機家　手動の織機を使う織物業者のこと。一般的には手機屋と書く。

170 殺されてもとる　(方言)殺されてしまっている。

171 せんちん　(方言)便所。トイレ。雪隠《せっちん》。

172 らいたい会社の後継者は恩知らるなんや、こんつき生　だいたい会社の後継者は恩知らずなんや、こんちく生。

173 慷慨悲憤　世の中の不義や不正について怒り、嘆き悲しむこと。悲憤慷慨。

174 胎毒　乳幼児の頭や顔にできる慢性皮膚病の古い俗称。母体内で受けた毒の蓄積が原因と考えられたことによる病名。現代医学では、脂漏性湿疹《しろうせいしっしん》、急性湿疹、膿痂疹《のうかしん》性湿疹など、アレルギーによるものや細菌感染によるものが大部分であることが明らかになっている。

175 いかった(いかる)　(この場合)(灰の中に)埋《うず》めてある。埋《い》かる。

176 毛唐　(この場合)白人に対する蔑称。毛色の異なった、あるいは多毛の外国人という意味。

177 牛乳《ぎゅうちち》　牛乳のこと。「ぎゅうちち」は古方言。

178 籠にぶらくってある　籠に入れてぶら下げてある、の意。

179 だいもんじゃ　(方言)頭でっかち。一説に、京都に大文字屋という呉服商があり、その主人の頭が異様に大きかったからという。

180 選ぶところがない　同じである。少しも違ったところがない。

181 セントリフューガル・ポンプ　遠心ポンプのこと。筒の中で渦巻き羽根を回転させ、遠心力を起こして外側方向に圧力を与えるもの。(centrifugal pump)

182 **カレンダー**　織布終了後の仕上工程の機器の一つ。第三篇注96を参照。

183 **押切り**　稲わらや草などを刻み切る道具。飼い葉切り。

184 **出てうせやがれ**　(この場合)出て来やがれ、の意。「うせる」は「出る」「行く」「来る」を卑しめて言う語。

185 **幽霊**《ゆうれん》　「ゆうれん」は「ゆうれい」の方言。

186 **どくしょうもない**　(この場合)ひどい。

187 **不調法**　手際の悪いこと。要領が悪いこと。失敗。しくじり。

188 **懊悩**　なやみもだえること。

189 **歩で取ろう(取る)**　(この場合)休日出勤で得られる余分の歩合給を取る。

190 **千代崎橋**　大阪市西区千代崎橋のこと。土佐稲荷神社から近い。

191 **セル**　梳毛糸《そもうし》を使った平織《ひらお》りの和服用の生地。経糸《たていと》と緯糸《よこいと》の両方に光沢感となめらかさがある、繊維の方向が揃った梳毛糸を使っている。単衣《ひとえ》着物用の生地として明治時代の末に普及し始め、大正、昭和時代前半に大流行した。後に同じ梳毛糸を綾織《あやお》りにした洋服用の生地(サージ)が普及するようになった。(serge オランダ語。セルジ→セル地→セル)

192 **菜っ葉服**　労働者用の作業着。薄青色が多かったことからこのように呼んだ。

193 **足し前**　不足を補うこと。不足を補うために必要な分量や金額。

194 **意気地なし**　(この場合)(金銭的に)役に立たない。甲斐性がない。

195 **動議**　会議中に予定外の議題を提出すること。(この場合)突然に自分のための高価な買い物をしたいと言い出すこと。

196 運動　（この場合）労働組合関係の運動のこと。

197 大枚　金額の大きいこと。大金。（この場合、反語的に）わずかなお金。

198 花色　薄い藍色のこと。縹色《はなだいろ》。

199 綾縞　綾織りでできる縞柄のこと。綾織りは織り組織の一種で、経糸《たていと》が二本か三本の緯糸《よこいと》の上を通過した後、一本の緯糸の下を通過することを繰り返して織られたもの。糸の交差する組織点が、斜紋線《しゃもんせん》または綾目《あやめ》と呼ばれる線を斜めに表し、仕上がった模様は左右非対称になる。

200 どん底の行き詰まり　一九二〇（大正九）年三月十五日に始まった株価暴落と以後の戦後（第一次世界大戦）恐慌。

201 五百円　綿糸の相場価格とのことだが、単位は不明。ただし、当時の五百円は単位価格としては非常に高額。

202 鞭撻　強く励ますこと。もと、鞭《むち》で打って罰し、いましめること。

203 一厘　貨幣の単位で、一円の千分の一。一銭の十分の一。

204 幼年工　当時の尋常小学校の就学年齢にあたる児童労働者のこと。七歳児から十二歳児あたりがこれに相当した。

205 姑息　一時のまにあわせ。一時逃れ。その場しのぎ。

206 管轄違い　江治は織機の機械直し工で、織布部に属しているにもかかわらず、紡績部へ乗り込んで労働組合運動を行おうとしている。

207 去るほど (この場合)しばらく前に。さきごろ。
208 沙汰 (この場合)便り。知らせ。報知。
209 子《ね》の部 織布部門のグループ分けは十二支によって行われていたと考えられる。子の部、丑《うし》の部、寅《とら》の部など。
210 人員淘汰 企業などが経費を圧縮するために一部の従業員を解雇すること。人員整理。
211 活版刷り 活字を組み合わせてつくった印刷用の版で印刷すること。
212 証券印紙 一八八四(明治十七)年、証券印税規則の改正により印紙貼付制度ができて設けられた納税のための証紙。金銭授受に関わる契約書を取り交わすときに必要とされる。
213 盲判 文書の内容をよく吟味しないで押す承認の印。
214 涙金 同情して与える金。人間関係を断つ時などに与えるわずかな額の金。
215 訳合い 物事の筋道。理由や事情。意味。
216 詮議 (この場合)密告者を取り調べること。
217 オイル・スイッチ 鉄箱内の油の中に接触子をもつ高圧電流用の開閉器。油は絶縁用。油入り開閉器。油入り遮断器。
218 松島の桜筋 松島遊廓の仲之町の目抜き通りには桜が植えられ、桜筋とも呼ばれていた。その南端にあった松島天神の境内にも桜の木が植えられ、一帯は遊廓のほかに大阪の花見の名所の一つとしても知られていた。現在の大阪市西区千代崎一丁目から二丁目にあたる。
219 奈落 どん底。地獄。

220 **KS** Kyokuto Spinning and Weaving Company, Limited.

221 **土左衛門**　水死者のこと。溺れて死んだ人の膨れ上がった死体が、江戸の力士、成瀬川《なるせがわ》土左衛《どざえ》門《もん》の色白の大きな身体に似ていたことが起源だという。

222 **憑きもの**　人に乗り移り、その人に災いをもたらすという動物や人間の霊のこと。

223 **解雇んする**　（方言）解雇にする。

224 **巳やさかい**　巳年《みどし》生まれであるから。へび年生まれだから。

225 **インジのハンロル**　エンジンのハンドル。

226 **算用**　見積もり。目算。胸算用。

227 **ほぐらかして（ほぐらかす）**　（方言）ほぐす。

228 **クリンカー**　石炭が燃焼したあとの燃えがら。石炭灰。硬質の灰。（clinker）

229 **五合枡**　五合（〇・五升）の容量がある枡。〇・九リットル。（この場合）素材の厚みがあるため、縦横は約十五センチメートル四方で、深さは約八センチメートルの直方体となる。

230 **錬鉄**　炭素含有量の少ない軟鉄。ロート・アイアン。

231 **三貫目**　一貫目は尺貫法の重量単位で三・七五キログラム。（この場合）十一・二五キログラムとなる。

232 **一秒時間**　一秒という短い時間。一瞬。

233 **花崗石《みかげいし》**　花崗岩《かこうがん》は深成岩の一種。普通、灰白色で黒いごまのような点々があり、硬く美しいので建築・土木用や墓石に使われる。御影石という名称は、神戸市御影付近（六甲山麓）が花崗岩の石材産地として有名であったのでいう。

234 些々たる振れも立てず　わずかな揺れも起こさず。

235 心をとって(心をとる)　中心をしっかりと定める。

236 槓杆　てこ。レバー。

237 調速機《ガバナー》　エンジンの回転数を所定のスピードに維持するための装置。フライホイール(弾み車)とは別物。(governor)

238 原軸　エンジンに直結された軸。(この場合)蒸気機関の回転力を他の工場に伝えている幹軸(メイン・シャフト)のこと。

239 綱車　ロープ車。ロープ・プーリー。回転力を他の軸に伝導するための機構の一つで、プーリー間にロープ、ベルトを用いるため、低いコストで遠くまで伝えることができる。

240 鉱油　石油類を原料とした鉱物性の油。

241 ビルジ　船底。船底にたまった汚水。(この場合)フライホイールの下部を格納する穴の底。(bilge)

242 雲居　雲のある所。大空。天国。

243 紡織評論社　『紡織界』という専門誌を発行していた紡織雑誌社(大阪府高石町)がモデルと考えられる。発行人は宇野米吉。

244 コモン・センス　常識。(common sense)

245 伸るか反るか　成功するか失敗するかは運にまかせ、思い切ってなにかを行うこと。

246 アンチ・デモクラチック　反民主的な。
247 整経機　機織り用の経糸《たていと》を巻き、織機に取り付けるビームを準備する機械。
248 心斎橋筋　大阪市南区にある心斎橋から戎橋《えびすばし》まで南北に走る、昔からの大阪有数の繁華街。
249 浜寺公園　(当時)大阪府泉北郡浜寺町と泉北郡高石町にかけての大阪湾沿いにある公園。現在は堺市と高石市にまたがっているが、埋め立てのため大阪湾には直接面していない。
250 主幹　(この場合)出版業務の中心となる人。仕事のまとめ役。業務主任。
251 しっかりした口は切れぬ　(この場合)断定的なことは言えない、の意。
252 『女工の友』　鐘淵《かねがふち》紡績の武藤山治が絵入りの企業雑誌として発行させたものに同名のものがある。
253 外交　外部との交渉。外回りの営業業務のこと。
254 資本主義の発達が……という説　カール・マルクスが『資本論』などで述べた学説。
255 無智づけ(無智づける)　無智なままにしておく。無智な状態でいつづけるように仕向ける。
256 カルトせ　(方言)カルトせよ。信奉者の集団にせよ。(この場合)熱烈な労働組合運動の支持者集団にせよ。実際の発音は「カルトせぇ」。
257 克己　自分にうちかつこと。(この場合)決して負けないぞと自分を強く励ますこと。
258 眉目清秀　男性の顔立ちがすぐれていること。眉目秀麗《びもくしゅうれい》。
259 木の芽立ち　早春。新緑の芽生えてくるころ。木の芽時。一般に、心身のバランスを崩しやすい時期といわれる。

260 息つまらしい　息がつまりそうで苦しい、という意味と考えられる。
261 それかあらぬか　それが理由かどうか。そうであるか、そうでないのか。
262 ブック　(この場合)帳面。ノートブック。(book)
263 五勺　勺は尺貫法の単位の一つで一合の十分の一。十八ミリリットル。五勺は九十ミリリットル。
264 てんで近づかない　(この場合)性的な接触をもとうとしないこと。
265 赤み(赤む)　赤くなる。赤らむ。赤みがさす。
266 唐桑　(この場合)ハナズオウ(花蘇芳)のこと。中国原産の落葉低木で、春に濃いピンクの花が咲く。
267 槇尾山　(当時)大阪府泉北郡の山。標高六百メートル。槇尾山中には施福寺《せふくじ》(天台宗)があり、和泉の国の代表的な寺院として知られている。かつて行基《ぎょうき》や空海《くうかい》がここで修行したという。西国三十三所巡りの第四番札所。
268 綱曳き　(この場合)浜辺で地引き網を引き、漁をすること。
269 漁り《すなど》　魚や貝を獲ること。漁をすること。漁師。漁夫。
270 二海里　海里は海面上での速度と距離の基本単位。一海里は子午線上の緯度一分に相当する。一八五二メートル。(この場合)二海里は約三・七キロメートル。
271 危悪　危篤のことを意味すると考えられる。
272 似よりもつかぬ　まったく似ていないこと。似ても似つかぬ。(「似より」はよく似ていること)

273 **命数**　命の長さ。寿命。

274 **辛気くさそう(くさい)**　思うようにならずいらだつこと。じれったく、気がくさくさする。心気くさい。

275 **孜々として**　熱心に努め、励む様子。

276 **安佚**　気楽でのん気なこと。

〔解説〕工場労働と人間疎外

鎌田　慧

1

思い出されることすくなくなったが、一九五九年から六〇年にかけて、九州・福岡県大牟《おおむ》田《た》市で大争議があった。いまでは信じられないが、三井資本系の炭鉱が、一三〇〇人もの労働者を「生産阻害者」として、大量指名解雇に踏み切ったのだ。

この「三井三池争議」について記述するのは、この稿の主旨ではないので割愛するが、労組側のストライキと企業側のロックアウト攻撃の全面対決となって、「総資本対総労働の対決」と呼ばれたが、労組側の惨敗となった。

争議から二〇年たって、わたしはそこにいた労働者たちの物語をちいさな本(『ドキュメント　去るも地獄残るも地獄』筑摩書房)に書いた。このとき、三井三池労組の組合長だった宮川睦男さんの真留《まさる》夫人にお会いしていた。彼女は三カ月前、六二歳の夫と死別して、荒尾《あらお》市(熊本県)のちいさな家でひとり、ひっそりと暮らしていた。別れ際に、彼女はこういった。

「わたしが若いとき、ジョコ(女工)ジョコ、ダンコ(男工)ダンコとバカにされていました。兵隊は上官から殴られてばかりいました。そんな世の中にまたなっていくようで、恐ろしい」

最近、非正規労働者がふえて、三人に一人が将来、不安定なままに暮らしている。それも直接雇用はすくなく、雇用主が労働者派遣業者だったりする。労働組合に加盟しているのは、全労働者の一六％にすぎない。ほとんどが職場で人権を主張できずにいる。ときどき、わたしは真留夫人の言葉を思いだしている。ジョコジョコ、ダンコダンコ。いまはその代わりに、ハケンハケン、ヒセイキヒセイキ、である。

宮川夫妻は、長野県の山村に生まれ、おなじ高等小学校に通っていた。二年はやく卒業した宮川さんは、大阪にでて住友金属桜島伸銅所に就職したが、日米戦争がはじまった一九四一年、九州へ渡って炭鉱労働者になった。九州は炭鉱王国だった。真留夫人は名古屋の紡績工場にはいって、軍服の生地をつくっていた。

炭鉱と繊維。村を出た二人が、日本資本主義を形成した、二大基幹産業の労働者になったのは、けっして偶然ではない。一九三〇年代以降、繊維産業の労働者は、全産業の五四%をも占めていた。

東京駅北口。皇居がわにある日本工業倶楽部会館は、レンガ色の五階建てながら、あたりの高層ビルに囲まれて、そこだけ低くみえる。正面玄関上のバルコニーを白い無垢《むく》の丸い石柱四本で支え、紅い絨毯《じゅうたん》を敷いた広い階段が、ひとを誘導するように二階にむかっているのは、財界の社交クラブとして建設されたからだ。

その玄関の真上に、男女一対の像が飾られてある。左側が筋骨逞《たくま》しい坑夫の裸像で、右手にハンマーを握りしめている。右側が織女で、左腕に大きな糸巻きを抱えている。

一九二〇(大正九)年に建設され、二〇〇三年になって改築された。改築されたが、日本資本主義の黎明《れいめい》を象徴する男女労働者の立像は、そのまま遺された。日本経済の発展はこの繊維と炭鉱ではたらく、男女二人に象徴される労働者の血と汗によって達成された。労働環境の劣悪さは、膨大な犠牲者をつくりだしていた。

この労働者像(小倉《おぐら》右一郎《ういちろう》作)が、あまりにも力強いオーラを放っているので、財界のサロンであっても、粗末にはあつかえなかったのかもしれない。

日本経済を牽引《けんいん》した二大産業の栄光と悲惨。その悲惨をクローズアップで描いたのが、細井和喜蔵《ほそいわきぞう》の『女工哀史』である。膨大な記録を書きつづけながら、細井は「工場を小説の形式によって芸術的に表現したものを、世の中へ送り出そうと意図している」(『女工哀史』自序)と考えていた。そして書き上げたのが、この『工場』である。

『女工哀史』が出版されたのは、著者病死の一カ月前だった。膨大な資料を集め、注意深く見聞きし、記録し、工場での労働のあと寸暇《すんか》を惜しんで書きつづけ、世を去った。二八歳。早過ぎた死ではあったが、最初の著書を確かめて他界したのが、せめてもの救いだった。没後、大反響を呼んでベストセラーとなった。一九五四年七月、岩波文庫の一冊となり、今日に至るまで版を重ねつづけている。

『女工哀史』のあとに、おなじ改造社から出版されたのが、『工場』だった。主人公「三好江治《みよしこうじ》」の少年時代からの成長記録ともいうべき『奴隷』が、そのあと世に出されたが、いま、『奴隷』から『工場』へと書かれた順に読み継ぐと、この二冊が連続した細井の自伝であり、二〇代の細井が働いていた繊維労働の世界を、小説化するために驚嘆すべき精神力と努力によって、ひろく訴えようとする遺志がつたわってくる。

『奴隷』は細井が、先進的な労働者として思想形成するまでの、いわば自分史であり、『工場』は、自分をモデルにしてフィクション化した、愛と労働と闘争の作品である。これらを読むと、いかにも早過ぎた彼の死が、本人ばかりかその後の日本の文学にとっても、大きな損失だったことを理解させられる。

「あまねく人類に衣《ころも》を織って着せるという母性的な愛の営み、その重要な生産にいそしんでおりながら、あらゆる権利を簒奪《さんだつ》されて、一生頭のあがる瀬のない礎石に生えた苔《こけ》蘚のようなじめじめした暗鬱《あんうつ》な生活を余儀なくされている全紡織工が、眠れる魂を呼び覚まされて奪還の争闘に輝く日を彼は機械の前にたたずんではいつも空想に描く……」（本書二九一頁）

人類愛としての衣服、それをつくる労働者の悲惨。このどうしようもない乖離《かいり》と矛盾。その現実を暴露し、解決の道を歩こうというのが、細井和喜蔵が生涯をかけ、書きつづけた『女工哀史』『奴隷』『工場』である。あるいは、作品集『無限の鐘』に収録されている、「或る機械」「死と生と一緒」などの短編にも通底する、ライトモチーフだった。

「鋸歯《きょし》状の屋根が十重《とえ》、二十重《はたえ》、三十重《みそえ》とのさばるように蔽《おお》いかぶさって甍《いらか》と硝子《ガラス》が大きな鱗《うろこ》みたいに光る。そこでは数千人の奴隷が営々として夜から朝まで朝から夜まで休む間もなく働いて、人類のために糸を紡ぎ布を織って衣服の生産をしておった。数多《あまた》の彼らは社会が愛に報《むく》ゆるに侮蔑《ぶべつ》と奪取をもって応えても、ただ黙々として仕事にいそしむよりほかに知らないもののようであった」（一三六～一三七頁）

「彼女は孜々《しし》として十年、愛の生産にいそしんで社会のために尽くした」（四一七頁）

「おお！　愛に酬《むく》ゆるに殺戮《さつりく》をもってするのが今の社会か」(四一七頁)

糸を紡ぎ、布を織る。その労働をささえる矜持《きょうじ》。しかし、それに携《たずさ》わる労働者はあまりにも悲惨だ。この生産された物と生産する者との絶対的疎外の関係に、細井は歯がみしていた。彼の「疎外」についての考察は、数すくない作品のさまざまなところに書きつけられている。

「人類に衣を着せる貴い母性のいとなみ」(評論「どん底生活と文学の芽生え」『細井和喜蔵全集』第四巻、三一書房、一〇七頁)

「人間は皆な、自分達が着ている着物は只《ただ》出来たように思っている。衣服をまとうために幾万の若い女性が犠牲になって行くかを、はたして考えたことがあるだろうか！」(同前、一〇八頁)

「世が文明になればなる程、貧乏人は不幸になることを何人《なんぴと》でも考えられるでしょう」(「或る機械」『細井和喜蔵全集』第四巻、三一書房、五六頁)

繁栄の陰での悲惨。細井が記録した女工小唄は、身体ごと日本の近代化をささえるように強要された、女性たちの怨嗟《えんさ》と抵抗の声だった。

籠の鳥より監獄よりも

寄宿ずまいはなお辛い

ここの会社の規則を見れば
千に一つの徒《むだ》がない

内心では、反抗と矜持をかすかながらも養っていた。

寄宿流れて工場が焼けて
門番コレラで死ねばよい

女工々々と軽蔑するな
女工は会社の千両箱

2

小説『工場』は、四篇四四章で構成されている。第一篇の書き出しが、三好江治が堺署の玄関を出る場面からはじまる。前編『奴隷』は、失恋した江治が投身自殺に失敗し、堺署に保護されていたところで終わっている。そのあとを受けての、あらたな出発だった。

大正末期(一九二〇年代)。この頃、繊維産業は拡大の一途にあった。「女工」は求人難で募集人が暗躍、「男工」はこの小説にあるように、労働者派遣業の労働下宿を通過するか、工場にある「職工面会所」で自分を売り込んだりして、採用されていた。

製糸、織布生産などの機械化からはじまった、産業革命と資本主義出発の瞬間は、エンゲルスの『イギリスにおける労働者階級の状態』の「序説」に詳述されている。一八世紀後半に発明されたミュール紡織機とジェイムズ・ワットの蒸気機関との結合が、手仕事世界に波及するにつれて、各国で農民を土から追いだして工場に吸収、プロレタリアートを生みだすことになる。

細井和喜蔵が、丹後の絹織物産地の出身だったことが、紡績工場労働者への道をひらき、一連の作品を書き遺させた。その二〇年ほど前、農商務省(現経済産業省)商工局工務課の工場調査掛がまとめた『職工事情』全三巻のうち、ほぼ二巻が、生糸、織物労働者についての報告であることでも、当時の日本の産業のなかでの比重の重さを類推できる。

生糸は日本の重要な輸出品として外資を稼ぎ、武器や戦艦の購買能力をたかめさせ、あろうことか他国を侵略する物質的地盤となった。

『工場』の第一篇では、皆勤者に賞金や景品の抽選券を与えて、労働者を競争に駆りたてる「特別賞与法」や犠牲者をだした「模範工女」制度が取り上げられている。その結果が、いまでいう過労死の横行である。が、それよりも、働きながら「夜間の職工学校」に通って、機械技術を勉強した細井らしい記述は、「標準動作」への批判である。

日本最大規模を誇る「鐘ヶ崎紡績」大阪工場に採用された江治は、人事係主任にこういわれる。

「どんなにその人の技術に特色があっても、本社の制定する標準動作に叶《かな》っていなければ、我が鐘ヶ崎紡績では三文の価値も認めませんぞ！　よろしいか？」(本書二九頁)

このころから、大量生産方式として、「標準作業」のシステムが導入されていたのだ。いまは、大野耐一《たいいち》が考案した「トヨタ生産方式」として世界に進出している。さらに、自動車工場を中心に、ロボット化、無人化が加速され、最近では生産部門でのAＩ(人工知能)化にむかっている。細井はこう書いている。

「経験工をこういうふうに素人工として廉《やす》く使い、一人前仕事のできる上へ持っていって鐘ヶ崎式の科学的動作を強制して標準づけ、これを各工場全国的に統一するところに、同社の製品が斉一《せいいつ》していて善良な所以《ゆえん》と、大量生産主義の秘訣《ひけつ》が存していた。実に近世大工業的機械生産は、その労働者をも一個の機械としてしまって、技術上の個性を完全に破壊しなければ成り立たなかった。

三好江治は一個の覚醒した労働者としてこれからはたらくのに、「いい技術を持った職工」という顔と信用を利用するため、鐘ヶ崎の方式を心得ておく必要があったのだ」（本書三〇～三一頁）

これは機械工・細井の実感だった。細井以降の日本のプロレタリア文学は、小林多喜《たき》二《じ》のようにインテリゲンチアが労働者を描いた作品か、徳永直《すなお》に代表されるような、根っからの労働者出身作家が職場のなかから書いた作品だった。

これにたいして細井の作品は、技術を学んだ（彼は機械の発明を考えていて、挫折している）者の視点から工場をとらえ、描写している、当時ではまったくユニークな存在だった。

たとえば、『女工哀史』の第九部「工場設備および作業状態」には、以下のように書かれている。

「紡績工場の作業システムに「標準動作《モーション・スタディー》」というものがある。これはテーラーの科学的管理法に端を発するものであって……第一に鐘紡（鐘淵《かねがふち》紡績―引用者）がこれ

を始め、次ぎに東洋紡績が真似てから段々ひろく行われるようになった」(二十八章)

『女工哀史』には、四台の力織機を担当する、女子労働者の移動と動作の流れを変えた図が掲載されている。テーラー・システムを応用したもので、ロボットが導入されるまで、機械工場の労働者を支配していた。労働者の個性と動作を解体して画一化し、あらたに再編、支配を強化したのが、「標準作業」である。

一八八三年、米フィラデルフィアのスチール会社の機械工場の職長だったF・W・テーラーが、「各種の仕事の要素をひとつずつストップウオッチで測定し、そのおのおのに要する時間を集計して、各仕事に要する最短時間を発見」した、と「工場管理法」(『科学的管理法』産業能率短期大学出版部)に書いている。この浩瀚《こうかん》な書籍はいまでもロングセラーになっているが、米国で発刊されたのは一九一一年。

細井がテーラー・システムを知ったのは、一九一二年に翻訳されていた普及版によってであろう。そのころからテーラー・システムは米日で評判になっていた。ちなみにいえば、日本で「発明王」あつかいされている、トヨタ自動車の祖・豊田佐吉が、米国と英国の自動紡織機工場を視察してまわったのは、韓国併合の一九一〇(明治四三)年から、翌一一年一月までの七カ月間だった。

同行したのは、縁戚関係にあった、東京高等工業学校（現東京工業大学）紡織科出身の西川秋次《あきじ》だった。西川は豊田佐吉の右腕として、豊田自動織機を支えた。

それにしても、細井の標準作業にたいする言及ははやかった。テーラーの有名な「レンガ積みの研究」も紹介している。彼はこのころすでに、人間的な自然な動作をバラバラに解体して機械的な動作に再構成された、工場労働の非人間性にたいして強い批判をもち、それを小説『工場』で表現していた。

細井の小説を読んで知らされたのは、このころ、「女工」でも「男工」でもない、「工」とか「工たち」という呼び捨てが横行していたことだった。人間の属性である、男、女の区別もない、むき出しの「工」である。

かつて朝鮮を侵略した日本企業では、朝鮮人労働者の名前を呼ばず、すべて「ヨボ」（「おまえ」などの呼びかけの語）で押し通していた。労働者はひとりの人間ではなく、数多い「消耗品」の一個にすぎなかった。いま「人材」といわれたりする、派遣労働者の賃金項目は、「物品費」にすぎない。正社員であったにしても、過労死は止めどもない。

3

第二篇は、『奴隷』にも登場していた、募集人「犬山」が主人公にされて、異例である。女工引き抜きの「女工戦争」（争奪戦）がテーマである。欧州戦争の余波だった。

一九一四年から欧州大陸ではじまった第一次世界大戦は、日本経済に思いがけない活況をもたらした。繊維生産で圧倒的な市場占有率を誇っていた英国は、軍需生産に忙しくなった。その空白が新興国・日本繊維産業のビジネス・チャンスとなった。生産が拡大され、新工場が建設され、女子労働者が払底した。第二篇はその時代の記録である。

この頃の労働者採用は、桂庵《けいあん》、口入所《くちいれじょ》、雇人周旋所、労働下宿などの私設職安が乱立、募集人が横行していた。これらは暴力団がらみの、前近代的な雇用関係の土壌でもあった。戦後になって、GHQが封建制度の基盤として、労働者派遣業を禁止したのだが、一九八六年に政府が復活させ、いま、労働者派遣産業は、好況業種である。

多大なる労災と職業病をもたらした、近代産業の象徴としての繊維工場の実態を、細井は文章によって定着させようと苦闘していた。それは新しい文学を産みだすための挑戦だった。

「数多《あまた》の機械は不断の響きを立てて永《とこし》えの呪咀《のろい》を、無限に進展する空間へ向けて刻んでいた。象のようなベットがある、虎のような歯車がある、大蛇《おろち》のような調革《ベルト》、大魚のようなシャフト、彼らはいつも、怒りの最高潮に達した時のような怖ろしい瞬間であった。獰猛《どうもう》な暴君であった。人類はついに、彼のために征服されてし

まったのである」(本書一三六頁)

若書きだが、あらたに登場した、近代的な、と同時に暴力的な工場を、文章で捉えようとすれば、キュビズムのような、シュールな表現にならざるをえなかったようだ。

第三篇は、日本労働総同盟友愛会に加盟した、三好江治の抵抗と運動であり、第四篇は江治と菊枝との愛の生活である。

シュールな描写と言えば、第四篇には、機械のあいだに挟まって、腹が一枚の板のようにひしゃげてしまった少女の描写がある。駆けつけた家族を前にして、父親であり職制でもある工務係はこう言い放つ。

「職工が工場に働いとって機械で死ぬるのは、軍人が戦場で斃《たお》れたのと一緒で名誉の戦死やがな。職務に殉《じゅん》じたのやよって嘆くことはあれへん。しっかりせえ!」

(本書三七二頁)

きわめて短い一生を、工場と労働者とそこでの労働運動を描くことに費やした細井和喜蔵が『女工哀史』を書きつづけるあいだ、生活をささえていた妻の高井としをが、短い言葉で見事にその人柄を語っている。

「細井という人は、私の父や初恋の角さんのような男らしさはなく、やさしい先生のような人でした。細井の話では、婿養子にきていた父は自分が生れる前に実家に帰ってしまい、母もちりめん織屋の女工をしていたが、二十七歳の若さで山のため池に入水自殺をしたので、祖母に育てられたといっていました。……それ以来一人ぽっちで、織屋の小僧をふりだしに、大正十年の現在まで一人で生きてきたといっていました。そして病弱で会社を首切られ、その日の生活にも困っているお気の毒な人だったので、その時から私はなにかしてあげたいと思いました」(『わたしの「女工哀史」』岩波文庫、二〇一五年、七六〜七七頁)

これでは、まるで無能力者のようだが、としをのやさしい思い込みの描写である。とにかく、細井は当時の男としてはめずらしく、女性の権利をキチンと認め、優しく接していたようだ。

「三年間の同棲生活で一度もけんかしたことはなく、私が仕事に行っている間に洗濯をすまして、夕食の仕度もしてくれましたが、実に上手でした。きれい好きだったので室内はいつもぴかぴかにしていました。私が深夜業を十二時間働いてふらふらに疲れて帰ると、冬はふとんをあたため、夏は窓をあけてうちわであおいでくれて、「すまん、すまん」とあやまっていたのでした。だから貧乏ではあったが、平和な毎日でした」(同書七八頁)

一九二五年八月、細井は急性腹膜炎で世を去った。関東大震災の二年あとだった。「残念だ、仕事が残っている。子どもをたのむ」が臨終のことばだった、という。としをは妊娠していた。その子どもも生後七日で、細井のあとを追うようにして亡くなった。

細井は『工場』の結末ちかくに、主人公・江治が菊枝と浜寺の海岸へでかける場面をおく。やや体調のよくなった菊枝とならんで、漁師が小舟から網を降ろす静かな景色を眺めながら、江治はこういう。

「海の景色はいつもひろびろとしていいねえ……。人間は、なぜこういう美しい自然に叛《そむ》くことを文明だなんて言って、愚昧《ぐまい》な真似《まね》をしなきゃならないのだろう?」

細井の遺言のように聞こえてくる。

［追記］ ほぼ一〇〇年前、時代の制約とはいえ、この作品に散見される、差別的な表現には当惑させられる。労働者解放を目指す運動のなかに、差別意識が残っていたのをみるのは辛い。しかし、それらの差別的表現が、当時、日常的だった、という歴史的事実を学べる教材、としても考え直せる、と思う。

［解説］工場生活が生み出した異色のリアリズム

松本　満

『工場』は『奴隷』の続編だが、実際には『工場』のほうが先に刊行された。『女工哀史』の出版は一九二五(大正一四)年七月で、そのわずか一カ月後に細井和喜蔵がこの世を去ったとき、『奴隷』と『工場』の原稿が残されていた。『女工哀史』の大ヒットを受け、これらの原稿も出版社(改造社)に渡り、一一月にはまず『工場』が、そして翌年三月には『奴隷』が刊行された。

この刊行順の変更理由はどこにも説明されていないが、当時の雑誌『改造』上の広告や記事から推察すると、『工場』こそが『女工哀史』に直接結び付いた小説と考えられ、タイトルも女工たちの舞台を意味していることから、改造社は小説の売れ行きを考慮し、あえて続編の『工場』を先行させたようである。事実、『女工哀史』とともに『工場』も順調な売れ行きを示したことが、『改造』上の広告に述べられている重版数からうかがえる。

『奴隷』の前半は細井の故郷である京都府与謝《よざ》郡加悦《かや》町(現与謝野《よさの》町)が舞台となっており、主人公三好江治《みよしこうじ》の幼少期から一五歳で大阪に出るまでの物語。後半は大阪の紡織工場を舞台に、江治は、機械工として成長する一方、恋愛、発明の夢、労働組合運動への参加などのさまざまな体験を重ねるが、発明の夢と恋愛のどちらもが破れたとき、絶望からついに自殺未遂へと至る過程が描かれている。

この自殺未遂事件は、『奴隷』から『工場』への橋渡しとなる重要なエピソードとなっている。江治は、かつて恋人と出かけた大阪府堺《さかい》の大浜の海岸で入水自殺を計るが、波に打ち上げられ、助けられる。そして、警察の保護室で過ごすうち、心の中に響く力強い声を聞く。

「俺はもう、金も、恋も、名誉も要《い》らん。ただ、正義さえあれば生きられるぞ! 次の時代に来る、輝かしい愛の人間社会を作るための礎《いしずえ》となろう。」

『奴隷』の末尾に置かれたこの「力強い声」こそ、続編『工場』の出発点となる江治の決意である。彼は「奴隷」から「自覚した労働者」として目覚め、第二の人生へと踏み出すのである。

作者細井和喜蔵の素顔

『工場』の内容に入る前に、『女工哀史』の著者であり、また小説『奴隷』『工場』の作者でもある細井和喜蔵とは、いったいどんな人物だったのか、まずその素顔の一端を見ておくことにしたい。

子どものころの細井は色白で丸顔の利口な子で、工作や細工が得意であった。腕白な一面もあり、「パッパッと意見を出す」利発な子でもあったと、そのころの細井を知る人は伝えている(和喜蔵の生家近くの住人細井ための談話(加藤宗一「細井和喜蔵の生家をたづねて」)、及び、幼稚園時代に一級上だった渡辺浪江等の談話(沢村秀夫「細井和喜蔵の作品と人となり」)。いずれも『「女工哀史」から八〇年』細井和喜蔵を顕彰する会、二〇〇七年所収)。

細井は二三歳で大阪から東京に出て、東京モスリン紡織亀戸《かめいど》工場で働いたが、そこで出会った岐阜県出身の女工堀としをと結婚した。妻としをに細井は小さいころの祖母との暮らしの思い出を、「きじというものすごい老猫が家にいた。僕がお腹が痛くても薬が買えない。お祖母さんに一晩中でも撫《な》でてもらった。お祖母さんと秋は落穂拾いによく行った。お祖母さんと老猫と子供のくらしだった」と語っている(沢村秀夫「細井和喜蔵に関する覚え書き」前掲書所収)。

祖母うたは一面では厳しい人で、『奴隷』には、ある時主人公江治が、仏前の勤行《ごんぎょう》を怠ったことでひどく叱られ、焼け火箸《ひばし》で打たれたことが描かれている。焼け火箸は頭に当たり犬の形の禿《はげ》となって残った。これは実話であり、前述の細井ためは、細井の「頭の右の方に、かなり大きなハゲがあった」と語っている(加藤宗一前掲文書)。

妻のとしをが細井と共に過ごした時間は約三年であった。細井が原稿を執筆し、としをが働きに出ている頃の生活についてとしをは、「細井がご飯炊きも掃除も洗濯もみんなしてくれましたわ。……(妻への)寄生と違うですよ。ちゃんと了解の上でやね、片方は原稿書くし、片方は生活費かせぐということで」(『或る女の歴史(その二)』現代女性史研究会編、一九七四年)と述べて、細井が家事分担などについても古い観念から自由であったことを明かしている。そのころ細井は、いつも労働組合と原稿執筆のことばかり考えていて、酒もたばこもやらなかったという。

その反面、彼は恋多き人物であった。大阪では手記で告白している通り、初恋の女性小川花がいた。東京に出て、妻となる堀としをに出会う前にも、すでに二人の恋人が次々に出来ていたが、いずれも短期間でふられたらしいことを、としをは前掲書で語っている。

細井のフェミニストとしての資質は、祖母、曽祖母に育てられ、また、少年のころから機屋《はたや》で働き、女工を見て育ったその生い立ちに起因するところが大きいと思われるが、後に読んだ、ドイツの社会主義者ベーベルの『婦人論』の影響も少なからずあったはずである。

細井は、東京モスリンに入った当初、病気見舞いに訪れた堀としをにその『婦人論』を贈っている。『婦人論』は、女性の地位向上、男女平等をめざす女性論の嚆矢《こうし》であり、女工の奴隷状態からの解放を願った細井が愛読したのもうなずける。また、としをにそれを贈ったというところに、彼がどんな夫婦関係を理想としたのかもうかがえる。夫婦生活における男女平等は男性にとって実行がきわめて難しい。しかし、百年前、細井はすでにその実践者であった。

細井が小学校を五年で中退した後、『女工哀史』その他の多くの著作を執筆できるほどの知識と教養を身に付けるには、どれほどの努力を重ねて勉強したか想像に難くない。彼が東京に出て働くかたわら、吉野《よしの》作造《さくぞう》、北沢新次郎らを理事とする労働者教育協会が開設した「日本労働学校」（校長・理事長は日本労働総同盟の鈴木文治）で学んだころのエピソードが伝えられている。

後に東京経済大学総長となった理事の北沢は、自分の講義に出ていた学生の一人が、しばしば左右の膝をたたいているのを不審に思い、君は何をしているのかと尋ねた。すると、その学生は、自分は昼間の疲れでときおり眠くなるので、その時はキリで膝を刺しているが、そこが痛くなるのでたたいているのですと答えたという。だが、「キリで刺している」というのは北沢の思い違いで、本当は「鉛筆の先で膝をつついたので、ズボンの膝のところが穴だらけだった」ということである。その学生こそ、この学校の第一回卒業生となった細井和喜蔵であった(犬丸義一・中村新太郎『物語日本労働運動史』上、新日本出版社、一九七四年)。

細井は文学へと向から情熱をどのように育んだのであろうか。内外綿紡織で働きつつ夜間の職工学校に通っていた一六〜一八歳のころを振り返って細井は、「「芸術」という熟語の内容をまだ皆目知らなかったが、とにかく今日の芸術に相当するものとして浪花《なにわ》節《ぶし》と講談と新小説があった。……たとえ一席でも貸本を読んで寝るのが一日の娯《たの》しみだった」と述べ、「文学への導きとなるものは安価な新小説のたぐいであった」と述懐している(「どん底生活と文学の芽生え」『無限の鐘』改造社、一九二六年所収)。

初対面の人の眼に細井はどのように映ったのかがうかがえる文章がある。経済学者猪《い》俣《の》津《また》南《つな》雄《お》の妻ベル夫人(米国出身)のエッセイである。

「十幾年の労働生活から摑み取った新しい人生をしっかりと右手に握りしめ、底から押上げた穴蔵の蓋《ふた》を左手に支えながら、古い社会を見回しているようなのが細井さんであった。」(「西洋婦人の眼に映じた日本文学者の会合」『文章倶楽部』一九二五年一〇月)

夫人は象徴的な表現ながら、細井の人物像をくっきりと描いている。

細井が働いていた東京モスリンの後身である大東紡織株式会社社員であった玉川寛治氏は、次のように書いている。

「私が東京モスリンに入社した一九五七年に、細井和喜蔵と亀戸工場で一緒に働いていた方が本社に一人いた。「細井さんは物静かな人でした。クリスチャンかと思ったものです」と話してくれたのを記憶している。」（「細井和喜蔵が働いていた東京モスリン亀戸工場のこと」（『「女工哀史」から八〇年』所収）

『工場』に活写された時代背景

『工場』には、当時の世界情勢や社会的事件に関する描写が織り込まれている。それをたどることで、物語がどのような時代を背景として展開したのかを見ておこう。『工場』で描かれているのは、一九一七（大正六）年から一九二二（大正一一）年までの約五年間である。

まず、自殺未遂から生還した江治が、新聞店の次に訪れた就職先が「東洋織維株式会社」という、当時の日本の経済的な大陸進出を象徴する会社であった。そこでは、国内の人件費上昇と、製品の市場として中国大陸を当て込む思惑から、「上海《シャンハイ》、青島《チンタオ》などに数個の工場を建設しつつある会社」で、上海勤務の技術者を募集していた。中国では、日本人が皆鞭《むち》を持って奴隷のように中国人を従わせる「怖ろしい惨虐」が行われており、護身用にピストルまで貸与するという。江治は、中国人を虐使するようなところでは到底働く気にならなかった。ここでは、当時の繊維産業による大陸進出の実態をかいま見ることができて興味深い。

第一篇四章には、米騒動(一九一八(大正七)年)が起こった際の紡織工場の対応が活写されている。米騒動は、米価の暴騰に抗議する民衆の運動が、富山県魚津《うおづ》での騒動をきっかけとして全国に波及し、しばしば暴徒化して米穀商や高利貸し、地主等への襲撃が行われた事件である。工場側は、紡織工場自体は襲撃の対象でないにもかかわらず、米騒動の群衆を滑稽《こっけい》なまでに恐れ、工場を守るためとして周囲に急遽《きゅうきょ》高圧の裸電線を張り巡らせて厳重警戒するかと思えば、「だがもしや群衆が押し寄せた場合は一応握り飯を出して鎮撫《ちんぶ》してみる」と言って米を用意するなど、右往左往の大騒ぎをする。そのうろたえぶりの描写が秀逸である。

第二篇冒頭には「欧州の大陸では怖ろしい殺戮《さつりく》が始まる」とあり、第一次世界大戦が日本の、とりわけ紡織産業に及ぼした影響が簡潔にまとめられている。

連合国諸国、とりわけ衣服類の世界の需要の大半を満たしてきた英国の生産が途絶して、日本の「腐ったような」製品も輸出が増大した。資本家たちは、増産に努め、紡織産業は最大の利益を得つつあった。各工場は労働時間を延長して生産を上げ、新設の工場が雨後の筍《たけのこ》のように建ち始めた。熟練女工の需要が高まり、各工場は女工募集に躍起となった。

女工の引き抜きや争奪戦さえ起こった事情がよくわかる。女工募集人犬山と女工お孝やおじょくをめぐるエピソードは、このような背景のもとに描かれている。また、各工場が、職工たちの待遇改善よりも生産高の増大を優先させていった状況もよくわかる。

第四篇三八章には大戦後の不景気の模様が描写されている。第一次世界大戦当時、「変則的に起こった有頂天の好景気」に乗じて増設・新設された紡織工場が多数稼動し始めたので、市場は生産過剰に陥った。各工場は「この不景気を利用して」人員整理を行い、糸価の暴落を避けるため生産制限に入る。江治の働く工場でも二十人余りの不熟練工が解雇され、江治はその撤回のために立ち上がることになる。

工場の拡大や操業方針と労務政策が、世界情勢と連動して動き、しかもそれらが常に労働者に犠牲を強いる方向にしか進まないからくりを、細井は抉《えぐ》り出しているのである。

工場放浪者三好江治（細井和喜蔵）

二部作のうち第一作の『奴隷』は自伝的要素が強く、主人公の三好江治はそのまま細井和喜蔵だといってもいい。しかし『工場』になると、創作的要素が強くなる。江治は確かに細井の分身ではあるが、ストーリー展開については事実そのままとはいえない部分が多い。まず、細井が大阪にいたのは七年余りであるが、江治は一〇年いたことになっていて、約三年近い食い違いがある。細井は一九二〇（大正九）年、二三歳で東京に出て、足掛け三年東京モスリン紡織株式会社で働いたのだが、小説中の江治はその間も大阪の工場を渡り歩いている。

『工場』の中で江治は六つ（同じ工場に戻っているので実質的には五つ）の工場を転々としている。工場名はすべて仮名であるが、実名を類推できるものが多く、そのいくつかでは細井も実際に働いたと考えられる。

『工場』のストーリーの理解を助けるために、作者細井と主人公江治が働いた工場がどのように対応しているかを見ておこう。①と②は『奴隷』の、③以降が『工場』の舞台となった工場である。

◆江治の働いた工場（小説）

◆細井の働いた工場（実際）

①浪華紡績西成工場(約三年) ←	①内外綿会社第一紡織工場(西成工場)(約三年) ←
②浪華紡績西宮工場(一年余り) ←	②内外綿会社第二紡織工場(西宮工場)(一年余り) ←
③鐘ヶ崎紡績大阪支店工場(約一年半) ←	③東洋紡績四貫島工場(約一年半) ←
④浪華紡績西成工場(二度目) ←	(④該当工場なし) ←
⑤大阪合名紡績神崎工場 ←	⑤大阪合同紡績神崎工場 ←
⑥極東紡績三軒家工場 (④⑤⑥⑦で約三年) ←	⑥東洋紡績三軒家工場 (⑤⑥で約一年) ←
⑦業界紙『紡織評論』記者(数カ月)	⑦東京モスリン紡織亀戸工場(約二年)

細井が実際に働いた工場について見てみよう。まず①②「内外綿会社」については、手記「大阪」(詩誌『鎖』第三巻第一号、一九二四年)に「その工場から僕が生れた」と述べ

ていることが根拠となる。③「東洋紡績四貫島工場」については、細井の妻としをの証言と、細井が入手した紡織工場の作業マニュアル「標準動作書」が東洋紡績のものであったこと(後述)からこれも実際そこで働いたことは間違いない。⑥「東洋紡績三軒家工場」は、合併前は「大阪紡績三軒家工場」であった。『女工哀史』に「大阪紡績時代の旧いノートを出してみると」と述べた箇所があるところから、細井は合併前の名称を用いたと考えられ、ここも働いたことがあると見ていい。

⑤の「大阪合同紡績神崎工場」のみ傍証を得られていないが、『工場』では、ほぼ細井が実際に働いた工場を、類似の名称に変えるか、あるいは、ストーリーの都合上適当な他の工場に置き換えるか、どちらかの方法で書いているので、この大阪合同紡績についても実際に働いたと考えるのが自然であろう。

「グレート鐘ヶ崎紡績」の夏季特別賞与法

さて、『工場』の最初の舞台となる工場は「鐘ヶ崎紡績大阪支店工場」である。鐘ヶ崎紡績のモデルは鐘淵《かねがふち》紡績(鐘紡)である。しかし、この時期に細井が実際に働いていたのは東洋紡績四貫島工場であった。細井が江治を、その東洋紡績でなく鐘ヶ崎(鐘淵)で働いたことにしたのには、「テーラーの科学的管理法」に基づく「標準動作《モーション・スタディー》」の存在が関わっている。それを導入したのは鐘紡が最初だったからである。標準動作に対する細井の批判的視点については、鎌田慧氏の解説を参照いただきたい。

第一篇六章に描かれる女工貴久代《きくよ》の悲惨な死には、同じ鐘ヶ崎紡績が採用した「夏季特別賞与法」がかかわっている。このモデルは鐘淵紡績の「夏期精勤奨励法」である。

夏の工場の暑さは『女工哀史』によると、「密集した人体の熱と、機械の熱と、原動機の熱と、太陽の射熱が加わる故、その焦熱地獄の苦しさは想像以上」である。当然体調を崩す者も多く欠勤率は上昇する。

これを防止するために編み出されたのが夏期精勤奨励法である。『女工哀史』には「某大工場のごときは」として実名が明かされていないが、『工場』では次のように書かれている。

「職工五十万人を包容するグレート鐘ヶ崎が創始した欠勤防止策は、またしても他会社の模倣するところとなって直ちに全国各会社工場数百万の労働者へほとんど一斉に課せられるに至ったのである。」（本書三五頁）

この記述によって、この夏期精勤奨励法なるものを始めたのは鐘紡であることが間接的に明かされていることになる。

この奨励法の内容は、夏の期間の皆勤者に抽選で一等数百円を始めとする賞金などが与えられるというもので、女工たちは皆それを目当てに身体に鞭打って働くことになった。

貴久代はその夏体調を崩していたにもかかわらず、「よもや二百円あたろうとは思わないけれど、でも万一ということがあるからうち抽籤の資格が得てみたいの」と言って我慢して工場に出た。彼女はとうとう九月になって工場で卒倒し、髪の毛を機械に巻き込まれて負傷する。冬になって彼女はインフルエンザからコロップ性肺炎（大葉性肺炎）にかかり、満足な治療も受けられず死んでしまう。

大正初めの当時、社主武藤山治《むとうさんじ》率いる鐘淵紡績は温情主義で知られ、経営側から見た紡織業の模範とされ、設備面でも制度面でも最先端を行っていたのだが、その鐘紡にして、夏期精勤奨励法の持つ残酷性については思慮の外にあったのである。細井はそれを大いに問題視した。小説で江治を鐘紡を模した鐘ヶ崎紡績に入れたのは、この奨励法の実態を描きたかったからでもあると思われる。

失敗の中にも「笑い」が――江治たちのストライキ

「二度目の浪華紡績」の物語は、江治が主導したストライキを中心に展開する。このストライキは、通常の労働組合が行うストライキとは異なっている。組合組織が全くない職場で、「友愛会」の会員であるとはいえ、本格的な組合活動もストライキもほとんど未経験の一人のリーダーのもと、手探りで実行している。失敗して当たり前の試行錯誤的なものであったともいえる。しかし、組合がなく、労働者の権利はないに等しい職場において労働者がもし立ち上がるとしたら、こういう経過をたどったかもしれないという、労働組合結成の前史的な物語として読むこともできる。「ストライキ」が死語となりつつある現代だからこそ、かえってこの物語は意味を持つかもしれない。

ストライキの要求をまとめる過程で、江治は、会社の権力に普段は従順に見える女工たちが、堰《せき》を切ったように口々にさまざまな要求を訴えるのを聞くことになる。それらの要求は、一見些細《ささい》に見えるがその実きわめて切実な内容を含んでいた。

江治は、女工たちの、「寄宿の賄《まかな》いを、もっと旨《うま》いものに」「寄宿舎の門を厳しくないように」など十数項目を要求に取り入れ、さらに給料の増額、強制残業の撤廃等の基本的な項目を付け加えて、ストの要求書とした。この女工たちの要求の大半は、『女工哀史』の中で細井が問題として取り上げているもので、そのことからも、それらは当時の女工たちに共通する切実な要求であったことがわかる。

ところで、この要求書にはもう一つ「山田部長を無条件にて復職さす事」という項目が入っている。このストそもそもの発端が、多くの女工たちから慕われていた「山田部長」が、会社の機構改革によって馘首《かくしゅ》されたことにあり、女工たちの間にそれを引き留めようという機運が急速にもりあがってのことだった。

『女工哀史』(第十六部「女工の心理」)によると、そのころの女工のみによるストライキの多くが特定人物の引き留めや排斥《はいせき》を要求するものであった。細井が後に勤めることになる「東京モスリン」においても、大正時代に三度「課長引き留め」を要求する女工のストが行われている。

そのうち一九一三(大正二)年のものは、江治の「二度目の浪華紡績」のストと経過がよく似ている。当時の新聞『万朝報《よろずちょうほう》』(一九一三年六月八日、一二日)の記事によると、そのストは、係長が免職になったことに端を発し、争議にかかわった寄宿舎の女工たちは、入社に際してその係長に世話になっており、皆同郷の者であったこと、争議中、当の係長が会社側の求めに応じてストをやめるよう説得に現れたこと、免職撤回の要求に合わせて食事改善の要求をしていることなどがわかる。細井は、「東京モスリン」の争議の歴史に取材し、それを生かした可能性が高い。

さらに、『女工哀史』(第十三部「工場管理、監督、風儀」)には、「無頼漢と関係のない工場は皆無だ」として、「内外綿に小さなサボタージの起った時」の実際の体験を述べているが、この体験を細井は、ストを弾圧しようとする会社側の対応の描写に生かしている。「内外綿会社第一紡織工場」や「東洋紡績西成工場」のあった伝法《でんぽう》地区には、「鴻《こう》池《いけ》という大親分」がいて、工場にはその子分が入り込んでおり、「サボタージ」を阻止するため「監視のゴロツキどもは酒気を帯びて工場へはいり、ドスなどを抜いて威嚇《いかく》した」という。小説での描写が決して誇張などではなかった実態がうかがえる。

このストは失敗に終わるが、江治と職工仲間は、裏切って工場側についた部長を担ぎ上げ胴上げしながら、恩貴島橋《おきじまばし》から川の中へ投げ込んでしまう。そして、皆と一緒に「アッハ、ハ、ハ、ハ……」と腹の底から突き上げる不思議な笑いに身をゆだねるのである。

機械破壊のモチーフ

「二度目の浪華紡績」のストの経過の中で、江治は工場の稼働を阻止するため、勢い余って、紡績部門の動力源で時価数万円もする「三百馬力のラストン・ガス・エンジン」をものの見事に破壊してしまう(この部分の描写はあまりに詳細かつ生々しく、完全なフィクションとは思えない。細井が自分で破壊したのでなければ、同様の現場を目撃したのかもしれない)。

この「機械の破壊」というモチーフは『工場』の他の箇所にも用いられている。

第四篇で、江治が「大阪合名紡績」に移った最初の頃、すぐ側で働いていた女工が織機の歯車に指を巻き込まれてしまう。何とか指を抜き取って女工を助けた江治は、その歯車をコンクリートの土間へたたきつけて破壊してしまう。

江治は思う。普通職工は歯車で負傷すると「歯車が食った」などと言う。歯車は決して人を食ったりするものではなく、彼らは無心で従順な物だ。人類の衣服を製造するために働いてくれているのだ。歯車こそ人間の方を暴君だと思っているだろう、と。しかし、それでも江治は「ともすれば逆上しがち」であった。機械への憎悪を抑えきれなかったのである。

「或る機械」(『種蒔く人』一九二二年五月、『無限の鐘』改造社、一九二六年所収)という細井の短編がある。主人公は、織り上がった布の表面を滑らかにして光沢を出すための機械「ウォーター・マングル」に左手を「食われ」てしまう。男は「ああ! あの憎むべき機械は、多くもない私の幸福を奪ってしまいました」と嘆く。しかし、彼の憎悪は機械にとどまらず、それを通り越してその発明者へと向かう。「憎たらしき発明家よ! 私は、発明家とは人道の、平和の幸福の叛逆者だと言います」と、発明者を呪うのである。戯曲「発明恐怖の頃」(『無限の鐘』所収)には、発明者自身による機械の破壊が描かれている。

自動織機の共同開発をしているジョン・ケイ(飛び杼の発明者、一七〇四－一七八〇)とエドマンド・カートライト(力織機の発明者、一七四三－一八二三)の二人が、作業を進めるうちに、次第に機械の発明・開発をめぐって考えの違いがあらわとなり、対立を深めていく。

ケイは言う。使おうと思って作った機械に、いつしか人は使われてしまう。多量に出来る品物は、本当に必要な人の所へ行くどころか皆金持ちの自由にされてしまって、少しも均等に分配されやしない。発明家とは人類平和の叛逆者である、と。

これに対してカートライトが言う。もし機械の発明が原因して世界中に大戦争が始まるようなことがあったとしても、それは決して僕たち発明家の罪ではない。人間本然《ほんぜん》の欲望が悪いのだ、と。

ケイはとうとう最後に、機械の発明によって職を奪われてしまう機大工《はただいく》の話に共感し、打ち壊しに来た無頼漢と一緒になって、苦労して作った力織機の木型を壊し、燃やしてしまう。ここでは、実に発明者自身による機械の破壊が描かれているのである。

細井和喜蔵は根っからの機械好きで、子どもの頃故郷加悦谷《かやだに》にも導入された石油発動機や力織機に限りない興味を抱いた。それは彼が大阪に出たきっかけの一つでもあった。工場に入ってからは恋人の荒れた手を見て、一時、織機を改良するための発明に夢中になる。機械という存在は、彼にとってある意味で「夢」や「理想」の象徴であった。にもかかわらず、「機械の破壊」というモチーフは彼の文学に繰り返し登場している。

細井の実生活での行動は別として、少なくとも彼の文学に登場する人物が、しばしば「機械破壊者」の役割を演じていることは確かである。

文学の上のラッダイト運動

ドイツの劇作家エルンスト・トラーに「機械破壊者」という戯曲がある。この作品は一九二二年に発表され、日本では、その二年後の一九二四(大正一三)年に、早くも翻訳が出されていた。この作品には「英国の機械破壊運動の時代に取材せるドラマ」という副題がつけられているところから、イギリスの産業革命初期に起こったいわゆる「ラッダイト運動」を取り上げた作品であることがわかる。「ラッダイト運動」とは、イギリス産業革命期の一八一〇年代に、繊維産業の機械化、大規模化により職を奪われてゆく職人や労働者の機械打ち壊し運動のことである。

「亀戸雑記」(『文芸戦線』第二巻第二号、一九二五年)によると、細井は翻訳が出るとさっそくそれを読み、自分とほとんど同じ時期に、遠いイギリスでも、多くの労働者が機械の奴隷となって苦しむ様を考えていた人物がいたことを知って感銘を受けた。そして、カートライトやジョン・ケイたちの紡績機械を手工業者たちが破壊に来た史実をもとにして、一九二一（大正一〇）年に一編の戯曲を書いたという。

細井が書いた戯曲は、先に紹介した「発明恐怖の頃」を指すと見ていい。そうすると、トラーが「機械破壊者」を書き、細井が「発明恐怖の頃」を書いたのは、遠く海を隔てて全く同時期だったことがわかる。『工場』はそれよりも後に書かれている。

「機械破壊者」と「発明恐怖の頃」「或る機械」『工場』は、作者が違っても産業革命以後に機械がもたらした問題を描くという点で共通している。機械をどのように捉えるかという点で、作品に出てくる視点はいくつかに分かれるが、全部に共通しているのは、機械は自分たちを苦しめる悪の根源だと感じる当時の労働者の心情からの視点である。

冷静に考えればその見方は錯覚ないしは誤謬《ごびゅう》であり、機械を使うのは人間であるから、その背後には社会の仕組みや工場の制度が存在していると見るのが正しいであろう。にもかかわらず、トラーと同じく細井は機械を悪とする心情を第一に描いた。

細井は長年紡織工場で機械工として働いた生粋《きっすい》の労働者であり、工場で働く者の気分や感情を熟知していた。『女工哀史』自序にあるように、細井自身「鉄工部のボール盤で左の小指を一本めちゃくちゃにしてしまった」経験を持っている。『工場』には、女工や男工が機械に巻き込まれてしまう凄惨《せいさん》な場面が幾度も描かれているが、それが工場における日常であり、大方は労働者の過失として問題にされなかった。

細井は、労働者を読者に想定する文学は、「通俗小説」のように大衆の共感を得やすく、またわかりやすいものでなくてはならないと主張していたが、まさに労働者の心情をすくいあげることを第一義に置いて「機械の破壊」を描いたのだ。

しかし、細井和喜蔵は決して機械によってもたらされる近代そのものを否定したのではない。機械は人を苦しめるためでなく、万人の幸福のためにこそ用いられるべきであることを主張した。そこに描かれた「機械の破壊」は、いうならば文学上の日本版「ラッダイト運動」であったと言えるのかもしれない。

異色のリアリズムと清新なロマン

これだけの作品にもかかわらず『奴隷』『工場』は日本の近代文学史においては忘却された存在だった。『女工哀史』が、一九二五(大正一四)年七月一八日、改造社から刊行されたのを見届けた翌月、細井は結核と腹膜炎のため二八歳で世を去った。

『女工哀史』出版記念会は、同年七月二三日、本郷の燕楽軒《えんらくけん》で開かれた。そのころ細井の身体は、すでにかなり衰弱していた。友人であった渋谷《しぶや》定輔《ていすけ》によると、細井は記念会の準備中、詩人仲間の陀田《だだ》勘介《かんすけ》に「大変ありがたいことだけど、ぼくは出席するのがちょっと億劫《おっくう》だね。しかし一生に一度のことだから元気を出すよ」と、話したという(『大地に刻む』新人物往来社、一九七四年)。

細井の死後、『奴隷』『工場』は遺稿として残されたが、著者自身による推敲、校正を経ることなく、いわば原稿としては不完全さを残したまま出版された。細井の最後の言葉「残念だ、仕事が残っている」には、まだまだ手を入れるつもりだった原稿を遺していく無念さが感じられる。

『女工哀史』出版祝賀会(1925年7月23日)の集まり(『文章倶楽部』同年10月号より). 右手の起立している人物が細井和喜蔵. ほかに平林初之輔, 宮地嘉六, 小川未明, 秋田雨雀の後ろ姿. 向かいに立つ白い着物の人物は藤森成吉.

文学としての評価を受けなかったのには、細井が創作において通俗小説的手法を用いたことに加え、そういった事情が影響したかもしれない。しかし、細井和喜蔵に比較的近い所にいた、青野季吉《あおのすえきち》、藤《ふじ》森成吉《もりせいきち》、山田清三郎、貴《き》志山治《しやまおさむ》、渋谷定輔らの作家たちや、細井の本の装丁を担当した柳瀬《やなせ》正夢《まさむ》は一様に高く評価していた。

『女工哀史』出版のために骨を折った藤森成吉は、細井の世話で工場での労働体験をし、それをもとに著した『狼へ！——わが労働』の中で、

「「どうせ通俗小説ですが……」と君はかつて言っていた。が、そんなことはない。これが通俗小説なら、所謂《いわゆる》文学方面にはより通俗的な、または通俗的でさえあり得ないような作品が多い。」

と述べているが、これは正当な評価だと思う。

『奴隷』『工場』は、事実の記録である『女工哀史』の小説化としての側面を持つ。同じプロレタリア文学の作品で比較すると、まず小林多喜二《たきじ》の『蟹工船《かにこうせん》』は、とれた蟹を加工する船の上という隔絶した空間が舞台であり、そこにおいて、事実を素材として用いながらもあくまで作者の構想に基づく物語が展開する。徳永直《すなお》の『太陽のない街』は、共同印刷の争議という作者自身の体験に基づく出来事を小説化しているというところは、細井作品と似てはいるが、その出来事が単体のものであるという点で大きく異なる。

『女工哀史』のような多数の事実の集積で構成されたルポルタージュを小説化するという試みは他に例がなく、それ自体実験的な文学上の挑戦であったといえる。『奴隷』『工場』を文学的に評価する上ではその点をまず考慮しなければならない。文学が人間

の生活を描く以上、人間世界の諸条件の制約を受けるのは当然であるが、『奴隷』『工場』にはそれに加えて『女工哀史』という自らが課した制約がある。その制約にもかかわらず、というよりむしろその制約のゆえに、著者が『女工哀史』の世界を実におもしろく、悲しく、かつ残酷な人間のドラマとして構成・表現し得ているところが『奴隷』『工場』の文学としての真骨頂である。

貴久代が、鐘ヶ崎紡績で開始された夏季特別賞与法によって体調を崩し、当時世界的スケールで大流行したインフルエンザに冒され、肺炎によって孤独な死を迎える場面と、父親が遺骨を引き取るまでの工場側の対処を描いた箇所には、フィクションとは言い切れないリアリティがある。なぜなら、これらの箇所は『女工哀史』に記録された事実を素材として書かれているからである。

細井はその文学評論（「プロレタリア芸術としての通俗もの」『文壇』一九二四年九月号その他）の中で、労働現場である工場とその機械について、正確でリアルな描写がなされた小説がほとんどないことを嘆きかつ批判していた。『工場』の描写は、全編が、現場での職工・女工の労働と稼働する機械のリアリズムであふれている。

細井は工場の具象化において他の追随を許さない一方、男女の恋愛を描く場合はややぎこちない。たとえば、江治が菊枝と再会し同居に至る過程がそうである。しかし、お孝が犬山に導かれて名古屋紡績に入り、そこで見初めた男太田と、仕事を適当にさぼった夜、工場の屋根の上で出会うシーンは美しい。灯火またたく名古屋の夜景を背景に、竜のように細く立ち上って夜空に消えていく煙突の煙や、星空を走る一筋の流星に託して、ゆらめくお孝の心情を繊細な筆遣いで表現している。こういう部分を読むと、表現者として成長の途上にあった細井の早逝が、今さらのように惜しまれる。

細井の死の一週間後、雨のそぼ降る八月二五日夜、本所《ほんじょ》区(現在の東京都墨田区南部)の産業青年会館でささやかな告別式が行われた。戒名は陀田勘介によってつけられた「南無無産大居士」であった。藤森成吉ら文学仲間や菜っ葉服の元同僚ら二六名が参列、藤森成吉が追悼の辞を述べ、妊娠九カ月の妻としをを囲んで、塩せんべいをかじりつつ故人の追悼談にふけったという。藤森は追悼の辞で「細井君は全く『女工哀史』を書くために生まれてきたようなものだった」と述べたという(渋谷前掲書)。

＊　　＊　　＊

『工場』の末尾は江治が新たな闘いの舞台を求めて東京に向かうところで終わっており、細井が続編を書くつもりであったことは間違いない。どのような続編を構想していたのか、その内容は、百年後の読者であるわれわれの想像力に託されている。

働く者の権利や労働条件に関しては、細井の生きた百年前と比べて、労働基準法をはじめとする法の整備ははるかに進み、労働者の人権意識も向上している。にもかかわらず、百年前の著作『女工哀史』や『奴隷』『工場』を過去のものとして葬り去れない現実がある。

『奴隷』『工場』が、現代の多くの人々に読まれ、働く者の真の幸せがどのようにすれば実現できるのか、その思いを通わせる場が、細井和喜蔵の思い描いたように広がり、苛酷な労働の〝代名詞〟ともなってきた「女工哀史」が、やがて死語となる日が来ることを望みたい。

地図１
大阪湾周辺

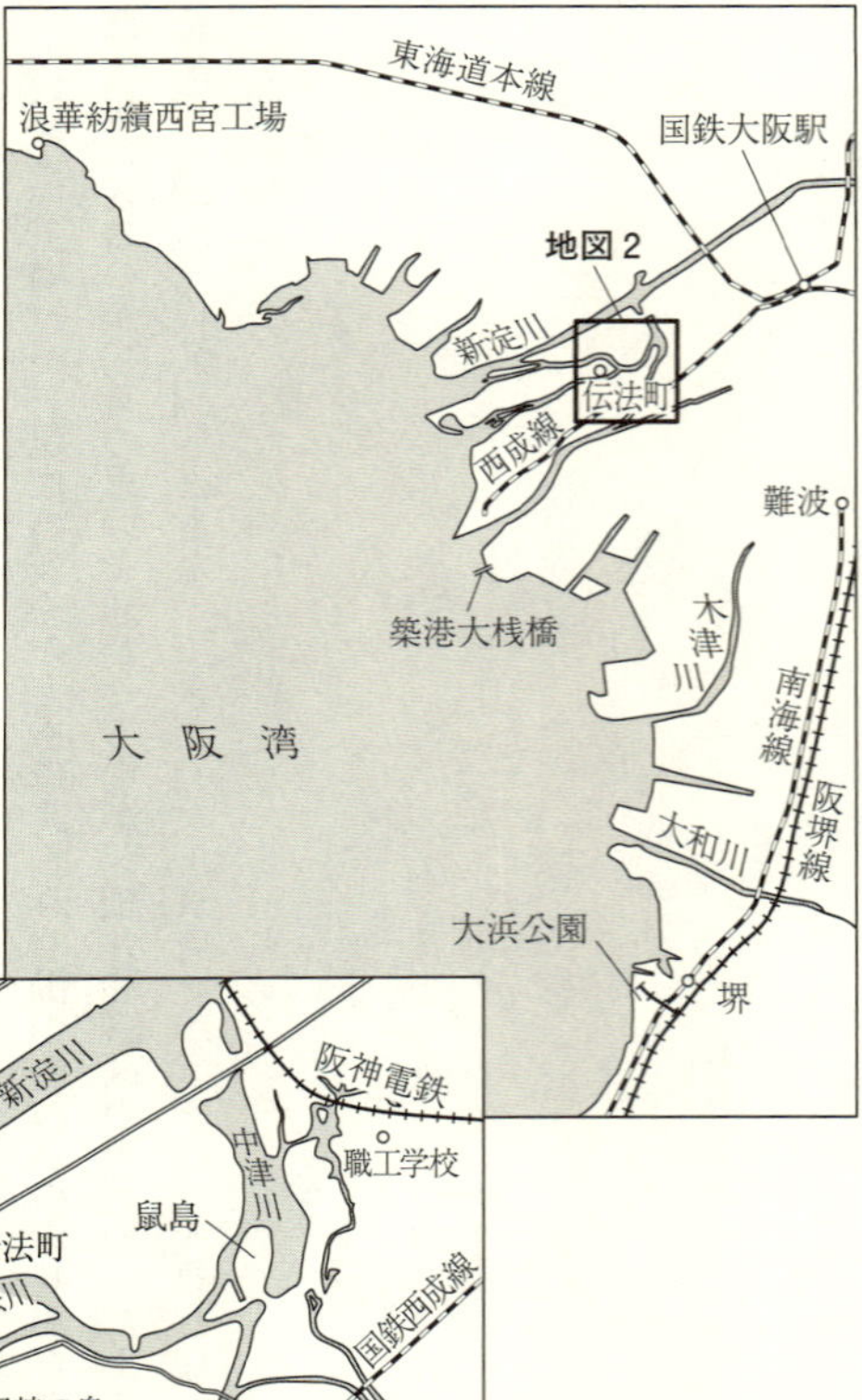

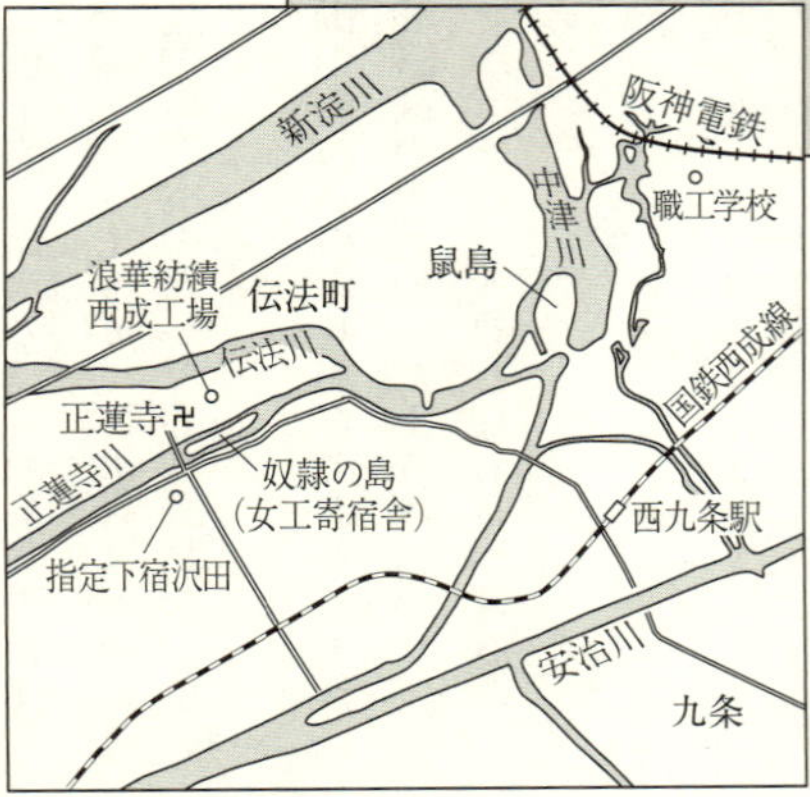

地図２
伝法地区

『奴隷』『工場』の校訂と付注の共同作業について

細井和喜蔵は一九二五(大正十四)年七月刊行の『女工哀史』の自序で「いま私は、工場を小説の形式によって芸術的に表現したものを、世の中へ送り出そうと意図している」と書いたが、その小説とはこの『奴隷』と『工場』のことであった。当時の状況から推察すると『女工哀史』が出版されたとき、これらの初稿はほぼ完成していたはずである。しかし、彼はすでに重い病にかかっており、同年八月一八日に二八歳と三カ月の短い生涯を閉じている。だが『女工哀史』の予想外の成功と、この異色のルポルタージュの小説版ということで、今度は『奴隷』と『工場』の原稿に脚光が当たることになった。事情は不明だが、まず続編である『工場』が一九二五年一一月に刊行され、翌年三月に『奴隷』が刊行された。

岩波文庫版の刊行にあたり、われわれは改造社版『奴隷』『工場』を底本としててていねいに読み直した。その過程で、用語・漢字の不統一、送りがなの間違いや不統一といった問題が多数存在し、また同じ登場人物の名前を異なった漢字で表記するといったごく単純な間違いがあり、さらに物語の展開や説明につじつまの合わない箇所も複数あることに気がついた。細井和喜蔵の文章は、それを構成する一つひとつの文が比較的長いことから、句読点の不適切な使い方により、その言わんとするところが伝わりにくくなっている箇所も数多く見られた。

こうした問題は通常、初稿後に著者が推敲を繰り返すなかで訂正され、また校正時に点検・修正されるはずのものである。しかしながら、この二部作の刊行は病身の著者の没後のことであり、そのいずれもかなわなかった。改造社による刊行が決まったあとの過程にも問題が多かった。著者の原稿に編集者がていねいに目を通したとは考えられず、むしろ総ルビによりかえって多くの新たな間違いがもたらされていることが見てとれた。加えて組版時の誤植も多く残されたままであった。

このような事情から、この『奴隷』と『工場』の再刊行においては、原文を常用漢字と新仮名遣いに改めるほか、文学作品を扱う場合には異例のことであるのを承知のうえで、あらためて用語の統一を図り、明らかな間違いを訂正することが必要であった。なかには論理矛盾を正すために文章そのものを訂正したところもあるが、それらについては注釈を付して記録を残した。特に『工場』では、そのままでは意味の取りにくい文にぶつかることもあり、われわれはそれを著者の病状の悪化を示す痕跡のように感じ、最小限の手直しによって文章を整えるべく訂正を行なった。

ここで実際の校訂作業の一端を紹介するために、原稿の読み間違いによると思われる誤った活字の選択例をまず『奴隷』から挙げてみよう。底本では丹後におけるちりめん織りの作業場のことを「職場」と書いていた。これは意味こそ通じるものの、時代・地域的に極めて不自然な語彙であることから、われわれは著者が「織場《おりば》」と書いていたものを文選工が「職場」と読み誤ったのに違いないと判断した。

さらに、まるで謎解きのような例もあった。『工場』のある場面に古い大阪の南地区の情景描写があり、底本には「新世界の通天閣《つうてんかく》が、畠《はたけ》に霞んだ市街の甍《いらか》を抜いて聳《そび》えていた」と書かれていた。なんども読み返すのだが、一向に情景が頭に浮かんでこない。「畠に霞んだ」とはどういうことなのか。通天閣が霞んで見えたのは工業化が進行中の大阪のスモッグ(煙霧、煙)のせいであり、著者はもしかして「烟《けむり》」(煙の異体字)と書いたのではないか。それを文選工が「烟」によく似た漢字の「畑《はたけ》」と読み誤り、そして次の瞬間、彼が選んで手にした活字が同じ音の「畠《はたけ》」だったのではないか。「畠」を「烟」に置き換えてみたとたん、煙に霞む市街の甍を抜いて聳え立つ通天閣の姿が眼前に浮かび上がった。われわれは最終的にこの「畠」を確信をもって「煙」と改めた。このように、前後の文脈を頼りに、想像力と推理力を動員し、あらゆる可能性を吟味しながら、漢字や語彙の「謎解き」を行なった例はほかにも数多くある。

注釈については、『奴隷』の最初の舞台である丹後地方に独特の事柄や、ちりめん製織関係の用語は一般読者にはわかりにくいので、ていねいな注を付した。『奴隷』の後半、そして『工場』の舞台はほとんどが大阪の紡織工場であり、日々の工場での作業や男女工の世界を扱っているため、紡績機、織機、工場まわりの用語、さらに大阪弁と彼女らの出身地の方言についても詳しい注釈を加えた。また著者が多くの筆を費やしている当時の世界情勢を含めた時代背景などについても詳細な注を付し、読者の作品理解の助けとなることを期した。

細井忠俊
山岸さち子
松本　満

〔編集付記〕

一、本書『工場』は、一九二五年、改造社から出版された。底本には同書を用いた。

二、『工場』とその前編である『奴隷』は著者の死後(一九二五年)、同じ改造社による『女工哀史』の成功を承けて、残された原稿をもとにして刊行された。そのため著者細井和喜蔵が推敲する機会が限られていたと考えられ、また校正をする機会もないままであった。結果として、編集上の不備(明らかな間違い、表現の不統一、誤植、振り仮名の誤り、不適切な句読点の使用など)が多く残された。今回の刊行においては、細井忠俊氏と山岸さち子氏が校訂を担当し、こうした不備を可能な限り正した。

三、読者の理解を助けるため新たに注を付した。注の作成は細井忠俊氏、松本満氏、山岸さち子氏が担当した。

四、巻末の地図は、細井忠俊氏の考証に基づく。

五、『奴隷』および『工場』は、『女工哀史』を小説の形式で表現し、世に送り出す意図で執筆されており(『女工哀史』自序)、この度の文庫化にあたり、『奴隷』『工場』にそれぞれサブタイトル「小説・女工哀史1」「同2」を新たに付した。

六、著者が重視した読みやすさを考慮し、以下の要領に従って表記を改めた。

・旧字は新字に、旧仮名遣いは新仮名遣いに改める。

・漢字語のうち代名詞・副詞・接続詞など、使用頻度の高いものを一定の枠内で平仮名に改める。

・送り仮名等は、なるべく現在の使用例に近いものとなるよう補い、また削除する。（は入る→入る、話し→話、当る→当たる、など）
・同様の意味の漢字は、なるべく常用漢字を使う。（捲く→巻く、廻る→回る、呶鳴る→怒鳴る、など）
・特異な表記は平易なものに改めた場合がある。
・読みにくい漢字には振り仮名を添えた。振り仮名には方言音を反映したものがある。
・文脈より判断し、読点を句点に変更、あるいは新たに読点を補った箇所がある。
七、「××」は、底本にある伏せ字である。原稿が失われていることから、伏せ字の復元は行いえなかった。
八、本書中に、身体・精神障害等にかかわる差別的表現があるが、原文の歴史性を考慮し、そのままとした。

（岩波文庫編集部）

工《こう》　場《じょう》―小説《しょうせつ》・女工哀史《じょこうあいし》2

2018年12月14日　第1刷発行

作　者　細井和喜蔵《ほそいわきぞう》

発行者　岡本　厚

発行所　株式会社　岩波書店
〒101-8002 東京都千代田区一ツ橋2-5-5

案内 03-5210-4000　営業部 03-5210-4111
文庫編集部 03-5210-4051
http://www.iwanami.co.jp/

印刷　製本・法令印刷　カバー・精興社

ISBN 978-4-00-331353-4　Printed in Japan

読書子に寄す

――岩波文庫発刊に際して――

岩波茂雄

真理は万人によって求められることを自ら欲し、芸術は万人によって愛されることを自ら望む。かつては民を愚昧ならしめるために学芸が最も狭き堂宇に閉鎖されたことがあった。今や知識と美とを特権階級の独占より奪い返すことはつねに進取的なる民衆の切実なる要求である。岩波文庫はこの要求に応じそれに励まされて生まれた。それは生命ある不朽の書を少数者の書斎と研究室とより解放して街頭にくまなく立たしめ民衆に伍せしめるであろう。近時大量生産予約出版の流行を見る。その広告宣伝の狂態はしばらくおくも、後代にのこすと誇称する全集がその編集に万全の用意をなしたるか。千古の典籍の翻訳企図に敬虔の態度を欠かざりしか。さらに分売を許さず読者を繋縛して数十冊を強うるがごとき、はたしてその揚言する学芸解放のゆえんなりや。吾人は天下の名士の声に和してこれを推挙するに躊躇するものである。このときにあたって、岩波書店は自己の責務のいよいよ重大なるを思い、従来の方針の徹底を期するため、すでに十数年以前より志して来た計画を慎重審議この際断然実行することにした。吾人は範をかのレクラム文庫にとり、古今東西にわたって文芸・哲学・社会科学・自然科学等種類のいかんを問わず、いやしくも万人の必読すべき真に古典的価値ある書をきわめて簡易なる形式において逐次刊行し、あらゆる人間に須要なる生活向上の資料、生活批判の原理を提供せんと欲する。この文庫は予約出版の方法を排したるがゆえに、読者は自己の欲する時に自己の欲する書物を各個に自由に選択することができる。携帯に便にして価格の低きを最主とするがゆえに、外観を顧みざるも内容に至っては厳選最も力を尽くし、従来の岩波出版物の特色をますます発揮せしめようとする。この計画たるや世間の一時の投機的なるものと異なり、永遠の事業として吾人は微力を傾倒し、あらゆる犠牲を忍んで今後永久に継続発展せしめ、もって文庫の使命を遺憾なく果たさしめることを期する。芸術を愛し知識を求むる士の自ら進んでこの挙に参加し、希望と忠言とを寄せられることは吾人の熱望するところである。その性質上経済的には最も困難多きこの事業にあえて当たらんとする吾人の志を諒として、その達成のため世の読書子とのうるわしき共同を期待する。

昭和二年七月